心灵的故乡

精神的家园

尚书房

名家随笔

竹影听风

楚地的高手野莽，小说家兼随笔作家，《竹影听风》犹如厉风穿过竹林时发出的刺耳啸声，对着世俗发出一个又一个的追问。

野莽 著

地震出版社

图书在版编目（CIP）数据

竹影听风／野莽著．—北京：地震出版社，2012.1
（名家随笔）
ISBN 978-7-5028-3950-5

Ⅰ.①竹…　Ⅱ.①野…　Ⅲ.①随笔—作品集—中国—当代
Ⅳ.①I267.1

中国版本图书馆 CIP 数据核字（2011）第 228050 号

地震版　XM2495

竹影听风
野莽　著
责任编辑：张　平
责任校对：孔景宽

出版发行：地震出版社
北京民族学院南路 9 号　　邮编：100081
发行部：68423031　68467993　　传真：88421706
门市部：68467991　　传真：68467991
总编室：68462709　68721982　　传真：68455221
E-mail：seis@mailbox.rol.cn.net
网址：http：//www.dzpress.com.cn
经销：全国各地新华书店
印刷：北京振兴源印务有限公司

版（印）次：2012 年 1 月第一版　2012 年 1 月第一次印刷
开本：710×1000　1/16
字数：372 千字
印张：22
书号：ISBN 978-7-5028-3950-5/I（4619）
定价：39.80 元

序

时下随笔写作成风。与此互为因果的是，随笔的读者甚众，一些随笔集成为热销书籍就是明证。现在，又有一些颇负名气的作家联袂出版随笔，并冠以“名家随笔”结成丛书，亦是一项引人注目的选题。

在诸类文学样式里，散文是最利于作者表达情思（即感情与意思），也最便于读者接受理解作者情思的一类，而随笔则堪称散文中之精灵。文学的本质是人们对情思的表达，即如梁代诗评家钟嵘在《诗品序》中所言：“气之动物，物之感人，故摇荡性情，形诸舞咏。”又言：“凡斯种种，感荡心灵，非陈诗何以感其义？非长歌何以骋其情?”英国人爱德华·杨格1795年在《原始作文研究》一书中也作如是说，大意是：一切有价值的文学作品其本质是抒情的，就是发表思考的文学也使用这种原理——只有直接从人们心灵上发生的思想，才值得永垂不朽。六朝文论家刘勰则在《文心雕龙》中直陈文学创作须“因情而造文”而不可“因文而造情”。情思是一切文学创作成功的重要基础，而其关键之处又在于情思的表达和传播。在文学样式中，诗词歌行是至为抒情的一种，故有清代金圣叹“诗者是心之声”一说，然而，囿于诗词歌行的形式格律，人们情思的表达和传播常常会遭遇技术上的困难。小说戏文也常常源于情思、倚重情思,《红楼梦》就有“一把辛酸泪”“都云作者痴”之语,然而作者和读者常常会迷失于“满纸荒唐言”以及“无奇不传”的故事中。在情思的充分表达和有效传播方面,当首推散文,而散文中又首推随笔。随笔叙事抒情说理兼备而又文无定法、不拘一格、形式多样、短小活泼,可直抒胸臆,可俯首低吟,可消愁舒愤,可述往思来,较少矫情编造,较少强词夺理,因而作品的斧凿痕迹较之别的文体要少得多。优秀的随笔往往随意走笔而涉笔成趣、涉笔成思、涉笔成理、涉笔成情,有的亲切自然如围炉夜话,有的意味隽永如老僧悟道,有的如诗歌却明白如话,有的像故事却真切感人,故而士农工商爱读,传播效果深入人心。近十余年来,文坛学界、政界商界乃至广大学子民众,随笔写作持续升温,竟有遍地鲜花之盛况。上溯九十余年,五·四时期,随笔亦十分流行,有如火如荼之势。而纵观数千年中华文化史,每值社会转型期,或值社会思潮激荡期、学术繁荣期、文化交流活跃期,只要不是“文网太密”,总有随笔写作与传播盛行。回望历史,思考当下,随笔盛衰其规律大体如此。今日之华夏,正值社会转型时期,思想解放,改革创新,各种利益关系亟待调整,各种矛盾凸显而多发,各种思潮激荡活跃,各类学术艺术流派放言争鸣,而社会主流文化的建设受到广泛重视,传播媒体空前繁荣,随笔写作势必汇成澎湃之势。我们正处在一个改革开放的时代,人们精于观察、敏于感受、敢于思辨,继而要讨论、要倾诉、要抒发、要交流,随笔文体就是最为自由开放、传播便捷的载体,因而这也将是一个随笔作品大量涌现的时代。我们正处在一个求真务实的时代,文学作品、媒介传播稍微过度的矫情雕饰都会使得读者感到不安,因而崇尚简洁而鲜活的随笔写作,帮助我们更确切地对生存状态加以思考和表达,更好地感受哲学意味、人生况味，因而这也将是一个许多随笔作品深入人心的时代。我们还处在一个信息化时代，互联网的海量博客、微博汹涌而至，不断有作家宣称，从此将以博客、微博随笔写作为生，海量博客、微博经过去芜存菁、去伪存真，一定还有大量具有思想性、文学性、学术性的优秀随笔作品得到广泛传播。为此，我们不由得要拍案惊奇：难道这是一个随笔的时代！

现在奉献给诸位读者的“名家随笔”丛书，便是在当下如此这般的随笔热中一个偶然的机会里编辑而成，奉献给读者。丛书作者均为著名作家。有新鲜出炉的第 8 届茅盾文学奖得主刘醒龙，他的随笔集《人是一种易碎品》，一如他获奖长篇小说《天行者》，真切细腻而多情。醒龙的小说大体是以悲苦、尴尬的底层生活状态作为底子，而随笔作品则把生活写得五味俱全，丰富而驳杂，“易碎品”的意象足以让我们领会作家的多情与敏感。全国中短篇小说奖老牌得主陈世旭的随笔集《谁决定你的世界》，继续着他早年间的获奖小说《小镇上的将军》的深沉，作家本来就长着一双蒙难老将军鹰隼一般的眼睛，一个《谁决定你的世界》的书名引领着一大批直面现实的随笔作品，犹如老将军发出的一连串尖锐激越的追问。号称短篇圣手的聂鑫森、阿成二位，分别来自一南一北，都用充沛的情致用随笔来记录历史和关注现实。鑫森的《名居与名器》，前可见古人，后能顾来者，古意盎然，感慨古今；阿成的《风流闲客》，一腔悲悯情怀，寻觅名城变迁，触摸世事沧桑。还有二位来自楚地的高手刘益善、野莽，前者是诗人兼小说家，后者则是小说家兼随笔作家。益善的《秋林集》浸润着冲淡的诗意，讲述着人生的秋林种种平静而哀婉的情思；野莽的《竹影听风》犹如厉风穿过竹林时发出的刺耳啸声，对着世俗发出一个又一个的追问。一辑六书六君子，面貌气度各不同，相同的是他们的人生态度声气相投，是他们都乐于表达各自对人世间的真情实感，是他们都表达了“从人们心灵上发生的思想”，值得郑重地推荐给读者诸君一读。正因为如此，应几位作者邀约，作为朋友我写下以上的感想，权充作丛书的序。

2011 年 10 月 16 日于无梦斋

（作者系全国政协委员、中国作协全委会委员、中国出版集团公司前总裁）

目 录
CONTENTS

网事如影

红尘听聊

风过有痕

竹林观局

舌头的和平演变

目前几乎垄断京城青少年快餐市场的有四大家族：麦当劳，肯德基，爱德熊，必胜客。前三家都是美国人的，只有后一家来自意大利。麦当劳的三大法宝是薯条、汉堡和炸鸡腿，此外吃它一顿，临别还赠送一个小玩具，小玩具千变万化，绝非一律，各大商场都买不着的，勾引着得赠者下次来吃，还可再获取另一种。

肯德基的形象比麦当劳严肃一点，一位长者，白色西装，黑色手杖，他的名字的最后一个字与“鸡”同音，所经营的主食又是炸鸡块，于是刚开始占领中国阵地的时候，就很容易被人误以为是与本土田园鸡、香酥鸡、贵妃鸡类似的什么什么鸡，一见那高大的白衣长者，方知此“基”非彼“鸡”。肯德基没有玩具可赠，拿手绝活是一只纸桶，内盛鸡腿、鸡排、薯条、巨无霸汉堡包等，谓之家庭套餐，可提回去全家慢慢享用。

爱德熊的店门口专设有儿童游戏场所，吃的内容与以上两家大同小异，自称美国快餐之父。

与美国三只鼎足相比，意大利的必胜客虽然显得势单力薄，但仍充满必胜的信念，店内不送玩具和纸桶，门口也不造比萨斜塔，它就以神秘兮兮的比萨饼将人召进店门，说来也怪，中国的青少年们还就爱进去，一遇上过生日之类的什么好事，就成群结伙地往那里赶。

必胜客的沙拉是自助的，交一份钱可以拿碗随便去舀，只要你有肚子，吃多少都行。然而意大利人心里明白得很，光吃沙拉也不行的，光临一场，总还得来一只比萨饼，来几段鸡翅或牛排吧，吃了饼子和鸡牛肉，心里不免腻得慌，总得喝碗汤吧，这就好了，那盛汤的小碗比茶盅略大，汤分红白数种，红的如西红柿面条水，白的如牛奶酥油茶，二十块钱一碗，一口下去十块钱就没了，两眼紧闭，双唇连咂，一心想品出一种绝妙的味道，但它就是没有，咂来咂去还是面条水和牛油茶，直怀疑是意大利人的恶作剧，嘴里却不敢说，害怕露怯，眼睛看着穿梭一样来来回回的小姐，希望她快些过来结账，早点儿回家做碗炸酱面吃。

这说的是中老年人，舌头经过几十年的教育和熏陶，胃里装满数千年的传统和历史，上至皇上爱吃的回锅肉，下至饥民裹腹的南瓜汤，训练有素，森严壁垒，尝不得另类，容不下异己。这辈人如今已经日落西山，打靶都归来了，鸟枪换炮的工程不小于脱胎换骨，这几乎是不可能的事。

青少年则不一样，早晨八九点钟的太阳，一心要吃饱了好冉冉地升上去，又是一张崭新的白纸，想画什么就画什么，想包什么就包什么，无论是东方的还是西方的，中国的还是美国的，舌头和胃全无禁区，也没有任何阶级性可言，身体的各个接收单位都采取拿来主义的政策，认为好的就吃，认为不好，皇上吃的满汉全席也是白搭。

中药与智齿

入秋以后，牙齿突然地疼起来，俗话说牙疼不是病，要人命。去看牙科专家，专家号召赶紧拔了，成语叫做除恶务尽。我想起一位春城的朋友，马上要坐飞机来京与我面晤，牙齿拔了十天才能安装新的，在这新旧不能交替的日子里，吃饭说话都会失去往日的潇洒，我便一手捂嘴，一手拨电话征求朋友意见。这位朋友复姓欧阳，名叫常贵，贵在友情如春城之花常在，他一听就在电话那头厉声大叫，千万别拔！我说不拔就让它要命地疼我吗？他说你去拿支笔，拿张纸，听我说一味，你记一味，记完了，去药铺里抓三服药，吃了就好。我说右上方最里边有一颗牙，已经高出其他牙齿一厘多米，都摇摇欲坠了，要能吃好才是出奇！他说别管，那是智齿，吃了它还会缩回去。

常贵有异人相，正值耳顺之年，会八段锦，精养生术，每日睡前以五指张开如猪悟能先生的钉耙，倒推发根数遍，一头黑发美如少女。我一边不相信世上还有这等奇迹，一边却又矛盾地相信他，遂消消极极取了纸笔，登记他从遥远处报来的药名。如下：当归 10 克，丹皮 10 克，生地 12 克，细辛 3 克，白芷 10 克，荆芥 10 克，防风 8 克，生石膏 16 克，青皮 10 克，大黄 6 克，枳实 6 克。常贵叮嘱，其中有一味具毒性，不可单吃，亦不可过量。

我用红色的圆珠笔，记在白色的复印纸上，怀疑没有坐堂医生的处方笺，药铺会不会抓给我。居然不用怀疑，女司药一把夺过我的药方，伸手就抓，我问哪一味具毒性？她说细辛，我问三服中的三个 3 克加在一起能毒死人吗？她说也毒不死，我问若是有人作案，陆续抓够十服，十个 3 克加在一起能毒死人吗？她说这当然能毒死了，但是他要抓去毒人，我们也防不住。

回家我用煲汤的砂锅，在煤气灶上熬了药喝，其味辛苦涩麻，难咽之极。连喝三服，喝完之后，奇迹发生，牙齿果然就不疼了，那颗高出一厘多米的智齿也果然缩了回去。为了检验它的坚固，当即我咬了一个核桃，咔嚓一响，核壳破了，牙齿没掉。

我想起鲁迅，老先生无论思想，还是文学，都伟大得没有话说，可惜他仇视京剧和中医，使之失人并且误己。盖因为绍兴著名的中医，用“经霜三年的甘蔗、原配蟋蟀一对、败鼓皮丸之类稀奇古怪的中药”，治死了他的患水肿病的父亲，他便认定，“中医不过是一种有意的或无意的骗子”，“虽然有人说是玄妙无穷，内科尤为独步，我可总是不相信。”于是，他的一生也未曾吞服过中国的那碗黑药汤。

对于到了肝癌晚期，宁死也不喝中药的孙中山，他简直是引以为知己：“那时新闻上有一条琐载，不下于他一生革命事业地感动过我，据说当西医已经束手的时候，有人主张服中国药了；但中山先生不赞成，以为中国的药品固然也是有效的，诊断的知识却缺如。不能诊断，如何用药？毋须服。人当濒危之际，大抵是什么也肯尝试的，而他对于自已的生命，也仍有这样分明的理智和坚定的意志。”“中医，虽然有人说是玄妙无穷，内科尤为独步，我可总是不相信。”

无书记载，先生那一嘴焦黄的牙齿，是否因烟草和愤怒和战斗而疼痛，而拔除，后世人只能确认，这位一个胞弟活了八十多岁，一个胞弟活了九十多岁，自己则只活了五十五岁的全人类最坚贞的战士，最后他是死于西医，死于那位后来竟然莫名失踪的德日派的须藤医生。

当夜我蓄意翻开《辞海》，查到智齿一词，立志要弄清这个可恶的东西智在何处。然而无此注释，只说它是恒牙中最后萌生的牙，最晚长到二十二岁。我的耳边冒出一首遥远的儿歌，老头今年八十八，先长胡子后长牙。本意是说玉米，却也适于智齿，因为二十二岁的小青年，嘴唇上已开始萌生毛茸茸的小黑胡了。

我想不通，抑或叫气不顺，颇觉脚下这个世界的荒唐不公，中药长得不好看，偏能治病，智齿名字取得美，却没有用。它不仅谈不上智，而且也谈不上勇，既不能像板牙一样嚼饭，又不能像门牙一样关风，只会躲在嘴洞最里边的一个角落里，别个都出来了它还不出来。即便若干年后终于现身，也如一个混吃粮饷的机构，一个滥竽充数的人，有它不多，没它不少，有它还不如没它好。然而，恰恰是这个无智、无勇、无用、无耻的混账东西，往往能把一个个有为的好人往死里折磨，你说怪也不怪！

父母官和好儿子

每听人称地方官为父母官，心里就想追查一下到底是谁先这么叫的，是父母官本人呢还是他们的子民？叫者中未尝没有白胡苍须的老爷子，满脸打皱的老太太，他们的年龄都一大把了，儿孙都一大群了（那时的父母官没有要他们计划生育），嘴巴里的牙齿都掉得不关风了，从里面发出的父母官这三个字的音来，好像是“无母官”。

但是父母官听着还是很舒服的，无母官就无母官，只要是个官就行。天长地久，习以为常，父母官们都喜欢在群众大会上这么亲切地作报告了，诸如身为百姓的父母官，我们一定要怎么怎么，云云。

从当代人中已追不出个结果了，追出来也会没人认账，只好从古代去找依据。古时被称为父母官的一般是七品县令，即社会最基层的芝麻官。如此相称，是说明这一级别的官员的重要性，他可以赐人衣食，而赐人衣食者，唯父母也，父母官一词大约就是这么来的。于是某朝某代某方土地如出了一位好官，必有秀才提笔赋文，抑扬顿挫，满怀真情，以爱民如子颂之。

但是这个发明是不科学，不理性，不系统的，因为再往上去，比父母官辈份还高的官又没有照此类推地称呼了，如称府官为祖父祖母官，称毕恭毕敬站在皇帝殿前的官为太祖父太祖母官，这样称起来还会惹出麻烦。同时也许还有一个原因，即上面的官虽大却管不着地方的事，从这点看还不及小小县官，因此索性就不称了，老百姓得罪不起的是顶头上司，山高皇帝远，大官反而不怕。

其实从古至今，子民耕田得食，种棉得衣，即使不事农桑，也必然是靠一点什么专业而养活自己以及家人，反倒父母官的锦衣玉食是子民所贡，不把老百姓的衣裳扒下来穿在自己身上，不把老百姓的食物抢过来吃进自己肚里，已经算是一个好官，可以得到一面鲜红的锦旗了，子民很少还有更大的奢望。可惜这么一个简单的道理，历经了多少个朝代，直到现在还在被颠倒着，实在是父母官的教育有方，子民们的通情达理。

所谓父母官者，自然也是父精母血，孕育而生，假使父母官的父母见儿子长大后在一方做官，自己为了免去做儿子的子民的份儿，就把官做到另一方，或是水涨船高地升到府上乃至殿前，分别去当他人的父母，那实在是一件天大的好事。然而只因人是长在地上的，天大的好事并不太多，现实中的一般情况则是父母官的父母多在自己的辖区之内，因此如果按照规矩，其父母也得如万民一样称儿子为父母了。这样一来，本意是努力维持封建时代官民秩序的父母官，结果反而导致了纲常大乱，伦理全无。

目前自称父母官的地方官中，父官占多，母官却少，考其究竟，似乎仍和封建有关，当然这现象并不仅仅说明中国的社会仍然是男尊女卑，男强女弱，却还可以从另一方面进行考证，因为身为父母，毕竟肩负着哺养儿女的责任，而过去当爹的绝大多数抛家不顾，在家时只管苦读，在外面只管求官，为了风云气长，只好儿女情短，全然不像今天的模范丈夫和优秀家长，唯有当娘的坚持为儿女喂奶，屎一把尿一把地把儿子拉扯长大，再去读书求官。

这种分工，我们从无数的京剧故事中看得一清二楚。此风残延至今，母官虽有了零的突破，但仍成不了滚滚主流，为母的只长了两只乳房，喂自己的一双儿女还可以，若要负责一方的子民，那就难了，这便是古来绝无母官而今母官仍少的原因。现在的情况正在向好处发展着，但是因为要把精力放在一方子民的身上，肯负责任的母官离婚率高。

直到小平同志逝世，自称父母官的人才开始有点不好意思，当惯了子民的老百姓也才突然发现了一个问题，因为讣告中称小平同志是人民的好儿子，那么一个是人民的父母，一个却是人民的儿子，彼此之间竟有上下三代之别。当别人的父母干吗呢？吃了别人的饭，给别人干点活，这都是合情合理天经地义的事情，小小县令以后不好称呼，可以学京剧《智取威虎山》里的那个说法，叫老乡，叫同志，这样最好。

此外还有一个说法我很同意，从电视里看到某记者采访一位东北的人大代表，问他何为父母官，人大代表说，那个官字写错了，上面有个竹头，应该叫父母管。

想起人鬼和他的妻

刚刚在电视里面看到，北京市平谷区的一个中年妇女，丈夫在家瘫痪多年，没人种地，没钱买粮，看病吃药更不必说。妇女的娘家要给她另找一个丈夫，现有的丈夫知道了就要用刀子杀死自己，这个善良而无良策的妻子既想自己生存，又不想丈夫毁灭，就让娘家对那个要娶她的男人说，她愿意嫁给他，但是有一个条件，她要带着她的丈夫一道跟他过日子。那个男人开始没有答应，后来又答应了，于是他就成了这个带着第一个丈夫出嫁的妻子的第二个丈夫。

这个故事是在北京电视台的真情互动栏目播出的，年轻的女主持人脸上泪光点点，好几次对着镜头用手去抹眼睛。同样的故事还有一个，是不久前在中央电视台著名的实话实说栏目里，一个用自己的力气和厚道养活着妻子和她残疾前夫的农村壮小伙子，当他用当地土话说起她给他也生了一个胖娃娃的时候，面对全国亿万观众，他的脸上笑开了花。

除了跟节目主持人一样感动，除了跟全国观众一样叹息，总觉得正常人还应有些正常的思考。这里面有一个比较重要的问题，电视里的主持人没有问，诉说人也没有说，可能觉得这是当事人最后的一点隐私，应该给予保留，那就是当这位妻子嫁给第二个丈夫之后，她的第一个丈夫以后还是不是她的丈夫，如果还是，第二个丈夫的心里会不会也感到不满？如果不是，第一个丈夫心里会不会也觉得难受？而无论是与不是，这位身边有着两个丈夫的妻子生计问题是解决了，但是她的感情问题又是怎样解决的呢？

盛赞第二个丈夫们的大公无私，助人为乐，这种未免功利的作法是不严肃的，也是不真实的。促成他们做出如此决定的最本质的原因，乃是他们经济与择偶上的双重贫困，因为我们通过北京平谷的那位妻子的诉说，看见那位后来成了她第二个丈夫的男人“开始没有答应，后来又答应了”的矛盾犹豫的表情，以及那种表情下面的沉重心理，得知他们何尝不想娶到一个全心全意爱着他的独身女人。是现实修改了他们的一厢情愿，他们方才有此下策。

上个世纪的三十年代，被国民党枪杀了的青年作家柔石，曾经写过一篇著名的小说，名字叫做《人鬼和他的妻的故事》，那篇小说几乎就是七十年后的真情互动和实话实说。同样是两个丈夫一个妻子，同样是由于贫困被迫组合，作品的调子却远不是今天的这种强颜欢笑，喜从中来。他把那个夜晚将自己蜷缩成一团，睡在一个床角听着妻子与别的男人性交的丈夫叫做人鬼，可以想见，若是换了柔石来做实话实说栏目的主持人，那两个丈夫和一个妻子说出的实话可能又是另一个版本了。时代的确是在向前发展的，然而人类的生活方式总不会随着这种发展，反而退回到群婚和母系社会吧。

作家们愿意听到这样的故事，这里的道理就是不说，喜欢看传奇小说的读者也会知道。不过在现实生活中这样的故事最好别老是发生，万一不幸而发生了，面对整个世界的电视传媒也别认为只能这么解决和这种办法最好。我们的社会，我们的政府，我们的残疾人协会和有关妇女组织，总应该有个更加符合人性，更加符合人伦的创意才对。

怀念一种古代的刑法

有一次，我问一个曾经做过贼的年轻人，我说奇了怪了，你这样的人为什么也想加入组织呢？那天他喝了酒，脸红红的，就把嘴凑近我的耳朵说，我就实话对你说了吧，我是想万一出了事，把我开除了我还是一个普通人，而普通人出了事没有什么东西可以开除，一下子就完蛋了，这就像冬天穿衣服，多一件不是比少一件好吗？这个年轻人现在已经不主动去掏别人口袋里的东西了，他成了一家招摇撞骗公司的总经理，改为让别人主动把口袋里的东西掏出来给他。我觉得这人很会思考问题，也会表达，关于衣服的比喻可以说是惟妙惟肖。如果不把精力用去做贼和骗子，将来可能在哲学上还有一些作为。

还有一次，一个贪官问我最近一段日子过得怎么样，我回答说挺好的，在家读读书，写写文章，自由自在的比你们都舒服。他望着我的眼睛表示好笑，说我是阿Q的精神胜利法，吴妈不跟我睡觉我就说吴妈脚太大。贪官说你不妨这样地想一想，我在位时把想要的东西都要到了，有一天实在要不到了再像你那样也不迟啊，这社会是一个一个的台阶组成的你懂不懂？我一不小心从上一层台阶落了马，滚到下一层台阶不还是在你的前面吗？这位贪官思考问题的水平，与那个酒后吐真言的贼旗鼓相当，他们的思维方式几乎是一样的，因为他们是一对孪生的兄弟。

我就在想，情况或许就是这样，小偷偷了别人的钱，贪官贪了别人的财，手脚利索的一拍屁股早就跑了，剩下几个手脚不利索的倒霉蛋偶尔被捉，如果是前者，过去是挨事主一顿饱打，现在是法制社会，改成在电视里曝一个光就行了；而如果是后者，则从古到今连打也不挨，光也不曝，即便是曝也会出于对其肖像权的保护，用马赛克的技术将他一张无耻的厚脸模糊成一团谁都不认识的肉，接下去再适当地给他一点类似开除党籍、撤销职务的小惩罚，从一个官员降为一个无职无权的普通人。想一想贼和贪官说过的话，真是精辟极了，他们万一落马还相当于一个安分守己的普通人，而一个安分守己的普通人却相当于每天都在贪污和盗窃。

贼和贪官不幸东窗事发之后，至少也有一个普通人保底，这是一件很安全、很幸福的事情。这种安全和幸福培养着越来越多的贼和贪官，使他们雨后春笋一般，野火春风一般，成长和再生于我们这个有社会主义特色的中国。这是他们的福气，也是我们的悲哀。书生们在一起的时候，经常议论着要给上级主管部门献一个计，为了便于识别，不要让他们落在普通人的这个台阶，让这些干过坏事的人跟没有干过坏事的人在形式上有一些区别，叫人一眼就能看个底儿穿。如果觉得鲁迅先生说的痛打落水狗残酷了一点儿，那我们可以不打他们，我们绕着他们走，不再听他们说假话骗人，不再让现金和税款落在他们的手里该可以吧？

书生们寄希望于未来的科学，但凡是贪官和贼向人走来，远远的脸上就发出一道白光，让人在心理和行为上有所准备。在白光时代到来之前，另一种设想是学习古代的一种刑法，在他们的脸上也刻上字，是贼就刻贼，是贪官就刻贪官，这样一是能够起到一个档案的作用，相当于一张公开而且流动的履历表，二是使他们终于感到了诸多的不便，回家告诉自己的儿子，长大以后万万不要再这样了。

但是这个设想很快被推翻了，理由是这些人的钱多，常年累月的贪污盗窃，已经拥有了一定的资金积累，他们会花钱请高级美容师把脸上的字去掉，甚至用现代高科技的手段，给自己索性换一张人造脸，看着比谁都严肃正派，更像是一个真正的马克思主义者。

中国人喜欢皇帝

直到现在，直到我写这篇文章的时候，不信你打开电视机，保证你立马就能看见，要么是一些头戴一顶斗笠似的红缨帽子，背后搭着一根大辫子的男人，一条腿跪在地上垂着脑袋对皇上说“喳”，要么是一些头上顶着一块牌子的妖冶女子，紧紧地围绕在皇上周围打情骂俏。或者还有另一种角色，文人朋友看了可能有点儿不是滋味，一个名叫纪晓岚的才子像个宠物一样，一天到晚跟在皇上屁股后面为他逗闷子，为此有时还跟另一个宠物争风吃醋，似乎他们拿的就是这份工资，干的就是这份活儿。

这种影视片是什么时候开始风靡全国的，现在已经记不清了，反正是一集一集，续了再续，居然能够经营若干年头。但是你还不能说编剧和导演的坏话，中国的很多观众都喜欢看，这是市场经济，你就没有办法了，中国人喜欢皇上，喜欢看皇上搞女人，喜欢看皇上玩文人，喜欢看皇上一不高兴就杀他手下的人。有人甚至后悔没有生活在那个朝代，是男人就戴着一顶斗笠，搭着一根辫子，跪在那里给皇上磕头，是女人就顶着一块牌子，站在那里给皇上扇风，若是还有一点儿小才华，跟皇上对个对联什么的不也挺有意思的吗？

风流皇上一时性起，在下面搞了人家民女，受害者暗结珠胎，私生龙种，作案人却早把这事忘了个干净。民女整日感念浩荡皇恩，死而无怨，民女的女儿继续投靠皇上，万苦千辛，拼死也要得到皇帝老子的承认。这个故事伴随着二十一世纪春天的到来，让多少人感动得流下了热泪。中国的观众喜欢看，乃是由于编剧编得好，导演导得好，演员演得好，因为事关皇上，所以非同儿戏，大家都得带着强烈的感情，把吃奶的劲儿都使出来。在一部一部的皇上戏中，皇上小时候都聪明绝顶，虽说生下地的第一声啼哭不是音乐与诗，但起码也比老百姓傻儿子的破喉咙里发出来的好听。少年登基，文功武治，管理国家的水平比布什还高，满朝老臣竟没有一个比得上他，只配撅着宽屁股喊吾皇万岁。而且老了也不糊涂，哲语警句，都在他临终之时脱口而出。

中国人看皇上戏的潜意识中，其实是想过一次皇上的瘾，与其南柯一梦当了太守，何如金銮一游做个皇上。看皇上戏，同时还可以看服饰展览，美女大赛，神州旖旎春色，稀世古玩鉴赏，看杀人，看灭族的威风，看一夫百妻的痛快和淋漓。而这所有，都是在老百姓戏中看不到的。甚至爱屋及乌，由喜欢皇上到喜欢扮演皇上的人，由喜欢扮演皇上的人到喜欢与扮演皇上的人发生一点暧昧绯闻。

话说去年有一位爱好写作的天府女子，鼓捣了一本什么破书，签售时不请作家助阵，却鬼使神差去请一个扮演皇上的人。据她所言，那个皇上要她先按圈儿里的规矩办事，在她宾馆床前坐到天色将明，她也没按那个规矩办那个事。结果皇上走了，她就在网上发布皇上的新闻。皇上一怒之下，将她告到法庭，害她赔了皇上一万块钱。可惜这个喜欢皇上的天府女子，运气不如紫薇和小燕子，身未败而名先裂，赔钱赔脸，可算是吃了皇上一个大亏。

二十一世纪看点什么

瞻望了新世纪的吃喝拉撒，继而还可以瞻望一下别的有关方面。官员们的精神生活是丰富多彩的，因为有很大的权力场可供驰骋。咱老百姓相比之下就简单多了，呼呼噜噜忙了一天，晚上吃饱肚子洗个热水澡，坐在那里找点儿小乐子就行。可以打几圈儿麻将牌，但是最好不要跟钱沾边儿，也可以跳一跳迪斯科，但是最好不要跳着跳着跳到歪门斜道上去了。咱老百姓要学好，不要学那些贪官污吏，人家搞出了问题以后再搞注意就是，而老百姓却得垂头丧气地进到局子里面待着，不多交些钱还不能出来。

别说当前，就是过去在我们的封建社会里，吃喝嫖赌都是本分百姓的大忌，一挨上这四个臭字，没老婆的找不到老婆，有老婆的也会痛失老婆。现在生活水平提高了，政策也因之放宽了，吃喝已得到了社会的默认，只要它不是海洛因，这就还剩下嫖赌是永远的禁区。那么咱老百姓晚上干点子什么好呢？根据抽样调查，绝大部分是看电视。

自从西方人发明电视以后，中国人的夜生活也有了一定的改变。过去是听评书，话说天下之势，分久必合，合久必分；或者是听京剧，包龙头打坐在开封府，如何如何。而现在大幅度地改为看电视了。电视这玩意儿先进，潘多拉的匣子似的，要什么它出来什么，电视连续剧，歌舞相声小品晚会，综艺大观，世界杯足球赛，实话实说，欢乐总动员，接着还出来个给人做媒的玫瑰之约一类节目。

咱老百姓乐了，咱老百姓是很容易乐的，知足常乐嘛，干吗不乐呢，赵本山演的那个东北口音的小品，干部作风最后不是好转了吗？他们真像公仆一样把一个赶马车的老头儿抬在肩上，嘿唷嘿唷地走出了演播大厅。咱老百姓的眼泪都流了出来，一半是笑的，另一半是感动。正幸福着，有人说焦点访谈要开始了，只听咔吧一响，观众十有八九都把台给换了。咱老百姓更喜欢看焦点访谈，因为那里面访的谈的，大多数是大家关注的焦点。

这个节目的确是好，好在几乎每期都有一个故事，从听评书过来的咱老百姓又是特喜欢听故事的。最近的一期大家势必都看到了，访的是一家歌厅，谈的是一个局长，故事梗概是这个局长某天喝了三斤多白酒，晚上不幸醉倒在歌厅里，可恨的三陪女郎嫌他酒气醺天，没有忠于职守，致使他一命呜呼。局长夫人闻听大怒，状告这家万恶的歌厅，歌厅女老板吓得慌忙自杀，以百姓之躯殉了鬼官。看电视的百姓观众愤怒了，这是他妈的什么世道啊，国家不给他报销酒钱和舞票，叫他哪里有钱去寻欢作乐，每月发他的工资只够付三陪女郎一夜的小费，花完了就让他喝西北风去！多么可爱的咱老百姓啊，急得像热锅上的一群小蚂蚁似的，要积极帮助政府查找事故的原因，最后一致认为，问题是出在会计和出纳的身上。

这样想当然是有道理，只不过却没有进一步地想到，会计和出纳是可以随时撤换的。似乎是为了呼应这一次的电视焦点，某报纸上又登出了另一个局长，说他嫖完妓后一手系裤，一手向被嫖者索要发票，于是就引出一个类似卖油郎的愣小子，噗的一刀把他给捅了。单位下属闻知局长遇难，沉痛哀悼之余，宣布他为因公外出牺牲。那张用生命交换的发票想必没有到手，不然肯定报销无疑。故事发展到这里，咱老百姓的心里不知道是喜少于怒，还是哀大于乐，焦点访谈得继续地看下去，一心想看出一个结果。

然而所期待的结果好像是没有的，下一个夜晚洗过热水脚后，焦点访谈一定会转入下一个故事，而将昨天的新闻装进历史，咱老百姓每天都被电视牵着鼻子，不停地发表新的议论，一任旧的悲剧随风飘去。久而久之，天下最有耐心的咱中国老百姓表示失望了，忽然发觉这个过去那么爱看的节目，原来竟和说评书差不多，区别是穿西装坐着讲，不用惊堂木，开篇不说书接上回，结尾不说且听分解，书中也没有那种令人痛快淋漓击节叫好的段子，如“说时迟那时快，只见那王朝马汉抬出虎头铡，咔嚓一声……”

二十一世纪的焦点访谈，应该像人和人喂养的动物一样长大一岁，如果这样的话，咱老百姓们晚上没事还会打开看看，说书便说书，咱老百姓想来想去也想通了，世上既然有书，有人说总比没人说好。但有一个总的要求，希望每个故事都有始有终，等到“下期节目咱们再见”的时候，别忘了说那类依然健在的局长，以及比局长更大的官儿，目前是不是还在喝酒。

潘匣里的名嘴

正说着易中天，就听得易粉前来敲门，邻居是一对翻译家，退伍之后，在家一个编英汉大词典，一个弹献给爱丽丝。老太太此次造访，两个眼圈儿是粉红色的，语不成声，她说你看了吗你看了吗？那个中央电视台的名嘴太恶毒了！我请她进来坐下，慢慢地说，谁是名嘴，对谁恶毒，她说是那个姓王的对易中天，恶毒得让她不忍卒睹！

邻居老太太说，易中天跟你是师生校友，你打电话告诉他，不要接受那人的采访，人家是设局而来！又说你为什么不写一篇文章，痛骂一顿那个姓王的！

一个极其平庸的电视节目主持人，何时竟也成了名嘴，这话令我一阵难过，我不由得细看此人，除了下嘴唇比常人超出些许厘米以外，此嘴不知名在哪里，从嘴里出来的东西既无文化，也欠思想，仅仅仗着是在每家一个的四方匣子里上班点卯，按照编导事先订好的提纲，幼儿园的小朋友一样向男女明星们提出问题，这样的名嘴大马路上哪里不能捡到几张。邻居老太太说他两眼放出凶光，逼问着易中天，你把孙权称为孙帅哥，三国时代有这个说法吗？易中天一脸不屑，付之冷笑，回答说若是不能接受他的演讲风格，那么可以发动全国观众把他轰下台去，王名嘴终于沉不住气了，愤然喊道，并不是没有那个可能！

其实这事要怨，也只能怨易中天，怨他日前已经名副其实的如日中天，君不见网上易粉们悬出的对联，颇似一则征婚广告，上联是："生子当如孙仲谋"，下联是"嫁人应像易中天"。都是堂堂五尺须眉，有人紧俏到了如此地步，上海人斥资一百八十万买走的仅是他的一部书稿，另外有人就得急眼了，妈妈的，和尚红得我红不得？我不红能让你红得成吗？于是发一声喊，将易帅哥团团围在核心，用一张张气汹汹的帖子去砸烂他的狗头，看他葫芦里究竟装有多少汉代风云人物。

我告诉邻居老太太，无论王主持有多么的恶毒，易中天都一定要拍马应战，不然的话，会被说成心虚胆怯，从而坏了自己的一世英名。又想起八旬老翁徐迟，跳楼之前，曾把电视比做放出魔鬼的潘多拉匣子，誓不观看。如今正是有了这些匣中魔鬼，使一些不学无术的江湖混混儿，居然混出名嘴的称号。但是不必担心，也无须我写文章，据我二十年前所知，凭着易帅哥的一张利嘴，仅出一人，足以挡住打上门来的千军万马。

许多人都不会晓得，二十年前易中天在珞珈山上的演讲，比今天在百家讲坛里要绝妙得多，并非是人活着活着，反倒又活转去了，而是那个潘多拉匣子的多种禁忌，还有王名嘴们的可笑发难，毕竟限制了一位风流倜傥的思想者，聪明未可露尽，他还有诸多的学术异端，命中注定，只会笑对三两知己。

而今我谓昆仑，不要这样，易英雄若有略微的志气，莫如自己跳上讲坛，唱念做打，滔滔雄辩，使出一套更加先进的手段，将那可妒的老帅哥打下擂台，切勿只会在那遥远的地方嗖嗖射箭。公平竞争的世界，无论文武，都应该是这样的。

关于焦大爱谁

鲁迅先生喜欢贾府的焦大，夸奖他有骨气，不爱林妹妹。初听这话，着实有点儿大快人心，觉得这焦大给咱老百姓争了一回面子，但再一想，便怀疑鲁迅先生恰恰把话给说反了，恐怕不是焦大不爱林妹妹，而是林妹妹不爱焦大。天上掉下个林妹妹，多么冰清玉洁的鬟儿，连宝玉一天不见到她，都急得扯下脖子上的宝贝石头往地上摔，一个嘴里被人塞过马粪的老看家奴，怎么也不会清高到那种程度。林妹妹的身上固然有很多的缺点，但那张小脸蛋儿毕竟要比刘姥姥耐看得多。

如果不是人为地拔高焦大，本着世人爱美的天性，焦大是不应该瞧不起林妹妹的，实在硬要说是不爱，那只能是因为没有足够的银子，天天给她抓中药吃，也没时间用手帕轻轻拭去她腮上的香泪，赌咒说要是骗了她，自己就变成一个大老龟。同时最要命的是，一个大老粗不会整天坐在园子里和潇湘妃子做咏菊诗，“满纸自怜题素怨，片言谁解诉秋心”，不懂素怨，岂知秋心？而一旦上述的这些问题得到了解决，林妹妹又因焦大先生的精诚所至，撇开他的相貌不论，只重点去爱他的心灵美，根据辩证唯物主义的法则，世上的任何矛盾都可以转化，说不定他们两人是可以结婚的。

或者，我们姑且再想，假若在美丽的大观园里，也开展一场轰轰烈烈的无产阶级文化大革命，你看他焦大爱不爱林妹妹呢？他会爱的，而且不仅是爱这一个，连栊翠庵修行的妙玉，也有可能被他不管三七二十一地扛去困觉。无数生动鲜明的事例，证明在漂亮女人的问题上，没有任何的阶级性可讲。

二十世纪末叶，一些靠养鳖养乌龟发了横财的土老板，怀里揣些总裁之类的名片，特地乘坐飞机，来到美女如云的大都市，专门招聘女研究生做他的秘书。从这些典例可以看出，贾府的焦大如果在有条件的前提下，断不会听鲁迅先生的话。

《红楼梦》里没写焦大娶没娶老婆，曹雪芹把这一点儿给疏忽了，只说他在他年轻时跟着太爷出过三四回兵，从死人堆里把太爷背出来，偷东西给太爷吃，自己饿着，得半碗水给太爷喝，自己喝马尿。我想他仗着这些资本，在革命胜利以后，如果过去没有老婆，定会娶个美娇娘，如果过去有老婆，定会把过去的老婆踹了，也重娶一个美娇娘，人非圣贤，这样的典例同样不少。

最近忽然听说了一桩奇闻，想起来就毛骨悚然。杭州西子湖畔的某女子，年方十八，国色天姿，却卖给一个五十多岁的老独眼龙。邻居乡党正把两眼瞪得血红，惊羡这位独眼新郎的艳福，不料福兮祸之所伏，一个月黑之夜，西湖女用一把锋快的王麻子剪刀，刺进了睡梦中的丈夫的咽喉，将他的存折以及所有值钱的东西，一口袋给背起走了。案子自然是很快破了，凶手也自然是很快赴了刑场，但是这其中的教训，仍没引起人们全面的注意。

人们都一片声地谴责杀人的人太心狠手辣，却不埋怨被杀的人是个老糊涂蛋。想一想看，子曰，五十而知天命，你且扳着指头算算，你都五十过了，除了天命，应该连人命都知道了，但你却鬼迷心窍，一脚踹掉忠心耿耿的老黄脸婆，让一个居心叵测的小西施打入洞房，把吴王夫差犯过的错误重犯一遍。你怎么就不明白，你又老，又丑，身子骨又不灵便，力气多也不多了，说到底你的唯一亮点，无非是坑蒙拐骗地挣了几个狗卵子钱，人家十八岁的妙龄女子，究竟是爱你的什么东西？

当然，我们不是说西湖女杀人无罪，不是说林妹妹做了焦大的老婆之后，那爱喝酒的老爷子也会有什么血光之灾，我们只是想说，世上所有的男人都可以爱所有的女人，世上所有的女人都可以爱所有的男人，但是要想爱情和生命都取得保险，至少得坚持一项基本原则，那就是一定要有本身的东西被人所爱，不能为了价值不高的假的爱情，而把诚可贵的真的生命丢了。钱是不可靠的，官儿也是不可靠的，像贾府焦大那样的二百五，一喝醉了酒就骂人家扒灰养小叔子，即便改朝换代，让资产阶级的林妹妹嫁给了他，到头来心里也是没有爱的。

模仿秀

晚报上登出一个消息，有一条调皮的狗，每天清早模仿它的邻居鸡叫，鸡叫一声，狗叫一声，叫声惟妙惟肖，几乎可以乱真，主人初觉有趣，后来每天如此，把鸡吓得满院乱飞，以为来了妖怪，于是就讨厌了，终于将它赐死。

这真是一个悲剧，从性质上看，这条狗其实是一个有才华的艺术家，如果生而为人，是可以玩口技，说相声，演小品，一炮走红，上杂志封面，大街上被少女们追着签字留念的。远古一点儿，还可以做孟尝君门下的食客，鸡鸣狗盗者流，干下窃符救赵的大事，让司马迁写进《史记》。但可惜它本身是一条狗，没有人要求它再去模仿别个。这是世道的不公，越有才华，死得越快，早知如此，还不如做只循规蹈矩的蠢狗，只管吃屎咬人，不必去当什么模仿秀。

即便是做了狗，倘若生在另一个环境，不在鸡犬相邻的农舍，而在马戏团里，或者被有见识的农夫卖到马戏团里，那么它的命运依然不会如此，它还可以做明星的，坐飞机赴欧洲演出，为国人争光。又可惜它的主人缺少文化，心胸狭窄，目光短浅，根本看不到这登天的一步，而且爱狗的程度尚不如爱鸡，鸡会下蛋卖钱，而狗只会干叫，因此才演出舍狗保鸡的一幕。

杀狗的主人或许还有一种思想，那就是希望家畜家禽也如人类，各就各位，自守其职，生而为鸡，就负责下蛋，生而为狗，就负责看家，不允许有业余爱好，更不同意有第二职业，如果违背这条纪律，轻则一脚踢出大门，重则结果你的狗命。

在人类，模仿早已成为一门艺术，这门艺术光大到今天，群星灿烂，绝活倍出，因此而一举成名的有学鸭叫者，学孔雀舞者，学领袖说话者，枚不胜举。双休日之夜的电视机前，有一个颇受欢迎的节目，名字就叫模仿秀，成百上千做着明星梦的少男少女，憋足了劲儿在那里面狂呼乱叫，有些竟真的遇上伯乐，一位模仿黑人歌星休斯顿的小姑娘，目前就险乎儿成了一名真正的歌星。

但是古往今来，也有模仿失败的人，譬如模仿西子捧心的东施。最近听说，有人当了几年跑腿儿，说起话来就模仿领导，回到家里见了老婆，也一口一个“那么”，一口一个“不过”，“那么你去给我下碗面条吃吧，不过里面要少放一点儿酱油”。老婆忍无可忍，觉得本来好好的一个男人，变得人不人、鬼不鬼的，提起一脚，把他给踹出门了。

天鹅想吃癞蛤蟆肉

人的预言总是被打破，奇迹随时都在发生。就在昨天，从遥远的天际飞来一群美丽的白天鹅，扑棱棱落在北京的团结湖畔，她们不是来用湖水洗浴，她们是看上了湖中那些疙里疙瘩、麻不溜秋的癞蛤蟆。癞蛤蟆趴在湖边仰望从天而降的公主，正呆呆地想着心事，突然间身体凌空，随即一声大叫，成为天鹅的美食。天鹅吃了癞蛤蟆的肉，在洁白的羽毛上擦一擦嘴，快乐地展翅而去。这是一个奇妙的神话，然而它不幸出现在人的眼前。

在此之前，我们一直受的是癞蛤蟆想吃天鹅肉的教育，乡下的穷棒子要娶城里的超短裙，山上的放牛娃做梦变成了动物学家，父母和领导不必做耐心细致的思想工作，只须用这句话轻轻儿一击，痴心忘想者立刻两膝一软就倒下去了。癞蛤蟆和白天鹅在一起，乃是极丑和极美，极卑和极尊，极低的泥土和极高的天宇之典型搭配，全然不是一码子事，你看人家那一身白，再看你那一身癞呵。不料世上的万物都会出现转机，穷棒子有一天发了财，不管他是喂猪还是养鳖，他拿钱买一套皮尔卡丹穿在身上，又在城里买下了别墅和汽车，这时候超短裙就围上来了，这一个喊先生，那一个也喊先生，第三个换个花样喊的是总经理，结果三朵鲜花就争先恐后地共同插在了昔日的这泡牛粪上。天地之间那用光年计算的距离，几捆票子连起来一扯，立刻就扯平了。

癞蛤蟆原本是有名字的，它叫蟾蜍，可是素以衣貌取人的人觉得它不配，就将它身份证上的那个名字弃之不用，看着它的皮肤不好就叫它癞蛤蟆。这绰号不仅侵犯了癞蛤蟆的姓名权，而且使不癞的蛤蟆民族的名誉也横遭株连，因为过去在格林兄弟的童话里，青蛙原是一位娶了漂亮公主的绿衣王子，想不到这下竟与癞蛤蟆混为一谈。被污辱与被损害的癞蛤蟆终日牢骚满腹，怒气冲天，元好问时见其状，遂赋《蟾池》诗：“小蟾徐行腹如鼓，大蟾张颐怒于虎。”令人浮想联翩，忆起那貌丑落第的钟馗，便知它没有似锦的前程，要气也只能是活活气死。

然而却没有半点儿理由，说蟾蜍就是坏东西，尤有三只脚的蟾蜍，更乃是稀世之物，传说月亮就因有了三足蟾而称蟾宫。李白看见月蚀，疑是蟾蜍所为，遂吟曰：“蟾蜍蚀月影，大明夜已残。”可惜连李白这样的叛逆也不喜欢难看的东西，并且又没有一个科学的态度，不懂得天体运行之理，将月蚀夜残的责任强加给蟾蜍。三足蟾和红颜不老的单身女贵族嫦娥住在一座广寒宫里，长夜漫漫，共消永昼，熬仙家之清寡，度无偶之寂寥，在除了她就是它的无数个日日夜夜，怎么说它也可以寻个机会跳到嫦娥的玉腿上去消受一番，俗人笑话它想吃而吃不到天鹅肉，岂不知这笑话本身便是一个笑话，难道嫦娥身上的肉还不如那坨鸟肉吗？

苦读寒窗的秀才一旦中了科举，便有人来长揖贺喜，酸不叽叽地称作蟾宫折桂，争着要把家中小姐许配给他，足可见那一个蟾字的分量。李中诗赠黄秀才曰：“蟾宫须展志，渔艇莫牵心。”鼓励黄秀才要一心一意地追求进步，最好把皇帝老儿家中的小天鹅搞到手，于自己的将来是有好处的。

天鹅是国家明令保护的飞禽，不是随便可以吃的，因为它美，古有英雄以死而救美人的雅风，何况不吃天鹅肉还不会死人。癞蛤蟆则不然，你看它丑得像泡狗屎，走路时一脚误踩上去，反而把你吓个屁滚尿流，只要你不嫌它癞，尽管用大碗装了去吃，绝不会有手持电棍的警察来抓你坐监。这便是出身的差别，生命的不公，就像是有的人降生在白领的家族，有的人却投胎在黑奴的怀中，未见天日尊卑已定。事实上哪怕到了最是饥寒交迫的岁月，人一见癞蛤蟆那样子，饿感即退，代之呕欲。公元一千九百五十九年，国人有过吃死老鼠的记载，吃癞蛤蟆的还鲜有所闻。

曾听人说，北京人什么都敢说，上海人什么都敢穿，广东人什么都敢吃。但认真去考察广东人在北京开的粤菜馆，门上写的也只是生猛海鲜、飞机空运，深入馆内查找，也仅见玻璃缸里游的是乌龟和蛇，陶瓷罐里爬的是蝎子、蚂蚁和蝗虫，翻开菜谱，上面仍然没有登上癞蛤蟆这一道菜。是美丽而又勇敢的天鹅姑娘浑身是胆雄赳赳地飞到北京，在团结湖里很不团结地吃掉了癞蛤蟆。它们是鸟中的广东人，当代的神农，敢于献身吃的实践者。

有一个问题我一直没有搞懂，即到底是天鹅的肉好吃，还是癞蛤蟆的肉好吃，因为一样都没吃过，所以保留谜底迄今。我想若是从外表来看，癞蛤蟆的票箱里很可能不如天鹅的票多，然而若从外表以外来看，许多把肚脐亮在外面的漂亮小姐，里面的确是一肚子屎。这么一想，天鹅的肉未必就赛过其他的飞禽了，它其实就是一只会飞的鹅！

鹅肉是不如鸭肉的，鸭肉又比鸡肉差得远，而鸡肉几块钱一斤哪里没有卖的呢？癞蛤蟆的肉不管好吃与不好吃，听说它那张疙里疙瘩麻不溜秋的皮肤下面，有一种分泌物是一味中药，名叫蟾酥，可以消炎祛火治疗咽喉肿痛。天鹅要吃癞蛤蟆的肉，是不是因为天鹅姑娘唱歌的时候唱坏了金嗓子，就像歌星们要吃草珊瑚含片一样，也想试试蟾酥的疗效？

难得聪明

有一次我的朋友，领我去看他的朋友，他的朋友是一个地级市的文化局长，他是觉得我有文化，所以回到故里，先别去看祖坟，先得去看当地最大的文化人。根据以强凌弱、以老欺少、以大管小的中国逻缉，文化局长理所当然，就是这个局部位居长者，最大最狠最有名的文化人了，这一点应该是无庸置疑的，问都不能问。我记得这位文化局长的姓，不该忘了他的名字，后来一直想不起来，但是这不怪我，要怪得怪他家的墙。他家客厅的墙上挂了四个字，之所以夺目，是由于别家墙上挂的字是白纸黑字，他家墙上挂的却是黑纸白字，郑板桥的“难得糊涂”。盖因那个扬州八怪死了，纵知他是一局文化之长，也不能亲自起身写给他，便只好请人从碑帖上拓下来，装裱制框，悬之中堂，让人一进门就纳闷儿，这家主人，怎么也聪明到了难受的程度。

二十世纪，七十年代之末，八十年代之初，中国文化人的家中以悬此物成风，那是因为，墙上挂了十年的语录和画像，好不容易可以撤下来了，但是撤下之后，墙上一大块白石灰也不好看，想起古人所谓补壁一说，遂将这个补了上去。正在富起来的中国老百姓们，一是不认识那四个怪字，二是觉得糊涂难听，这些年割资本主义尾巴，把人都割成了光骨头，不就是吃了糊涂亏么？再说那棺材板一样黑漆漆的东西，挂在家里也不吉利，于是情愿贴一些杨柳青的年画，花开富贵，年年有鱼之类。已经有了花和鱼的，家里还缺老婆，就在堂屋贴一张老槐树下的董永和七仙女，半夜起来解手也不忘记看上一眼。也有人犯了政治思想错误，趁此机会把观音菩萨贴上去，怀里抱个小水瓶，想一举解决所有的问题，结果被当地组织叫去批评一顿，回家把画撕下来。还有的属于文化水平不高，觉得手拿双鞭和两锏的一对门神，长得比公社书记还要厉害，买回来一张送给小舅子，一张贴在自己家，让那黄脸持锏的秦叔宝，黑脸握鞭的尉迟敬德，二位分工，一个保卫一家人。

有文化的人壁上补的不是这个，他们补的是唐诗，是宋词，大江东去浪淘尽千古风流人物云云。这些人中有读书的，有做官的，有读书兼做官的，有做了官后不怎么读书的，诸多不同，却有一样相同，那就是审美趣味万万不能与俗老百姓等同。老百姓喜欢胖牡丹，他们喜欢瘦竹子，老百姓喜欢倾国倾城的杨贵妃，他们喜欢怪里怪气的郑板桥，老百姓喜欢子孙一代比一代聪明，他们喜欢自己还是越糊涂越好。距离一旦拉开，客人到家也就可以刮目相看其主人了。

一九八四年夏，我第一次上武当山，登上金顶，发现一个年轻道士盘腿而坐，面前摆满黑白拓片，张张都是“难得糊涂”。有游人问，一张卖多少钱，道士摇首说是不卖，捐五十元可施一张。我遂捐五十元，将被施的一张带回临时住所，夹于一箱书中，也没想好将来到底做什么用。是年秋天，我考取武汉大学，单位强留不放，我却选择逃跑，仓皇中将房门钥匙交给当时极好的朋友，请他代看房中之物，何时出差武汉替我带来。不料朋友给我带来的，袜子裤衩一应俱全，只是少了周韶华送我的一幅画，一幅字，另就是郑板桥的这一张。一时无语，心中怨自己难得聪明，总共就三张纸，装进一个牛皮纸的大信封里，不就随身带上火车了么？

回头再说朋友的朋友，这位地市级的文化局长，盖因墙上挂了此物，勾起我心中这件往事。忽然便想，假使那三样东西当年不为人所窃，他日成家，有了私宅，周公的字画是可以裱挂的，但那张“难得糊涂”若如此人一样悬之大堂，让人将一个本来糊涂到家的主人，误以为是聪明绝顶，时时提心，处处吊胆，于人于己岂不都是一宗冤枉！

那个我没记住名字的局长，当了几年，据说本来可以当上去的，然而没有。我问带我去他家的朋友，是否因他学习能写会画的扬州八怪，清高怪癖，不入俗流，“三绝诗书画，一官归去来”，当着当着，觉得实在没什么当头而不想当了？朋友像武当山上卖拓片的道士一样摇头，说是当今之世，哪有那样的糊涂人哟，是有人在市委面前搞他的鬼，称他这人太聪明了，靠不住，要提拔，情愿提拔一个忠厚老实的。我便心中暗笑，谁叫你不忠厚，谁叫你不老实，谁叫你挂那个自以为聪明的“难得糊涂”来着！

怎样植树

春天来了，又要种树了。

我年少时，就开始种树。在我家后院的空地上，兄弟二人，从野山挖来桃李杏树的苗，取坨稻田里墨绿色的肥泥，握住树根，捏成拳状，植于不大不小深浅正宜的土坑之中，哪几棵是我种的，哪几棵是弟弟种的，作出记号，各自负责淋水追肥，直到长高长粗，开花结果。其间若有某棵，不幸被某家管教不严的猪狗咬了，必号啕大哭一场，边哭边痛骂猪狗，又怪自己警惕性不强，并不施怨于他人，哭罢忙又补种，以免少了棵数。如今回忆起来，笑是好笑，却断无自嘲的意思，反而惊叹自己早在少年之时，就已经相当符合目前的改革精神，搞起了承包责任制，而不搞有些人那一套，种的种，喊的喊，照相的照相，热闹时纷纷都往镜头前靠，作挥汗如雨状，三周之后，光荣于斯也倒霉于斯的该树，不知为何死了，遂又互相乱指，都是他没弄好。

首长种树，其情足可动人，然其效似可研究。孔明素未挥刀，子龙亦不喂马，但他们一个善用妙计，一个能打胜仗，硬的指标摆在面前，三军将士无人不服。但你若身为林官，不善育林，不懂植被，纵然日植八株（掘八个坑，丢八根苗，活与不活，那是老天爷的事），但举国荒山一片，如真敢让老百姓投下一任的票，谨防有人在你那张选票的反面，写上要你自己付小轿车的汽油费，以及胶卷和录相带钱。当然，若能根据职位之高低，包下面积之大小，弯腰埋首，让那些全副武装的摄影记者都走开些，防止挖了他们的脚，如此三春，令秃山染翠，那便是真的种树人了。

中国有句俗话，曰：“十年树木，百年树人。”原来树人树木，竟有相同之处，即一样的需要一个“真”字。若仅仅是为了做个姿势给别人看，好像京剧人物的亮相动作，那么被树之木必死，被树之人亦必伪也。

中华民谣点评

中国不出大理论家，究其原因可能是受孔子影响，认为越是有思想者，越是述而不著。倒是曾经盛行点评之风，如张竹坡点评金瓶，脂砚斋点评红楼，毛宗岗父子点评三国，金圣叹点评水浒、西厢。因为要将几十万几百万的字一个一个地拿毛笔誊写在草纸上面，还要面壁十载，增删五次，毕竟是件很伤身体的活儿。

古时候没有王码电脑，闲来用朱笔在人家写的文章上批几行字，情形有些像是今天的领导签署秘书起草的总结报告时，写个很好或者发下去再讨论讨论之类，又说了话，又不腰疼。此风渐长，不仅长篇小说，连短句民谣也被纳入点评之列，冯梦龙就点评“我明一绝”《挂枝儿》，花底闲人就点评冯创山歌《夹竹桃》，居然精彩绝伦，流传四海。

在今日的中华民谣中，像冯评《挂枝儿》那样满口男欢女爱的艳词，已经不多，也许是人们的低级趣味已随着时代的高级而脱离，也许是害怕扫黄。而一般表现的都为社会闻见，时代特色，内容有的跟中央电视台每日新闻中的“焦点访谈”差不多，且出语幽默，造句精辟，韵脚也押得很准，有一定的艺术性，比目前有些著名诗人的诗歌作得好。京城有自号听风楼主者，便仿了梦龙狂士，试作点评，供人饭后一乐。譬如：

中华民谣之一：小贪戴手铐，中贪吓一跳，抬头一看，大贪正在作报告。听风楼主曰：贪者，贪官污吏之爱称也；小、中、大者，贪者之层次地位，所贪之数额品类也；末句最妙，有点“蓦然回首，那人却在灯火阑珊处”的味道。而第三句“抬头一看”，恰似惊鸿翘首，又像吴牛喘月，同时还可看出台上作报告的大贪声音之洪亮，令人不敢旁顾。而吓一跳的中贪直到此时，方将一颗砰砰直响的心儿放回肚子里头，面对戴手铐的小贪暗自笑道，该你倒霉。

中华民谣之二：烟酒基本靠送，鱼肉基本靠贡，工资基本不动，老婆基本不用。听风楼主曰：有此四个基本，一方霸主之形象即活龙活现呼之欲出矣。既然吃喝拉撒人生诸项皆有了铁的保证，工资动它何益。然不动工资可也，不动老婆则万万不可也。君不见，成年累月在外搞他人之美老婆而寂寞己身之丑老婆者，早晚必为丑老婆所英明觉察，妇道人家可是不知天高地厚的主儿啊，一气之下把你几十年的烟酒鱼肉乃至金条美元一篮子兜将出来，你就完他娘的蛋了。

中华民谣之三：清早对着镜子转，上午坐着轮子转，中午端着杯子转，下午瞅着骰子转，晚上抱着裙子转。听风楼主曰：转转转转转，五个转字，旋风一般递次转来，记录了一天紧张而有秩序的工作，难得有此多才多艺，能文能武，受苦受累，任劳任怨，德、智 、体全面发展，吃、喝、嫖同时进行的转型期干部人才。只是转来转去，别把脑袋转晕了，一头撞在南墙上！

爱钱如命说

这是一个永世不得翻身的贬义词。据说不爱钱的人贬它，其实很爱钱的人也贬它，舍了性命去爱钱的人贬它，舍命而去仍然没有爱到钱的人还是贬它。好像若不如此将钱这个可恨的狗杂种讥讽一番，就不可能得到全世界人民的景仰，就不可能脱掉一个俗字。于是就有人一边写着讽刺钱的文章，一边拿着稿费去卖延生护宝丸回家用温开水吞服，若是稿费少了或是逾期未到，便用公家的电话打一个过去，策略地虚报说是给别家写稿一个字几分钱，而有的甚至提前就将稿费寄来了。

钱和命本是两种性质不同的产品，一种是用好纸或金属制成，一种则是依附于鲜血和皮肉。自从人间有了尊卑，同样是血肉之躯也就开始区分贵贱，命比钱贵的，就用钱来买命，抵挡不住联合国部队的伊拉克总统萨达姆，便不惜万金买来像貌酷似的替身，充当自己的防弹背心。美国总统克林顿也这样做了，估计全世界提心吊胆的国王还为数不少。

这项技术很可能如四大发明一样，仍然起源于中国，因为至少在宋代有书记载，老令公杨继业的长子杨大郎就是替宋王死的，而且这类忠烈故事在中国历史上不会绝无仅有。不过杨大郎不是爱钱，而是爱国，爱君，爱杨家将的千秋美名。只有命比钱便宜的，才会冒着枪林弹雨去抢银行，自知有幸抢成功了，就可以像《雅典的泰门》中主人公所说的那样，可以使卑贱变得尊贵。倘若不幸遇难，动物世界里也只是少了一条蚁命。

对于一个寻常百姓，有的时候钱就是命，都市医院急救室外的三轮车上，袋里的押金和脸上的血色一样不足的呻吟者，寒冬腊月大雪封锁的地铁口里，浑身的裂皮和手中的破碗同时抖动的叫化子，他们早已明白了这条真理的颠扑不破。还有大山中辞学打柴的儿童，小村里卖作人妇的幼女，街道上逆子抛弃的老汉，荒野外恶狗咬伤的残人，他们也都因为钱的缘故而让命一寸一寸地缩短着，消灭着。这些人是俗人，他们爱钱，因为如命。而就在那家拒穷人于急救室外的医院高干病房里，一位打喷嚏扭伤了脖子的先生正用国家的支票预付着下月的按摩金。他的那个肥肥的屁股兜子里从来不习惯揣一分钱，吸一口堆在床面前的水果、补品和鲜花的混合清香，他说我实在也想不通人为什么要那样爱钱，咳！

人当然是要为崇高的理想而奋斗的，还要为伟大的抱负。但是这一切都必得在有命的前提下。在物价飞涨，万物要钱，进城的乡巴佬上厕所贡献了人家一泡肥料，反过来却还要缴人家毛把两毛的今天，你若由于先天抑或后天的原因不幸没有成为非凡的人物，而成了很凡的老百姓，尤其是一个什么都买，又没有生命保险的农民、打工仔、小手艺人、失业者，那么就还得考虑多挣点钱，不要乱花，存着，防备有一天你病了，老了，有灾难了，只有用钱才能买命的时候，不至于因为阮囊羞涩而眼睁睁地等死。

你不比人家干什么都不用钱，或者一分钱相当于你一百块钱的人，你要明白这个道理。爱钱如命，俗是俗点，但没有罪，有罪的只是那些为了活好自己的命，而去贪污人民钱的不俗之客，不速之客。

现代食客

养士是中国古代的一大特色，《史记·孟尝君列传》中曰：“孟尝君舍业厚待之，以故倾天下之士。食客数千人，无贵贱一与文等。”是说齐国的孟尝君喜欢收养吃闲饭的人。春秋战国时期我国总人口才多少？古之齐国的山东那一片又才多少？而孟尝君一人就养了几千，其他如平原君信陵君者自不必说。司马迁虽没统计出天下诸君的食客率占全国人口的百分之几，但那比例可想是不小的。养士之风若是延续至今，以我国现有人口一十二亿作被除数，白吃白喝的人至少也有好几千万，相当于几个直辖市。

但是这种养士之风又的确是在延续着，当然因为现在已不是封建主义的缘故，没有舍业厚待的孟尝君了，只好让国家来作养者。社会的发展，时代的进步，使养与被养的方式都有了一定的变革。春秋战国时期的食客是吃了玩，玩了睡，不干工作就是不干工作，平时并不假装出一副忙忙碌碌的样子，只在关键时刻出来以效君命。屁事不干的食客冯谖还敢长铗归来，公然弹剑而歌，一会儿“食无鱼”，一会儿“出无舆”，闹着要吃小灶，坐小车。而现代食客们的名堂可就大了，策略可就多了，一天到晚都在开会，朴朴素素地抱着一只茶杯，喝多了上厕所都是提着裤子跑步前进，心里明明想着今儿个怎么把昨天被人赢了的两盘清一色捞回来，坐在办公室里脸上却板得像本文件，眼睛里挂满了操劳过度的血丝丝。

在各条战线的办公椅上，坐的是一天到晚核算自己工资的经济师，日复一日研究上司脸色的研究员，成年累月作不出一本书，即便终于作了出来也四处退稿的专业作家，还有更多“说他行他就行不行也行”的行政干部。

昔日诸君养士还曾养出许多千古佳话，平原君门下挺身自荐的毛遂，太子丹府上一去不返的荆轲，连调皮捣蛋的冯谖最后也以收取银息十万而报答了主人的鱼舆之恩，事实证明了他们的才学和品德。

大难当头的孟尝君居然得救于“臣能得狐白裘”的狗盗鸡鸣之徒，而现代食客们是不屑于做那等下贱事的，他们终日挺着一面酷似孕妇的啤酒肚，连扔在脚下的烟头也用公款请操外地口音的老女人来扫，脸上的学问掩盖着肚里的稻草，迈着庄严的步伐走向会而成瘾议而不决的会议室。一到过硬火的时候，血压嗖的一下就上去了。

刚开始时，上司对此是有些看不惯的，但是看着看着就看惯了，因为现代食客们有几样东西是很厉害的，是女人的擅长用眼泪，是男人的则索性拿菜刀，后来觉得眼泪太阴柔，菜刀又太阳刚了，男女一起研究了一下，便统一使用烟酒和蛋糕，把他熏昏搞醉，甜得张不开嘴，再发音时口气果然就变得和蔼多了。

上司想，懒是懒点，笨是笨点，但是人家又没吃我的饭。

继而又想，要是给我家做保姆佣人，当然我是不能给她饭吃的。

夜里睡在床上，突然还想到一个险些被忽视了的问题，我的上司若是对我也来硬的，我不也完球蛋了么？

于是惊出一身冷汗，次日坐专车来到机关，召开全体干部大会，说今天我什么都不讲我只讲八个字。那么我要讲的是哪八个字呢？那么我要讲的就是安定团结，既定不变。

常常想起体育

每每从电视里看到那么年轻的运动员，脖子上挂着金牌，泪流满面地站在最高的领奖台上，心里总要想些其他的事情，比方说，其他行业能不能也像体育比赛一样，是谁跑得快就是谁跑得快，是谁跳得高就是谁跳得高，是谁赢的球就是谁赢的球，而不是输了扯皮，赢了争功，一看要发金牌了，抢过来就往自己那截因作报告和喝啤酒而弄得很粗的脖子上挂，又安排几个赛场外口号喊得响的看客去领奖状。

可以把各种质量不合格的人塞进各个单位的权利人，以及权利的交换者和受益者，唯一不敢随便塞人的是体育赛场，因为害怕心上的人儿在泳道里呛了水，举重台上闪了腰，拳击场中被人家有真本事的一拳打死。至少观众的嘲笑和愤怒是不好受的。而且即便不顾一切地塞进去，教练也不会要他作徒弟，领队也不会像其他受贿的领导一样谈个交换的条件就发他一套队服。他们宁可不要补品，不要让补品白吃白补的美人，世上一切交换的条件都不要，他们要的是自己的国旗在自己的国歌声中冉冉地升起来。

体育没有门户之见，十八岁的农村姑娘想进小县城找个工作除非做梦，但转眼之间却成了威震全球的马家军，画报上的飒爽英姿贴得满北京都是。而这眩目的光环从没落到过达官贵人的公子小姐头上，他们的长处无非是做点贩卖批文的生意。体育不容易作弊，足球场上要是有人闹着说他刚才一脚踢进了三个球，别说国际裁判会从屁股后面摸出一面黄牌，坐在电视机前的全世界的人民都会骂他是个疯子。不像那些虚报亩产多少万斤，产值多少万元的地方干部，上头在根本搞不清楚的前提下立刻就发他一个更大的官儿。

体育中很少出现争功的现象，若是团体得了冠军，那光荣就均匀地闪耀在每一个参与者的脸上，若是单项得了冠军，那个金光闪闪的杯子自然就抱在他的怀中。没有人给萨马兰奇写信说邓亚萍的球拍子是他做的，上场前吃的那碗牛肉面是他老婆煮的，要求给他夫妻二人也发一个杯子。

在体育以外的机关单位，却常常因为后类问题引起伤亡，擅长坐办公室尤其是有一官半职的机关干部害怕退休，经常都有一些改户口瞒年龄的故事发生，因为一退就没有人买他的账了，春节前分的苹果再也不能比别人的大，甚至一不小心就被过去的下级忘了他那一份。四肢发达的运动员的头脑果然是要简单得多，他们一到时候就自动地退下来，让新人去拿冠军，自己要么像郎平一样做排球教练，要么像李宁一样造运动服。

体育赛场不是官场也不是商场，不能用球虽然没进但是思想却进去了这一类的鬼话来蒙哄球迷，不能用阴谋和诈骗把自己的身体像放血大甩卖一样甩过栏杆。体育赛场不是文坛也不是艺苑，哥们儿几个可以边吃边喝就把一篇莫名其妙的小说弄成西方后现代主义的东方典范，接着又齐声赞美一个冲他们媚笑的鬼叫女郎是跨世纪国际接轨之星。体育赛场则不然，管他东方也罢西方也罢，只有像马拉多纳那样进了球，才能和国际接轨。

发展体育运动的目的过去一直仅仅被认为是增强人民体质，从以上看，原来它还可以使人加深哲学思考，提高社会觉悟，启发行业联想，产生改革意识。

由纸的作用想起

学校邀请开家长会，我去了。因为是启蒙教育，科技课的女老师手举一张纸问，同学们，请回答，纸的作用有哪一些？背坐于我眼前的小同学们应声而举起了森林般的小手。一个说，可以画画，说的是白纸。又一个说，可以写字，说的是格纸。还有一个说，可以扎花，说的是花纸。第四个说，可以包装漂亮的礼物送给喜欢的小朋友，说的是彩纸。再往后，几乎全是以上四类的重复，如印书本做挂历糊墙壁云云，除了美丽和梦幻，似乎再无别开生面的妙答。女老师最后粲然一笑，怎么没有一个想到手纸呢？她说。

这自然不能怪孩子们不聪明，也不怪他们的老师保守。孩子们天真无邪的思维，如空中白鸽直奔世间那一切美好纯洁的意象，诗一般，童话一般。也许只有调皮捣蛋惯挨批评的孩子，才会冒着风险去开垦一块不打人眼的想象的荒田。设若第五个孩子将小手举到半空，要求回答女老师的问题道，纸可以用于擦屁股，那么在这庄严神圣的课堂上，纸的作用是否讲得下去，还很难说。这孩子若想得到一句十足的表彰那得遇上一位承认自己也上厕所的诚实的老师。而这样的老师并不见得平均每间教室都有一位。在孩子们生活和学习的周围，永远都会走动着一些捂着鼻子宣称自己从早到晚只干工作而不出恭的人。

隐瞒和掩盖，是谎言和骗术的学前教育。一个又一个性格早熟成绩优异者，靠此走向各式各样的成功。接过鲜花听着鼓掌，捂着左胸举起右手，无以数计的庸人在面对记者“活着是为什么”这类可爱的话题时，往往都会回答为了革命。批量日益可观的谋私者和贪污犯，则总是笔直地挺立在镰刀和斧头下，朗诵为共产主义奋斗终生的誓言，让鲜艳的旗帜映红着一张张撒谎的脸。不正常和不健康的时代，奖励着不真实也不完整的伪君子，空气中弥漫着太多的暗示，其弊端决不仅是受奖者得到了什么蝇头小利。

电视里最近开了一个栏目，叫做实话实说，主持人的严重的鼻音不断地挑起佳宾的雄辩，每有妙语名言还伴以现代乐器相奏。然而鼻音和乐器却不能代替测谎器，知道自己要在荧屏上崭露尊颜的女士们先生们仍然努力向崇高靠拢，而尽量离庸俗三尺。一位跟着父亲学说相声的演员说，抽烟是为了创作。一位打扮时髦的青年女工说，不生孩子是为了事业。还有一位愁苦满脸仇恨满腔的孀妇，她说截止目前还没有发现一个好男人。

其实观众们在听他们实话实说的同时，自己心里也在实话实话，相声演员的段子都是别人写的，他抽烟纯粹是嗜烟成性，恶习难改。摩登女工参加完这场鼻音伴奏讨论会就已下岗，此刻怀里正搂着一只不为自己所生的小宠物。而愁苦孀妇所抱怨没有发现的好男人，有不少就坐在电视机前，他们微笑着回答她说，好男人为何不找好女人呢？

芝加哥的弗洛姆写了一本《逃避自由》，被追求自由的人诬为邪说。北京的王蒙写了一篇《躲避崇高》，也被自视崇高的人骂作媚俗。为了不挨骂遭诬，人们很早就学会了察颜观色。下笔作文，开口说话，必先在耳边预感一番掌声的疏密，在眼前预见一番笑容的浓淡。上岁数的大人们斜眼看长官的脸，小不丁的孩子不认识谁是长官，于是就仰头看大人的鼻孔。躲避崇高挨了一顿臭骂的历史教训，吓得孩子们幼小的心灵中就只剩下写字、画画、扎花和送礼，而不敢有屁股、大便、手纸一类不崇高的生活必须用语，致使科技课上论述纸的作用，一个也不能得到满分。

我很佩服那位粲然一笑的女老师，至少因为她有一颗诚实的心。就纸而论，应该是画画可以，擦屁股也可以，这才是完整意义的纸。而对人而言，则应该是崇高的事要做，虽不那么崇高但在生活中不做不行的事也要做，这也才是完整意义的人。否则假如你拉完大便，端坐于马桶之上引亢高唱一首革命歌曲，借用一句“扫帚不到，灰尘照例不会自己跑掉”的话，且看那个屁股能不能够自动干净？

保护祖宗

某家电视台正在以系列专题的形式，每日介绍一个中国的姓氏。这真是一个好节目，至少比长如王婆娘裹脚布的电视连续剧更受欢迎。开播伊始，收视率就极为可观，翌日友人相见，其中若有赵姓，必被恭贺一通，说是托了赵匡胤的福，自宋以来，做过几百年姓氏领袖之后，如今又被现代化的机器率先进行宣传。

福兮祸之所伏，我敢预言这节目播放到某一姓时，会出现一点小小的喜剧。由于编导先生的思维难逾常规，每到一姓，必寻其祖，必列其例，举出最始的一人和最有名的数人，来作本姓的代表，类似于一篇报告文学里面，各点出几个英雄以及混蛋。这便使我忧心，大凡名人之名，盖因他们的功罪才德，其中有正角也有反角，或许还有白鼻二丑。一味回避，当不生动，若是举例，万一失当，则不知后代子孙作何感想，并且有何行为。

《铡美案》在国内无人不知，无处不演，但演员们演到湖北均县陈家庄时，就得抱好脑袋。解放前后在此挨了饱打的草台班子，据说不止一个。原因是此庄陈姓后人庄严宣告，历史上的陈世美有才有德，无妻无子，戏中情节，纯属捏造，原本真相乃是这样：陈世美与三位同窗一道上京赶考，三人落第，仅他一人高中进士，留任京官，翌年三同窗上京又试，仍是不中，遂求陈大人给个事做。孰料陈大人为官清廉，不开后门，比几百年后一些党的干部作风还要过硬，一人赠银十两作为盘缠，劝其回乡发愤再读。三秀才愤然拂袖，决定回去写戏骂他。一秀才曰：骂他不认同窗。二秀才曰：骂他不认爹娘岂不更甚？三秀才曰：同窗爹娘仍不激人恨也，何不骂他不认前妻和儿女？于是就有了被人追杀的秦香莲，又有了铁面无私的黑老包。

出于好奇，十几年前我曾去均县访过当地的文化名人，原想笑话一场，不料此情是真。不知电视百家姓系列到第十姓时，陈世美将作何典型，若仍让他那颗摘去驸马帽脑袋掉于黑老包的龙头铡下，陈家庄人会不会团结一心，砸了电视？

又有河北省清河县黄金庄潘姓的后人，严禁对武大郎之妻潘金莲进行人身攻击。引潘氏家谱为证：潘金莲的八世祖官于贝州甘陵郡（即今清河县），潘金莲乃是大家闺秀，在武大郎考中进士之前，两人就结为夫妻，婚后恩恩爱爱，白头到老，还生下四个儿子。而书中的三寸丁谷树皮卖炊饼的武大郎历史上则是山东阳谷县令，身高一米八零以上。从陈世美的三同窗求官不得，愤而写戏的轶史推测，南陵笑笑生和施耐庵是否当年向潘金莲求爱不逞，羞而著书，一写《金瓶梅》，一写《水浒传》，大骂淫妇，让其死于小叔武松刀下，目前尚无线索可考。但恐春节过罢，电视里就要播放潘姓了，筹划、导演乃至制片人，该不会大脑糊涂到那个地步，举例时放着潘安的貌、潘岳的才、潘天寿的画不讲，而专讲潘金莲的淫吧。

著名的美籍华人作家秦家聪，用英文写了一部传记，名曰《祖先——一个中国家族九百年的繁衍史》，在美国出版后，畅销欧、美、亚，三年前此书的中文译本在某社出版，书中罗列秦姓诸多人杰，从苏门四学士的首席才子秦少游到现代共产党人秦邦宪，而在谈及七十年代唐人街一家报纸称他是“一个秦桧的后人”时，作者引了宋书一段以雪此辱。宋书曰：“秦桧之独子为其收养。曾孙秦钜通判蕲州，金兵进犯，与郡守李诚之协力捍卫。城破，钜犹领亲兵巷战，死伤急尽。钜归署焚房，一老军挽之出。钜大呼：‘我不欲生，宁为国死。’乃投火自焚。其二子皆死难。”

这位养子后代居然比他的宰相太爷忠勇节烈。由于秦钜父子死绝，作者就不再是秦桧家族的人了。清代状元秦大士游杭州曾跪于岳飞墓前，写下对联一副：“人至宋后无名桧，我到坟前愧姓秦。”《祖先》一书作者系钦、徽二宗之后的人，自然以“一个秦桧的后人”一言所羞。根据秦桧的知名度，电视百家姓播放到秦姓时，不点他一名大约是不行的了，但愿姓秦的人尽量往秦观的身上多想一想。

三年前，我还经历了一件趣事。武汉范某人东偷西摸，抄了一本有关姓氏的书，署名他著，蒙过我眼。冒名书出版之后，湖南一位姓易的先生看了大怒，说作者将易姓祖宗溯到那位烹了自己儿子给齐桓公吃的齐国厨子易牙，源自《东周列国志》这部小说，实在荒谬之至，扬言要以伤害名誉罪起诉法庭。按照文责自负的道理，我将此信转给作者，范某人吓得屁滚尿流，一口供认没抄冯梦龙和蔡元放的《东周列国志》，抄的却是明代廖用贤的《尚友录》，原句为：“齐大夫易牙之后，即雍巫人也，善知味。又望出济阳，今江东多此姓。”虽然证明了语出有据，但却露出了文抄公相。

不知电视百家姓播放到易姓的时候，姓易的祖宗可是那位害死管仲的齐大夫，这次若再惹官司，实在与我无关了。

看拳王泰森被击倒在地

强奸犯泰森出狱之后，一连击败四人，还要乘胜一路击下去，据说直至最后与刘易斯交手。不料中途出了个霍利菲尔德，一顿老拳将他打倒。通过北京台的电视直播，一个名叫张忠文的解说员用神秘兮兮的语调暗示北京的观众，说这位重新出山的拳王经过三年的面窗，已经今非昔比，连他的两只眼睛里都充满了哲学。这句和泰森的眼睛一样充满哲学的话，在使亿万热爱泰森也热爱强奸的女士们先生们大为振奋的同时，也令我大为惊奇，决心天大的事情也不做了，今天就来看看这场比赛。

中国的拳迷们打赌泰森必胜的原因，我想无非在于这几个方面。其一是对成功者的崇拜，根据过去的拳坛战绩，泰森比霍利菲尔德胜多而败少，胜者再胜的可能性自然更大，这并不是什么势利眼，而应属于通俗推理的法则；其二是对失败者的同情，拳坛上屡胜的泰森不幸惨败于情场，这曾使偏爱英雄的拳迷们暗自责备那位遭暴的美人，原不该葬送了拳王正值鼎盛的三年金色时光，今番终于复出，便满心希望他雄风依在，连狱中失去的多少根金腰带也一并补回。引申那个张忠文的话说，相信他能够打出一点哲学；其三，诸位也许知道，在这位精力充沛力大无穷的强奸犯的右臂上，绣着一个毛主席的头像，仅就这一点，拳王右臂上的头像不是美国人也不是日本人，而是咱们中国人，中国的拳迷就可以凭着“海内存知己，天涯若比邻”的革命友谊，和他站在同一条战壕里了。

距离几天前就在电视中公布的时间，泰霍之战推迟了将近四个小时。此前一直是几对轻量级的拳击手在为之垫赛。情形有些类似三十年前中国舞台上的三突出，主要英雄人物千呼万唤始出来。先泰森出场的是那位目前在观众心目中属牲品无疑的霍利菲尔德，那位据说也坐过监狱的黑汉鸭步横迈，黑脸堆笑，一路活动着拳脚，也像临行喝了妈一碗威士忌酒，证明无论对手什么样的拳他也对付得了。与旋即前呼后拥而出，攒着脑袋的泰森相比，他的昂首挺胸似乎有点不够资格。对于他的这副神态，中国的拳迷容易想起一句民间俗语，叫做“扬头的婆娘低头的汉”，认定只有具备那两类的人物才是无比可怕的，真正的拳坛英雄应该是泰森那个样子。

按照场前解说，我特别留心观察了泰森的两只眼睛，想看看哲学是个什么样子，但很可惜，里面除了拳击手的凶狠和恶毒，似无其他。第一个回合开始，名叫张忠文的解说员抑扬顿挫地念了几套早已烂熟于心的词儿之后，就渐渐发现有些不对劲儿了。果不其然，在第六个回合，泰森那只绣像的右臂挥出去没有击中敌人的脸，失去重心，一个踉跄，反被霍利菲尔德一拳击倒在地，从这一刻起，张忠文就恨不得把解说词儿中的赞美段落全都转用在霍氏身上。第十个回合，霍氏连击泰森十七老拳，打得他那充满哲学的眼睛流出鲜血。在紧接而来的第十一个回合，裁判为摇摇晃晃的泰森的生命着想，中断了这场比赛。

这个结果比较符合我的愿望。我与泰森无冤无仇，与霍利菲尔德也不沾亲带故。我只是凭着一颗良心希望泰森败后，让他用过剩的力气多去刻苦练拳，以待东山，这样就可以分散他的精力，免得再去强奸妇女。而在另一方面，遵照他右臂上人的教导，凡是敌人反对的我们就要拥护，那么我们就应该去拥护这位强奸犯的敌人霍利菲尔德。新的拳王虽然与泰森一样也曾有过坐牢的历史，但那是因为拒绝参军侵略越南。他是一位和平主义者，他的眼睛里未必充满哲学，但他心里的哲学却是宁可献身体育，也不做杀人的凶器。

今天我很高兴，沏上一杯好茶，坐在沙发上慢慢品着，从关闭了的电视荧屏上看到了自己带笑的影子。这个周日过得很好。

拳王泰森被霍利菲尔德击倒在地之后，恰逢《文化时报》的友人姜君来函，约我做灯下漫笔栏目的主持，我差点儿要说谢谢他了，开篇短文，便是以上话题，名字就叫《看拳王泰森被击倒在地》。孰料短文登出不久，忽一日姜君转来一信，并附檄文一篇，读罢大惊失色，差点儿就要像泰森一样仰翻在地，此文长达我所发表短文的三倍不止，一十五字的文章标题惊心而又动魂，杀气还要腾腾，乃是《请问野莽先生安的什么心肠?》，颇似文革红色运动中的墙上之语。

作者为湖南省湘潭县的一位乡长，愤然向我问罪曰，君不见美国的泰森右臂绣有中国的毛主席像乎，如此他便是中国人民的黑皮朋友，也便应得到中国人民对其永立拳坛不倒的衷心保佑，而你身为中国人却擅自写出那样的文章，公然宣称泰霍二人的比赛结果比较符合你的愿望！这位湖南乡长一气之下，买了一本儿童版的成语故事，从中选出一句路人皆知的成语，大骂我是司马昭之心路人皆知。

从此文的遣辞造句，乃至还可运用成语的情况看来，这位乡长似乎不像土改时的干部，他有文化，是新一代跨世纪的中国基层领导，尤其可贵的是思想觉悟更要高于知识。他之所以如此愤怒，乃是根据如下的公式：本乡长生于毛主席的家乡，任于毛主席的家乡，由热爱毛主席其人到热爱毛主席其像，由热爱毛主席其像到热爱绣有毛主席其像的泰森其胳臂，由热爱绣有毛主席其像的泰森其胳臂到热爱泰森其人，于是当胳臂上绣了毛主席其像的泰森一连挨了胳臂上没绣毛主席其像的霍利菲尔德十七老拳终于倒地不起，又遭了我的一番戏谑之后，他的感情再也受不住了。

他本想杀了大洋彼岸那位大喊大叫的胜利者，却鞭长莫及，继而想砸自家的电视机，又舍不得，何况别家的电视机里，泰森照样那么难看地躺在地上，满腔怒火便只好对我来发，恨不得把历史的车轮扭回到三十年前，上奏报纸，为文章的作者定一个“现行反革命罪”。

看拳王泰森这次未被击倒

我极力主张《文化时报》发表这篇文章，姜君执意不肯，说是水平不及，又说文坛近期总是涌现出一些以打人骂人而成名的人，虽没有雨后春笋一般的多，却也好比是雪天的糠萝卜，咬一口就觉得怪不是味道，因此不理为好，哪怕他们一心想有人理。

姜君说我上次给他写的一篇杂文得了全国的一等奖，要我蓄精养锐再写几篇，司马昭就司马昭，安的什么心肠就安的什么心肠。这事算是过去，几乎就要忘掉，然而事情过去的泰森偏不肯忘，他仿佛知道遥远的中国有一位懂得成语的乡长在暗中为他打气，便毅然又下一封战书，说是上一次打的不算，这次再与霍利菲尔德决一雌雄。

通过卫星转播，全世界的观众都为那条耿直的黑大汉子捏一把汗，但是不怕死的那厮却立刻答应下来，于是双方择一吉日，再燃烽火，这次泰森勾紧了脑袋，扎稳了脚跟，一心要击倒对方而不要被对方击倒。想不到开战不到几个回合，一件拳击史上从未有过的奇迹骇然出现了，泰森一口咬住对手的耳朵，疼得霍氏又蹦又跳，哇哇大叫，比赛只好宣告中止。

在四方围着几根绳子的拳击场中，有人看见地上掉着一片红鲜鲜血糊糊的，类似熟食品一样的东西，那是从上届世界拳王泰森嘴里吐出的本届世界拳王霍利菲尔德耳朵上的肉。再次宣战的泰森这次终于没被击倒，他成功地保卫了自己不再倒下的形象。

由拳王到强奸犯本已可恶，而今强奸犯又变成了狗，实在便有些可耻了。全世界各种语言组成的一片斥责声，不知道中国湖南的那位爱屋及乌的乡长听懂了几种，听不懂却是能够看得懂的，可以视为哑语的抗议。

我想起湖南的那位乡长，这个镜头他若是没有看到，当继续写信到《文化时报》，状告姜君为何不发表他的革命檄文，他若是看到了，又是否要把沙发往电视机前挪动三五尺许，定睛观瞧泰森的牙齿上面有没有什么人的微雕图像呢？

网事如影

三天打渔两天上网

我是一个摇晃而踉跄的与时俱进者，甲申年的榴月或蒲月，石榴花开得如火，蒲公英飞得似雪的美丽季节开始网上生涯。此年为猴年，此月为马月，为了便于纪念这个伟大的日子，我遂称之为猴年马月。国人对于遥不可及的理想之事，谦逊也罢，悲观也罢，常对人摇头摆手，笑说那都是猴年马月的事，意思是没有十足的把握，是一个表未来时态的词。而我的猴年马月却是过去时态，那一天的晚上申请网名，我也想用名字的拼音缩写，孰料一举遭到人家的拒绝，说是这个名字已经有人登记注册，我就只好在前面加了“正宗”二字的拼缩。将就着用了一些日子，对人通报起来，总觉有些麻烦，遇到有一丝不苟科学态度的朋友盘问这名字里含有什么深刻的道理，麻烦便又增加一倍。于是不想做行不更名的英雄，中途又改了一个，延续至今，网事尚顺。

跟天天在网上聊天看球的新新人类不同，我不过是个老老人类，一般两三天才打开一次，仅用以收发邮件而已，典型的三天打渔，两天晒网。朋友间若有紧急事宜，如约稿、寄稿，恐我误事，先从手机上发一句短语过来，说声收信，宛如武林豪杰口中的接招，我便立马儿打开，搜索枯肠进行应对。这样一来，邮票是节约了不少，时间也省去了很多，还渐渐地发生了一些既省邮票又省时间，尤其还能增加快乐的事情，想起来真是开心不已。

譬如家住株洲的聂老夫子，他有一个新新人类没有的雅好，善于把诗句用毛笔写在宣纸印的竖版十行笺上，花八角乃至一元六角的邮票，让人送到北京来给我看，旅途大约一周，我收读后摇头晃脑答上一首，也花八角乃至一元六角的邮票，让人送到株洲去给他看，旅途大约又是一周。这样来来往往一个回合，快则半月，慢则两旬，有时遇上不负责任的鸿雁，还不幸把诗给传丢了，为了保险起见挂一个号吧，一来一去却要花一个月。诗中若有花开花落之类的雅句，寄时花开，收时正好花落，有了这一个时间差，诗人满腹的诗兴恐怕是早已淡了。聂老夫子恰又是个性急的人，往往诗一寄出，等不得我收到，就追补一个长途电话过来，用他那毛泽东式的湘音，抑扬顿挫地朗诵一遍，十有五字听不甚懂，加之频频用典，仅注释部分就得花去个把钟头，诗瘾是过足了，电话费则需大把地费去。

终于有一次，我们不约而同地想到了网，嗨真是的，用这玩意儿，嗖的一下不就过去了吗？聂老夫子于是首开先河，嗖的一下，给我来了一首《西江月》：

“雀噪晴窗影俏，冬来石砚水温。京华诗兴遣湘中，喜得吟笺新韵。已报猴年大捷，又闻铁骨铿铮。洛阳纸贵是何因？野莽笔风强劲。”

我也嗖的一下，回他一首，他夸了我，我得夸他，不说别的，老夫子的这个姓就不同寻常：

“既得天赐三耳，自比朋辈尤聪。夫子美文飞如雪，更兼妙手丹青。翘然小城一株，湘水远载芳名。恰在隔湖相望时，鸿雁又过洞庭。”

过一阵子，他又嗖的一下，给我来了一首《水调歌头》：

“不见故人久，何惧北风寒。蓦然相聚携手，风雪拥双肩。添却赵燕豪兴，践了旧盟新约，把酒夜阑珊。多少枯荣事，冷眼佐笑谈。冰雕劲，华灯俏，且留连。行吟坚地犹记，步步赖扶搀。展翅雪波飞滑，归路餐车饮醉，朋侣应千年。挥泪自兹别，万里共江天。”

我又嗖的一下，步其原韵，回他一首：

“只为重聚首，千里赴冰寒。去岁新城小雨，别时有盟言。初见胡地风流，趣闻粗话豪饮，但将大杯换。从此沾匪气，斯文不能谈。鹊桥白，晶雕亮，二人转。且仗一身快意，滑雪威虎山。归车又遇知音，倚窗把酒论书，夫子醉眼圆。再说明年事，西子在湖边。”

又过一阵子，他又嗖的一下，这次来的是一首七律：

“乙酉初春，遥寄野莽兄：
又唤东君柳眼青，鬓边可见白发生？
履痕黔鄂烟尘旧，笔墨词章肺腑馨；
楼槛听风双影健，露台看月数山亲。
闻鸡起舞心犹壮，饮马文坛水浪惊。”

此夜已经十一时许，估计他已下网，嗖的一下过去也只存在网上，翌日凌晨方复，曰：

“鑫森吾兄：昨夜行八千米归，食国光小苹果三枚，酸奶一杯，读英人菲力普·肖特著《毛泽东传》一章及“××”书数页。梦非小儿乘机上网看足球讯事，令其替查函件，言有兄诗，读之并下载，时已十一时许，遂洗脚上榻，作衾中思。得一首，颇得意，尤其‘因特网’一句前无古人，凌晨复之，曰：

劝君何必闻鸡起，妙著等臂勇尚余。投书索文捋瘦腕，登门求墨挽长衣；无暇居内贤士三，因特网上律诗七。吟罢忽觉春意到，推窗但见燕双倚。”

长沙的《东方新报》，今年给我开了一个专栏，名叫“野莽说书”，在其中的一篇书话里，我把惊堂木啪的一拍，说是聂老夫子若在“五车”“万卷”的竹简时代，著作早已等身，且擅水墨丹青，即便而今百万妙著，高不盈尺，他写的书摞起来也齐他的瘦臂了，何必还要如此地勤奋呢？诗中的无暇居是他的书斋，《三贤图》是他的名作，末句乃言，春天来了，老夫老妻出去玩一玩吧。

网络的语言革命

时至今日，在中国作家的队伍中，再也听不到攻击电脑会破坏语言感觉的理论了。据不完全统计，百分之九十以上作家的书斋里都摆上了一台品牌各异的电脑，所剩的百分之十，资格稍老一些的作家，身边也有了妻子或女儿以及小秘书们红袖添香。尝到甜头的同志们几乎一致认为，假若这玩意儿提前诞生在曹雪芹时代，那就基本上没高鹗的什么事儿了，因为一部八十回残本的《红楼梦》，以文房四宝为写作工具，写几笔就得蘸一下墨，改一处还得抄一遍稿，增删五次需要披阅十载，那么要是改用电脑操作，恐怕至少会省下几倍的工夫，用节约的时间来写后四十回，贾宝玉最后到底选谁做他的爱人，就不会让浩浩荡荡的红学家们来打架了。

鉴于以上原因，签名本上珍贵的作家墨宝是越来越趋于难看。三天不写手生，偶尔捏一次笔，在稿费单上填写自己的名字，那字迹仅次于医院的大夫。接下来，给杂志寄稿连信封都不写了，不舍得再上邮局去买邮票，弄一根线牵进电脑主机的某个孔里，再按一下鼠标上的某个小方丁儿，无论世界各地，对方统统都能把文章收到，很快发回一个消息，表扬说是写得如何的好，谢谢。再接下来，又取消了曾经立下汗马功劳的电话，嫌它太贵，改为相对便宜的网上交流，还能修辞，电话里硬邦邦的一句“干嘛哪”，网上可以无限温情为“你好吗”。

最近看见传统媒体猛烈批评网络语言，觉得大可不必。窃以为鸟有鸟语，兽有兽言，只要彼此能够达到交流的目的，菜鸟也罢，粉丝也罢，旁听者你管不着，管也没用。老老人类最初的语言多少有理，多少无理，本来是一件极其说不清楚的事情，但是三说四说，五拉六扯，无理就变成了有理，说不清就变成了说得清。诸如古文通假，约定俗成，子孙后代不都继承了下来，成为灿烂文化的一个部分了吗？至于网上的新新人类，人家要把哥哥写作 gg，妹妹写作 mm，不嫌麻烦地在键盘上进行两次功能转换，一看不仅具有情书的倾向，并且略带加密的性能，本身就不是给你们这些老八股看的，何必要没事找事，自寻烦恼。

有一句网络语言，曾经在我生日那天，给我带来了巨大的快乐。极有可能这是一位女孩儿的天才发明，她跟男友在网上吵架，想让对方明白她的择偶观，又不忍心直接表达，想起《醒世恒言》中苏小妹三难新郎的佳话，于是就噘着小嘴儿说："呕稀饭爹淫 84 酱紫爹淫。"男友居然是秦少游一流聪明人物，运用小学教师修改学生错别字的基本功，迅速得出此语的正规写法是："我喜欢的人不是这样子的人。"也就是说，她不喜欢他，即便他如此地会修改错别字，也难以得到她的芳心。

由此我联想到了二十世纪中期，国内流行过一阵子的汉语速记，觉得这句网络语言除了"84"替代"不是"，将此二字减少了几个笔划之外，其余的八个字都复杂了若干倍数。如果从中抽去滑稽搞笑的作用，仅从简便迅捷起见，此句难以达到推广的目的。而且它无意中还暴露了这位苏小妹的身份和追求，她似乎是一个准香港籍小姐，或者十分地向往港台，热爱和模拟刘德华的发音方式：呕稀饭爹淫 84 酱紫爹淫——我喜欢的人是华仔这样子的人。

二十一世纪初一场网络语言的革命，正在静悄悄地登录华语大地，其中有一些势必要取得辉煌的成功，而另一些，则会沦为未遂的暴动。无须惊恐，也不要愤怒，老八股们的唯一出路是加强学习，隔两三天，添置一部增加了许多词条和价格的新版辞书，这样才会踉踉跄跄地跟上时尚。要么就索性放弃对网络世界与青春物语的窥视欲望，去旧书店里淘点子古书回来打发日月，不然的话，既不能成为人家"呕稀饭爹淫"，自己还会气得"呕稀饭"，那真是何苦来哉？

布特列尔的花园小溪

享受够了网络的幸福，忽然间同情起了杨诺士·布特列尔伯爵。我们不妨做个试验，让网民读者选出名著中与通信有关的十大传奇人物，其中可能就有这位倒霉的布特列尔。布特列尔是一个有非凡想象力的大学生，应该荣获十九世纪大学生科研成果奖，他看上了邻居霍尔瓦特的女儿比洛西卡，比洛西卡也看上了他，布特列尔就做了一只小纸船，把他写给比洛西卡的情书装在船里，再把小纸船放入通过他家花园的一条小溪，让小船儿顺着溪水，流入邻居霍尔瓦特家的花园。比洛西卡在小溪边取了情书，写好回信，依然装进船舱，把小溪的下游用泥沙堵住，溪水就由下游变成上游，载着小船儿倒流入布特列尔家的花园。小船儿载着情书在小溪上悠悠地流浪着，这是一种名副其实的浪漫，他们的浪漫恋爱就这样进行了五年。

但是，谜底有一天被揭开了，写回信的不是比洛西卡小姐，而是比洛西卡小姐狡猾的老爹霍尔瓦特，这个老家伙的想象力一点儿也不比布特列尔差，他应该得夕阳红科研成果奖。不过这位未来岳父的做法，实在是太残忍了，即便他只是想深入了解这个有可能成为他女婿的年轻伯爵，写情书的水平高不高，做丈夫的决心大不大，权当是一场旷日持久的婚前考验，为他心爱的女儿把上一关。

这是《奇婚记》的开头，匈牙利作家米克沙特好像要写一个喜剧故事。那是在一百多年以前，换了今天，可没人玩这种愚蠢的游戏了，如今的情况是两人各自守着一台电脑，远者可以隔着重洋，近者可以面对着面，首先虚拟一个诱人的网名，越是心怀鬼胎，越是老丑八怪，越让名字清纯美丽，在唐诗宋词和武侠小说里找个好词儿，然后几根指头在键盘上按来按去，鼠标一点，销魂摄魄的情书就过去了。至于后事如何，据派出所的资料统计，多半是以纯情少女和大龄富婆付出惨重代价而告终，有人将此归罪于网络，这是不对的，首先应该诅咒的是骗子，而非骗子作案的工具，不信把全世界的电脑都砸了，看骗子是不是都能摇身一变成为君子。

两个庄园主的少爷和小姐，彼此相邻，家中拥有花园和小溪，才能具备水上恋爱的条件。而同时代两地分居的多情男女，书信则要靠马车传送，马要吃草，人要打盹，倘若路程特别遥远，中途还需在驿站过夜，一来二去，有的甚至给送丢了，害得有情人难成眷属。幸好，据说恋爱中的人是最聪明的，想象力也未必比布特列尔差，在福楼拜写的《包法利夫人》中，那位小镇医生的太太爱玛跟两个男人轮流偷情的时候，就发明了把情书藏在梨筐的底层，假装派佣人送梨给心上人。这办法有点儿像我国智取威虎山的杨子荣，以及手举红灯闪闪亮的李玉和父女。包法利医生一直尊重着太太的隐私，从不打开她的黑匣子，直到爱玛喝了砒霜，他才将它一脚踢破，于是赖昂的情书散了一地，其中还夹着一张罗道耳弗的画像。福楼拜说，这位头戴绿帽子的小镇医生一边走，一边号啕大哭。这同样是没有伊妹儿的悲哀，假设这对夫妇生在今天，爱玛给自己的电子邮箱设上一个六位数的密码，她的蠢老公，那个只会给人看病的包法利医生还打得开吗？何况再说，她的情书也不会藏在梨筐和匣子里了，实在对电脑硬盘不放心，还可以拷入可移动的U盘。

与西方比，中国古时的情况似乎更糟，老公在外当兵，或做买卖，思念家中的妻儿，一般是找个可靠的人带个口信回去，为使老婆免生狐疑，顺便捎上一样能够证明自己的信物，问题是这可靠的人万一忽然不可靠了，从中搞起鬼来，骗财骗色的案件也时有发生。两口子要是都有一点儿文化，并且又冰雪聪明，一个会画画儿，一个会破译，一个会打诗谜，一个会猜，一个会写回锦文，一个会倒着认，被坏人钻空子的概率相对就会小一些。然而，收到一封书信的时间的确太漫长了，有时竟能辗转一年，遇上烽火，连杜甫都感叹“家书抵万金”。古代中国女子期盼鲤鱼双函，仰望鸿雁传书，这类凄美的诗文可谓太多。古诗十九首里说：“客从远方来，遗我一书札。置书怀袖中，三年字不灭。”看来这位妻子不是文盲，丈夫托人带回一捆写着字的竹片儿，她能在袖子里揣上三年，有事没事就拿出来认一认，说明在这一千多个日夜里，她总共只收到了这一封信。唐传奇《柳毅传》中，洞庭湖龙王的小女嫁给泾水龙王的老二，可恨那个“高干儿子”在外“包二奶”，公婆又虐待儿媳妇，叫她在河边放羊，某日有落第举子柳毅从此路过，小龙女就请他带信给住在洞庭湖水下龙宫的父王，快快前来搭救。柳毅是个唐朝的“雷锋”，为做这事吭哧吭哧，费了老鼻子劲。而今自然不必，龙宫里有一台防水性能良好的笔记本电脑，受苦的小龙女只消一上网，告状信嗖的一下就发回了娘家，哪里还临得上老实巴交的柳毅来帮忙。

《奇婚记》里的小溪流着流着，后半部分就流成了悲剧，布特列尔伯爵的结局非常不幸，这倒不是老狐狸霍尔瓦特没看中他这个女婿，而问题恰恰出在时间上，是长达五年的考验断送了两个年轻人的美好爱情。五年之后，布特列尔回姑母家休假，在返回学校的路上，被县长裘里男爵派人关了起来，逼他跟自己的女儿结婚，盖因为男爵的女儿被苏青卡神父搞大了肚子，得赶快给他找个替身。布特列尔逃也逃不掉，官司也打不赢，此时比洛西卡又被大公妃召作了宫女，霍尔瓦特老爹再狡猾也斗不过男爵裘里的猎枪，在两人的决斗中，被裘里男爵一枪打死了。

现代人对于这个悲剧的结论是，除了社会黑暗，还要怪这个老家伙自作聪明，当初放手让女儿本人通信，恋爱的速度势必更快，爱情的烈火势必更熊，恐怕不出一年半载，就在花园的小溪边举行了篝火婚礼，裘里男爵女儿的肚子大了，就让她去大吧。此外，也要责备那个没有电脑和网络的落后时代。

改变中国人的陋习

丙戌年正月初七，我冒着寒风，去送别一位生前曾留给我笑容的逝者，仓皇中我走错了医院，因此晚到了七分钟。所幸送别的队伍很长，从门里拐着弯儿地排到门外，殡仪师把最后一朵白花递给我的时候，我看见了很多熟人的侧影，他们面部的表情是悲戚的，有的眼中闪着泪光。逝者生前无非是一位翻译，于是我相信这些悲戚和泪光的自觉与真实，因为这里是灵堂，不是剧场。我在戴白花的人流中继续寻找昔日我们共同的同事，找着了一些，还有一些没有找着。我感到了一丝失落，原以为大家都会聚在这里，死去的和暂时还没死去的，这里是双方最后的一次聚会。

我咨询了联络人如何发布的消息，与传统的公告信函相比，新世纪的治丧委员会与时俱进地用上了高科技，根据不同的人，大约采取三种不同的方式。一种是打电话，一种是发手机短信，一种是在网上通知。我还想了解用哪一种方式通知哪一种人，回答说对断定必来的人打电话，对不知来否的人写短信，对肯定不来的人发电子邮件，后者是避免收件人婉言的推脱和勉强的光临，同时也为了逝者以及遗属的尊严。此外还有一个好处，可以减少口舌和电话费，却能使人圆满地完成通知任务。

联络人骄傲地认为三分法是最聪明的，我立刻表示了认同。我说假定在一个特定的岁月，双方曾经在心里暗自发过“这辈子死都不想再看到你”的誓言，而同事们并不知晓，那么这种网上通知的做法就能在成全一方的同时，也免去了另一方被心怀异想者在自己脸上不严肃地看来看去，算是对双方都给了面子。在过去的生活里，我们传统的通知方式其实充满了动员、命令和胁迫，那时没人发明网络，因此也没人发明把网络用于改变通知的方式。

然而对于有利害关系的权势者，这个方法目前还没推行，联络人会选择比电话更好的工具。

初七之后，我听说已经用于丧礼的网络接着又用于了婚礼，妻子单位的工会干部把同事即将结婚的喜讯分别发进了职工的邮箱。二十世纪末叶，机关单位的工会干部和婚礼爱好者们，喜欢左手一张账单右手一支圆珠笔，挨家挨户号召为新人捐“份子钱”，份子们清楚地看见，账单的排头上事先已经有了一个参考数字，大家只好按照这个数字开始掏兜。其实这对新人与同事们的关系处理得并不好，有时还为奖金的问题发生过争执。妙的是谁也不能让人看出自己的小气，纷纷迅速地当众出手，捐完钱后才背过身去犯起了嘀咕。

网上婚讯降低了中国人的面子成本，也使婚礼爱好者们把更多的精力投入到学习和工作上。在这之外还有一个相当大的好处，年轻人可以通过这个测验，知道自己是不是真的讨人喜欢。

然而对于有利害关系的权势者的子女，这个方法目前也没推行。不是推行不了，而是很多人会主动地打听婚礼的消息，一直都在暗中等待着这个机会，时刻一到，会带上早已备好的重礼，争先恐后地去喜欢他们。

于是我便又想，到了我们儿子那一代，情况或许会有不同，网络甚至还将改变中国人更多的陋习。除去葬礼和婚礼上并非自愿的聚会，还有一些更加频繁的政治报告会、工作总结会、精神表彰会，诸如这些会议完全有可能在有声网上进行。这样做的好处是省地、省时、省钱，还能锻炼主讲人语言综合和表达的能力，通过高科技的处理把“那么”一类废话都给抹去，三个小时的演讲压缩到三十分钟，使之区别于王婆娘。聆听者都坐在自己的电脑桌前，自己喝茶自己去倒，听他讲得全是假大空话，可以用鼠标轻轻一点，改而去关注其他的信息。

当然这样做也是有一弊的，比方说听不到所谓暴风雨般的掌声。不过倘若讲得很好，掌声自会响在听者的心里。倘若讲得不好，虽然听不到鼓掌的声音，不也听不到打呼噜的声音吗？因此不要担心王婆娘的会议转移到了网上以后，将会失去昔日的听众。那些听众也许本来就是受绑架的，他们手拿纸笔坐在那里，满脸肃穆，两眼发呆，心里到底想的什么，只有他们自己知道。

日子再往后去，大大小小的选举也将在网络举行，就像按照自己的审美和意愿，给一位参加大奖赛的网上歌手打分，一人手里一只鼠标，箭头在竞选者的档案和业绩上悄然游走，目光一亮，忽然停下，大家便各自选中一位足可信赖的人。选举的结果，真正取决于民众的点击率，鼠标的箭头老是不往他那儿去，那人就该从网络与现实的位置中一道消失。

网络诞生于进步的时代，网络又引领着时代的进步，一点一点悄无声息地改变着人类。因为这个我爱上了神奇的网络，并且希望全世界的人都爱它和善待它，寄予它很多伟大的希望。

经常在夜深人静的时候，我独自为它激动不已。

为网络抱打不平

网络一边给人类带来无限的方便与乐趣，一边又成为人类无形的被告。被害者们愤怒地指出，女骗子用它骗钱，男骗子用它骗色，还有一些人心不足蛇吞象的骗子双管齐下，骗色的同时顺手牵羊把钱也骗了，经营界的行话叫做一条龙。然而这并非是最可恨的，最可恨的乃是网络上还有一种魔鬼游戏，让人玩了以后就想杀人。

这些问题的确严重，正因为严重才值得写篇文章，跟愤怒者讨论一下问题的出处，讨论一下网络与犯罪的先来后到。主讲人当然认为，犯罪在先，网络在后，根据是早在二十世纪末地球上还没有出现网络这种怪物，往前数有多少个年头，人类被骗、被奸、被杀的历史就有多少个年头。石器时代用石器杀人，青铜时代用青铜杀人，没有英特网一点也阻挡不了杀人的念头和行为，其他的网照样能叫人头落地。诸君请看，电视里每天都在嗷嗷大叫的武侠片中，一张渔网从天而降，把一位有万夫不当之勇的英雄网入其中，拖回去剖腹挖心，实施各种刑律之苦。把青春期国民犯罪之因全然归结于网络游戏，这种思想，我认为有点儿幼稚，有点儿浅薄，也有点儿偏颇和不公道。

网络游戏是网络的一个最调皮的小儿子，它的爸爸为人民服了很多的务，因为网络游戏这个小家伙的出世，使人忘却了它无数的好处。其实就说网络游戏本身，我也不认为它有什么罪过，小时候我们玩积木，并没有立志要做伟大的建筑师，玩木头做的手枪，也无非是闭上一只左眼，对着小伙伴说一声“啪”也就罢了，从没想过真要把人拉出去执行枪决。网络游戏不过是现代的积木和玩具手枪，一个人有了作案动机，他会满世界地寻找相应的工具，床头上的一只袜子也会让他颓废的思想瞬间受到启发，三毛使用的不就是一只结实的长筒丝袜吗？当然她杀死的是她自己，但是凶手兼被害人的妈妈，并没有起诉设有袜子专柜的商场，也没有建议有悲观主义倾向的女作家以后要打赤脚穿高跟鞋，以此保护更多人的身家性命。

我家共有三台电脑，一到晚上各上各的网，老婆既不骗钱，老公也不骗色，儿子尤其不好奇一个人为什么要杀另一个人，只会在网上读书做题，小型社会是非常的和谐。有时候我还动员儿子学习累了玩会儿游戏，包括那些战斗的游戏，我的观点是杀人之心不可有，防杀之心不可无，有歹徒入室抢劫或绑票勒索，或许游戏中的某个方案还能起到决定性的求生作用。不妨让我来做个假设，假设一位英雄少年智勇双全，救人救己，有记者闻讯采访，得知其本领来自于网络游戏，而这位记者刚刚撰写一篇声讨网络游戏的檄文，不知此篇又当如何去写。2005是抗日战争胜利六十周年，电视里的八路军每天都在跟日本鬼子浴血奋战，好孩子看了无不激起国仇家恨，但要是遇上一个坏孩子，喝多了酒想吃西瓜，瓜主要钱没有给的，顺手抄起一把切西瓜刀捅向人家的腹部，你总不能怪电视里不该出现拼刺刀的场面吧？

网络是什么？网络就是那把切西瓜刀，用马克思的话说，它属于生产力的范畴，而非生产关系和社会意识，使用这种利器解剖西瓜比石器时代的钝工具来得有效，它的诞生原意是为人类谋幸福，炎炎夏日吃了西瓜，可以一身清凉地去实现英特纳雄耐尔。然而有人酒后误解了此刀制造商的初衷，不把它用于崇高的事业，倒一心扑在杀人的游戏上，你怎么能把罪责强加于刀？当然也不能怪酒，武二郎喝了十八碗酒后，一顿拳脚把吊睛白额大虫给打死了，为景阳冈一带的贫下中农除了一害，他的鲁哥，花和尚鲁智深喝的酒还没有他多，却把佛教圣地五台山的文物破坏得一塌糊涂，老住持口念阿弥陀佛，号召小弥勒们将他赶出山门。学不严，师之惰，这能怪老和尚没教育好吗？我们中国目前有一股可爱的潮流，错误明明是某甲犯的，恰恰把某甲保护起来，专找某乙某丙以及某丁的麻烦，甚至戊己庚辛也难逃干系，唯独某甲本人一脸的委屈。其实凭良心说，破坏文物案不能怪老和尚，因为金老汉的员外女婿送鲁提辖一上山，住持就及时跟他签了合同，戒酒戒肉，戒色戒欲，笔名智深也取好了，是他自己不守纪律，如若再要管得严些，恐怕他还会手持禅杖对着师傅的光头大开杀戒。

所幸宋朝那个时候没有电脑和网络，不然依着花和尚的顽皮秉性，不天天在网吧打游戏机才是怪了！这又说到那部小说中的另几个人物，王婆开婚姻介绍所，骗客户的衣服料子，她要网络干什么？有一间卖茶的铺面房，外加一张好嘴就行了。西门大官人骗色也不用网络，他的办法非常原始，喝酒时假装筷子掉在地上，用手去捏人家娘子的脚。直到今天，偏僻山区拐卖妇女儿童的案件还时有发生，穴头的方法跟网络没有半点关系，那些鬼地方要是能通宽带网，能在网上看到防骗指南一类信息，悲剧发生的几率反而要小得多。

网络给了我太多的好处，做人得讲义气，所以当网络以及网络游戏遭人误解和攻击的时候，我忍不住要替它打抱一个不平。

千秋功罪网来评说

这句话说得太大，说得太早，但是没有关系，说大总比说小好，早说总比晚说好，这说明主讲人不仅先天下之忧而忧，而且先天下之乐而乐。注意，不是范仲淹说的那个后天下之乐而乐。因为网络这个东西自从一出世，它就在改变着世界，创造着奇迹，从这点来看，在以后漫长的日子里，它还将干出的惊天动地大事，决不会少。别的不说，我们仅看与作家有关的几个项目便知端的，上世纪末，几乎是在一夜之间，它以神秘的投影瓦解了中国传统的文房四宝，以神奇的速度嘲笑了大清以来的邮政传递，以神话般无极限的空间简直要取缔全世界所有的报纸、刊物、书籍、平面的图画和其他文字。

它还要雄心勃勃地兼并书店、剧场、影院，以及更多巍然耸立的纸媒机构，节省地球上的很多资源以及地球本身的一部分，开创出一个漫无边际的空中文化系统，最后它究竟要把世界引向何方，我们大家都在静候佳音。

但是它在接受人类颂扬的同时，也在不断遭到人类的误解和攻击，最近一例，说是一批当红的影视歌星和电视节目主持人，他们的性生活也被一网打去，丰富多彩，图文并茂，把当事人气得直翻白眼。我的看法，这是错的，不应该这么做，明星歌唱得好，你就听她唱歌，舞跳得好，你就看她跳舞，电视剧演得好，你就看她演的电视剧，开心辞典主持得好，你就开开心心地听她提问，你干吗要了解她的性生活呢？在那个方面，全世界所有的人其实都差不多，明星们一天到晚忙着化妆演出，处理某件事情的技术甚至还不如没事干的人先进和纯熟，与其知彼，还不如知己，何苦要去上网挨骂。这是其一。

不过我劝明星本人，也适当地放清高一点，自尊一点，爱自然是要做的，但是尽可能地保持跟自己真正的爱人，这样一来，网民就觉得明星的性生活跟自己一样，看你还不如看自己，就不再表示好奇了，你号召他们来看，他们的鼠标还懒得往你身上点击。然而，你要是跟赖昌星之类的货色搅在一起，你的点击率当然就得一路飚升了。这是其二。

其三，真要是问题严重，请听我出一个馊主意，第一不能割电线，第二不能砸电脑，这两样东西没有罪过。既然这个网吧是黄色的，那么就好，实事求是，由政府的人出面买一桶黄颜色的力邦漆，把这个网吧的门窗墙壁都染成黄色，再做一套乾隆皇帝那样的黄马褂，作价十万元卖给网吧老板，叫他上厕所都穿着，不穿不行，为什么呢？因为他开的是黄色网吧，黄色网吧的老板难道还要穿绿色马褂不成？绿色是安全环保的标志，涂有这种标志的网吧，未成年人可以放心大胆地进去，一进去里面的叔叔阿姨就发一块巧克力，然后教给你一个游戏规则，如何玩法。这一下子，问题不就解决了吗？总而言之，攻击网络而不是网站的做法，非常的苍白，非常的没有力量。

小的时候，我看过一出鞭打芦花的戏剧，说的是一个做后娘的，大冬天的给两个儿子缝棉衣，亲儿子的一件里面装的是棉花，继子的一件里面装的是芦花，孰料亲儿子关心弱势个体，毅然舍己为人，孔融让梨，他让棉衣，把自己那件装着棉花的衣服换给异母弟弟穿了，自己穿上装着芦花的衣服，结果冻成了重感冒。后娘气得要打继子，见义勇为的邻居向知府报案，知府大人说这事都是棉衣害的，喝令兄弟二人把棉衣都脱下来，扔在地上让衙役用鞭子一顿狠抽，棉衣被抽了个稀巴烂，露出里面的两样货色。于是真相大白，后娘羞愧得无地自容，在知府大人的素质教育之下，以后成了一个心灵美的好后娘，对待两个儿子一视同仁。实践证明，这是一个睿智的知府，他的责怪棉衣与有人责怪网络游戏是不同的，他知道棉衣无罪，那不问青红皂白的一顿鞭子，实际上是旁敲侧击，一下一下抽在了虐待儿童的后娘身上。

中国有一句家喻户晓的俗话，用餐的时候严禁使用，说是拉不出来屎赖茅厕，这句话的最后一个字念“私”，意思是明明自己没听洪昭光教授的健身指导，多吃水果和蔬菜，因而引起严重便秘，却不进行内省和自我批评，偏偏把矛头对准没有促泄功能的坐便器。这句话虽然难听得很，但是它的精僻、深刻、生动、形象，却远远胜出许多疙里疙瘩的哲学著作，几乎要属于朴素真理了。不过相对上述那句难听的俗话，现在问题又反过来了，主人公的肠胃有了毛病，拉出来了一些不该拉的东西，有人也要赖茅厕了。

赖也赖不上，赖上也没用，因为无论如何，已经进入全球网络信息化的时代，世上谁也没有力量挡住这股泥沙俱下的东流水，让人类重新回到过去慢条斯理的日子。何况再说，即便能够回去，已经尝到网络甜头的同志们，无网的生活还能习惯吗？

网络文学的未来词义

韩、白之战，论点是何为文坛，最终韩小将一句“文坛算个屁”，吓得白老夫子高挂了免战牌。然而烽火未残，网络上近日又燃起狼烟，一边是文坛张作家，一边是网络众写手，这一回两边论战的不再是文坛，似乎文坛算个屁已成为历史的定局，不必再论，新的论题则转为网络文学能否产生大家名作。

中国的文学人类，喜欢在自己“文学”二字之首冠一定义，为的是师出有名。八十年前，在“五四”文学的基石上，左联高呼革命文学，普罗文学，即无产阶级文学的大口号，那是为文学戴上一顶政治的帽子，以文学的阶级性来作划分。鲁迅视此以大不屑，对所谓的民族主义文学亦然，却戏称自己的作品为遵命文学，独遵人民之命。而他发表在报刊上的一些杂文，由于四周加了花边的缘故，则被“同一营垒里的青年战友”取了花边文学的绰号，一是看着头疼，二是攻击其为了稿费，好比银元的周边也有一圈平行线的花纹。后来鲁迅索性把此类文章编成一集，书名就叫《花边文学》。这是自谑，集子里的作品不以革命或普罗与否来划分，却完全取决于发表时所受的重视。

此后还有孤岛文学、解放区文学之说，那是指抗日、国共两次战争期间，在尚未沦陷的城市和业已开辟的农村大后方，继续开展的革命戏剧和曲艺活动。虽以地域来作指代，但从“孤岛”、“解放”二名词中，明显透出流亡和战斗的政治含意。

二十世纪五十年代初，新的中国出现了土改文学，代表作是获斯大林文学奖的《暴风骤雨》，人见人悲的《白毛女》，还有文盲作家高玉宝写的自传体同名小说，与半夜学鸡叫的周扒皮先生做斗争，全都以政治作为文学的准则。后来又有大跃进文学，代表作是《红旗歌谣》，小靳庄文学，代表作不知是什么东西，不肯如此写作的作家，多数就变成了右派和转业者。时过二十二年，形势忽然地变过来了，右派和右派的孩子以及广大文学同情者们，重新拿起笔来，撕裂伤痕，回眸反思，寻其根源，呼唤变革，于是又应运而生了新时期的伤痕文学、反思文学、寻根文学、改革文学，稍晚些时，又有后来渐成气候的新写实主义文学，未成气候的现代派文学等等。口号一个接着一个，不过它们都是有内容、有思想的，并非是为艺术而艺术，也并非是为文学而文学。

进入二十一世纪，网络文学的诞生却不一样了，它在概念上偷梁换柱，既不是一种政治主张，也不是一种文学流派，而仅仅是以一种写作的工具和传播的手段命名，表示着书写技术和邮递方法的革命。与传统的纸媒文学相比，它的区别是用键盘写在电脑里，用伊妹儿发表在网络上，不麻烦编辑先生一审再审，也无须读者朋友订阅杂志和购买书籍。掌控鼠标，轻击网页，美丽高雅的文章，俗不可耐的文章，精妙绝伦的文章，狗屁不通的文章，真知灼见的文章，装模作样的文章，痛哭流涕的文章，嬉皮笑脸的文章，应有尽有，滚滚而来。夫网络者人人之网络，非一人之网络也，天才能写，蠢猪也能写，文士能写，妓女就不能写么？一秒钟内，扑哧一下，作品就发了表，作者就出了名，比起传统纸媒，那叫做快！全然不经过十年寒窗之苦，居然一夜间就成紫红，真正是十分令人羡煞双眼。

传统作家先是不以为然，继而羞与为伍，再接下来情不自禁，终而至于忍不住要试着发一发言了，说是网络文学永远产生不了大作家、好作品，如此云云。岂不料弓着身子静候在电脑桌边的网络写手，要的就是这句话，说时迟，那时快，立刻拍马迎战，还击传统作家算个神马玩意儿，出语之犀利尖刻，几乎与韩小将如出一辙，于是网络天空，风云又起。

这简直应该算得上是一场可爱的误杀，传统作家过于迂腐，网络写手更是毛躁，为使双方停火，坐下谈一个判，我愿为新兴的网络文学起草一条注释，以备载入未来的文学词典。该词条的初稿是这样的：二十一世纪初出现在中国文坛，运用计算机技术输入并以网络为手段进行广泛传播，具有某类文学特质的语言文字，可以统称网络文学。最早由网络写手创立，后来有传统作家加入。网络只是工具，而非观念主张，也无质量标准。打个比方，刻在甲骨上的文字可称甲骨文，刻在竹简上的文字可称竹简文，书写和印刷在纸质上的文学作品可称之为纸媒文学，网络文学也可以此类推。不要把事情弄得过于复杂，中国的问题，就是从来就不缺混饭吃的理论家，致力于把本来十分简单的问题故意弄得万分复杂，以此显示高深玄奥。八十年前胡适说是少谈点主义，多做些实事，即是对此类人才而言。如今对于网络也好，纸媒也罢，这个实事，就是看谁能写出真正的好作品来。

侯宝林说过一个段子，可以用于网络文学概念的混乱。他说他大清早起来穿了六条裤子，捧哏问他哪六条，侯大师扳着指头，说了三条功能不同的裤子，又说了三条颜色各异的裤子，捧哏说哪有这样重复说的，说来说去不还是三条裤子吗？目前的网络文学恰好就是概念不明，为了省力，随意给它取名叫红裤子，其实商场关于裤子的分类，是以性质做标签的，譬如短裤，衬裤，毛裤，外裤，还有小儿的连衣裤。传统作家横眉冷对网络文学，也许看到的并不是网络，而是那些利用文学名义和网络条件，漫天飞撒性爱日记的芙蓉姐姐，木子美妹妹，以及一些不穿裤子在网络上搬运汉字的少男小女，壮妇老郎。

正如在所谓社会主义体制下还存在着靠工资吃饭的传统作家，存在着靠政府补贴和企业赞助发表和出版的传统文学，网络写手的高下之分，网络文学的良莠之别，乃属正常。这并不妨碍随着网络写手的增多，写作质量的提高，未来会从中出现大家名作的可能性。传统作家过于自负的预言，早晚会以破灭作为代价，而反过来，倒会有传统意义的大作家耐不住纸书之苦，经不起网络诱惑，某一天突然扔下笔墨，进入网络，从此他也就会被人纳入网络写手的浩荡队伍，其作品也会被人归进网络文学了。

网络文学与纸媒文学不是敌人，它们是操动两种工具从事一类工作的同行，虽然同行容易成为冤家，但是前人更多的先例却是战友。它们当然是应该有敌人的，它们共同的敌人到底是谁呢？那就是好的作家和好的文学一直在努力鞭笞的，影响这个世界和人类文明进步的假丑恶。

此线只应月下有

在白先勇、王蒙、刘恒分别获得三种文学奖项的，北京作家协会召开的颁奖会上，我首次收到一张名叫“中文在线”的蓝字名片。当时我并没怎么细看就塞入兜里，它的下落如同很多在机场、车站、宾馆、饭店、商厦、公园以及其他公共场所收到的名片一样，离开首都剧场以后便不知所终。

某日我闲着无聊，上网查字玩耍。先查了“媒”字，出来一大串儿：媒体、媒介、媒人、媒妁、媒怨、媒质、媒子、媒婆子……又查“网”字，又出来一大串儿：网子、网兜、网点、网线、网纲、网巾、网篮、网篓、网球、网罗、网膜、网眼、网络、网虫、网页、网址、网民、网吧、网费、网恋、网购、网约、网上骗子……接着再查“线”字，又出来一大串儿：线索、线条、线圈、线段、线材、线春、线路、线脚、线面、线毯、线呢、线头、线衣、线香、线装书……

其实并非无聊和玩耍，而是在试图发现这三字之间的关系。结论立刻就出来了，它们岂但存在关系，而且本身就是一体。这时候我鬼使神差地想起那张失踪的名片，忽然觉得那个网站的名字取得不错，临渊羡鱼，不如退而结网，然而没有线何以结网？没有网何以打渔？何以网罗天下男女以行媒妁之事？

这期间陆续有北京的有声读物网、书生网，湖南的科技远景网等若干网站与我联络，伴着设计精美的名片，还有从邮局挂号寄来的宣言书与空白合同，坐地铁来到家里的年轻人。隔三差四，前前后后，据不完全统计，我有幸得到过他们单位抑或个人寄赠的各种物品：免费阅读卡，实验剧院先锋话剧嘉宾入场券，文字与音像光盘，铸有网站徽记的旅行杯，绣着“书生”的红绢靠垫，刻着“不忘师恩”的水晶球，中秋月饼……有一次北风怒号，年关将至，版权部主管初丛达小先生还登门送来了一笔版权使用费，以资买米。这位书生网又高又壮的白面书生，同期送来的一种最是令人难忘的好东西，是他一张大白脸上弥足珍贵的憨笑。

稍后一些，我又收到了蓝色“中文在线”的第二张名片，一位名叫海天的青年到我府上，洽谈合办一份文学杂志的伟业，这根野心勃勃的线头试图穿过网络，进入网外之境的传统纸媒阵地，从朝不保夕的老爷子们釜中再分一杯羹去。接着我又收到了第三张，这次是一位名叫艳宏的女孩儿，我想起了一首早年流行的游击队之歌，在一座密密的树林里有他们无数的好兄弟，以及姐妹，他们或她们似乎是在一张网络、一条主线、一个足智多谋的游击队长统领之下分兵作战，各条支线的线头酷似鱿鱼的触须一样四处游动，在京城的大海中快速寻觅捕获的对象。

艳宏在网上查阅了我的档案资料，然后代表“中文在线”来与我签订版权合同，顺便也给我带来两本名叫《幻王》的她们的纸媒文学杂志。我认出了这个杂志的母体，正是半年前海天到家来跟我洽谈合作的《都市小说》，该刊的女社长兼总编辑芦伶莉曾经请我做她们的顾问。我从杂志的封面和版权页上发现了与上次所谈不同的两点，一是年度合作变成了单本合作，一是海天的名字变成了唐风。

三天以后我旅行去往异城，负责接站的是一位网名叫做仰天啸的朋友，他正在网上以每期一章的速度公布一部漫长的迷幻小说，我特意把《幻王》带给他，作为夜半相逢的见面礼。果然他就喜出望外，此时天色未晓，我们在一家酒店大厅相坐饮茶，仰天啸公高谈他的网上粉丝和上千跟帖，谈到得意处就仰天一声长啸，两保安持棍而来，欲行禁止，一听是说网上迷幻，也便被迷得坐下听讲，不知脚下幻软实软。

社科院哲学博士尚杰先生叫板文坛，撰有一部跨文体大著《完美的折磨》，私下允许我为继阿蕾之后的第二读者。一番阅省，遍体生津，想起“中文在线”宣称连通纸媒出版体系以及反盗版的神奇功能，力主作者全权交付女游击队员艳宏联络出版。本是太虚初试，不期然此著很快就要问世了，令我惊羡。尚先生的处女作一点儿折磨也没有受，却坐享如此完美的结局，功在月老，中文在线，实在是一根为人民服务的红线线。

此线目下放射的几根最亮光芒，除却旨在将中国作家一网打尽的版权代理，尚有它的反盗版行动和书稿经纪，网络的倚天奇术使其动如脱兔，温酒斩贼，然后走马再荐诸葛。言及此处，我忍不住要为一些有眼无珠的出版社担一个杞人之忧，主事者或近亲结婚，或误识东施，或路碰忽悠女，或引雌狼入室，将好端端一座文化的雅堂经济的宝库，硬生生整成垃圾站和狼崽窝，怎么就不肯到月老的桂花树下登几个记，迎娶一些既能生儿育女，又能提篮小卖，作风正经名声且好的良家女子呢？

文坛的堕落

本世纪出现的一种新兴职业，虽然还没来得及收入新版词典，却跟超女、博客、恶搞、流氓软件一样成为流行语，它的名字叫网络写手，系指以电脑写作和以网络传播为主要工作方式的文化人。跟很多作家不同，我从来都不敢小看这个新兴的群体，以我经人推荐读过的一些网络文章而论，它的令我欢喜和惊叹的程度，并不是每一个传统的纸媒作家，包括当红的职业和非职业作家都能达到的。当然，据说这些署名古里怪气的网上作者，他们有的就是已经成名的作家，由于抵挡不住网络的诱惑，又唯恐被身边的同行知道了丢份儿，就穿上夜行衣，扮成蒙面人，悄悄然摸进网络来放纵笔墨。这种人功夫老道，炉火纯青，即便是在假面舞会上闪展腾挪，明眼人也一目就能了然。

我尊重网络写手的另一个原因，是这些写手不管写得好与坏，都是用自己写的字来买米做饭，写得好吃得好些，写得差吃得差些，通情达理，全无怨言。不像一些靠人民缴税养活的职业作家，写不写得出来都向单位的会计要工资，会计不给就游行示威，脖子上挂块牌子上街要饭，激起善良看客的同情，看哪，对待作家怎么能够这样！这是作家，不作也是作家，作不出来也是作家，给了人民精神食粮的作家难道不应得到人民的物质食粮吗，世界上第一个社会主义国家，前苏联老大哥的作家们不就是这样的吗？

网络写手却往往不是靠此吃饭的职业，他们写作只是出于诉说的欲望，是想享有人权，对自己置身的红尘世界发表一点切肤的看法，而我们的报刊传媒死活都不理他，这种蔑视激怒了他们，于是他们就拿起鼠标从空中发射出去。其真正养家糊口的职业可能是经商、教书、打工，以及形形色色的自由工作，因此从他们手下出来的方块字是纯洁的，并不需要利用它们向某种势力依偎，以求换得名声与功利的诸般好处。职业作家视之为生命的东西，网络写手听了以后会感到非常奇怪，接着他们就笑了起来。

2006年快结束时，网上有人宣布了本年度中国文坛的十大堕落，靠工资吃饭的作家挂牌要饭是其中之一。文章的作者肯定是网络写手无疑，口吻之调侃和嘲笑简直令乞讨者大感意外，原指望对方虽然是狗肉上不了正席，但毕竟也算一条文学战壕的战友，孰料这些狗肉战友跟他是一个在壕里，一个在壕外，居然赶在快过年时，哐的把他咬了一口。事实上谁是猪肉，谁是狗肉，那要看美食家所处的地域和时代，在和尚眼里，它们都不是好东西，然而一脚踏进贵州的花江狗肉店，就会发现菜谱上的后者，价格比前者翻了几番。除此之外，十大堕落中的另一大也与网络有关，说是有一位女诗人在网上发表“梨花诗”，“当你老了，亲爱的，那时候我也老了”，“我在路上走着，想着我的爱人，我坐下来吃饭，想着我的爱人，我睡觉，想着我的爱人……我这么想着想着，就睡着了”，一觉睡醒，亲爱的女诗人的床上就莫名其妙地升起一颗网络的新星。

凭理说这不能算是堕落，通是通俗了一点儿，直是直白了一点儿，如同八十年前新诗运动中的二刘，刘半农和刘大白。然而她说的都是实话，说实话而艺术水平不高的女人比起虚话说得神出鬼没的女人，哪一种更倒人的胃口呢？况且你愿看就看，不愿看就拉倒，鼠标一滚就过去了，另外点击别的，梨花诗主并不召开会议对你进行严肃的批评。也不像那些用人民的税金印刷自己所谓著作的人，在以权力推销的孔雀尾巴后面，连“那时候我也老了”、“想着想着就睡着了”这样的人话都不说一句，你不看还不行。网络写手可没有这个本事，要有他们就不是网络写手，就是网络打手了。

罗稷南先生五十年前大胆提出的一个问题，至今我还在兴致勃勃地想着答案，那个全世界最倔的老头子，假如真的他还活着，又活了五十年活到了今天，经过了“要么进去了还在写，要么识大体不说话”这两个英明判断之后，他会在干什么呢？我猜他完全有可能是一个网络写手，一天到晚坐在电脑面前，用烟草熏黄的几根瘦指头噼里啪啦地敲着健盘，写完一篇想起桌边已凉的咖啡，伸手过去却习惯性地握起鼠标，于是匕首和投枪就投了出去。他早就跟所有的杂志和出版社断绝了关系，改而选择了品行诚实的网络，因为网络上发表作品不会遭到“那些人物”的删改，“那些人物，原是做不成作家，这才改行做官的，现在他却来改文章了”。

倔老头子死后六十年，以他名字设立的一项文学奖诞生了，它们恰恰放过了网络上那些童言无忌的鲁式短文，却如期颁给他已没有能力批判的纸上阿谀之作，另还有不少获奖作品经过层层审查，业已被打磨得珠圆玉润，玲珑光滑，与他超前的思想，超级的艺术，超利的锋芒相距八千公里以上。角逐此奖的作家们奋勇奔跑、拥挤、互相践踏的惨状和丑态，让独坐一隅的倔老头子见了，他会在网上发表文章说，我则以为，这样做大抵是很可悲的。

利用博客做什么

昨天去邮局寄书，师弟邱华栋打响手机，我顺口夸他给《网络传播》写的那篇文章写得好。好在是他第一个指出，国内目前的博客文章质量太差，仅限于哗众取宠，它完全应该利用网络这种先进的时代工具，负载起新的思想迅速进行全球传播。不是原话，大意如此。此前我有一次看过他在博客里对王朔的反击，言辞是王的小说早过气了，如果再写，可能在他二十年前曾经发表《橡皮人》的《青年文学》上也发表不了。那篇文章上了榜眼，网友群起而点击之，但是很快被人删去，不知何故。比起他对国内博客的批评，此类文章属于互相说气话，吵嘴骂架，虽然围观者众，但无思想，不如不写。

很多朋友劝我也开博客，还有的做梦在排行榜上读到我的好笑文章，我却总记着小时候听说的一句谚语，打鱼摸虾，失误庄稼，终于决计还是不开。身居闹市，身居闹时，本来就够闹心的了，求清静而不得，何必还去惹火烧身。时下诸多有着美丽署名的博客，依我看来，多半只是竖挂在网上的日记本，不贴邮票也无须柳毅的单相思情书，寂寞中对镜临妆水仙花情结式的录音带，以及假装酒醉而对自己心中埋藏已久的敌人的望空之骂。

这都不是正经博主瞧得起的事情，想着就要笑出声来。然而如想利用博客发表一点自己的思想，这种思想又未必受过别人思想的统一，那么百分之千，小混混儿跟帖虫们就会跳出来恶骂了。回应的能力自然是有的，不过问题在于，首先这是一场假面舞会，一个在明处，一群在暗处，署名一概为唐诗宋词或武侠小说里的断语残言；其次骂人的水平之低，几乎谈不上具有文化和艺术，你骂他的他听不懂，他骂你的全都是娘；那么剩下来就只能是默默忍受，既然在博客里写了文章，总不至于连网友的反响也不看吧？

有时写得累了，我就去上一上网，往往我会看到一些与我相关的文章，也有说我写得好的，也有说我写得差的，说我好的我不好意思在此传播，说我差的传播一下则无大碍。有人批评我发表在《大家》上的小说《被弹弓打落的雨燕》："我承认我被感动了，可是这篇小说更应该放到报告文学中去。"又有人批评我发表在《山花》上的小说《好大一棵树》："'好大'的感叹包含着对历史的反讽和对当下的嘲弄，但叙述的单薄、刻画的夸张却难以承载如此的力度。"对于我的一批历史小说，有人则直接说不喜欢："如果单从小说上来讲，野莽的春秋战国系列小说有其独到的价值和极强的现实意义，但从个人喜好上，我不太喜欢这种风格的作品，当然这也只是我的个人喜好而已。"曹鹏博士是十多年前"马桥之战"的始作俑者，曾经伙同张颐武与王干二人对韩少功进行大力杀伐，读了我的一些作品，他称我的长篇小说《纸厦》和中篇小说《红颜》："一个是过于现实，一个是过于历史。"

以上是客气的博客，不客气的博客则令我更加的脸红与反思。一位名叫张威的深圳青年，他在博客里愤怒甚至仇恨地控诉了二十三位曾经"引导他走上弯路的人"，我有幸成为其中的一位。"而这些名字呈现在我眼前的时候，仿佛整个青春岁月呈现在我的眼前，最为典型的是那个叫做莫言的胖子，文章故弄玄虚简直到达了无耻的境界！"一位名叫阿忆的读者在他的博客里这样写道："那日读《小说月报》，竟然撕纸了。先读谈歌的一个，撕了；再读野莽的一个，也撕了。后来看到迟子建的《世上所有的夜晚》，却发现太长，撕不动。我未料几年不读，这本杂志已经这样面目可憎。"

我的脸红是自觉得对不起这些对文学如此执著的青年，害他们花钱买了废纸，特别是无意间还误导了他们的青春。我的反思是从此宁可不写，也不再写那些让人撕纸的平庸之作，至于自以为是的创作谈之类的发言和文章，以后我更会慎之又慎了。还有一个博主的名字我一时想不起来，他说"野莽的小说，野气，名牛诗也牛，前卫文化有爹没娘，有娘也是后娘"，这我就认为犯了三个错误，第一我不写诗，第二我不前卫，第三他不应该说娘，虽然他说的娘不是生母而是借指文化流派的根基。不过我没工夫为他纠正，任他错吧。

令我生过一阵子气的恰恰是我家乡的一位作者，几年前他请我帮他出版一本小说，此事没有帮上，后来他通过网络把它出了，于是在博客里大骂我是“假义气”，连我送他的书也看都不看。其实我的书是他写信向我要的，而且事情发生在他先送给我书之后。这篇文章在我家乡共有 49 人点击，我没办法让他们明白真相，只能找出他附在书稿中的原信，用数码相机拍照下来从网上发回给他，希望唤起他的良心和记忆，今后把才华用在正当的地方。

今年三月，加拿大的海伦小姐忽然网上来信，说在北美给我开一个博客，为的是这样就能经常读到我的文章。移居加国之后，我只给她寄过一本书，航空邮费将近该书的四倍，我开玩笑说下次有书等她回国举行面赠仪式。现在她用这个办法读我新作，我再找不到推脱的理由，就一口答应，并且很快给我的加国博客写去一组文章，其中第二篇是《告加国政府别上当书》，规劝加国政府不要相信赖昌星的政治避难的胡说，同意将其引渡回国，接受中国法律应有的制裁。

游戏中的名著恶搞

关于恶搞，我的认为是，即便搞者们强辩他的搞法没有恶意，至少不能算是很善的吧。究竟它恶在哪里，问君能有几多恶，这得看它于现实中制造了几多恶果。日本人素有作恶的天赋，发明恶搞理所当然，“KUSO”一词原是“粪便”的意思，粪便者爱用污秽的物质亵渎神圣和清洁，想来也是出于天然的兴趣和习惯，本可以不必理睬，但它搞出了国界，搞到别国的文学名著的头上，这便应该给它打一个招呼了。

而且这招呼早就该打，二十世纪五十年代，日本在战场上投降不过几年，该国的动漫大师手冢治虫又从《西游记》中搞走一个《我的孙悟空》，恶搞从此发轫，那时中国事多，顾不过来追究，这并不等于永远无限的由它搞下去。半个世纪以后，恶风果然加剧，TAKAYASHIKI 的游戏日商开发的《红楼奴隶馆》，林妹妹的妈妈与外国人通奸，堕胎不成生下阿黛，因酗酒与疾病而死，林妹妹就被卖进红楼馆做了性奴隶。至于《三国演义》里刘关张如何变性成了风骚女人，《西游记》里唐僧和猴大徒弟如何与异性做爱，佛教大肚能容，也就容了，然而任意糟践《红楼梦》，这种恶搞可不可以容他再搞下去呢?

缘于此事，有诸多的怪事值得思考，其一，日本有自己的《红楼梦》，紫式部写的《源式物语》也算世界古典名著，书中要公子有公子，要小姐有小姐，日商为何不让他们的妈妈与外国人通奸生女？其二，日本人把中国的文化遗产变成粪便卖给中国，中国人竟乐滋滋地买，乐滋滋地看，乐滋滋地笑；其三，并且乐滋滋地群起而效尤，君不见中国人自己恶搞的《大话红楼》奋起追日，全副武装还打上中药的广告：“开胃大餐、通便利尿”，号召国人速吃速拉。中国式的恶搞中宝玉搞性骚扰，黛玉跳脱衣舞，晴雯一榔头把空调砸了，十二金钗穿比基尼参加选美大赛，林妹妹是二奶，大奶宝姐姐又有婚外情。搞得虽不如日本人恶，但倚仗着本土的优势，雄心壮志不输外夷。

国人有力挺恶搞者，认为不这样便不能证明自己博大的胸怀。我则不然，我建议恶搞者搞一个外国名著试试，比方说雨果的《巴黎圣母院》，让神甫或副主教与爱丝梅拉达做爱生下一个残疾儿童，遗弃后被国王收养取名戛西摩多，长大做了圣母院的敲钟人，又与生母相恋杀死生父，且看以浪漫主义饮誉全球的法国，他们的名著保护组织知道了高不高兴。另外也劝这类作者，真有创作天才就去搞几个像样的原创作品，何必死乞白赖地寄生名著，强奸死人，现实中从来不缺靓男美女，文人武士，江湖好汉与旅游和尚要找也能找着，全无侵权之虞，你自写去，不亦乐乎？

为人类的病毒烧香

进餐的时候有人问我，谁是最可爱的人，我会回答厨子。又问谁是最可恨的人，我会回答制造和销售存在安全隐患食品的坏分子，以及蓄意的投毒杀人犯。现在我坐在电脑面前写作，有人问我同样的问题，我的回答更加的不含糊，我爱发明电脑与网络的时代英雄，憎恨、鄙视、诅咒制造和发射网络病毒的那些王八蛋们。

但是，有些先生的态度跟我截然相反，他们的思想太深刻了，深刻得我们浅薄人类一眼看不见底，以至于怀疑那是一道深刻的陷阱。

梁山泊有个好汉名叫混江龙李俊，宋江死后，他在《水浒后传》里成了三十六位幸存者的领袖。过了很多年武汉也出了一个同名者，不过他的绰号应该叫混网虫，他的盖世武功是研制出了一种顶尖级的网络病毒，一个胖乎乎的熊猫对着三支燃烧的香火鞠躬参拜，那三支香烧到谁的电脑，谁的电脑就被烧死无疑，无论电脑里装着多么重要的文件。据悉，全国有几十万台电脑遭其毒手，经济损失数以亿计。这个真名叫做李俊的人物在武汉地区的代号既不是什么龙，也不是什么虫，而是毒王，江湖上的广大电脑使用者们对这个熊猫毒王闻风丧胆。

不过，毒王李俊没能得到那三炷香火的保佑，今秋一日，他被公安缉拿归案，判了四年。

平常人都额手称庆，杭州一家网站的深刻老总却表现出了异乎常人的胸怀，他宣布要用一百万的年薪预购李毒王，像敖包相会的情人一样，耐心地等待着他出狱之后，把他请到自己网站担任高级电脑工程师。

真是抛砖引玉，一花引来好几朵花开，接下来的国内各家网站像被染上熊猫烧香的病毒，争相效法杭州网站的经营理念，以相当的价格抢购毒王。这些网站，大约都是被熊猫烧坏过的，这些电脑，大约也都是被熊猫摧毁过的。

有了这一碗酒垫底，研制熊猫烧香的毒王还有什么样的酒对付不了呢？四年的时间一眨眼就过去了，脱下号服，走马上任，每月的工资相当于被熊猫烧伤的伏案工作者们的五百倍之多。毒王应该高枕无忧地服刑了，他在监狱的日子远比读博士后要值钱得多，比起那些戴着头盔撅着屁股冒着性命危险在井下吭哧吭哧挖煤的天下最便宜的农民工，那就更不用说了。

我当然不主张一棒子把毒王打死，我同意法律的棒子把他打完四年之后，让他带着屁股的隐隐伤痛去另讨一碗饭吃，无须再棒，也无须改而为捧。既然网上宣称这位天才少年很小就会帮助他的妈妈修理电器，那就让他摆个摊子去修理电器好了，还得说好不许往人家的电器里面装毒。成千上万的良民都在做这个工作，毒王做做未尝不可，爱新觉罗·溥仪不是还在街道工厂糊过火柴盒吗。

从古代的中国到目前的西方，都有类似因为曾经犯过什么，多久以内不许从事什么的规定，比方说某年泰森一口咬掉了霍利菲尔德的半个耳朵，他的崇拜者们就很长时间没能看到那一张强奸犯的泰然而阴森的脸。有的禁止甚至是永远的，终生的，这种严厉是对人民的宽容。

杭州网站老总的惊人之语，令我不禁生出一些担心，担心这位毒王身后有更多的毒诸侯们通过数学计算，愿意以四年的坐牢成本换取来日的百万年薪，研制出一次烧三十支香，一支香烧死三十个国家电脑的超大熊猫。除了担心我还怀疑，像本文开头说的那样，我怀疑这位老总肮脏的商业用心，利用这个难得的题材炒作自己，不仅欺世欺民，而且也欺骗毒王。让全球人都知道了有一个胸怀博大而又实力雄厚的杭州网站，生意兴隆，财源茂盛，然后四年过去，当重见天日的毒王真的出现在这家网站门口的时候，要么百万贬值，要么降为百千，要么连人带站卷旗易帜，爹也不是你的亲爹，奶奶也不是你的亲奶奶了。

事情果然不出我所料，当记者采访到那几位发出号召的网站老总，咨询他们何以要对毒王开出如此天价，老总们却像电视里的劣质演员一样快速眨巴着眼睛说，我们爱才是真，可是我们并没说过百万年薪的话。

在写这篇文章之前我做了两件事，一件是我眼睁睁地看着自己辛苦写下的文字瞬间变成可怕的怪符，用升级版的江民杀毒软件和金山毒霸等等工具都不能杀死电脑里的病毒，我只好又从电脑销售商的手里高价买来号称“新版瑞星卡卡上网安全助手、彻底清除恶意及流氓软件”的杀毒光盘，再付一笔上门费请来电脑高手安装。花一上午，恶意及流氓软件是彻底清除了，然而被一道清除的还有我的已经变成怪符的文字。

另一件事，我在百度博客上敲击“李俊”二字，首先出来的是那位梁山好汉混江龙，接着出来的才是这位混世毒王。打开一篇博主文章，我在网友跟帖上看到了如潮的评论，一些人说四年太少，一些人说罪有应得，只有一个人是表扬他的，借用宋丹丹表扬赵本山的一句话：你太有才了！我没看到杭州网站老总的文章以及留言，估计他在空气中说完了大话，却断不敢行诸文字，害怕毒王四年以后出来背着铺盖卷子找他兑现君子一言。

即将消失的鱼雁传书

网络把人变得天涯咫尺，网络也把人变得咫尺天涯。邻居与我相隔一道承重墙，听说我收到友人传来的好文章，如在过去，敲一下门，想看就来看了。但是网络时代不然，先打电话联系，将邮箱号码发于我的手机，然后恳请在我方便的时候把好文章发过去。依计而行，几日之后，在电梯口偶尔抵面，竟像他乡遇故知，欢喜不已。又有一好朋友，虽非隔墙，也仅隔楼，彼此相距约百米余。一个上班，一个不上，一个六点钟吃晚饭，一个七点多钟才吃，一个吃完饭携胖太太共遛一狗，一个吃完也遛，却只遛自己的腿。由于双方前后错一小时，居然一年未曾谋面，平素都在网上联系，密切得很。忽一日，邻楼好友写信问我，昨晚七时许在门前大马路南边人行道上，有一长发男人仰脸望天疾步如飞，老婆说是像你，我说不是，理由是七点钟你正吃饭，我们夫妻二人打赌，谁个说错谁个洗碗，你说到底是不是你？我回信坦白说是然也，昨晚与朋友在外聚会，提前赶了回来。

老父亲现年八十，写信是童子功，时代越是向前发展，他就越是失落于发挥不了写信的才华。想当初在我小的时候，父子之间家书往来，他的开头是某某吾儿，结尾处父字云云，一写就是三四页纸，我的回信只有半页，还努力把字写鸡蛋大。当了右派，他竟以写信的手艺幸免了多场批斗，替公社主任的儿子写恋爱信，替大队书记的女儿写入党申请书，还有一次民兵连长搞了人家老婆，还送一斤红糖来请他写过一份检讨。

凡这类事一经他手，无不取得成功，得了好处的诸位也都在暗中保护着他，于是他跟罗隆基章乃器们不同，平反之后，还念念不忘那段写信求生的岁月。如今倒好，他写信来，我回他一个电话，因为比邮政快。他再写信来，我把回信发在老家朋友的邮箱里，委托打印出来转交给他，不仅比邮政快而且比电话省钱。久而久之，老父亲看不到我的手迹，如同拍马叫阵的老将望见对方的城头上高挂一面免战牌，英雄无了用文之地，终于觉得这烽火之年可抵万金的家书没什么写头了。

除了家书，天南地北朋友的书信也将绝迹。上个世纪，我每年的书信最多可达十余公斤，还不包括年节的贺卡。现在没这事了，相互赠送新书，表现最好的尚在书中夹一短笺，以潦草的笔划写上几句比唐诗还少的字，一般的只在扉页签个某某先生指正就算了结。贺卡也有一部分改在了网上，鼠标一点，里面的人就给你作揖拜年。好倒是好，只是不能拿到邮政局去兑一等奖。

作家朋友之中，目前只剩下两人还用文房四宝跟我通信，一个是陕西的贾平凹，一个是湖南的聂鑫森。贾平凹至今不会电脑，作代会上我劝他把网络建起来，他说“饿（我）回去就告（搞）”，但他回去多日也没有搞，仅把手机短信学会了，给我发来一个很凝练的句子，我立刻对他表示热烈的祝贺，以后我们就以短信取代书札。真正认识到网络的重要，是猪年网上有人造他的谣，说他嫖娼被抓起来了，气得他要在网上骂人，可惜不会上网，任人欺负，十分后悔不该没听我话。接着他写了一篇纪念路遥的文章，网上又有人给他加油添醋，害得他无计可施，最后托人把手稿贴在网上，以正视听。

聂鑫森的电脑网络其实已经玩儿得相当的溜，但他网上的信不值钱，我就要他用狼毫写在套红十行笺上的信。从前逢年过节，他必画一幅画，附一首诗，让邮政局的人给我送来。今年是鼠年，他倒是学贼了，去文物古迹市场转了一圈，发现字画价格与猪肉共涨，就去买了一个数码照相机，把画好的画拍照下来改从网上送我，真品留下到海外竞拍，以为这样可以敷衍塞责。孰料我哪里能够同意，收到翻拍的图片，我回信夸他画得实在是好，接着又说，最好春节之前再画一幅，还像以前那样从邮局寄我。

他就又给我画了一幅寄来，一株古松，四只松鼠，一鼠倒悬于松树之上，三鼠在松下觅食松子。附一诗曰：“家居松涛万顷间，饥餐野果渴思泉，君虽称鼠休惭愧，心底无私可对天。”查看邮戳，因湖南遭冰雪之灾，路上走了半个月，我自然不从邮局回他的信，网上写了几句张打油：“鼠年送鼠十多天，鼠标一点回信完，网络虽好摸不着，还得有画挂房间。”然后鼠标一点，挂画去了。

网上抢亲

平日读网，总会遇到一件事，正在键入邮箱代码，发现那道横格子里为何不显示英文字母，大惊失色，以为电脑又坏了。赶紧四处查找，竟从电脑屏幕的右下角找到一个小方块，如腰疼者贴在患区的伤湿止痛膏，红砖步行道上的刻章办证启事，以及穷人早当家的孩子李铁梅肩上那个异色的补巴，几个香车美人之类的小玩意，在那小方块里妖艳地扭来扭去。你须得硬下心肠，操动鼠标把它们驱逐出境，然后才能进入自己要进的程序。

这情形好有一比，好比你计划去看望一位女朋友，刚一出门，拐角处跑来一个不相干的婆娘，当街把你拦住，花枝招展，风情万种，使出浑身解数请君入她的瓮，令人想到抢亲。若是遇上好奇的小青年，跟她走到一个去处，什么都没做成，忽然间记起自己的女朋友来，时间不知不觉过去了个把钟头，回头已经夕阳西下，断肠人走到天涯去了。

问题是风情万种的拦路者们，急着要卖的东西也很难卖得出去。原因在于有钱人年纪偏大，久经沙场的老狐狸才不上你当呢，翩翩少年倒是见一个爱一个，可惜身上又没有钱，目前还处在打拼阶段，咬牙跺脚买辆摩托还有可能，香车宝马就别提了。因此我对网络上的产品推销商们表示由衷讨厌的同时，也施以深切的同情，误人误己，还招人烦，真是何苦乃哉。努力推销的货色再要是假冒伪劣，坑蒙拐骗，玩儿空手套白狼，有人吃亏上当过后，不骂他个不要脸的才怪。

由此联想，我曾去商场买过一次抽油烟机，掀开门帘，迎面扑来若干女郎，红嘴巴里学麻雀叫，争先恐后要这位先生买她家的那个牌子，说是抽油烟的风力如何强大。吓得我拨马便逃，恳请她们别把我的血压嚷上来了，到时候再能抽风也抽不下去。我告诉她们最好的促销员应该是十指微曲放在小腹前面，露十二颗洁白牙齿耐心等待上帝的垂询。结果我在一个背静处买了一台，那里的小女孩儿没有这群扑上来的麻雀会说，我问一句她答一句，无为而无不为，用她的实事求是竞争走了我的这笔生意。

电视里的那些广告明星，对我更加不起半点作用，她们越是说好吃的东西，我越是不买，我知道厂家是卖不出去才花钱雇她们来蒙人的，卖得出去早卖光了。而且那东西肯定比成本价高出八倍，因为广告蒙人费都是羊毛出在羊身上，豆腐早已超过了肉价。味道也不会好到哪里，别看那些戏子嘴里嚼得起劲，闭目沉醉作欲死欲仙状，其实刚咽下去的那个冠军牌水饺是自己老妈包的，跟广告宣传的产品半点关系都没有。所幸，好像先知先觉，我家电视是画中画，随时开着一大一小两个窗户，但凡广告出来，嗖的按一个键，另一台晚会就来及时把它赶走，一分钟都不耽误，让你白花黄金时间一秒一万的广告费。

又回忆我还在上班的时候，某日趴在办公桌上午睡，推门而入一条壮汉，哇哇大叫，将背上一卷铁丝往我面前一扔，从裤腰上拔下一把明晃晃的菜刀一通乱剁，叮铃咣啷，寸把长的铁丝截子如同散射的火枪子弹。俄顷将刀一收，拿手比出一个数字，原来是个推销菜刀的哑巴，逼着我买。我也学他哇哇大叫，摇手说是不买。中国有句俗话说得好，你有千条计，我有一杆枪，遇上我这号死心眼子，不需要的东西你就是动用人体广告，我也还是不要。

同此一理，那些沤着心呖着血地利用网络，妄图以虚假广告拦住我们前进的道路，一心想把我们骗去挨宰的奸商们，除了惹人恼火之外，他要是能让我花一分钱我算他有本事。多年以来，我就这样顽强地跟他们作着斗争，别说是一辆汽车，就连一件汽车玩具我都没买过。我认为一个有志气的自尊而有道德的商家，应该在不妨碍他人工作和学习的前提下，以一种对方乐意接受的方式推销他的货色，不要强卖，不要抢新郎，尤其是不要用经不起实践检验的人妖冒充新娘。

如果他不听劝说，决意要这么骚扰网民，那么我就免费告诉大家一计，每日一开电脑，可预先将鼠标的三角箭头对准电脑屏幕的右下角，等那张伤湿止痛膏一贴出来，立刻毫不留情地把它赶走。此计叫做守株待兔，又名枪打出头鸟，打罢还别忘了转告网友，那个产品你本来想买也不要买，以防有诈。

十七天的意义等于零

首先应该承认，我的破手机里暂且尚未收到诸如“抵制家乐福超市十七天”之类的短信，但这既不能为此消息证伪，也不能否定别的机主遭遇有别。然后我再承认，即便有此信入我手机，我也不会积极响应。其原因不仅是我所在小区的购物中心名叫惠普超市，更主要的是我担心抵制者们第十八天的购物总量，会使这场愤青式的“抵福运动”除了把对方的销售额推迟十七天完成之外，别无意义。

家乐福的法国大股东捐资达赖也罢，奥运火炬手在巴黎受阻也罢，这些似乎都不足以成为“抵福运动”的理由。既然一些人把政治与体育连在一起引起中国人的愤怒，那么另一些人再把政治与商业挂起钩来不造成外国人的笑话才是怪哉！同时，如果坚定地认为家乐福的存在是法国人的需要，而不是中国人的亦需，抵制家乐福是对法国人的伤害，而不是中国人的自伤，那么还不如把短暂的十七天延至无期，甚至索性回到伟大的无产阶级文化大革命中，让所有的帝国主义及其走狗们从我们的国家滚出去吧。

滚出去的好处是有的。没有了市场的自由竞争和繁荣，千奇百怪的票证会从潘家园当代文物收购摊上卷土重来，西单商场的前门将重现一字长蛇阵的壮丽景观，只有极个别神通广大的人才有本事从挨近厕所的后门，鬼头鬼脑地抱走有领导签字的三转一响。

抵制法货之前是旷日持久的抵制日货。去岁猪年，家妻购车，多位爱国朋友劝诫务必不买本田一类。斯言听之，并非因为狭隘的爱国主义，而是嫌弃日式汽车轻薄小气，方才另选了法国的雪铁龙。此事如推迟发生于巴黎火炬手受阻之后，则极有可能被戴上一顶帽子。我的观点却仍如上世纪初的胡适，少谈一点主义，多做一点实事。还以购车作比，选择的标准应是好看、便宜、省油，日本人造的汽车未尝不能列入中国人的购单。

我实在是有些纳闷儿，把一个一个的中国屁股安放在日本人潜心打磨的小汽车里，一边舒服地扭来扭去一边口唱大刀向鬼子们的头上砍去，这有什么不可以的。当然，假如有真正务实的爱国主义者扔下写满口号的小三角旗，去把汽车造得比日本人的还要好，让日本人争相购之岂不更为中国人的脸上争光。我敢以人民币打一个赌，日本人才不会傻到宁可吃亏也要抵制华货的程度。而事实上，我们的汽车不往往是便宜的不是货，稍微是点货的又贵得要命吗？

如说抵制日货的仇恨起源于七十年前的日本侵华大屠杀，我就会认为抵制法货的十七天不仅太短，而且太晚，它应该发生在英法联军烧了我们那个美丽花园的翌年之春。在那些东倒西歪的断垣残壁面前，我们的祖先单腿跪地，焚烧自彼岸舶来的英法洋货以作祭天的纸钱，包括枪支战船和提醒儿时几刻来此地集合的自鸣钟。若以此气节保持至今，哪里还有家乐福的什么事。

奥运火炬手在美国也险遭意外，于是我在预测下一步是否又要抵制美货。抵制是任性孩子心中最易爆发的革命，它的级别几乎相当于村妇赌气，相当于二十世纪中叶宁要社会主义的草，不要资本主义的苗。问题是拒绝利用今日全球共享的现代文明，当奥运火炬从遥远的地方传来，我们的健儿却只能穿着同升和的圆口布鞋进入跑道。且不说举起右手宣誓究竟有何功用，仅在以网络的手段向全世界公布讨法檄文这一条上，我便发现了国人的可笑和不诚实。因为真正自尊且又国粹的作法，应该是用毛笔在纸上写好文字再以活字印刷术排成竖版，骑上快马，备足干粮，派出数以万计的神行太保分别送给世界各地的黑白人种。千万要抵制来自西人的火车和飞机，电话和手机，曾经批评过我们的美国人发明的计算机网络，就更得坚决地予以抵制。

我想起满疤通红的阿 Q 同志忿忿然从背后扔去的那枚石子，想起妈妈的以及老子比你阔多了，想起多少个十八年已经过去，又一条好汉依然采取这种祖上遗传的精神胜利法，却不肯尽一点绵薄的力气，使我们的北京在外国人的眼里虽没有第一的富贵，却有超一的坦诚。

当那根顽强的火炬冲破美法两地的阻劫，并未熄灭的火焰终于燃达终点，让美国人，法国人，还有那个达赖，看到奥运赛场领奖台上中国人脖子上挂的金牌，以及台下更多中国人脸上挂的和金牌一样光荣的微笑，难道不比抵制家乐福十七天来得有力，并且多得多吗？

奥运风采与网络读图

上世纪末，一位名叫吟龙的年轻漫画家，请我为他两本上下卷的漫画书作序，从他口中我正式听说了读图时代。当时我思维敏捷地想到了四种东西，做小孩儿时最喜欢的小人书，稍大爱看的连环画刊，文革中与漫画相结合的大字报，接着还有台湾蔡志忠的画说庄子系列。那上面要文有文，要图有图，我的理解突然变得非常可怕，那些浩如烟海、汗牛充栋的中外文学名著即将作为可利用垃圾，被一车一车地运进有再生能力的造纸厂，化为纸浆，变成白纸，然后送到印刷厂，重新印上有图有文的书，按照国家规定的图文比例，7:3，或8:2。

否则何以敢称读图时代。我认为读图可以，成为时代尚可商榷，而且以上假设的7:3或8:2，还只能对文学才有可操作性，哲学呢？苏格拉底和亚里士多德呢？心理学和精神分析学呢？弗洛伊德发现的潜意识本我力比多又有谁能够画出来？世界一级的刑侦绘像大师如何？并非我们不愿意读图，而是图不愿意让我们，或者说不可能让我们读出它之线条和色彩以外的，只有文字才能解决的复杂内容。

但是读图时代的口号愈喊愈响，随着本世纪电脑传媒的日渐发达，还与时俱进地在这四字之前冠以“网络”。这一次它们的声势浩大了，真是叫做如虎添翼，除了一小撮顽固不化的真正的读书人，它们已经成功地把亿万读者改名换姓变为网民，娇惯他们在吞下最后一口方便面之前，以最经济的时间成本，从网络图片上猎取最多的信息。所谓的网络读图时代诞生的孩子目光敏锐但性情急躁，反应迅速却感觉粗糙，此外，这个时代还培养了大量的懒女人和格外勤奋的老家伙，网络图片上的美女嬉笑着吸收他们进色鬼队伍，好听些说，成为意淫和柏拉图主义者。

网络读图时代的到来，使大批缺少准备的文字工作者感到迷惘，委屈，不平甚至忿忿然，于是反抗，结果惨败。与此相比，除了依然反对时代一词，我对网络读图宁可选择享受。奥运期间这种态度尤其鲜明，因为我在观看有限的，一闪即逝的电视和现场画面之余，只需轻点鼠标，就能看到无以数计的我所没有看到的精彩。比方说全地球黑、白、红、黄各个种族的人民，在各个场所以各样方式庆祝奥运；比方说世界上最牛的两个人，最有金钱的比尔·盖茨自己拖着旅行包走进沙滩排球赛场，最有权势的布什汗流浃背、忘乎所以地拥抱半裸的美女球员；比方说还有一位名叫信海光的网络精英，他把各国五十家大报关于本届奥运的报头，一次让我看了个够。

我承认了视觉的力量，这些无语的图片的冲击力，有一些的确是我们业已习惯和偏爱的文字不仅在时间上，而且在能量上所不能达到的。

湘人聂老夫子似乎也爱网络读图，奥运开幕的翌日，他给我发来的七律让我一眼看出玄机："鼓缶雷鸣动九州，百年奥运梦今酬。中华画卷淋漓墨，异域衣冠艳羡眸。焰火排空催夜短，金牌嵌玉待歌遒。纵横丝路飞花雨，共建鸟巢一地球。"其中"异域衣冠"一句，我发现是拍自各国的灿烂网图上的，因为飞进中国鸟巢的异域健儿，一律穿的都是运动服，也很少戴帽子。

我回他一首："应封此夜为金宵，坐看五环卷玉蛟。千古中华圆夙梦，百国洋雀进鸟巢。长老席上布为大，健儿丛中姚最高。天亮且等红袖女，穿杨一弹射金标。"同样，"长老席上"一句来自网图，电视播放的开幕式上的布什，远没有网络记者捕捉到的那么深情，那么专注，这个美国总统，他简直是如醉如痴。

在网上打擂

前些天有朋友问我，五十个作协主席在网上打擂，轰轰烈烈，你听说了没有，我说我听说了，里面也有我的朋友。又问我感觉如何，我说感觉挺好的，凑一百个更好，中国人民喜欢一百。因为人上一百，才能种种色色，何况作家，何况作家协会的主席，只有五十个人还不够齐全，如果不限名额，那就更要赶上雀巢的味道。

不过中国要是没有那么多的作协主席，还得上外国去借调，问题是自从前苏联垮台以后，全世界除了朝鲜越南几个同盟兄弟之外，其他国家连个作协都没有，哪还有什么作协主席。西方作家都是自谋生路的散兵游勇，不拿工资津贴，真正靠写作挣钱吃饭，如文革时代中国城市人口粮食本上的语录，忙时（有人要）吃干，闲时（没人要）吃稀，不忙不闲半干半稀，长期闲着没钱买米，肚子一饿，就只好转业干别的活儿去。

因此我向网上建议，以后再搞什么擂台赛的玩意儿，还可以更加开放一些。不单是主席副主席，非主席非副主席，甚至于非作协会员，只要服从打擂的规矩，不带暗器，譬如抄件一类，都可以跳上台去施展一路拳脚。虽然与政府机关一些混混儿官员相比，作协的主席副主席再差也是写过一些好书和好文章的，但是曾经写过不见得现在还能写，曾经好的也不见得现在还好。再说各省各市之间的差别也是个问题，好比夜郎国的头领与天子脚下的帮主，与中原大地的诸侯们打擂，就不会是很激烈，三两个回合被打下台去，看头不大。一方霸主到了另一方未必还是霸主，这跟体制内的官员调动是两个概念，而卧虎藏龙的民间往往会有身怀绝技的高手，一个鹞子翻身跳上台去，说不定就把主席们打趴下了。

过去我跟许多传统作家同犯一个错误，并不把网络作者放在心上，几年前有位名叫蔡莉莉的年轻女编辑给我打电话，要我抽空看看《疯娘》，我问是谁写的，她说了一个名字我没印象，我问发在哪本杂志，她说是网络上，我求知的欲望就不再强烈了。过几天蔡小姐又打电话问我看了没有，我支支吾吾地应付着她，估计她对我的话表示怀疑，第二天竟专门下载打印一份给我送到家里。我很感动，当然更令我感动的则是那位网络作者笔下的疯娘，不久我去西单图书大厦购书，无意中看见中国作协创研部编的一个年选，里面选了这篇小说。

此后因为工作关系，我又读了一位书商送我的已出版的网络长篇，《成都，今夜请将我遗忘》，感觉作者的才气非许多拿工资津贴的专业作家可比。家乡又有一位网名自由芬芳的女作者，坚决地劝我看看安妮宝贝，并且声言要把她手里读过几遍的《莲花》给我寄来。被逼无奈，次日我自己破费买了一册，还是作家社的精装本，一看果然了得。我给她发短信说，亭亭新妆，独望北窗，百读莲花泪千行。安妮宝贝出身网络，现居北京，目前又红到日本去了，我鼓励芬芳成为第二个安妮，最后祝她纸贵郧阳。郧阳是我老家明朝的府称，共和国的地区一级，她很生气，认为郧阳小了，于是我又改一个字，祝她纸贵洛阳。

网络有那么多才华横溢，思想也横溢的青年作家，为什么一直被挡在所谓的文坛之外呢？那是因为文学杂志的编辑，尤其是名叫主编的那个主要编辑的才华和思想不但不能跟着他们一道横溢，甚至连仅有的一小碗水还得用于讨好权贵，以图换得一坨可怜的棉花糖，或者希望已经到嘴的糖不要又被没收了回去。所以这些青年想要显示才华和思想，就去寻找没有编辑的网络，自己写了往自己的博客里贴，相当于在自家门口办一块黑板报，好与不好你管不着。几写几写，只要能真写出好的作品，这位作者也便如莲花一般亭亭出水了。

我不知道五十个作协主席的擂台赛是一个什么样的赛制，擂主是谁，打擂者又是谁，首赛结束谁是拳王，谁又被打得屁滚尿流蒙羞而去。此中行情，据说牛年六月才会揭盅，那么我们就等着看吧。前些天问过我的朋友又问我了，问我这种比赛有没有意义，我认真地想了想说，有，而且不止一个。

比方其一，将传统作家的代表或领袖诱进网络，使得他们忆苦思甜，过去一篇文章从写稿到发表，须经毕昇和蔡伦以及詹天佑们的多种发明和创造，方能运送到读者面前，而今鼠标一点，地球人都知道了；其二，让传统作家领略到网络作家的新鲜拳脚，也让网络作家认识到传统作家的深厚功力；其三，两路人马切磋交流于网络这个神奇的世界，文学的发展便不仅是形式与技术的，而且是思想与观念的；其四，……

警告越组代庖的人和网

刚过完年，一连串的好玩儿事就来了。先是我收到一些朋友的邀请，说是他加入了人和网，要我也加入。接着又有一些朋友收到“我”的邀请，嬉笑问我，人和网是一个什么党，加入这个组织除了那么严格的政审，为什么还要银行存款的密码？我不由得重视起来，打开那些邀请信再仔细一看，虽然信上写着朋友们的名字，邮箱却不是朋友们的，原来是那个人和网的越组代庖。信上先喊一句口号：“人际关系就是生产力！”随后这样写道：

> “某某（英文拼写）：你好！我最近注册加入了人和网。这个网上好友圈给我的工作和生活带来了很多帮助。通过它，我和很多朋友、同事、同学保持了更紧密的联系，随时了解他们最新的联系方式和近况。通过他们的引荐，我还在人和网上结识了很多高素质的合作伙伴，找到了很多潜在的商业机会。我正在邀请我的朋友、同事、同学都来加入这个网上的好友圈，你也快点来吧！请点击下面的按钮，几秒钟就可以完成和我的网络连接。”

我让一些询问我的朋友把“我”的邀请信发给我，又将另一些朋友发给我的邀请信调出来，两相对比，是一样的。我便越发明白，这个名叫人和网的组织很可能通过一种高级手段，把我们的网络邮箱，以及与我们通信哪怕只有一次者的网络邮箱，差不多已经一网打尽。事情真如我的料想，晚上妻子回家，说是她也收到了“我”的邀请。我都是你的老婆了，怎么还要当你的好友？她一脸困惑，不知道老婆与好友谁个跟我更加亲密，为这问题可能思考了一天。接着，周末儿子回家，说是他也收到了“我”的邀请。嘿老爸，你邀请我做你的好友，那你得先请我撮一餐！

杨献珍先生的秘书萧岛泉先生，牛年八十大寿，清晨给我打电话来，先说要请我到一家俄罗斯风情的饭店，一边看歌舞，一边吃西餐，然后问我，人和网是不是天时、地利、人和的意思？我立刻料定老人家下面要问的事了，赶紧先下口为强，我问他是不是有一个叫野莽的邀请您做他的好友？老人家说难道不是你吗？我说不是我，我没工夫做这事情，作协给我建的博客三年我都没有装修，好友来了坐在哪里聊天呢？老人家说是呀，我们要聊天，就到俄罗斯饭店去边吃边看边聊。

我回忆收到的第一封邀请信，是我的忘年之交，天津老作家林希先生发来的。当时我很高兴，随即点击了“是”，然而接下来进入第二关，要填写真实姓名与身份证号的时候，我才想起野莽是没有身份证的，有身份证的另一个名字我又不想公布，就如同邀请我的是津味小说家林希，而不是七月派诗人侯红鹅。这样一来，虽然我在对方承诺保护隐私的前提下，填写了我的邮箱密码，但我认为，我并没有进入好友圈，因为对方明确地向我抱歉：对不起，您的注册失败！

林希先生每年要在美国度几个蜜月，我测算春节元宵过罢，老先生还没来得及动身，一个电话打到天津老窝，果不其然他笑呵呵地接了。二人先谈一番天地，接着再谈人和，他说他最早看到的这个东西，是来自某报的一个朋友，不过没有危险，纯粹好玩儿而已。我说我正要给《网络传播》写篇文章，刚好就写这个，你老人家也写一篇吧！我顺便为潘蕾女士拉着稿子。

接下来我继续收到一些朋友的邀请，有的甚至多遍，标题取得最妩媚的是“你快来呀，我都等了三天啦”！与此同时，另一些收到我的邀请的朋友也继续来信咨询，我一律点击哈哈大笑的脸谱作为回复，然后敲字，说是本人素质不高，也没有在人和网上“结识了很多高素质的合作伙伴”；而且，本人不擅经营，更没有“找到了很多潜在的商业机会”，云云。

我认为这类事件还会发生，既然我的邮箱密码被人盗走，与我有过通信关系的人数百以计，老头子们误会也罢，小女孩儿们尤得注意，也许他们先后都收到了“我”的邀请，此时心里正犯嘀咕呢。与其屡被质询，不如主动则个，我便起草一封公开信，群发了一拨人，让大家明白事件的真相。发罢就寝，依然难眠，睡到半夜又想起一拨人来，于是起床又发。重新睡下之后，发觉还有人漏网，决定天亮再发一拨。一夜一天都忙这个，将自己的正事都耽误了。

网络是个好东西，网上交友同样不坏，假如我有很多用不完的时间，道行且高得足以对付那些魔高一丈的网络精英，我会响应人和网的号召，在这张网上去找“高素质的合作伙伴”，以“共赴潜在的商业机会”。实可惜我无福生受，这是一件令人遗憾的事。

无耻的渔人

并不是我要替学弟邱华栋的新书做广告，事实上我是真的后悔莫及，如果早几日打开他送我的新书《教授》，我就不会好奇地点击任何来历不明的邮件，以至于被一个名叫人和网的组织盗用我的名义，骗取那么多的朋友加入什么好友圈。

《教授》第17章第173页，“叫兽”赵亮为了得到太太曾莉的第一手外遇材料，求助于建议他雇佣私人侦探的好友段刚：“尤其是她的电子信箱的密码，这个很关键，要是我能够知道她和谁有邮件来往，我就赢了。我预感，她的秘密都在电子邮件里。”段刚教授回答他说：“那要找数学好的，给你来计算出她设计密码的各种可能，或者电脑技术好的，以黑客技术，直接进入她的邮箱。你数学不错啊，经常玩数独游戏，其实，你满可以自己去破译你太太的密码，这多么有趣啊。”

段刚教授就找到了他的研究生，曾经以黑客攻击过日本右翼组织，还会用索绪尔的语言学理论，借助电脑分析小说《肉蒲团》的汉语词汇结构的童小林。这位电脑天才欣然领命。“这个我很擅长啊，段老师，您找我，找对人了。我前天还在设计一种病毒程序呢，就是专门感染邮箱的那种病毒，只要你打开你的邮箱，那么，你的邮箱就自动地向我设定的一个邮件发送邮件，就会秘密大泄露。这是一家很大的公司委托我设计的，他们给的费用很高。”

然后，曾莉邮箱里的全部邮件都被拷入了段刚教授的U盘。再然后，在一家饭店的钟点房里，赵亮在天才童小林的帮助下成功地捉获了两只在被中翻滚的肉虫——太太曾莉与一个名叫“北京浪人”的丑八怪。

我不由得打了一个寒噤，几天前，我遭遇到与那位名叫曾莉的女律师同样的情节，我说的是邮箱，幸好我的邮箱里没有北京浪人。出于礼貌，我打开了对方感染有病毒的邮箱，自动向它设定的一个邮件发送邮件，于是我的邮箱密码被“人和网”盗走，上百位与我即便只有一次通信关系的朋友，邮箱都被这个无耻的渔人一网打走。

从此几乎每天我都会收到回信一至多封，有收件者本人，如阿敏，居然是先知先觉，对我说早先自己也中过“同学网”的圈套，烦死个人，极其负责地劝我此刻就修改邮箱密码，因为里面还有她的多封邮件。有收件者家属，如阿成的女儿，替父从文说：“野莽叔叔，您好，我是若楠。老爸在外地，我替他回信。我认为他没有网络方面的‘特长’，让他加入啥啥网，他会很茫然。祝您春天愉快。”

我立刻愉快起来，暂且忘却人和网带给我的晦气，从大家的宁可信其有，不可信其无，真把我的邮件当回事中，得知了我在网络上的人缘。另一方面，我又十分佩服华栋学弟，小小年纪怎么会有如此之多的高科技的知识，他一定也收到“我”的入网邀请信，但他也一定会把它一键删去，半点儿也不会感到茫然。我认为，这是一位在国内真正走在前沿的青年小说家，我说的不是创作的思想和手法，我说的是在人物和事件的选择上，他们和它们都以最新的姿态走在时代的前列。

刘震云在《前行者邱华栋》中说：“内容也太庞杂了，信息也太密集了。”他是作为短处说的，我却觉得对于文学也许是这样，但是对于社会学，庞杂和密集恰又成了长处。就如同，我喜欢文学的福楼拜，也不讨厌社会学的巴尔扎克。而且我以上所说的只是“也许”，这就给未来的文学留有功能转化、扩展与多元的余地，另一种“也许”同样存在。

电脑黑客的网络钓鱼，往往假扮成享有信誉的公司，银行，或者神马子在线商店，向用户索要账户名和密码。还会用各种病毒感染私家电脑，获取对方的网络数据。网上公布，目下有微软、谷歌、雅虎、美国在线等公司被成功下手，其旗下的电子邮箱内有 3 万账户信息失窃，继而又有腾讯、淘宝、工商银行被列为被钓的前三条大鱼。中国反钓鱼网站联盟今秋已宣告成立，三个月后，捕获钓鱼网站 8342 个。这对于时刻面临灭顶之灾的鱼儿，自然是一种水中保护。

时代进步到了今天，便是毕昇蔡伦在世，大抵也会快乐地享用电脑网络这项新的发明，同时又为那些将聪明智慧用于制造电脑病毒的天才而叹息，而痛苦与烦恼。想起去年，我的家乡湖北有一位制造熊猫烧香病毒的名叫李俊的网络青年被捕之后，有人以百万年薪虚位以待，我曾经给《网络传播》写过一篇文章，题目是《无须为人类的病毒烧香》。现在我的观点依然没变，引用一句东北小品中的台词，都是发明者，差别怎么这样大嗫？

网络传播向何处去

《网络传播》是行业内的一本新兴期刊，刊名决定了其鲜明的办刊理念，前者是工具，后者是行为，二词组合起来，可以理解为用什么来干什么。干什么呢？尾端还有一个隐形的词，就是内容，用网络的先进工具进行快速传播的一种内容，它包括新闻、文化、思想。同时也有另一层的含意，刊物的主题即用以传播上述内容的先进工具：网络自身。

但是第一种诠释应该是更可靠的，因为使用任何一种工具进行传播，目的总是大于方法，这么一来，我们就没有理由认为它仅仅是一本讨论技术的刊物，譬如《栽培水稻的最新方法》，而更应是一本学术讨论的刊物，类似《新法推出最好的稻种》。因此我们就更加寄希望于它所承载的新闻、文化、思想的重量和价值，应该与迄今为止全世界范围内最先进的传播工具相匹配。

这就不但需要办刊人具备对于网络传播技术的熟悉，而且更重要的是应具备现代知识分子必须具备的良知、责任、胆识，从而把最真实的新闻，最进步的文化，最深刻的思想，利用网络的神奇手段传播出去，致使在精神上已经消灭国界的网民读者提高对于自己所处世界的认识和把握。这是《网络传播》下一步要继续努力的方向。

运用网络进行传播，这只是一种技术，而非艺术，对于新闻、文化、思想的成功的传播而言，艺术从来都比技术重要得多，这就需要刊物上发表的所有文章的语言、文体、叙述方式等更加新颖活泼，引人入胜。它的读者除了行业内的少数精英，还有工作在网络世界以外的数以亿计的普通人，让他们在这本关于网络的刊物里获得文化和思想的同时，还能享受到阅读文学和生活刊物的轻松与快乐，这将是刊物成功的标志。

这是一本中国级别最高的官办网络杂志，创办不久，我与我的几位好友都被画了漫画像，成为24号PPS的专栏作者。大家常常一对一对地在此邂逅，谈网说事，有时各持高见，有时异口同声，配合起来不亦乐乎。

主持人潘蕾女士是一位非常敬业，且又非常内行的编辑，久而久之，熟谙了我们各位的思想轨迹、知识结构和写作风格。于是，往往先向她选定的作者传播一些可资参考的写作材料，犹似为庖厨代采最新鲜的萝卜和西红柿，使其选用起来方便及时，得心应手。文章受到读者的褒奖，凭心而论，军功章上应有她的一半。

问题是24号PPS的厨房太小，一次仅容二人，开不了群英会，办不成大宴席。如将施展手脚的空间拓宽一些，出品势必也会更加精彩一些。另外，刊物的编排本身也是传播的重要手段，首页目录的文章标题后面居然没有作者的署名，这在国内外期刊界是一种罕见的错误。

洋贼与家贼

关于谷歌侵权，我在网络上读到了两种意见，一种是侵得好，其道理是于人有利，于己也有利，翻译成时髦的话叫做双赢，既如此何乐而不让人侵之？一种是不许侵，其道理是虽然都有利，却于人利益很大，于己利益很小，而且要得到这个很小的利益还须付出很大的劳动，谷歌在网上公开许诺的60美元不啻是镜花水月，猴子们联起手来也捞之不易，身而为作家者谁还有那捞月的闲工夫嘬？

《网络传播》请我就此发表自己的高论，我冷静地想了想，决定先把问题搞个水落石出，即这个权到底是侵了还是没侵。如果侵了，漫说60美元，600美元也不足以抵销侵者的罚单，但是如果没侵，则连6美元都不付，也休得愤愤然扔一颗石子骂人妈妈的。至于要搭建一座服务于全球的数字化图书馆，我们在未明真相的时候完全可以将谷歌虚拟为自诩好心的吕洞宾，只是不可轻易地唤狗去咬他。

正式加入国际版权组织之前，我们素来奉行的是拿来主义，撇开主义不论，拿来固然无过，有过的是不曾给主人打一声招呼，这可不就是盗么。跨海而盗，海盗大国臭名昭焉。上世纪末我在一家文字上里通外国的出版社任职，常能收到一些外译中的图书信息、简介、译稿的篇章以至全本，寄者函称译自某国某人，邮件里却不附有作者的授权书，去电询问，满腹西文的翻译少数不知还需如此手续，多数则以为此事应由出版社作善后。所幸我们还能多管闲事地把上一关，倘若按国内的原创作品使之出笼，岂不就成了中国的谷歌。想不到三十年河东，四十年河西，现如今双方角色来了个互换，临到昔日的海盗抡起哭丧棒了，中国作家扬眉吐气的节日也就终于来临。

可是我并不作如此想，或说我并不想到此处为止，我继续在想的问题是同为盗贼，在谷歌之前，在谷歌同时，在谷歌中止了侵权之后，国内那些以阿猫阿狗命名的网站侵得还少吗？与外域的海盗相比，本土的山贼对自家的行情了如指掌，他们可没有什么搭建全球数字化图书馆的远大理想，发点小财，成点小业，打几枪换一个银行账户，中国式的二人转唱得可比谷歌靠谱得多。家贼们发明的办法是招聘一些男生女生，以千元之薪充当鹰犬，到作家处取得授权，然后将其作品挂在网上，网民点击所付之资，大约有百分之九十九早已进入他们的账中，却让傻啦吧唧的作家坐在家里等待戈多。

有一种现象应该引起侦破学家的注意，作家的智商显然是不够用的。那些在网站冠以各种暧昧职衔的青年，他们上岗与下岗的速度之迅捷、突兀而又神秘，常常是从天而降又转瞬即逝，有的在签订合同的第二天就再也摸不着他们的脚板皮，带走的是著作权人协议书上的签字、身份证复印件，甚至连银行账号也一并索去，笑眯眯地说是财务要为作者支付稿酬。这便使一茬一茬的继承者把前任许诺的责任推得一干二净，稿酬没有拿着反为身份证的失控提心吊胆。

以我本人切身为例，这些年国内各类网站的代表更迭交替，除书生网付过几次菲酬之外，其他如龙源期刊网、有声读物网、湖南远景网等竟无一文。其中有个故事，我今首次讲与同行一乐，有一网站中层主管，离职前来家看我，亲口告我本年稿酬已计算好了交付财务，共几千几百几十元，不日可收。但是此后几年也没收到，我的全部反抗只能是拿出职业本领，用一个校对符号将这四字改为“日不可收”。友人幽默，又加一字，为“日日不可收”。

苍天在上，这事不是谷歌干的，洋贼的战法是来将通名，告你取走一物，限时限地来领六十美元。家贼则深谙中华密宗拳法，走马换将，绕得你稀里糊涂根本就找不着北。被盗者对此的反应往往是由愤怒、不甘、斗争、无奈，最后纷纷落入《增广贤文》所劝的退一步海阔天空，还不解恨则再学人家阿Q，骂声只当老子让儿子占了个便宜完事。万分之一，真正遇上一个把维权进行到底的事主，网站也做好赔上万分之一的准备，他们明知有更多的人没有精力进行到底，继续盗窃下去的信心和勇气也就大了。

对于家贼，中国作协没有如对谷歌一样发表严正声明，不知是否因为内外有别，因为“兄弟阋于墙，外御其侮”，因为自家的贼偷来偷去也在自家，只要肥水没有流进外国田里。除此是否还有另一种可能，那就是与富得流油的洋贼相比，家贼较穷，对他们可以睁一只眼闭一只眼。以上几点如被言中，那么我就认为全都错了，即便落后如中国古代法律，也从没有过同是盗窃百姓粮食，外国贼判赔十两银子，中国贼则连屁股也不打一下。

反之，应该一视同贼，无论内外，也不分穷富，洋贼要打，家贼也要打，富贼要打，穷贼也要打。再者说网上窃物如天马行空，无本万利，何穷之有！若有家贼帮洋贼偷东西的二衣子贼，更要奋力打之，由穷贼变富贼的升级版家贼，尤其要一棒打落于臭水沟中，盖因他们的脱贫之快，乃中国作家的挨宰之深，他们的致富之暴，乃中国作家的受害之惨也。

网络时代的新词滥调

进入网络时代的另一个标志，就是平均每天都会出现一至七个稀奇古怪的新词，而且既然以制造新词为摩登，“出现”二字也太老掉牙了，博客中将其一律刷新为出炉、出锅，让一个个又大又白的烧饼和肉包子带着茉莉花香冲你直冒热气，如此一来，旧词瞬间就被逼退到历史的死角。接下来还会有新的博客来打败烧饼和肉包子，想啊想，还会想出“出土”之类更新的词，抢先在自己的网络黑板报上贴出文章，说是哪里出土了一件独乳二奶与她的长毛男犬争夺公美发师的雷人事件。我敢打赌，出炉和出锅必然又将败给出土，因为人们眼前出来一具汉代的女尸，烧饼和肉包子再香也抵挡不住它醺人的气息。

春秋战国，可能是制造新词最多的时代，一是群雄争霸，新事颇多，二是说客争鸣，新论备出，三是竹书简刻，不以新奇凝练的短句状其天下逐鹿之相，恐怕要累死个人，于是成语生焉，往往四字，这在今天就是一个四千字的短篇小说。它与当代的不同，是因快速述事的需要，而非仅仅追求异化，以期达到陌生的效果。如刚才说到的“雷人”，此前尚未造出这个词时，多少文风犀利的文章早已被观者理解赏识，不说雷人同样受到大的震撼，反之，今天也说雷人，明天也说雷人，也未见得有几个人读了文章扑通一声被击昏在马路上。

故意将某个流行千年的成语写错一字，使其面目全非，此风目前已盛行全国，它们多见于城市里的巨幅招贴，电视中的插播广告，这种商业化的小聪明与小奸诈，一般与某种可疑的滞销产品有着联系。大凡中学以上文化程度的中国有闲不傻青年，只要看上几例，都会举一反三地进行仿制，继续下点工夫，偶尔也能弄出一条，引起一定范围的社会轰动。在像菜园一样无人把守的网络上推广个把新词，这是一件比偷菜还要容易的事，盖因作者、编辑、总编、校对同是一人，甚而至于文章后面浩浩荡荡的跟帖者，全都是自己的化身以及朋党妻妾。

八十年前，鲁迅即是颠覆旧词的先驱，人家说是文章不朽，他偏要反过来说速朽，人家说是对人介绍，他偏要倒过去说绍介，因其幽默，因其调皮，反倒使不想朽的很快就朽了，不想不朽的却至今也不能朽，不经意间轻轻一个字的颠倒调整，文章就有了诗的抑扬，让人读得喜笑颜开。然而他却又是反对青年人生造词语的，作家的天才，文章的绝妙，在于故有语言的新奇组合，而非陌生词汇的新鲜出炉，好的建筑师往往用司空见惯的平常材料造出前所未有的非凡建筑，而有人一味寻求女娲炼过的石头去盖一个异型厕所，结果把铁鞋踏破了，事也未成。

“贾君鹏，你妈喊你回家吃饭”，这句莫名其妙的网络语言莫名其妙地流行了一个牛年，不知道还将迈着回家吃饭的步伐流行多久。它的意义到底有没有网络炒作的那么大呢？水面平静了，总有人想扔一颗石子，日子平淡了，总有人想喊一句口号，希望引来全世界人民的关注目光，以此证实自己的存在。天下本无事，自扰之的却不是庸人，而是闲人。类似的网语还有“不要迷恋哥，哥只是个传说”，貌似深不可测，一测浅可见底，流行的原因，好比某人坐在王府井步行街上唉声叹气，或做一个鬼脸，好奇的游人遂来围而观之，这就是网语作家与他的跟帖者，声音动作愈怪，跟帖愈众。

网络普及之前，不满于传统词汇，想要换个说法的苗头已经开始在媒体少量地产生，只不过相对网络上的嘻嘻嘿嘿，它依然是严肃的，正经的，板着西装领带上方的一副新闻面孔。比方把过去表现人物环境的阵地、园地、场地、舞台一类旧词，翻新为“平台”、“T 台”，以便让人在这个新的台面上展示自己的本领和才情。我则以为，如是战士，似乎还是在阵地上好，如是教师园丁，在园地里当也不错，如是个跳天鹅湖的芭蕾舞者，何苦一定要让她改行走猫步呢？即便是泛指人生一世的大演出，舞台的诗意也并不比后面的那两个台面子差，一意推倒重搭只恐费力而不讨好。幸亏没说让奥运跳水冠军在平台上展示什么，不然会让人家一头栽到实处，摔个半死。因此我又在想，旧词可改，亦可不改，苦思三日仍出不来惊人之妙语，还是不改为好。

昨日晚饭已毕，打开电视，中央台的漂亮女播音正在念“一揽子计划”，若非读小学时老师“雷人”教鞭驯出的自律，我就忍不住笑出了声来。在我的理解中，这个新的“一揽子”无论从音调还是意义，都没有超过旧的“一系列”“全部”“所有”，以及更多更文化也更准确的词。既然如此，为什么要“一揽子”呢？另外我还担心这个词的英文不好翻译，不知道国际台是怎么念的，有外国记者惑然提问，还得解释出一揽子的话来。

传说中的哥

关于网络推行实名制，本着宪法的精神，我一直是持反对的意见，以为这样会妨碍言论的自由与人身的安全，从而影响中国历史发展的进程。但是，最近曝出一些稀奇古怪的案子，让我的态度忽然有所改变，我认为，当一个国家的法律还没有健全，各项社会制度还有待公正，国民的整体文化素质与道德文明程度也还比较或相当不高的时期，如同网络实名制是有弊的，网络虚名制也有它的不利所在，甚而至于，后者在民间的负面作用更大，也更普遍。

越来越多的单身老女人向警方挥泪控诉网络上邂逅的男友，在这里往往还碰上同一案件的女事主，相互问起缘由，异口同声，她们那个才华横溢的爱人名字都叫云中黄鹤，突然一去不复返了，把她们的存款折子取得空悠悠的！若是两周前的黄昏，与君同时相约柳下，几位老姐妹会像日本相扑一样扭打起来，然而现在，同是天涯沦落人，相逢何必自相残，抱在一起哭得泪人儿似的，脸上的化妆品都打湿了，露出那个不该上当受骗的年龄段。

有一位闻鸡起舞的日记作家，每日在平凡的生活中撷取那么一点不平凡的素材，或一件事，或一个心理活动，写进博客以飨同村的几根粉丝。所写之事有的是真，有的是想象，有的是三七开或一半对一半，但有一条，统统都是让村里人觉得了不起的，比方他向别人借钱却写别人向他借钱，而且至今都没让还。写了又怕被当事人看到找他算账，就给自己虚拟一个博名，要么从道听途说的唐诗宋词里选半个句子，要么自己来个富有哲理的词儿，让村里人觉得这个博主的思想相当深刻，太有才了。这类虚拟博文写够一百篇后，就以投资为名蒙骗贤妻，拿钱购买一个虚拟的书号，印成一本虚拟的书，在自己的户口所在地内部传销。

某日这位博主，又写日记一篇，说是某行业老总请他赴宴，他却出于清高与骄傲而不肯给老总哪怕一点儿面子。孰料这次问题出焉，粉丝中出了叛徒，将这篇吹牛博文下载之后寄给老总核实。老总怒曰：吹什么牛，那是一个行业例会，申请加入这个组织的人共计二百五十，中午吃一顿自助餐，钱从会员缴纳的会费中出！叛徒得知真情，方觉这位博主的日记甚是离谱，于是打开电脑将此博名一键删去，从此抢坐老总的沙发。清高与骄傲的博主向财大与气粗的老总指天发誓曰：冤枉啊，王八蛋才叫那个名字，有人想要陷害我呀！

中国古代推行的就是实名制，江湖好汉行不更名，坐不改姓，君不见武松在狮子楼杀了西门庆，墙上留下名片一张，杀人者打虎武松也，何时羞羞答答写过什么云中黄鹤之类。两军对垒，来将不仅通名，还要报出籍贯：常山赵子龙！燕人张翼德！今日也仍如是，真正的社会名流，各界精英，要么自甘寂寞隐身于网外，即令邦有道则显，直面万众答疑，也无不以真名而示天下。

西人发明假面舞会，一人脸上蒙个葫芦瓢，上面画些妖魔精怪，牛鬼蛇神。普罗米修斯爱上了阿芙洛蒂忒，曲终人散，手牵着手儿来到一座幽暗的花园，面具一揭，啊，原来还是早已钟情的某某先生，某某小姐，于是拥抱，接吻，做爱，活来死去。然而，我们一意仿效西人的中式人民才没那么老实巴交呢，打死也不把葫芦瓢从脸上摘下来，当那一系列的事情一鼓作气都做完了之后，顺手牵羊还掏走人家维纳斯身上的零花钱出去过早，心中道一声永别了，继续去跳下一场假面舞。

网络虚名引发的悲剧颇多，闹剧也不老少，其实人家网络上有言在先，别相信哥，哥是个传说，有人却要鼓起神话也要相信的勇气，依然前仆后继地去悲，去闹，去献身献宝，为此不吝与自己的父母双亲以及好不容易攒下的一点儿钱作决绝的斗争，去做那个很快就会明白的冤大头。在这些单纯而又执著的富婆面前，连传说中的哥都觉得有点儿不落忍了。

不过，我又要说另一方面，推行了网络实名制，虽然为骗财骗色、吹牛撒谎的网客博主作奸犯科增加了一定的难度，但是，坦荡荡的君子在申张正义的时候自报了家门，也不能乘此去将他拿个正着，拿人还得有个法律。譬如那好汉武二郎，假若他并没有被逼做下后来狮子楼上的事，只是对阳谷县纵奸容凶的社会现实有些激愤的看法，是应该允许他以真名写在博客里的。

得陈老三网信喜复

牛年六月，二十八日，竹溪新闻网周明鑫转来一信，有位署名陈老三的在网上寻找我的下落，发一小愣，继而大喜。信中提到 1977 年我等三人高考前夜，共眠一榻，我便立刻想了起来，这位陈老三应该是陈君，现任十堰市某部副官。我们曾是三十二年前的朋友，一九七七年恢复高考，耀林和我都报了名，当时他家住在竹溪县城关镇东门街（文革中改名为东方红街），钟鼓楼的西侧，县一中的对面，旧称武衙门，门前左右各有一面石鼓。那年竹溪的考试分场设在县城一中，因为与他家只有几步之隔，考前几日我就住在他家，饿了吃饭，困了睡觉，他家房子不多，我们睡在一张床上。

我写《庸国》第四卷的时候，写到清朝一个名叫张自成的竹溪千总，还想起他家住的武衙门。依照古制，每县应有两个衙门，文衙门相当于县委县政府，武衙门相当于县武装部，明清时称守备署，游击、守备、千总一类县级武官在此办公，打败吴三桂部的张千总很有可能与耀林是跨时代的同房。

那时我虚名在外，很多人都以为我会考取无疑，陈君也怀此想。我的同窗好友凌受举还专程赶来送我，同时赠我一条红色毛毯，预备我上了大学盖在身上。但是出人意料，通知下来，他取了，我却没有，事后得知我的总分已达，不该数学是一个零，录取规定各科成绩均不得空白。就这样我们命里不能成为同学，他乘车东进，赴丹江上郧阳师专，我步行南返，回龙王垭茶场继续深造。

我并不为自己数学得了零分而羞耻，因为考的是高中数学，我则只读了一年初中，大约上到一元一次方程的那一学期文革开始，停课闹革命，高考卷子上的数学题我闻所未闻。从此我脑子里生出一个念头，永远不上大学，却一定要给大学生们讲课，让他们读我的书。直到多年以后，教育部的刘道玉执印武大，对各类人才实行破格录取，搞文学的不考数学，优胜者直接插入大学三年级，两年后获本科学历、学士学位。我以第三名的成绩被武大录取，从初一到大三，中间跳了八级。要毕业时，校方开除了当年荣获第一的武汉学生，他的入学成绩是假的。

考前他是高中毕业，七十年代初邓小平一度复出，那一届的中学生趁机读了几年好书。在校时他开始创作，为竹溪一中的四大才子之一，属学院派，才子系列，齐名者有县城无人不晓的肖建森。

很多年后，我到北京，他则当了房县的纪委书记，我带妻儿回乡看望父母，他派一辆车把我们接到房县，洗温泉澡，钻野人洞，打保龄球。我忘了送给他书，他反倒送我一本他编的《武当山珍》。临别还送了我一桶皇酒，不是一瓶，不是一袋，而是一桶，有二十多斤，提在手里要把身子拧着才能保持平衡。我知道这是李显和韦氏从长安带来的东西，没舍得送人，全都自己喝了。

他请我到他家里坐上一会儿，我去坐了，比家徒四壁要好一点，像毛泽东时代的县级招待所。如果我是一个浅薄的作家，我会联想到纪委书记，联想到生活简朴、作风清廉一类的新闻词语。但我偏生不是这样的人，我用一双慧眼，看出他将不久于房县的一只马脚，笑问他说，是不是想调走？

问题是他的夫人坚决不接见我，理由是脸上长了个包，情愿垂帘听我与她夫君话旧。我不禁反思着，二十多年前，我参加过他们的婚礼，那时她在城关第二小学教书，光天化夜之下，大家争先恐后地对女老师说下流话，我也说了一段，不过这与脸上长包没有关系。

他们的公子在上海念书，带一个上海女孩儿回家过年。我叫了她一声侄儿媳妇，旋即遭到房县一位女县长的批评。女县长双手擎杯过来敬酒，用卷舌的房县话，说我真是个土老冒儿，应该叫女同学儿。陈公子与其父一样会写文章，当晚我一鼓作气看了三篇，带走一篇，回京推荐给《青年文学》，很快发表。听说他正读大四，我建议报考研究生，我的朋友评论家郝雨几年前调上海大学任教，我曾赠诗“郝雨知时节，当春乃赴申”，那年郝雨已是上海大学教授，博士生导师。我当场给郝雨修书一封，交陈公子和那位被我叫错的女同学，嘱咐他们回申之后，去郝府拜一个师。

但是后来的情况我不知道了，陈君与我失去联系，也没让我看他儿子的新作。我知道八零后的青年是酷毙的，直到今天，老家和外地还常有五零后的老人请我指导作品，陈公子却并不在意《青年文学》一类传统纸媒的提拔，他的雄心恐怕早已超过其父。

陈老三在网上发表这则启事，勾起我的往事如许，为了证明未能忘怀，我今撰文一篇也贴在网上，聊作回复。结尾处问一声我的兄弟，忙否？胖否？牙口好否？

我们都将是变形人

如果不是一次又一次地历经那种相互间无法沟通的痛苦、愤怒和绝望，与亲人，与朋友，我会毫不犹豫地说出在思想和艺术上对我影响最大的几位作家的作品，如鲁迅的《阿Q正传》，福楼拜的《包法利夫人》，杰克·伦敦的《荒野的呼唤》，列夫·托尔斯泰的《复活》，等等。但是，有过了人生很多之后，我不得不承认弗朗兹·卡夫卡的《变形记》对我的刺痛是前所未有的。几乎与所有评论家的观点不尽相同，从一开始我就没有把这部小说看成是现代派的开山之作，至于卡夫卡是否现代派的鼻祖对我而言完全是无所谓的。我只是要说，每过一些时候我都会重读一遍这部小说，想想适才和正在发生的悲剧。

第一次读《变形记》的时候文化大革命已经结束了，如果不结束的话我可能仍然不能读到这部诡异的小说。当时我已经二十多岁，外国作家的名字和国籍对我一点儿也不重要，我仅仅渴爱作品本身，因此有些非常了不起的小说直到很久以后我才知道是某位大名鼎鼎的作家写的，而且是他的代表作。我感到非常惊讶，世界上怎么还会有《变形记》这样的伟大作品，同样是变，它与我此前读到的中国神怪小说如《封神演义》《西游记》《聊斋志异》中的人鬼变形的故事是不一样的，我坚决认为它所讲的并非为什么变形和怎么变形的过程，而是人之变形以后的悲惨境遇。

我记得有一个版本的导读者说，资本主义社会的金钱、机器和生产方式操纵了人，从而使人异化成物的奴隶以至非人。这句话曾经影响过我好一阵子，很快就不怎么影响了，我认为批判资本主义社会的金钱、机器和生产方式不是卡夫卡的本意，尽管后来，他在三十九的时候因为肺病辞去保险公司的职务并于两年后死去，然而小说中最令人痛心的却不是第一部分格里高尔（另译为格雷戈尔）吓走了公司的秘书主任（另译为全权代表），却是第二、第三部分他的亲人们对他的冷漠、厌恶和最终的抛弃，甚至也可以说是谋杀。

我认为卡夫卡最想说的话乃在后面，在他的小说布局中，格里高尔完全可以由于别的原因变成甲虫，比方说一场疾病，一次受伤，总之，为何变形只是他在现实世界中随时可以找到的一个由头。要么我就索性这么认为，即便在别的什么主义社会，别的什么角色也会因为别的什么压力变成别的什么异类。而那种压力，还有可能来自于内部的精神和心理，它与金钱、机器以及生产方式根本是风马牛不相及的。

除了早期的长篇小说《美国》，卡夫卡以后的《审判》《城堡》和所有被他的朋友布诺德违背遗嘱没有焚毁的作品，包括一些没头没脑的断章残篇，全都被后人归于现代派一族的象征主义。我认为《变形记》是一个例外，它既是现代的也是现实和传统的，既是象征主义的也是写实主义的，把它与存在主义大师加缪的《局外人》作一个对比就可看出，作者恰恰是站在局内，文字间充满了人性和真情，许多细节的描写让人心灵难受以至于伤感落泪。如果它的主人公格里高尔不是变成一只甲虫，而是变成一个生活不能自理的残疾人，一个面目狰狞的丑八怪，日夜为生计所迫的一家人又因它将吓走能给自己带来一点微薄租金的房客时，嫌弃他、赶走他、唯愿他在这个世上永远消失的人，在我们的身边难道没有吗？

《变形记》让我相信了小说细节的力量。格里高尔用甲虫的身子追赶吓得逃走的秘书主任，那人“往下蹦了几级，随即消失了，可是还在不断地叫喊‘噢’，回声传遍了整个楼梯”；他的至亲至爱的父母和妹妹，萨姆沙从“远远地用手杖尖拨他”到他死后“在身上划了个十字”，萨姆沙太太从吓倒在地又跳起来呼喊“救命”到穿着睡衣急不可耐地去看死去的儿子。在他变形后的一个多月里，无数连绵的细节让读者过目不忘。

我怀疑因病失业的卡夫卡生活中是否真有一个同情他的妹妹——刚开始的时候——，因为他对葛蕾特的细腻描写有理由让人误认为他是一个传统的、功力深厚的现实主义作家。很慢地开门，飞速地关门，怀着复杂的心情送饭和牛奶，细心扫去遗在地上的残物和黏液。直到有一天，葛蕾特为了替父母讨好房客而为他们演奏小提琴的时候，曾经想努力工作把妹妹送到音乐学院去深造的格里高尔忘乎所以地从房间里偷爬了出来，这行为导致了三位房客要求退房的严重后果。这个妹妹终于忍无可忍，把小提琴一把塞进母亲的怀里："事情不能再这样拖下去了……我们一定得把它弄走……"

在西方作家其他的现代派小说，包括卡夫卡另外几部生前没有发表的小说中，很少再能读到这样动人的细节。从写作的年代上看，《变形记》或许是作者从《美国》到《城堡》的过渡，写作这部作品也或许正在使他成为世界文学史上被称作现代派鼻祖的大师。前者自然是现代派作家的集体不屑，他们蓄意用抽象的文字表现观念，为了在形式上最大程度地区分于传统的现实主义。

我之所以对《变形记》读了又读，并不冲着它是什么派和什么主义，乃是因为变形后的格里高尔的那种不被理解，尤其不被自己亲人理解的痛苦一次又一次刺中了我。我想即便他没有变形，变形的反倒是这个世界和生存于这个世界的芸芸众生，格里高尔的悲剧也依然存在。并且我还固执地认为我就曾经是一个变形者，现在和以后可能还是，只不过我与亲朋好友的互退一步，我才不至于使"消灭自己的决心比妹妹还要强烈"成为事实。

或者，我认为格里高尔其实并非别人眼中的甲虫，为了保护自己不受现实利益的割伤而用坚壳把灵魂紧紧包裹起来，在精神上不敢直立行走的人他们才是。

窃公趣话

偷取他人的文章以此获名，谓文抄公；偷取他人的文章以此获利，谓文窃公。当今文坛两者兼有，仅发生于我的身上，就有多例。二十年前，我的小说处女作被《小说月报》选载，翌年冬由银行调往文化单位，名为专业创作，实则兼办一份小刊。当月收到一篇小说，竟然是照抄我被选载的那一篇，三百字一页的稿纸上字迹工整，一笔不苟，足以打动编辑同志一颗善良的心。小说将我那主人公的姓名作了改变，并让车中的煤炭换成了刀下的肉。作者浑然不知我就是原作的主人，极谦虚地附信请编辑老师指教。

一九八七年，我在上海《文学报》发过一篇短文，写到一位正在成名的女作家，后来因为工作，偶尔买了一本名叫《中国当代女作家传略》的厚书，无意中又看到这篇文章，它出现在另一位作者的名下，我称她是同学，他亦称她是同学，可能嫌文章太短，稿费不多，在后面添了很长很粗的一截尾巴。许久以后女作家也看到这篇文章，惑然对人道，我好像并没有这样一个同学呀？

在任小刊编辑期间，我还遇上过一位英勇无畏的女性，至今想来还心有余悸。她寄给我办的刊物一首歌唱毛泽东的诗，饱蘸激情，功力不凡，被我发表出来以后，有读者来信揭发，明确指出此诗是从哪里抄袭来的。我将原信寄给女诗人，意在引以为戒。许久却无消息，以为羞于答复，不料忽一日接到女诗人回信，气冲牛斗，勃然大怒曰："歌颂伟大领袖毛主席的诗，亿万人民一样深厚的感情，一样语言的表达，别说不算抄袭，即便算是抄袭，抄一千遍抄一万遍，又有何不可！"我大惊失色，以为此女有文革遗风，如生逢极左时代，当属反潮流的女英雄无疑，于是不再惹她。

那个年代的中国文坛，文抄公如雨后春笋，盖因十七年闭关锁国，视西方文学为洪水猛兽，国人孤陋寡闻，忽如一夜春风，国门洞开，有人抢先开了眼界，匆匆捡得几样货色，乔装改扮，欺编辑目不能及，公然问世甚至获奖，遂一夜成名。这是聪明些的。蠢笨些的却抄国内报刊，有作者的文章中竟夹杂着诸如“编者按”以及“下转第二版”之类的文字，这便使眼睛再近视的编辑也能一下看穿，捉个正着。那一时期有许多走红的作者璀璨如流星，绚丽如昙花，而今安在，原因固然是多方面的，但在银钱纱帽之外，抄术已尽恐怕也是其一。

窃公不然。文窃公志不在名，却在于钱，偷了他人作品印制成书，卖成大把银子往裤裆里装，你要他署名他也不署，如署也是一个查无根据的化名。前年冬季的某个夜晚，我洗完了脚正要睡觉，忽接河北谈歌一个电话，说在保定发现一套上、中、下三卷的《绝事》，书中收有我们十九位作家的一百三十七万五千字的作品，漓江出版社出版，总定价八十元，而书摊只卖二十五元，印制粗糙，纸张低劣，却因零售只有三折的价，想读书的寒士还是屈就购了盗版。

燕赵豪杰谈歌明知自己们的权益受了侵犯，却将别人无可奈何，打电话投诉于我，我转而打电话给本书责任编辑李海鸣。可怜大家都是书生，百无一用，只会扳着指头统计盗版者的利润，说是以每本五元、每套 15 元的唯一印制成本核算，强盗仅印一万套，可得纯利十万元。

今春三月，中原作家孙方友突然给我寄来一本奇书，书名《俗世奇人》，用了冯骥才发表在《收获》上的小说之名，收入十三位作家的笔记小说八十五篇，其中含我十篇。甘肃文化出版社出版，主编名叫天成子，此书已可称奇，然尤有奇者，序言居然又抄了我原本为七百五十万字的五卷本《中国当代精品文库》所写的总序，前面加了一段“我老师梅柘壬常说……”，结尾加了一段“对此，不知读者以为然否？……”

我不知道他的老师梅柘壬先生同不同意弟子天成子的这种作法，只是觉得他的结束语实在是很幽默的，读者以为然否尚待调查，作者肯定是以为然的，你窃了人家的笔记小说卖钱，人家怎么会不以为然呢？先以为然的是比别人多只耳朵的湖南作家聂鑫森，致书甘肃文化社，石沉大海；孙方友紧随其问，仍是漠然不理；最后我打印文件一份正式寄给该社，请其月底答复，方接总编回音，却说根本不是他们出版的书。真是怪哉，嗟叹此事之绝，胜于《绝事》。

文章被窃本来伤心，缘此生怒又将伤肝，若再埋怨有关机构，还恐出口伤人，为了保存实力，只好苦笑，遂作幽默打油诗一首，顺便挣几文稿费回来，聊作补充。诗曰：

生逢俗世遇奇人，著者汗血盗者金。
狗屁不通称主编，鼠辈有道号天成。
京都法网蹑脚过，陇城丝路昂首行。
满本绝事犹嫌少，笑将新闻写新文。

再谈窃公

甘肃文化出版社的事情还未结果，时代文艺出版社又出来了一部名叫《官道》的书，而且上下两大本，七十二万字，将我的中篇小说《打死也别跟当官的一席喝酒》捉入其中，一不给书，二不给钱，尤其事先不打一声招呼，出笼几个月后，才让我偶尔在书店给一眼看见，不然打死也是糊涂的。此次窃者更加有道，不像那位天成子主编一样跳将出来，只要赚得白花花的银子，宁可默默无闻，做幕后的绿林英雄，让人做打油诗都无法点名。我便在想，如今这世界上，不能一席喝酒的岂只是当官的，当贼的也同样可恶！

想着捉奸要捉双，拿贼要拿赃，我竟学着不动声色，自己花四十元钱买下一套书，回家用笔抄了版权页上的书号，给印于封底的一位名叫李杰的责任编辑写了一封客气的信，不料信寄出去，很过了一些日子，那位姓李的豪杰并不客气，打死也不接招，叫我实在无计可施。见书中所收作品，仅北京地区就有多篇，如梁晓声的《民选》，石钟山的《官道》，心想那写《激情燃烧的岁月》的石钟山原籍东北，时代文艺出版社也在那一疙瘩，就打电话给他，要他找个东北老乡问问明白。

石钟山遂气哼哼地答应马上下手，不料他的唯一手段，仍是给李杰同志写信，对方也仍是死不接招。此时恰逢在家得颈椎病的梁晓声打电话来，我又让他也带病出马，梁晓声说声看他的吧，还说在几年前的一次图书订货会上，他就捉住这家出版社出版的一本新书，封面印着梁晓声著，当场被他训了一顿，这次再训他们一顿厉害的好了。谁知又是一个不料，不料那位李杰同志根本就不是挨训的主儿，自从出了这两本书后，就在地球上永远地消失了。

前后不久，海南的晓剑接到我寄他的书，打来电话，说在一本杂志上面看到一篇根据我的小说改编的故事，我同样的也不知道，心里想着一篇小作，横竖没有多少报酬，劳神追究实在不值，一想起与甘肃文化和时代文艺交涉的经历，不仅心灰意懒，而且心生恐惧，自慰手里正有事情要做，不能因小失大，捡了芝麻丢了西瓜，更何况把屁股都撅到天上去了，那粒芝麻捡不捡得到手还很难说。因此即令人犯了我，只要犯得不重，我也不去犯人。

不料，人生中不料的事实在是太多了呵！不料这样一来，人就放心大胆地犯起我了，越犯越凶，越犯越奇，越犯越没有谱，突然的有一天，上海新闻出版局打紧急电话找我，说有一本由我编辑，由我所在出版社出版的，名叫《灵与肉的伤害》的婚外爱情纪实文学集，因其内容黄色已被他局查禁。

我说你们查吧禁吧，把书全都烧了，书款全都没了，再罚八百五十万元，顺便把幕前幕后的人也捉起来，一个一个都枪毙了，我不仅没有意见，还要从罚款中提取百分之五十，作为对我的名誉赔偿。我请上海新闻出版局的人给我寄一本书，一来让我看看"我"是怎么编的，二来我也可以研究分析，协助破案，他们嘴里答应得好好的，心里可能觉得破案无望，最终也没有给我把书寄来。

这本《灵与肉的伤害》，把我的灵与肉都伤害了，手段如此恶劣，信息如此准确，知道我工资卡上的本名，还知道我所在的出版社正在解体，不早不晚，恰到时机地阴谋出笼，我真怀疑内部有个家贼，外部有个老贼，里应外合，一箭双雕，谋财的同时顺便也害了人。害得我肝子都气疼了，却又无可奈何，只好沿袭旧例，灯下作打油诗一首，诗曰：

上海滩上有神偷，贼风劲吹几时休。
娼女门前奸夫众，盗男肚里诡计足。
自古松林少真斧，而今钞票多假头。
君发横财人未管，为何伤我灵与肉！

漫话漫画

漫画不是丑画，漫画猛一看是丑，与此同时是可笑，一种可爱而又可思的可笑，理解之后，再一看就是美了。漫画家与写实画家的眼睛是有区别的，后者是两片正常的镜子，照出来的东西越接近本身越好，前者不然，像哈哈镜，非把东西给弄变形不可，但是无论怎么变形，还让人一眼能看出是那样东西，这便是此镜的妙处。漫画又不仅是哈哈镜，变形是它们的共性，使人哈哈也是它们的共性，漫画能变神为形，变无形为有形，将内部化作外表，把灵魂呼出肉体。

漫画家的眼睛有两根吸管，像东北骨头庄为食客配备的那种助理餐具，可以把骨头里面的髓油吱儿的一下抽出来。然后赋之于形，或涂于人形之上的特点，以吓人的夸张，放肆的扭曲，令人看后发笑，笑后发呆，惊叹如此神似，何等眼力。丰子恺为鲁迅小说人物造像，寥寥数笔，入骨三分。战火中的张乐平画流浪儿，三根竖毛代表头发，一根也不多给，大脑瓜上一颗蒜头鼻，下面一根饿得奇瘦的身子，使得后来的演员为此吃够了苦头。

华君武知道自己的漫画前面有几座山，那是丰子恺和叶浅予，还有张光年和鲁少飞，太行王屋似的雄伟着，于是绕道，人家一幅画几个人，他一幅画几百个人，多以政治为材料，用笔却学画萝卜白菜的国画大师齐白石，极其简约，因之便巍然耸起了另一座高山。文革中华君武蹲了三年牛棚，喂了四年猪，文革结束，他的喂猪所得是二百五十多幅猪八戒系列画，猪八戒当天蓬元帅时酒后要跟嫦娥困觉，是生活作风问题，属于人民内部矛盾，猪八戒扛着钉耙落荒而逃，一路嘀咕说“想不到钉耙也有假冒伪劣”，云云。

我上学时是崇拜华君武的，喜欢胡写乱画，在班级颇有虚名，升初中后班级老师让我担任墙报主编，园地是教室门外的那一堵墙，自画而且自写。其时反帝反修烈火正熊，我便学华大师，画无数人高举着拳头，要打倒约翰逊和赫鲁晓夫，不幸文化大革命一开始，学生造反派说我画的那两个外国坏蛋还有鼻子有眼睛，而中国人民连鼻子眼睛都没有，脑袋是个零鸡蛋，身子是根火柴棍，这不是丑化是什么？追问是谁教我这么画的，我就把华君武说了出来，造反派捉不到华君武，结果把一位名叫陈新的右派老师捉住批斗了一场，因为这位老师平时对我是很欣赏的。

漫画常与诗文相配，诗多打油，文总戏谑。丁聪的夫人乃我同行，编了一本她夫君的漫画集，书名《我画你写》，凡八十幅，皆为小丁造像，本人自述，好友作评，或诗或文，妙趣横生。如画钱钟书，自述是："我都姓一辈子钱了，难道还要钱吗?"画侯宝林，方成曰："他有个闲章号称'一户侯'。"画杨宪益，老先生自撰一联道："少时了了，大未必佳；中年昏昏，老而无耻。"黄苗子在下面补充一句："与其给他一个文学博士荣衔，不如给他一打威士忌酒。"十年前我去杨府，曾见到丁聪为他画的另一幅像，一个瘦老头，怀抱大酒瓶，一副对联分挂两侧，上联是元慎诗："毕竟百年都是梦"，下联为吴祖光所续："何如一醉便成仙"。黄永玉也为此公画过漫画，画的是一翁枕臂望天，且自题打油诗二句曰："老僧闲来无它事，清早起来就看山。笑笑。"

黄永玉的漫画如诗文，诗文如漫画，三者相辅相成，是一种了不起的哲学。我读他的《永玉三记》，读得啼笑皆非，又拍案叫绝。他画罐斋里的小动物，画芥末居里的动物和人，画人之"力求严肃认真思考的札记"，幽默之至，深刻之极。他在香港有一家出版社，专门出版他一个人的书，开本是方块型的，别致而又精美。在汪曾祺家，汪老给我看黄公送他的漫画集，直说："这个人胆大，他敢画毛主席。"我拿过看了，共两幅，一幅是和耶稣，一幅是和江青。此前的漫画家除了攻击敌人，讽刺落后，也常以友好的态度画作家和艺术家，却不敢越过雷池去画领袖，怕把自己的脑袋给画掉了。

文化大革命中红卫兵画刘少奇是一个大鼻子，陈再道是满脸大麻子，是把他们列入了敌人阵营，其实这才是丑画，与貌似嬉戏实则严肃的漫画无缘，那是对漫画精神的歪曲和亵渎，文化大革命的本身才是一幅史无前例的漫画长卷。后来林彪一死，立刻由身体永远健康的副统帅变成了瘦猴子，江青一倒，立刻由伟大的文艺旗手变成了冬瓜脸，眼镜蛇，这同样也不是漫画的真髓。林彪之险恶，不在其不胖，江青之骄狂，也不在其不美。漫画若都这样，骂人者皆可以做漫画家了。

为了证明漫画不是丑画，是善良而非恶毒，是幽默而非伤害，漫画家常给自己率先画上一幅，然后是好友，是知己，刊于书中，悬于壁上，谈笑于酒席间。而对于那些装模作样的高官，要画就画他做下的事，只取其行，不取其像，尽量地避开官司和陷害。漫画家知道那些人不懂幽默，何时要倒台了，会赖漫画上他屁股下的板凳没有画正，美人不来投怀送抱，也因漫画夸大了他的嘴。

一九九八年冬，我策划了一套“重说千古风流”丛书，连我在内前后共有八位作家参写，我将每人照片交给会画漫画的吟龙，请他各画一幅漫画，吟龙警惕地问，是不是好朋友？我担保说，是好朋友。吟龙便取走画了，过一日送来，竟是惟妙惟肖，老林希肥头大耳冷眼看世，阿成儒雅不掩豪侠之气，聂鑫森奇瘦而世事洞明，阎连科寓大狡猾于伪憨厚中，星竹一张京油子的富态相，谈歌伏案觅句像个师爷或苦秀才，肖克凡一脸坏笑地面对众生，还有我大笑起来忘乎所以的样子，眼睛都不知道藏到何处去了。

想起鲁迅先生的话，夸张的生命在于真实，说“燕山雪花大如席”是夸张，如说“广州雪花大如席”就不真实了。缘此类推，画“野莽眼睛细如线”是漫画，如画“鑫森脸蛋圆如瓜”就脱离了实际。

签名本传奇

上海有个旧书网站，名字相当有学问，叫孔夫子，近期宣布要卖的签名本中，居然有我一本小说集。朋友与我海聊网上奇闻，提起这事，午夜大笑，说要不是勤俭持家的老婆奋起阻挡，他就买来寄给我了。当夜我查孔夫子网，果不其然，网上除了那本书的封面，还有扉页，写着赠给建成兄。另外还贴了我一封书信的影印件，字体歪斜，语句不通，似是酒后所写，开头一句是“大著收到”，结尾是要稿费。早知我的信函能受拍上网，当初就该写得斯文珠玑，以便传世才好。本书原价二十一元，这里卖五十元，后面附有“品相十成”之类评语。此言我不甚懂，像出自拍卖行，大抵是指完美无缺，如女人的脸上百分之百没泼硫酸水。看完蛇颜大怒，一秒钟内想起上海作家孙建成，立时发他伊妹儿，请他拨冗上网，亲自观一个察。

孙建成原本是我朋友，赠书之时，他在上海编《电视·电影·文学》，是年我根据自己小说改编的一部电影，在中央台电影频道播出，他写信把我的剧本要去，发表在此刊上。不日又寄来他的新书，名曰《失踪丈夫的N种找法》，是一套丛书中的一本，另还有山东冯德英的小夫人阿真一本，叫《雾中丽人》，寄到我手比他略早二日。我给孙建成信上说的“大著收到”，即指此事，信中又说《大众电影》登了我那电影的剧照，问他是否转登在封二上。就在这次，我把刚出的小说集回赠一本给他。这个上海人，他为何要把我的书卖给孔夫子，丈夫失踪，五十元钱也不够寻找的旅资，而且我的隐私书信，为何他也要出卖于人？

次日我还在床上安卧，电话猛响，昂首一看是零二一，料定非上海此公无二。将话筒举到耳边，只听他在那头大叫，阿拉昨夜给侬回信看勿看到？我说没有看到。他说侬肯定生阿拉气了，阿拉信上说的都是实话呀，上海文联几年前搬了一次家，不信侬查一下杂志地址，外地寄到旧址的邮件，都由专人用麻袋送到新编辑部，侬送阿拉的书要么装丢了，要么有人私拆偷走了呀，阿拉给人写电视本子一个几十万元，不会穷到卖书的地步，阿拉还想请侬也写一个本子呢，那东西好搞的呀！阿拉这就去网上把它买回来，好勿好？我说，一本破书买它做什么，说清楚就行了，有工夫你去找到这家网站，劝他们改两个字，把孔夫子改成孔乙己。

我新装修的书房听风楼，两方书墙顶天立地，从靠窗的部位拨出一列专柜，专门装载友人赠书，国内当红作家的签名本尽塞其中。因为塞之不尽，便把一层分为内外两层，大开本的屈尊放在里面，外面是沾便宜的小开本。也明知这种做法大不应该，被塞进里层的书终日不见君面，这些作者及作品反而重要一些。如汪曾祺先生逝前送我的六卷文集，那都是精装的大版本，比我送他的气派得多。台湾作家送我的书尤其大气磅礴，似乎存心要让人觉得那边不是小岛。给大陆作家出版的书也是如此，二十万字在大陆不过一本小册子，拿到岛上就是一块巨砖。莫言送我的台湾版小说选，让人见了，眼睛红似被狂犬所咬。这样的书，都得码在里层，不然把大陆作家的书都掩盖了。

贾平凹送我的书最多，因为是老朋友，二十年前出第一部长篇送起，坚持送到今日。但我丢的也不算少，原因是有人慕其盛名，总要借读，一借去就成为赵老的灯台。有一回我见他于废都之中化身为庄之蝶，在旧书摊上买到他签名赠给高文行的书，扬言要再寄回去，蓦然心惊，唯恐别人从我手中借走的书，莫不是也沦落风尘，被他逮个正着。后方得知，曾几何时，社会上已悄然兴起收藏签名本热，也便明确了借者的动机，这样的人把书谋去，只会终生善待如金包卵，断然不会去卖钱的。何况凹兄继而又送我一匹狼，他笔下的高先生，当然也就不会是我阁下。

送给我书的最大最老作家应是冰心，悔不该我把这书拿给一个翻译，指出他译错了她老人家引用雪莱的诗，如此一来，翻译的错误倒是旋即得到纠正，冰心的书却再也回不到我的手里。大老作家签名赠我的书可谓太多，但在早期，我向本单位的前辈《红楼梦》译者杨宪益学习，高风亮节，两袖清风，能翻译的就送给翻译去翻，不能翻的就插人公共书架。在书架上我曾见到钱钟书赠给杨老先生的书，扉页写着宪益兄、乃迭嫂教正。不过这些书后来都失踪如孙建成笔下的丈夫，包括大老作家们送给我的，估计又遇上了签名本的收藏者。直到后期，我才决定改变既定方针，将能翻译的篇章拿去复印，原书留下，暂时不翻译的一律收藏。

另有一种签名本，是已故作者的家属签字代为赠送，萧军的女儿萧耘就送过我萧老的书，董必武的女儿董良翚也送过我董老诗钞。想起这事，我竟每每觉得，特别地对不起董大姐，这是一本版式考究的书，书中每一页都是套红竖格，摹仿旧时的十行签，董老极其工整的七律是用清瘦的长仿体，两句一行地印在竖格中。我的一位同事把它借去，说是按这模式给一位诗人出版诗选。我助人为乐，焉能拒绝，然而请他用罢以后完璧归赵，却意外听说已被印刷厂以五马分尸之法，将书拆成若干单页，分给各个环节的工人，有的套色，有的排字，有的拿着去买同类的纸张。我的心里叫苦连天，却碍于情面发火不得，只能把满腹的愤怒和后悔咽回半腹。

事过有年，忽一日我反思起来，那本按照董老诗钞的模式印制的某位诗人的诗选，怎么也不送我一本？即便不舍得送，拿给我看一眼睛又有何妨？于是我再一次的心生疑惑，是否也遇上谋求签名本的君子，该不得在某一天的清早出现在北京的琉璃厂或潘家园，写上一句口号，标上一个价码，让伤心的董大姐一边骂着我的名字，一边花钱把它又买回去吧？那本仿十行笺的套红诗钞，会不会连五成的品相也没有了？

我到潘家园旧货市场去买石头的时候，还发现了一本鲁迅的签名本，书衣全无，扉页上写着广平女士存，署名鲁迅。时间是1930年某月某日，字体乃鲁体无疑，价并不高，三百元整。观者如云，摊主埋头看书，面无表情，同行的朋友二目放亮，一手便往裤兜里伸。我及时对他俯一个耳曰，这个作伪者是没读过鲁迅的，恋爱期的鲁迅一直呼许广平为广平兄，同住之后，昵称小刺猬，死前四年，改叫乖姑，况且书上落款已是刺猬之年，一室共读，何必还要买书互赠？朋友点头说是，转身离去，将这笔钱也买成了一个石头。

近日我在报纸或电视里，看到一位可嘉的老先生，晚年的雄心壮志乃是收藏签名本，得知哪里有名人卖书，下雨落雪，打伞排队，天远地隔，驱车而来。我为老先生白求恩式的精神所感动，同时转念再想，若是把买这种本子的精力、体力、毅力、财力，统统都用在读书上，省出坐车住店辗转奔波的工夫与银子，就在自家附近的书摊上多买一堆好书，抱回家去受用岂不是好，何须为子孙留下什么签名本？我曾亲眼看到，某个时代，恰似《增广贤文》所言，前人买书省吃似针挑土，后辈卖书喝酒如浪推沙。当然那一般是在前人作古之后，或者弥留之际，倘若坐车打伞半夜排队买书者还老而能动，那么这个家庭内部，就必将会有一场生死保卫战了。

去年九月九日，诺奖得主大江健三郎应邀从东京飞到北京，在中国社科院举行一场演讲，组织者是他的翻译，我的同学许金龙。金龙君知我朋友者众，给我寄来八张请柬，我把它分赠七人，演讲完毕，听者簇拥大江去西单图书大厦签名售书。这据说是他人生最后的一本书，书名就叫《别了，我的书》，朋友要为我代购一本，权作是与请柬的交换。我说不必，我已有了签名本，签者虽不是作者大江健三郎而是译者许金龙，然而无论谁签，书里的文字是一样的，何苦花钱再买一本？而况金龙君在扉页上写下的中文野莽二字，比大江千篇一律的日文，至少要情真意切得多。

我们外出参会，返回之际，总会收到大量地方作者的签名赠书。这些书编校粗糙，印制低劣，有的假托某社，虚拟书号，同样的条星码子已印过无数遍，如同反复炸了八百根油条的地沟油，还在地沟下面流通如故，编辑乃是自己化名以及同党。但我总是如数收下，装进包里，带回北京，没事时想起来就翻一翻，哪怕只翻一篇甚至一页，希望能够发现未来的巴尔扎克和夏洛蒂。事实上有人写得还算不错，无非限于诸种原因，暂且尚未变成紫红。

某些老师就不像话了，肩周炎不能手提重物，又害怕买行李票，抱着签名本上洗手间，出来时就空着一双洗过的手。人性化一些的是忘在宾馆里，若再顾虑作家要来宾馆送行，最好带到机场，临登机前遗失在休息厅。最初我是糊里糊涂，往往像雷锋同志一样热心提醒，嗨嗨你的书忘了拿！有时还会替他捡将起来，追将上去，害得老师心里窝火，嘴上还得笑说，你看我这个狗记性！你看我这个狗记性！

上月我收到一个签名本，作者是一位二十三岁半的大学生，书名《上陌·葵黄》，人名李叙栩，祖辈住在离我老家旧居五里的一座通陕小镇。书中附有一笺，说是几年前给我写信拜师，不见回复，唯恐资格不够，这次是他的第三部长篇小说出版，再拜看行不行。我惭愧得不想再生存下去，定睛读他书前文字，不觉大惊。小同乡曰："年五志学，十三溅血立救苦难之誓，十四习诗，十五煮酒嚼词，十六读史论经，奋笔为文，十九集诗文二十五册矣。二十大学，室书垒壁，海阔天遥，至二十二已成书三部……读书为文，不惊天地，何以为之?”

我的心已然有了大的尊敬，决心读完此书，将它收藏于我顶天立地的书墙，与大师为伍，让活者的精气与死者的魂灵，激动着和保佑着他，施以宠爱，使之长大。我敢跟时间打一个赌，这位不满二十四岁的青年，他的未来不会是个文学的梦。

然而我自己写的破书，是羞于再签名送人了。在我老家郧阳，有一个陈东明是我少时的伙伴，从前历次我出新书，总要买些寄到陈府，等我回老家时分赠诸友。这些人春天送我新茶，冬天送我腊肉，夏秋之季也都把一些清心补体的好东西寄往北京，书生野莽何以为报，唯有拙著，于是便逐一签书相赠。其间不乏故事，说来有趣，有些人我并没打算送书的，见了我却努力地握手，说是收到你书，你的几个字是越写越好了！听得我直发愣，转告东明，不得已他便嘻哈坦白，原来是他以我名义在我书上签字，送给开口要书的人，只因陈体比野体好看，得书的人便纷纷夸我写字有了长足的进步。那些人中，有芝麻大的官员，有绿豆大的老板，他那一把做生意的破铜壶，要学会煮三江之水，因此刁德一和胡传魁一个都不能少。

我怕拙著沦落在杂粮堆里，人家要着没用，自己还舍不得。从此再寄书给东明君，必先在扉页写好名字，张农人便是张农人，李工友便是李工友，不再给他留下空档。正好白石老人的关门弟子，湖南的施杰云君赠我一枚亲刻的印章，我再用它在签名下面一按，这便成了可验的正身。年事渐高，知识略长，我是终于发觉，签名赠书乃人生之一大蠢事。原因约有 N 种，一是若干年前的少作，有的应悔；二是若干年前的朋友，有的也应悔，然而已经不及。当初要了书去，后因某事不能如意，遂化玉帛为干戈，连人带书一道谩骂。这就好比不争气的人质落入他国，任其羞辱，花五十元钱也赎不回来了。至于那些朋友的朋友，天知道又会说出一些什么话来。

另外买书太贵，吭吃写一大本书，咔嚓扣一小半钱。买了从邮局平寄，纵然按规矩包双层的牛皮纸，也有人截下卖给孔夫子网。保险起见挂一个号，成本转眼又增加三元。想一想，真是何苦，真是何苦乃哉！

月票书签

上个世纪八十年代，我每天总有两个多小时牺牲在路上。过去我骑车，骑车潇洒，但是累，从家骑到出版社，储蓄一夜的元气大伤，再从出版社骑回家，进门就仰卧沙发不起。而况我性急，骑车必超车抢行，将那两个轱辘的小玩艺儿穿梭于喜怒无常的电汽车间，每每还要趁早生出加入人寿保险的忧思，以防某日真地葬身车腹，后来是因为想起人家奥斯特洛夫斯基说的一句名言，他说生命属于人只有一次，便决定采取自我保险的措施，敝帚自珍，于是改为乘车。大老爷们儿乘车实在不够意思，但从“只有一次”起见，保命率毕竟高于骑车，试想若是命都没了，即使很够意思又有什么用呢？考证北京的交通事故，一般都是一次死一个人，而一次死一车人还没有过。

乘车得转三次，清晨七点，自郑王坟而公主坟，公主坟而工会大楼，工会大楼而甘家口商场。下午逆向运行，转站亦然。乘车不仅不得轧死，且比骑车省力，两腿笔直地站着，不必弯曲着左一下右一下地蹬。但有一利却有一弊，从心情到肉体上，都不得自由，不是被某先生的胖屁股顶了腰（由于生活水平提高，男人的那个部位也喜欢长肉了），便是被某女士的高底鞋踩了脚背（越是乘车的女人越是爱穿钉了铁的高底鞋）。更多时候，则是车上四面八方的肉们联合起来，进行夹击。严冬到来，乘客固然可以相拥取暖，炎夏取的却只能是一身的臭汗，即便远看绝美的可人儿，彼时谅你也不会喜欢伊那热包子似的玉体，只恨不得离它三公尺才好。

而实际上，相距三十厘米的理想也不容易实现，但凡是乘过北京公共汽车的人，也许会忽然间觉悟过来，前辈们的理论并不是很可靠的，世上最紧俏的东西原来并不见得就是美女，这公汽上的地盘，价值连城。有时候你明明看着一对男女肌肤相贴，亲密无间，你以为他们是去办结婚登记的，但一个念头未消，便听得二人用恶毒的语言骂了起来，女的说男的用身体要流氓，男的则说女的何不去坐小卧车呢？

北京上车的情景，简直如同空中来了敌机，无论小姐还是老妇，都是一种千篇一律的动作，将别人往外扒，将自己往里喂，女人的韵味，男人的风度，这时候都是阻挡人类进步的东西，统统都丢了它。通过一番搏斗，若是能够抢得上去，算是有幸，倘若还能扑住一个脏巴溜叽的塑料座椅，用以安排自己刚才顶过别人的部位，那实在要叫万幸。

一周里头，我难得一次坐的机会，一般是站客，于颠簸的破车上，于团结的人肉中，闭了两眼，装作是即将行刑的死囚，最好的办法是用心来默数着剩下的还有几站，形容度日如年远为不够，因为是在度分度秒。心中悲叹连声，人生既然短暂，为何这短暂的一生还不抓紧去做点什么事情，抑或享点什么福也是好的，何必花钱呆这流动监狱呢？光阴本来如箭，却还要匀出那箭的半根来受这份活罪，苍天全不怜见则个。

乘车生涯渐长，忽生一念，何不带本书看？打发时间，变废为宝，若是看到一段妙语，改善改善环境，只当自己对自己发了一个旅游奖。便开始车上看书，能抢到一个座位，当然是好到了极至，抢不到时则努力争取挤到票台边，以臂挽住栏杆，腾出手来好举书本。再不行就只好退居座椅一侧，以背靠之，仍有一手可以握书。

车上看书毕竟不能与在书斋相比，一碟瓜籽一杯香茶再加一只坐躺两用的沙发。车上看书有时还得会点武功，千军之中，挤而不掉，车簸人跳，二目不移。有时还得有点气功，气功者，忍气之功也，譬如某次在某车上，某男见我看书竟看得如此艰苦卓绝，断定有诈，唯恐我想以治学的优势夺取他可能好不容易才搞到手的女朋友，便侧身对某女曰：嗬，还怪勤奋呢！某女嬉笑。我低头作迟钝状，也笑。当然更多的时候是白白地拼搏一场，上车即被人潮挤到车正中央，头不可抬，腰不可直，前不着村，后不着店，需双手乱抓，才能稳住阵脚，这样就只好勤奋不成了，闭眼但称憾哉。

车上看书日久，我居然有一发明，将兜中月票作了书签，夹于正阅的书中，一车乘罢，下车时正好随手亮给售票小姐，转了一车，再接着看。日复一日，习惯成了自然，一日往返六次车，两小时许，三十二开的书，竟能读三十至五十页，如湖北老家的朋友杨书案先生，他赠我的长篇新著《孔子》，我就是在车上一礼拜间断读完，回编辑部写上好的意见，作为国内优秀作品翻译到国外去的。

乘车读书确有妙处，甚或有利还在书外，比方说可免去与人为一地盘的争执。你碰人家一下，人家骂你，你可能真不怎么还嘴；人家碰你一下，你也大多宽谅，只求事情早早了结。今秋我写过一个短篇小说，写某人被人踩了，尚不等人说对不起，便主动说出一个没关系来。不过事情总是有利有弊，诸弊之首，当推听不见报站。北京人本来舌头就比外地人大，好像迟早含着一个小号的萝卜，加之售票小姐儿偷懒节省唾液，报站的声音如同温开水漱嘴，呜噜呜噜，你再把注意力放在书中那就活该倒霉了。

为此我好多次坐过了头，有一次回家坐 324 路，从公主坟一直坐到了木樨园，大禹治水似地路过家门而不入；还有一次上班误上了 52 路快车，又从公主坟一次性运到天安门，眼见花山人海，摄者如云，方知来到了节日的广场，只好下车过地道乘 1 路回原站，再转 114 路到出版社。

生活是大作家

作家如想以编故事取胜，其实是非常不明智的，信手拈来一张今天的晚报，且看你哪位作家编得过它。

其一，六十一岁的老头儿朱多明喜欢遛弯儿，本月三日，身背六个鸡蛋，两瓶可乐，拉着老伴儿马雪英乘车遛到颐和园，想起报上说这里有个凤凰山，便去游山，不幸于返回时迷路，在山中困了十二天，恰在此间天降大雨，老俩口儿躲进山洞，洞中进水，至第七日，饿得半死的朱老头儿全力将老伴儿托上岩石，让她出洞呼救，自己凭着年轻时当侦察兵学得的知识，每日用可乐瓶喝三瓶雨水，以此使生命各以延捱。十二天后，方被老伴儿唤来的人马救出。

其二，塔克拉玛干大沙漠的一个小水坑里，有人发现一群小鱼游动，此鱼呈黑色，约两节手指长，比铅笔略细。目击者是中国科学院副院长陈宜瑜院士，此公确认，这群黑色小鱼并非由石油工人带入沙漠。

其三，湖北黄冈堵城镇军岭农民马启腾，一日在院中打水井，打到三十一米，儿子马迪觉得井口有气泡冒出，用火一点，竟燃烧起来，马家从此便用此井做饭，用时点燃，用罢吹熄。距离马家三十米远的村民汪松，院里水井也冒气泡，听说马家用它做饭他也来做，一点火却爆炸了，由此烧伤两只胳臂。

其四，成都老汉吴德坤家中养了八年的爱犬，突然发疯，咬了老汉之手，又抓伤其妻之背，两眼通红，满院蹿跳，主人吓得只好报警，两巡警持枪赶来，疯犬知它末日来临，与巡警展开激烈博斗，双方对峙十分钟之久，巡警连开五枪，结果了它的一条狗命。

其五，重庆几名目不识丁的农民，于拆迁的教堂清除垃圾时，捡到一箱字画，以为是废纸，抬到废品收购站卖，其站人员不收，农民就拿到回水沟市场去碰运气，摆了一星期仍无人要，遇一位喜欢收藏的教师，以每张十元的价格买回几张，请行家辨认，原来是明代董方达、清代康有为、民国徐世昌等名家的真迹，大喜，飞速赶去水沟再买，一箱字画已被一抢而空。

以上五则，只是一张晚报上刊登的一日新闻，没人统计过全国有多少家晚报，一张晚报一天要刊登多少则新闻，一年到头又有多少张晚报要印出来，而要构思出一个上述新闻那样的故事，不知作家要抽多少包香烟。由此便想，生活真是个大作家，依靠抽烟而编传奇故事的作家者流，实在是很小很小的。

红尘听聊

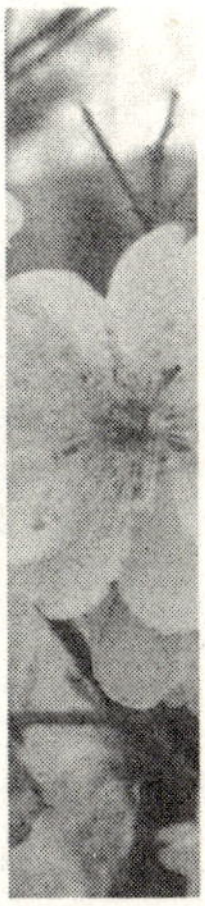

重点鸳鸯谱

鸳鸯谱是可以重点的，这和写书一样，第一稿写错了，再写一稿，甚至可以批阅十载，增删五次，直到修改满意为止。《醒世恒言》第八卷，写了乔太守乱点鸳鸯谱的一段荒唐故事，这老先生歪打正着，一通乱点，居然成就了几对美满婚姻，皆大欢喜，反而传为一世佳话，冯梦龙有词为证曰："有缘千里也相投，对面无缘不偶。"这句话后来被挪用在香港人新编的白娘子和许相公身上，改为"有缘千里来相会，无缘对面手难牵"。

然而乱点毕竟有些冒险，设若乔太守断案水平有限，或者被点者择偶要求太高，那出喜剧恐怕就要变成闹剧了。因此这事还需要严谨一点儿的作风，科学一点儿的态度，面对那些眼巴巴等着再结良缘的鸳鸯们，重点而非乱点，根据各项指标，坚持才子配佳人，正人配良女，门当户对，才平貌等，再把剩下的歪瓜和裂枣组合起来，心有另仪的鸳鸯们就高兴了。

明人吴从先曾经设想来做这项工作，在《小窗自纪》中，开展着跨时空的鸳鸯相配，曰："李太白酒圣，蔡文姬书仙，置之一时，绝妙佳偶。"他觉得一个是诗歌协会主席兼酒司令，一个是书法家协会主席又会作"胡笳十八拍"，这两人还不是一对儿，谁还能是一对儿？其实他不可能知道，在1957年乃至以后的十几年中，诗人和书法家离婚的事例很多，倒是有不少嫩得出水的漂亮演员，嫁给了又秃又麻的工宣队长。

《鸳鸯牒》的作者程羽文，应该追认他是明朝的玫瑰之约主持人。经他重点的一对对鸳鸯，真是合情合理。他认为班昭应配郑玄，一个续写《汉书》，一个遍注群经，典型的学者家庭；朱淑真应配苏轼，或者他的弟弟苏辙，再或者他的妹夫秦少游，实在不行，晁无咎、陈季常、黄山谷之类的才子亦可，妻子唱曲，丈夫作词，生活得像一首诗；李清照配陆游；崔莺莺配王实甫；苏若兰配杨修；罗敷配冯谖；萧后配李煜；王嫱配苏武，两人都在那塞外寒邦，长长的披风上落满雪花，一个弹琵琶曲，一个唱牧羊歌，那才叫夫唱妇随。而且，王昭君就可以不嫁匈奴的国王，苏子卿也可以不娶草原的胡妇，并和她生下一个名叫“通国”的孩子了。

生活中的男男女女，倘使真按程先生的逻辑配成鸳鸯，有可能会闹得一团糟，夫妇二人整天写诗唱歌，编书作文，如挣不来稿费，又无家仆侍候，谁来洗衣做饭带孩子，看来还得商榷。据婚姻问题专家考证，在当今离婚的知识分子夫妇当中，有的是因第三者插足，有的则是因没人干家务劳动，也就是说，女人不肯站在成功男人的背后，丈夫更不肯趴在厉害老婆的脚下，双双都要去前台领奖，后方空虚，家庭之柱就倒了下来。

这位先生还要把武则天配给曹操，认为武皇魏帝，旗鼓相当，并主张把风流绝代的武媚娘“锁之铜雀台上，无使播秽牝晨”。却不知这两位强人结婚之后，面对圣母皇太后那么多的男面首，那位白脸奸雄当如何处置，究竟谁是公鸡，谁是母鸡，谁把谁锁在铜雀台上，难说。

杜秋娘考

因为要与人和诗，我便再读唐诗，古今人云，熟读唐诗三百首，不会吟诗也会吟。孰料人头中的年轮渐多，再读少时读过的书，总爱翻动一双讨厌的老眼。忘了是鲁迅还是胡适，当年在北京大学，戏称钱玄同为疑古老爹，或褒或贬，状他对过去的一切皆不信任。我便也在想着，迄今一千一百年古的唐诗经典，其中的每一首诗都是最好的吗？而不幸未入此书的诗作，它就一定是在三百之外吗？心中的困惑，颇有些像钱玄同。

试说李贺，“衰兰送客咸阳道，天若有情天亦老”，“我有迷魂招不得，雄鸡一声天下白”，如此奇诡的好诗，仅只四句，毛泽东同志一人就借鉴了其二，而在初版《唐诗三百首》中，不仅没有此首，而且他的每一首都没挂号。这个二十七岁的小河南人，籍贯不好，长得也不洋气，听人称其诗鬼，初版三百首的选编者，那个笔名叫做蘅塘退士的清人，就认他做钟馗，写得再好也不选他。

而选谁呢？美女作家！蘅塘退士选的最后一首，作者名叫杜秋娘：“劝君莫惜金缕衣，劝君惜取少年时。花开堪折只须折，莫待花落空折枝。”多少年来，无数专家，论起此诗一咏三叹，如饮醇醪，怎奈我是一个生于大山中的野人，反复地读，也没读出它不得了在什么地方。若是翻译成时下流行的歌词，派一个露脐女郎边唱边舞，意思大抵是这样的：“妹妹劝哥要会穿着，趁着年轻要多玩乐，路边的野花你直管采，不然老了要后悔哟。”也有研究人员要往好处研究，偏说是劝少年珍惜时光，好好学习，天天向上。那是瞎蒙人的，别信。

网上有人说杜秋娘是杜甫的女儿，这肯定是胡扯，据长诗《茅屋被秋风所破歌》中透露，杜诗圣膝下似乎是一个儿子，“布衾多年冷似铁，娇儿恶卧榻里裂”，在那个难忘的风雨之夜，儿子不会睡觉，把一床冰凉的旧被子都蹬破了。而且即便杜甫有女，从他诚实严谨的诗风来看，他对后人是否进入文坛的态度应如鲁迅：“若是没有真才实学，不要做空头的美术家和文学家。”

又有人说杜秋娘是妓女，还有人说唐朝的著名女诗人中，薛涛与鱼玄机是真，杜秋娘是假，金缕曲乃同时代的风流墨客托名伪作。此说我仍怀疑，终于便从杜牧的文字中找到了她的出处，杜牧居然有一篇写杜秋娘的诗，序曰：“杜秋，金陵女也。年十五为李锜妾。”后因丈夫参与谋反被处死，她被掳进宫里，得景帝宠，继而又做了穆宗皇子的傅姆，也就是皇帝儿子的保姆兼老师。

能做皇子的傅母，证明这位叛臣家的二奶还是有一点子文化的，但她十五芳龄脱口而出的四句歌词，便在歌手大奖赛中淘汰了李贺，这就有些不公平了。何以令初版《唐诗三百首》的评委和主编如此垂青，我想可能于当今文坛是一个征候，老头子们年纪大了，心眼俱花，见了青春期的异性写作者，统统认作美女作家，争相晕菜。果不其然，杜牧不惜长诗八百言，死夸他的同姓小美眉：“京江水清滑，生女白如脂，其间杜秋者，不劳朱粉施。”不过你要会听，小杜只是夸她人长得好看，并没提她诗写得如何。

我很想重编《唐诗三百首》，把侥幸如杜秋娘者全部扒拉出来，把埋没如李贺者多补一些进去，然而鼓掌稀少，朋辈劝我尊重经典。不过两天以前，我的朋友聂鑫森打电话来，说是我的另一个朋友李元洛受湖南岳麓出版社之邀，正隐居在一个地方，编一本新的《唐诗三百首》。洛公的湖南作协主席前面，早已加了“名誉”二字，今夏森兄亦然，二位均入“退士”仙班，但我只是忘了咨询，隐居编诗的那个地方有没有蘅塘，唐朝那朵杜牧喜欢的水莲花杜秋娘者，是否还要劝少年只管折花。

美人古今谈

提起古代的美人，很多人立刻会想到柳眉杏眼，樱口贝齿，脸自然是瓜子状的，削肩蜂腰，三寸金莲，这印象多出于旧小说和古代的仕女图。但古代的美人标准也是在改变的，并非代代一律，钱钟书的《管锥编》中论及古代美人，概括起来是两大一多，第一额头要大，《诗经》里面提倡“螓首”，“扬颜”，“广扬而颜角丰满”，是说额头应该像秋天树上的知了那样四四方方，鼓鼓囊囊，也就是说最好是个大锛儿头；第二下巴要大，《诗经》中要求“硕大”，《楚辞》中还要求“曾颊”，王逸注曰，“曾，重也”，下巴应该是双重的，也就是民间老百姓说的双下巴；第三身上的肉要多，《楚辞》中的“丰肉微骨”，肉要肥，骨头要小，反之，若是当今服装模特儿那种没有肉的大骨头架子，就是一个丑八怪。

楚王也主张骨头小，腰身细，“楚王好细腰，宫中皆饿死”，但屈原大夫是辩证的，他肯定不希望美人瘦到那样的程度，那样就太法西斯了，要是饿到那种程度，哪里还会有“丰肉”呢？

司马相如在《美人赋》里也说要“弱骨丰肌”，汉时没有照相术，从画像上看，当垆卖酒的卓文君长得并不丰满，当初司马相如之所以看上她，携其私奔，大约更多的是看上她的才，后来又想娶茂林女子为妾，估计此女身上的肉要比卓文君多，聊可作补，却遭到卓文君的抵制未逞。周舫善画肥美人，几乎成了模式，因此后人才有诗曰“骨细肌丰周舫画”。

从现存的资料来看，唐伯虎画的仕女一个一个也是胖兜兜的，但是香港电影《三笑》里的秋香却瘦，不知是他的创作审美与爱情审美不相符合，还是当时这位风流才子玩儿肥的玩儿腻了，想换换口味故意点一个瘦的，或者就是现在的导演挑错了演员。并且一错再错，后来香港和大陆重拍这段往事，由演过秋菊的巩俐来演秋香，比那一个还瘦。

徐文长作《眼儿媚》，认为美人应该“粉肥雪重，燕赵秦娥”，这就提出不仅要胖，而且要白，又白又胖才是美人。白当然是越白越好，如粉，如霜，如凝脂，胖却没有说出一个标准，得自己看着办，反正胖得过度即便再白，也是一头白肥猪。宫廷佳人开始曾经时兴过一阵子瘦，后来才主张肥，即所谓“环肥燕瘦”，肥的是唐朝的杨玉环，瘦的是汉宫的赵飞燕，据说这位刘骜老儿的皇后，体态轻盈，弱不禁风，跳舞的时候被一阵风吹得掉进御池子里，宫庭乐师冯无方将手中的笙一扔，扑通一声跳下去把她举起来，她的两只小脚尖儿接着又在冯乐师的掌上跳起舞来。

赵飞燕能瞒着皇帝老公，在夹壁里与他的警卫班班长的儿子性交，可能就仗着自己瘦小玲珑，而警卫班长的儿子矫健灵活，如果换了杨玉环，做爱时被卡在夹壁里面，翻起身来就不大方便，所以后者始终也未敢。

李隆基却认为美人还是肥一点儿好，瘦的虽说长袖善舞，论起实用性来肥的却明显地要占上风，不管是搂是抱，还是在御床上过性生活，要想销魂，那还得有一定数量的肉。因此一见到儿子李瑁的妃子杨玉环那一对雪白酥软的肥奶，口水哗的一声就流了下来，说什么也不做她的公公了，而要亲自做她的老公。时代由周及汉，由汉及唐，美人由肥到瘦，又由瘦到肥，中国的古人尤其是古代的皇帝老儿，在女性身体与面貌的审美上先后进行了几次革命，直到最后才发现瘦有瘦的妙处，肥有肥的味道，于是不再争论，闷起头来各取所需。

二十世纪末期以来，美人的标准又有了大的变化，柳眉杏眼樱桃小口都吃不开了，女孩子喜欢把眉毛画得又黑又粗，像关云长那样的卧蚕状；眼睛以细长为好，最好还是单眼皮，笑起来成一条缝，香港的小眼美人林忆莲就是一个可爱的榜样；嘴巴要大，两片嘴唇要肥厚宽阔，接起吻来有足够的受益面积，酣畅淋漓，一发而不可收；牙齿要白，这一条可能会有一点儿麻烦，一些漂亮女孩儿小时候吃多了糖，长大后牙齿像吃了黑芝麻糊没有漱洗干净，用什么品牌的牙膏也无济于事，遇上这种情况只好自认美中不足；至于“螓首”“扬颜”，去他妈的，把头发染黄了再往下一披，额头是方的还是圆的，一概都看不出来了。

而在身材上，当代美人明显又有了趋瘦的迹象，君不见那T型台上面无表情的模特儿，两扇排骨瘦得可怜，又比赵飞燕皇后高出一个脑袋，两根竹竿似的细腿走来走去，真担心被风吹倒了没有乐师能托得起来。凡自认为有几分姿色的青壮年妇女，无不争先恐后地加入减肥运动，不吃不喝，猛跑猛跳，每夜躲在家里过磅，超过一两就弹起脚来号啕大哭。

妙龄少女更不用说了，为了证明自己的腰部苗条，符合昔日楚王的要求，纷纷把上衣裁短一截，以便露出皮带上面的那段白肉。只是没有想到，精力都用在脸部的化妆上了，却忘了细腰上的那一枚螺蛳似的肚脐眼儿，里面藏有很多的黑垢，也顾不得用火柴棍醮着酒精棉球好好地擦一擦，就那么原汁原味地展现在观众的面前，让人觉得其脸虽美，其腰也细，只可惜其脐却脏，便在心里只给她打八十分。

上帝的过失

目前论说男人和女人的书，几几乎与男人和女人一样众多，以至于散布了整个世界，说是浩如烟海、汗牛充栋实不怎么为过。论者从西方到东方，从肉体到灵魂，研究之广博，之精深，令人叹服或比较叹服。君不见亿万以计的读者先生已将好奇的眼光从武侠，从惊险，从侦探等恐怖的洞窟里探了出来，渐渐转向人之本体，转向这一片更为奇异而又与己相关的领域。

这时候，广博精深的议论固然精彩绝伦，但往往还不如本色原貌的事实更有吸引人的魅力。缘此便应运而生了描写男人抑或女人情感命运的纪实文学。而在男女充作的主人公中，又以女为多。穷根究底，原因乃在于女人较之男人，其尤为美妙的肉体和神秘的心灵，以及尤为困窘的人生和苦难的命运，更能震撼人类包括大多执迷的女人自身。

圣经说红尘之中本无女人，善良的上帝为驱除亚当的孤独方才造了夏娃。却万万没有想到两个人类的祖宗一旦会合，便偷吃禁果，生出七情六欲，酿成七彩五味。而在赤橙黄绿青蓝紫的生命色调中，女人往往是辉煌闪过即凝冷色，更可怜者甚至从未有过辉煌；在酸甜苦辣涩那人世的五味中，女人又往往是微甘之后永尝涩苦，尤悲惨者几乎从未尝过可乐的滋味。上帝好心反成了恶果，灾难成性的爱海洪波泛滥着，横流着，使天地间一片浑沌，冲垮了所有的障碍物，浸淹了整个人类。

然而如若是没有女人，又怎么还有人类呢？

于是女人为人类的繁衍而受难。上帝创造了女人，但上帝创造之后却再也无暇顾及，对于为人类而浴血奋斗战功卓著的女人没有进行奖赏，却一任其惨遭各种严酷的惩罚——来自外在的、社会的惩罚，和源于内在的、自身的惩罚。

上帝当年为亚当而创造夏娃，乃是为了弥补作为应当完整的人的另一半，方才蓄意给了伊与阳刚相对的阴柔，与雄健相对的羸弱，与干净利索相对的逶迤缠绵。女人来到世上就注定了是成为配角的第二性。上帝为什么不先造一个夏娃呢？尤其不公平的是，男人和女人共同所有的孩子，却要怀在女人一个人的腹中，且要由伊一个人哺乳，这就必将使其花容速谢，玉体早损，使其属于人体自然范畴的审美价值随着无私的奉献而反倒日趋贬低，因此让在相同抑或相似的价值的地平线上燃起的爱欲的篝火大受影响，以至全部熄灭。这是上帝的过失。上帝应当让男人怀孕和哺乳，让女人长出象征雄威的粗硬的髭须。

那么一来，男人不又成了女人么？替换角色，代之受罪而已。因此纵使上帝在天堂也进行一场关于性别的伟大改革，也断乎不是解决生命悲剧的根本措施。女人的问题之于女人，仍然既是与生俱来，而又与死俱去。

上帝是虚无的，其心哀哀的女人将无从控告。但社会则是实在的，身伤累累的女人却应当申诉。不平则鸣，诗可以怨，这期间女人中自然有觉悟而勇敢的巾帼英雄挺身而起，奔走号呼。更为激动人心的是，还有男人中无私而侠义的豪杰仗笔而斗，力透纸背。关于女人问题的纪实小说便如一通冤怨愤忿的新鼓，大义凛然地敲进森严的文坛，一路之上，令闻者魄动心惊。

这批作者绝非蓄意危言耸听。原是他们的脚步的确闯进了女人的私寓，迈入了女人的心灵。他们继而就带着茫然的心绪走向世界，握着那苦难线索的一端而去寻找一万种硕大无朋、错综复杂、网状混沌的迷宫般的线团。他们工程浩大，运笔千钧；他们材料翔实，不容置辩；他们行云流水，一气呵成。以与纯文学不甚形似的朴素和自然的笔法，吼唱出一部部群体的和个体的女性之歌，或恋歌，或恨歌，或悲歌，或颂歌。这雄浑的歌声震荡着一度死沉的文坛，闻者如云而涌，有女人因同类而惊觉奋起，亦有男人为另一半而有泪轻弹。

明星未必不是好东西

最近报界又在批评毛阿敏，说伊的出场费原不该是那么的高，说闻讯来听毛氏歌喉的都是水火之中倒悬之下的灾民，伊真是芳心何忍。这事果然是有些问题，遭灾地区的父母官手里拿着大把钞票，不去解民水火倒悬之苦，却偏偏要买歌听。即便听歌，拣个便宜的听听也罢，又何必一定要去听她毛阿敏呢?

霓裳半裹的歌女对于一身臭汗的灾民是否能够产生一点爱，比方说免个费义个演什么的，我们不好管而且也管不住，那得由伊的阶级觉悟所决定。我们只有抱怨那些抱怨者，既然你们无灾，你们为什么要人家救你们的灾，既然你们有钱，你们为什么不给人家的钱，不吃饭是不得活的，不听歌莫非也不得活了?毛氏女如此的无情无义，你们还如此的牵肠挂肚，到头来挨一下宰也是活该。

同时也怪这个阿敏小姐只顾着动嘴，却不去动动脑筋向有的同志学习，从贪污的几千万中捐出千把块来买几箱罐头，当晚还可以坐在电视里向外面频频挥手。

由此看来，艺人的身价原是欣赏者哄抬起来的，如同生活市场上的米面油，肉禽蛋，哪个品种味道好吃，那个品种就贵，反之就便宜以至无人问津，这便是毛阿敏的歌子为什么有人买，而王阿狗的歌子就没有人买的原因所在。我们常常希望志者或者智者凌空一喝，号召大家团结一心杀下高价艺人的威风，让他们和糠了心的萝卜一样只卖两毛五分钱一斤。然而失望得很，人们依然决定省下给老公老婆买裤子的钱，而去一睹非老公老婆的台上风采。回家之后余音绕梁，久久难眠，睡着了又一不小心把人家的名字念出来，由此埋下一颗离婚的种子，真是应了鲁老夫子的一句话，哀其不幸，怒其不争。

更多的时候则是人们赏罢了艺人的歌舞，接着又来讨论艺人的收入，经常梦见某位大腕演出回来的半路上突然杀出一个程咬金，十万块钱没有了，刚在巴黎买的裙子也被剥个精光，嫩花花的肚子上还挨了一刀。人们很少能够想到优秀艺人兜里的银子多是多了一点，但是却来于自己如莺的甜喉，如蝗的柔腰，无论这些东西是娘胎天生还是苦练十年，比起那些挣着公鸡嗓子作报告的贪污犯，挺着啤酒肚子盖公章的受贿者来，毕竟还算是劳动所得。

蔑视艺人的人中首先是一些官员，他们以结结巴巴朗读秘书起草的报告的水平，一听人家妙语连珠就心里难受；接着是一些学者，他们深刻着一张脸把剽窃前人的八股文章作为标准，批评人家的歌词里面没有主语；接着还有不当官也不致学的泼皮无赖混混儿二流子，直着两只血红的眼珠把人家的大腿看够了，然后骂一声真他妈的不合理，恨不得把人家的出场费抢来拿到馆子去喝酒。这些人对明星这个说法不大愿望接受，情愿眼泪巴洒地把这个大人物比作太阳，把那个大人物比作青天，而坚决不许身怀绝技的艺人是颗小星星，好像我们的国家是被这些小不点儿的星星搞坏的一样。其实小星星们只是红太阳的歌者，只是一闪一闪地要给人间红尘装点那么一点所谓的美丽而已，唱个歌跳个舞演个喜剧小品什么的，没有那么大的本事祸国殃民。

一些官员视演员为戏子，知道他们屁股下面的那个皇帝宝座无非是木匠做的，并不存在实际的意义，晚会谢幕后上台去和他们握手，总是用一只手松松垮垮地对付人家两只。他们不知道里根曾经做过武打男角，周恩来扮演的甚至还是女人，两人从艺术的戏台演到历史的舞台，职位都比那些局长部长们大到哪儿去了。而一些文人称艺人为优伶，认为他们的平均文化程度没有达到大学本科，然而戏台上突然走出一个莎士比亚，掀掉银色的假发而捧出永恒的四大悲剧，让戏剧学院一届一届的研究生们，研究了一辈子又一辈子。

贝多芬不向国王让路的故事已成为世界艺苑的千秋佳话，可惜我们中国目前还没有贝多芬，也没有如此尊敬音乐的国王。聋着两只耳朵还这般猖狂的这个贝先生，假若生于我国史无前例的无产阶级文化大革命中，可能早就有红卫兵死神敲他的命运之门了。喜欢艺术似乎是人类最原始的天性，因此在尚未进入社会的学龄前小朋友的眼中，六小龄童是世界上最伟大的英雄。然而一上学小朋友就开始懂事了，才知道剧团的团长原来管着孙悟空的工资，还可以说不给就不给大肚汉猪八戒的饭吃。

虽然如此，一到除夕的晚上，大家还是一如既往地坐到电视机前，等着看赵本山出来，一时间把市里的张市长和李书记忘了个干净。通过这样一些典型的环境，体改委的同志们发现了一个致命的问题，那就是有些闲官以及生产闲官的机构其实是可有可无，有不如无，无了才好呢。而人们需要艺术明星，视他们为大年三十的饺子和正月十五的元宵。

明星们大多都长得好看，女的美若画眉，男的帅若公鸡，一出场就能够把人的眼睛搞得一亮一亮的，亮罢了才有些后悔不该，说他们的好看不过是得力于爹爹和妈妈，当年的染色体搭配得好，让他们长大之后享尽了人间的风流。人们说着听着把头连连点着，但是却觉得对于这个不合理的现象又不好起诉，便只好继续观看他们下半场的演出。后来又有人发现一颗女星的升起完全是因为美媚二绝，正好就找着了好色而有捧权的男导演。

这个发现一举得到了很多人的承认，于是小报记者鼓足勇气去问女星有没有这码子事，女星却把两线弯弯的蛾眉扬到额头顶上，用两片鲜红的嘴唇回答说，哇，难道我不应该报答他吗？小报记者一下子蔫了，回家一边写千字绯闻，一边觉得多情善感的女星道德良心恰恰不坏，跺着脚只恨自己当年考大学没报艺术学院的导演系。

漂亮明星的功能是给人制造愉悦，消除疲劳，扭转哀思，淡化痛苦，因而无论国内哪里发生天地人灾，哪里就有各种旗号的慰问演出，由此可见美的本身便是为人民服务。前面说到的那位死也不肯降价处理的毛阿敏小姐，便是在灾区受到的愤怒声讨。当然今日的娱乐市场也不全是唯美主义，且看那一颗一颗的丑星像信号弹似地冉冉升起在欢乐的夜空，便知人们已经被甜兮兮的肥肉腻住了，调转方向又奔往与猪草无异的山野菜。

与美星相比，丑星的思想性略强一些，他们在胜利之中始终保持着一颗清醒的丑脑，对着镜子反复研究一阵，知道自己的确不具备先天的相貌优势，便决定靠后天的努力来补一把火。因此电视连续剧宰相刘罗锅子演完后，北京人对贼眉鼠眼的李保田的热爱，居然远远超过了京都第一美人。

人们比较讨厌的是那种发女人气的男人，作男人状的女人，觉得他们是故意跟自己身体性别作对，失了阴阳，违了天道，想反潮流却又打不过如来佛的手掌心。同时还讨厌那种在小品晚会上称著名电影明星，在著名电影里又只有几个小品动作，当节目主持人经常念错台词，做食品广告消费者都怀疑酒里掺了猪尿的演员，就如同在画家中形容自己像中国的劳伦斯贾平凹，在作家中比方自己像东方的梵高石鲁，对一窍不通的老婆大谈稿费收入，对爱好文学的企业家却哀叹出书缺钱的一级赖汉兼九流文痞武汉周某人。

这种人恨不得全世界的人都是小学毕业，墙上挂着他的画嘴里念着他的文眼睛盯着他出现在电视中的一张自我推销的厚脸。这种人可以装模作样在文艺圈中整整混一辈子，人们看着他的年龄想揭发又不好意思揭发他，但他自己却好意思，时不时地还在小报上登块豆腐干大的玩意儿，谈谈自己的创作体会艺术心得之类。

这种人自然不属于艺术明星，不是本文所说的好东西。

关于艺人著书

书稿竞价会是一个隐形杀手，因为有人统计，无论深圳还是北京，书稿们每竞完一次价，它们的主人中就有一至几位心脏病要发作，至于埋下一颗忧郁和愤怒的种子，说不定哪一天要嘣的一声爆炸出来的操笔者还不在其内。这自然是一些在竞价中得到了比较便宜的待遇，或是再便宜也竞不出去的主儿。

在这样的时刻，从报上得来的消息是电影演员刘晓庆的一个书名，就有人愿出一百八十万元的高价买走。妈妈的，有人忿忿然了，脸上有疤的就满疤通红，没疤的就红两只眼珠，至少在一个礼拜之内马应龙眼药水会丧失一切疗效。不就是个戏子么？一位竞价者说，而我还是一级作家，又一位竞价者说。愤怒在他们的脸上按照年龄的比例水涨船高，并且很想在刘晓庆的屁股后面扔一颗石子。

竞价者已经出版五本书了，每出版一本不仅没有一百八十万的稿酬，反而还要倒贴两万多，虽然不是以动员支持神圣的文学事业的名义，骗取老婆手里的存款折子，而是以写报告文学的策略乞讨于花钱买广告的聪明厂长。但是那讨来的钱上，也浸透了说干的口水和硬挤的汗血。著书本是作家的事业，怎么却让艺人做了，这种令人想不通的事情，就像是上帝发给张三和李四一人一碗牛肉面，张三吃了自己的一碗又来吃李四的，以至于害得后者大饿其肚。更何况抢占阵地的无非是在电影里卖过水豆腐的小镇女人，便是扮过慈禧太后和则天女皇，那也不会真的是她。

紧接着赵忠祥也写了一本，据本人称已经印发了六十万册，稿酬是按版税付的，到底有多少万元，作者替出版社以及自己保密，只说是要做一件有意思的事情。这又足以令人滴一瓶马应龙眼药水了。这类图书在中国的文化市场上已经逐渐地多起来，从各种媒介传来的说法，很多成功后的演艺界人士都想写书，其原因是他们都憋了一肚子的话要说，辛酸或是喜悦，悲苦或是甜蜜，感恩或是诉屈，纪念或是渲泄。

按理说这是好事，说明艺术正在走向成熟，艺人正在靠近学者，他们应该各自都有一套够用的学问和理论。在目前的艺术圈内，会写几篇诗文的艺坛泰斗，会作几首词曲的年轻歌星，会导几集电视的全才演员，会画几笔国画的当红小生，比比皆是，令人振奋。尤其是在某一台晚会上，赵丽蓉老太太在喜剧小品中的那几个苍浑遒劲的毛笔字，让目瞪口呆的观众转着脑袋与四座讨论，那书法如果真是出自她手，那该是多么的可喜可贺。

在卓别林献给乌娜的他的自传中，我偶尔读到全书快要进入结尾的那一段美文："叔本华说，快乐是一种消极的状态，但我不同意他这种说法。最近二十年来，我明白了快乐的意义……怀着这段快乐，我有时候坐在外面我们的阳台上，夕阳西下，我的眼光越过了那大片青绿的草坪，眺望远处的湖水，而湖水以外的则是那些凝重的群山，怀着这种心情，我一无其他杂念，只知道欣赏那庄严的宁静的美。"这时候我抬起头想，假若有一天我们的赵本山也能写出这么空灵而又执拗的文字，这本书一定也可以远销美国。

图书的市场与其他市场大体无异，如水果，如蔬菜，如鱼肉，如禽蛋。物竞其类，适者销焉。两者的分别也是有的，无非一是物质，而一是精神。这样看来，在从事演艺的艺人畅销著作的书摊一侧，一些专事写作的作家的书皮上落满了灰尘，抑或根本就印不出来，原不应该归罪于艺人，上法院去和他们打官司，义愤填膺地起诉他们侵犯了创作的阵地，要求赔偿经济和精神损失费十万元的。

不要觉得他们来钱如此容易，不敲白不敲。在真正的自尊者的面前，本还有两条道路可走，一是想办法把自己的书写得比他们更好，二是也学他们的样子反串角色，去演电影电视或是主持晚会节目，以其人之道还治其人之身，把他们香喷喷的饭碗也给端了。

据史料记载，英国的莎士比亚和中国的关汉卿写完剧本，都是演过戏的，虽然没有主演替父复仇的哈姆莱特王子以及断头于冤假错案的窦娥小寡妇，只不过是跑跑龙套，最终不以演艺传名，乃是因为他们的创作在当时更令世人瞻目。与今天既不屑于表演，又不擅于编写的所谓剧作家并不是一码子事。

电影演员沈丹萍送我一本她写的书，怀着一种很多人都熟悉的心理，我颇有些不以为然，透过书名预知无非是十几万关于艺术和婚恋的记述文字而已。直到几年之后因看了她演的一部新片而想起那本书来，随手翻翻，忽然就看到这样的一段言论："思考生命的意义，是一件很沉重、很沉重的事情，由此及彼，由表及里，痛苦得高尚。牲畜只为自己活着，所以做了供品，这道理简单得出奇……生而为人，一定要活得美好。"

此时我的目光在字行中走得慢了。我羞愧我们很多作家是与牲畜为伍，人类的研究者在这一点上竟启悟于人类的扮演者。不过我想，做供品的何止只为自己活着的牲畜，《圣经》中说，人类的先觉耶稣就是被钉死在十字架上。

艺人著书在今天已是一种时尚，对未来也是一种趋向。其势似乎将成必然，不仅艺人可以著书，大凡世上有生存权的人无一不有著书权。田间的农民可以著《小麦栽培》，炉前的工人可以著《怎样炼钢》，捡垃圾的老头儿老太太可以著《捡垃圾的原则及其艺术》之类。如有此类著作问世，它的价值自然会远远超过某些所谓后现代主义的小说。

天才干什么都比蠢货容易出色，而由于某种原因误入文坛的，作不出好书甚至作不出书的专业作家，若是当初端了艺人的饭碗，同样也未必唱得出好歌，跳得出好舞，他们在艺坛的尴尬地位，也许仍然如在文坛。人才成功的奥秘，过去往往爱被人才学家认为是专业的选择，而否认了自身的质量。无数触类旁通、多才多艺的人物作为独会一门也只一般的人物的衬托，将艺多不精的说法变成历史的谬论。

不过我们蔑视那种沽名钓誉、附庸风雅的，混入著作界中的作伪者。他们用在某项艺术中获得的大小名气换得一纸尝试著作的通行证，刚唱红一支别人写的好歌，自己就挽起袖子，多来米法、哥哇妹呀地大写一通，鬼哭狼嚎，时蹦时跳，唱着唱着就唱到别人的歌子里面去了，若是没能入选春节晚会，还搞一点罢演的游戏。

我们也蔑视那种收购寒酸作家的当红艺人，他们两下签订协议，一方供应经历和经费，一方贡献墨水和力气，以传记或回忆录之类的文体，著出某人的一生，各尽所能，各得其所，署名是主人公的，著者却可得到一笔卖身的大价。前者的付出也许只是一夜的出场费，屁股一扭而已，而吭哧吭哧要写一年的后者，百感交集握款而归的途中，忽然会想起男妓一词，为伊消得人憔悴的脸上，顿时红如百元的钞票。

假　唱

当然这又是个新词儿。在过去的辞书中，关于假的词语可以列出很长一串，如假寐、假死、假嗓子云云，而无假唱。可见以前的歌伶，无此伎俩。与不是真睡和不是真死相比，假嗓于似乎快要沾边了，但本质却仍与假唱绝不相同。假嗓子是指不用真嗓发音，我们看京剧，那位角儿气得一部长须呼呼乱摆，嘴里叫出的“啊呀呀呀”，所发的尖锐嗓音即是假音。还有古装电影中，好汉扮成即将被抢的小娘子，勾引淫棍的那声娇滴滴的“相公”，也属此类口技。

假唱则不一样。假唱是张开樱桃小口，抑或血盆大口，作一开一合状，却不发音，而让身体以外的某个部门，唱出一支主持人报出的歌子，让掏钱买票的广大歌迷通过伊忧郁、痛苦、颤抖以至疯狂的表情，误以为歌者在为音乐事业献声和献身，于是用力地把两只巴掌拍疼。帕瓦罗蒂唱我的太阳，嗓门如此之大，是否用了假唱，不当场者不得而知，但听说一位黑人歌手，却是唱死在歌坛上的，似乎传说中的杜鹃喋血。由此便知，如中国时时处处可闻的幽默百姓所谓，假唱也是中国的特色。而且是时代的特色。因为古代没有录音设备，留声机在近代中国贵族夫人床边的出现，曾经使丫环仆人大叫有鬼。

儿时看黑白电影，看到刘三姐与那三个蠢秀才对歌，曾为那美丽的歌仙捏一把汗，担心若是一句没有唱好，便会被抢去给莫老爷做老婆。幸而三个秀才水平不及，一个一个败在贫贱不移的刘三姐的嘴下，方才松一口气，为那艳福不浅的阿牛高兴。自从听了假唱一说，私心便作设想，刘三姐当年那大的唱歌量，却没搞这种邪门歪道，实在是心灵比外表更美。不过，由于条件的局限，想搞也搞不了，其一是她要根据三个秀才当场提出的问题，一一回答，不可能先期录音；其二是想录音也没有设备；当然第三点是最重点的，一个广西大山里的姑娘，想不出这样的鬼点子。

近闻一老牌歌星，唱完湖南花鼓戏，又唱北京大碗茶，几十年走遍了南北东西，甜喉如莺，唱到安徽淮南，忽然唱出问题，因为唱罢第一段，正以散文的语言向淮南人民亲切问候，这时候第二段歌儿响了，是屁股后头发出的声音，一下便兜出了老底。原来刚才那一开一合的好看的红嘴儿，只是个形式主义的器官。这是机器的告密，伏兵的背叛，一如置信任者于无脸见人之境的阴谋和陷害。掌声响起来了，细听却是怒吼。老歌星如何下台，且见小报。

与怒吼相比，我是能够体谅假唱的极少数人之一。因我少时患过嗓疾，至今喉下有痕如豆，恋爱时曾在月光下被人察觉，一口吹灭姻缘。将心比心，便想歌星若是昨晚刚收了穴头的钱，不幸今夜喉咙就一阵一阵地发痒，手边又没有草珊瑚含片，说出话来好似被迫与姜昆分手的李文华，这一头主持人却把伊的名字对大家作了公布，若是硬性开喉，万一咯的一声，公鸡打鸣一般坏了一世名节，怎生是好？左右都是一个难，慧心有悟，遂想起救命的科学，中国的特色和时代的特色。

不过倘是发生了以上险情，若能采取明码标价的措施，即向大众公开亮牌，张嘴发声每晚多少元，张嘴不发声音每晚多少元，不张嘴也不发声每晚又是多少元，愈到后面愈可以在价格上作些优惠，风度如姜子牙，直钓高抛，愿者上钩。这样倘仍有人不远百里来看嘴动，那只能怨他自己瘾大，没有鸦片烟，聊以死白菜叶子充数，再无受骗之嫌。他日东窗事发，谅小报记者也做不出来文章。

以上只是关于假唱，聊发小叹而已，受骗者至多吃几个银钱的亏，青山尚在，散尽复回，横竖又不会因此死人。而真正令人恐惧的，乃是在有特色的中国大地上，比假唱要危害万倍的东西，如假粮种、假化肥、假农药、假政策、假洋鬼子、假钦差大臣等等，只要碰上一种，命该休矣。

打倒传统

现在的年轻人似乎在搞打倒传统的有奖大赛，因为越不传统就越现代。现代化确实是个好东西。大赛夺了魁可以得奖，奖品是漂亮的和不漂亮的小姐们灼灼的目光，以及啧啧的舌声。在此有声有色的鼓励之下，凡是敌人拥护的我们就要反对，凡是传统承认的我们就要否定。以此为“牛顿定律”，得奖频率便高。

一边这么打倒，一边却要吃饭，学习先祖的榜样将大米洗净，加水蒸煮，放入口中徐徐嚼动。并没有因为这是传统，见了白花花的大米就骂一声狗娘养的，用脚猛踏三下，而标新立异地去吃大便。吃得兴起，还脱下传统为之的衣裤，一丝不挂，以手为足，以肚脐为嘴，以传统没有的语言为口号，载歌载舞去演说主义。恐怕如此一来，小姐们的目光和舌声顷刻就化为乌有，而换以惊呼和逃命。自然更无人与之接吻，因为那口中有异物之味。这尚其次，更失望的则是人们不仅不认其为现代派，反会认为比古代派还古。裸体，无语言，手足不分，不是没有进化的类人猿么？属于返祖现象。而吃屎，则分明是狗无疑。

由此看来，传统的东西不是一概都可以打倒的。之所以千百年来能够“传”之下来而且“统”而开去，大约亦有其内在的根据。黑格尔先生不是中国的传统派，他却说过一回“凡是存在的都是合理的”。传统中当然有大批糟粕需要扬弃，但那需要社会存在和人之意识的通力合作，说明它已到了不合理的边缘，不仅人要高呼口号将它打倒，而且它本身就踉踉跄跄地不再站得起来。

倘若一厢情愿地硬打，即使自己打得鼻孔流血，它也仍不肯倒的。比方说从北京到安徽，有了火车飞机，除了堂·吉诃德先生，大约其他人都不会再去骑马。纵是关云长的追风逐月的名马赤兔，沿路都要吃草料，还要随地大小便，让交通警察抓住，罚款足可以买火车票。于是骑士时代不打自倒。

下　海

编辑打电话来约稿的时候，身边正在讨论下海。预备下海者说："过年后我就跳下去也!"应声便有人发问："都下海了，这里谁干?"预备下海者笑答："都下海了，我又游上岸来，正好喘一口气。"笑中有一种挑战：你也敢下海么？问者果然便不再问了，因为如果再问下去，后果只有两种，一是真就赌气脱光衣裤跳下海去，淹个半死；一是为了不至海葬，只好红了脸老实承认：我当然是不能下的，重任在肩，我若下了，我现在的职务谁来接替啊？地球的自转若是慢了……

这种人可能觉得自己是舞台上一个很重要的角色，如同京剧中分列大堂两侧的人，头戴高帽子，手持杀威棒，腰杆笔直地在岗位上坚持上班。但其实不过是龙套而已。这样的角色在剧本上连名字也不必写的，只用甲乙丙丁来作代替也就行了。挑选演员也不必像张艺谋寻找巩俐，闭着眼睛，在千人百众当中摸一个足可称职。这样的角色没有也罢，即便退一万步说，一家单位留一个做标本，节约几个动员下海，哪怕只挣回他们自己的一份工资，又何尝不可呢?

近日我有了一个新的考证，国人纷纷下海，其中奋勇抓钱者有，且数不在寡，但也不尽然。据我的观察，立志下海者有诸多是别有动因的，如众人同乘一条船，此船泊海不前，抑或驰往一座绝无希望的死岛，这时候，摆在众人面前的无外乎有三条选择，一条是仰天长叹，同船共死——却又不愿；一条是接过舵来，扭转航向——却又不能；另一条就是跳下海去，搏水求生——唯此一条选择于某人而言似乎是既愿且能的。于是一个划时代的名词产生了：下海者。

下海者往往是舱中的智者，船头的勇士，是面对惊涛骇浪脸无惧色的水手。下海并非是每一个人都敢启动的念头，起码他不可能是懒汉不可能是懦夫不可能是抓住船板瞑目待毙的可怜虫。也曾有人为下海先驱的成功所诱惑，在喝过几杯二锅头后趁势打着赤膊，奔至海滩，但冷风一吹，顿时一个寒噤，吓得复又逃回温暖的老窝，将脱下的棉裤和棉袄重新穿上。然后，捧一张不新不旧的报纸，泡一杯不冷不热的花茶，伏案作勤奋工作状，静候出纳递来的一份工资，抖着手一连点上三遍，觉得总共仍只几百元，摇摇头：多乎哉？不多也！不过一会儿就想过来了，于是又点点头：少乎哉？稳当也！

如何解脱

市面上新出了一套解脱丛书，甚得读者的欢心，这似乎说明在我们当代，在我们这个据说很精彩的世界里，希望得到解脱的人也是不少的。书中文思飞扬，时有妙语，想必是出自四位颇具才情的青年学者笔下，可惜只有薄薄的四册，不知以后还续出否。书中所论的隐逸、醉酒、出家和死亡，当今已不多见，进化了的人们的解脱方法，乃是在好空气的清晨公园里，打打道家的太极拳，练练佛家的闭目功，练罢一套再回家去，当吃肉的还是吃肉，当喝啤酒的还是喝啤酒，以潇洒的济公为榜样。

不过若是认真归类，此道仍属于修行的范围，修炼者仍是未曾剃度的和尚与尼姑，不穿道袍的道士与道婆。其实聪明的解脱，大可以不死不醉，不隐不剃，高级的方法仍还是有的，仅鲁迅先生一人就发现了两种，其一种是“今天天气哈哈哈”，另一种是挨打者说“儿子打老子”，失恋者说“吴妈脚太大”，若是见别人载着小蜜的小车从自己身边呼的一声开将过去，还可从背后扔一颗石子，说声“老子先前比你阔多了”。

据说人生是欲望的合成，而痛苦则是欲望未达的副产品，痛苦和欲望的份量的大小，计算的结果一般是成正比，即欲望越多失望越多，失望越多痛苦越多，借用民间的通俗说法，叫做水涨船高，所以痛苦多者莫过于历代心怀济世之才而痛恨抱国无门的才子，他们牢骚满腹，愤世嫉俗。但这公式并不绝对，世上也还有欲望比较容易实现的人，他们从来不受什么比例的限制，譬如皇上，黎民百姓贫不择妻，甚至饥不能娶，而他老儿的合欢龙床上却能一睡几十个，一个一个的妙如天仙，争相等着他去宠幸，若是失了公允有人还会闹出一点小情绪来。

不过皇上的痛苦一来，那就比娶不到老婆的穷人大得多了，紫禁城的失守，居然令大明天子崇祯皇帝临时学会了贱民的死法，一根绳子把御脖吊在景山的老树上，以实际行动完成了黄应全先生所论的“死亡与解脱”。因为有了欲望，人生的痛苦就成了必然的和主要的滋味，可是痛苦之后却并非都去寻求解脱，还有一条积极而勇敢的选择，那就是失败了再战斗，默默擦干身上的血迹和泪痕，继续坚持下去，直至最后的胜利。解脱者则不然了。他们往往是只一个回合就倒了下来，他们甚至不承认自己曾经争取过，因为他们是智者慧者，觉者悟者，从来也不屑于常人为之血战的功名和利禄。

解脱一词原是出于梵语，音译“毗权”，意指修炼者摆脱了世俗的烦恼和束缚而获得精神上的自由，达到了佛教中最高的理想境界。《显扬圣教论》卷十三曰：“解脱种种贪等系缚，故名解脱。”《成唯识论述记》第一本也说：“言解脱者，体即圆寂。”若是按照这个标准，只有坐化的高僧才有资格说他已经解脱了，其余活着的都不算数，都是假的。这实在给大言解脱者出了一道难题。

争相而群起解脱的故事，应溯于魏晋的名士，本丛书中有刘琦先生的专著为证。才高一世的竹林七贤除了山涛偶尔闪过做官的一念，因此被嵇康愤而绝交外，余者多视功名为粪土。阮籍的退避，嵇康的倨傲，刘伶的狂饮，无不向世人昭示着名士的清高和淡泊。阮籍作《咏怀诗》八十二首，固然满纸的明月清风，青阳素秋，但是一不小心，潜意识里的胆战心惊还是露了出来，“终身履薄冰，谁知我心焦”。他若真是解脱，何必要跳那可怕的冰上舞蹈？

嵇康的确是以死亡为解脱的，然而他的死并非情愿，而是被人强行捉去割的脑袋，临终连一曲《广陵散》也没听到。刘伶以天地为室，以室为衣，裸身狂饮，但他喝坏的只能是自己的胃，大醉醒来，睁眼再看血淋淋的现实，满目黑暗何曾有减？还有的闭门谈玄，求仙吃药，寒食散把永不想死的人吃得速死，事实证明神仙并不是那么好当的。

李耳和庄周应是隐士的导师和领袖，余者恐怕不能为世人所承认。把孔夫子也纳入隐士之林，人们在情绪上或有抵触，单说他在从心所欲之年，尚坐着一挂破烂的马车，颠颠簸簸地行进在列国战乱的马路上，做着继世兴国的好梦，不过他还是为自己留有一条退路的，“邦有道则见，邦无道则隐”。

原来他如此辛苦，是认为生于有道之邦，不然他也学老子了。与他相比，屈子才是一个十足的傻逼，帮越无道，他越要见，“荃不察余之衷情兮”，毅然抱块石头跳进江里，国虽未报，却为国增添了一个吃粽子的节日。

人们已经习惯认为“安能催眉折腰事权贵”的李白是最解脱的，视他为诗人中的庄子，“天子呼来不上船”，但是他是不是没有上过天子的船呢？他还是上过的，进宫为杨贵妃创作美丽的歌词，做了两年真正的御用作家，只因不注意写下了一句“可怜飞燕倚新妆”，被杨太师抓住小辫子，在娘娘面前进上谗言，方被赶出宫门，倒骑毛驴，云游四海，传说他手中的一面逢店饮酒遇库支钱的金牌，也还是皇上赏的。大才子苏东坡的精神解脱，人文飘逸，更是在贬官之后，无奈之中，并非真的激流勇退，因此越是倒了大霉的文豪，诗文越是好看，而一旦做了文化部长，立刻媚眼斜瞟，和皇帝老子笑嘻嘻地和起七律诗来。

完全意义上的解脱，其实是不大可能存在的，人既活着，却想解脱，这要求怎么说都有些荒诞，人生的尴尬大约就在这里。《成唯识论述记》所论述的“证圆寂已，能离彼缚，立解脱名”，号召言解脱者要像得道的老和尚一样坐着死去，却又显得未免太残酷了一点。做人真是难啊，吃五谷，生百病，端人碗，受人管，自古至今，莫不如是。

窃以为，真正解脱虽然很难，但超脱一点却是可以做得到的，人所看重的你不妨看淡，见金钱不要太痒，见美色不必太贪，见人把一顶无数人戴过的乌纱帽戴在头上雄赳赳地向你走来，你可以对他祝贺地笑笑，然后低头去做你自己的事情，或许一切就会好得多了。

向　导

大凡在旅行中错了方位、误了佳景的先生，都会有一种切肤之感，若是到一个陌生的去处，可以没有贤妻，但是不可以没有一个好向导。当这番妻子知道了会有意见的思想某一天终于被很多人流露了出来，出于市场经济的需要，或者说是为人民服务也行，社会上有一类职业就应运而生了，那就是一手举着小纸旗，一手托着小喇叭，肚子里还装着一张活地图，红鲜鲜的小嘴巴里最好还会讲几句外国话的导游。另看这导游小姐体娜态娇，燕步莺语，但伊的学识之渊，能够准确地找到商周的遗址。权力之大，能够成功地指挥异国的总统。有谁胆敢不服从伊的调动，谨防一头钻进十三陵里爬不出来。

公元一千九百九十年的五月，我们被组织着去看北京东郊的百花山，本着节约的精神，且载着满满一车首都的干部，想省下一位导游小姐的开销，结果车到群山之下，竟认不出百花山是哪一座，冒冒失失选个大的上了，连农家院里爬得满墙的牵牛花也没见着一朵，长吁短叹地打开相机，只能和秃山合一个影。原班人马灰溜溜地返回，一路后悔不该起心不良省那笔导游钱，早知没有纸旗和喇叭的危害性，还不如每人少吃一根冰棍。

归来悻悻，夜读《史记》，见太史公在《项羽本纪》中写项王兵败一节，有此字句：“项王至阴陵，迷失道，问一田父，田父绐曰：‘左’。左，乃陷大泽中，以故汉追及之。”遂想白日遭遇，竟有些像“力拔山兮气盖世”的楚霸王，两者所不同的只有，一个是跟刘邦争天下，一个是闲得无事来赏花；一个是受了那该死的种田老汉的欺骗，一个是在山下连个可供问路的种田老汉都没遇着。后有军事史家，将楚为汉灭，项羽虞死骓逝，自刎其首的千古悲剧，归结为当时不该走错了方向，认为若是往右那么一拐，后来至少有几百年的历史必当改写。

近来读到一位著名学者的文章，同写这段史事，却说司马迁笔下的那位阴陵田父，告诉项羽的是个“走”字，只怪仓皇出逃昏头昏脑的项羽自己的耳朵不好使，将其错听成了“左”，也活当天意亡楚，项命该绝，“虞兮虞兮奈若何”。这位著名学者大约是只顾标新立异，出语惊人，而忘了仔细读书，“田父绐曰”，绐即民，太史公一向擅用此字，同是一部《史记》，《高祖本纪》中又写刘邦：“乃绐为竭曰：‘贺钱万。’实不持一钱。”说那个用阴谋战胜项羽的政治流氓，手里没有一文钱，而嘴上却说送了一万，有点儿像我国五八年的领导干部。

当时的阴陵，乃为秦地，今安徽定远县西北一带，那里人的口音我想也未必比英语还要难懂，我有一个同姓的作家兄弟就住在淮北，他讲话口齿清楚得很，数年前二人在九月的香山上观看红叶，我曾重点要他说左，他所说的确实是一般人端碗的那只手，而非操筷喂嘴的那一只。

话扯远了，再说就到了乌江。我之本意，是号召从事旅行的女士们先生们，一定要认识到向导的重要性，甚至是必要性，关键时宁可把唯一的一瓶矿泉水送给导游喝，也不能对其造成得罪，而使自己误入歧途。倘若不然，伟大如项羽者就会被刘邦追上，渺小如我者就会找不到百花山。这是说狭义上的旅行，而联系到社会和人生的道路，向导的意义便尤其重要，误遇田父的后果，无论怎么想象，无论怎么夸张，以及无论怎么耸人听闻，都不会比事实本身更为悲哀。

过去的青年能够遵听父训，谨记师嘱，遇上父辈师长的学问所不能及的深奥问题，还可以去问孔子，社会发展到今天，青年就渐渐不吃这一套了，觉得母亲只生了我的身，父亲只养了我的人，你们不能仗着出了一点精子和奶子，就觉得有权唠唠叨叨，只有没出息的小雀子才肯跟着老鸟一道往南飞呢。

有热血青年要走向强大，于是为几个益友引领，上武当山学剑，赴少林寺练拳；又有纯情少女要走向高雅，于是经一位良师推荐，到速成院校买大专文凭，进野鸡班子受艺术熏陶。地铁里残疾人高声叫卖的小报上，却时而刷出某朋友谋财害命、某讲师诱奸女生的红色标题，让人如陷迷途，不知人生究竟往何处去。

曾经在一个据说火红的年代，一条航船搁浅于沧海之滨，航海者众将制造机器的铜铁铸成核桃大的小圆块儿，刺入胸脯之左心脏之外的肉皮之上，但听一声锣响，半夜里也要奔将出来，手举语录，嘴喊口号，揪斗生身的父母，殴打自己的恩师，下定决心做一个无文化无良心的“革命战士”。他们梦游似地疾行在东方的暗夜里，疯子似地泪流满面仰望天上的北斗。据说是人生最壮丽的青春，就这样一寸一寸地逝去了，十年之后他们一觉醒来，重新捧起中学课本，站在背后的扎根时得下的一双儿女，忽然哇的一声发现了妈妈头上的白发。

在世间所有的向导之中，带往伊甸园的那一位最不好当。考其渊源，原来人类的始祖亚当与夏娃当年就无人引领，虽然他们是受了蛇之诱惑，禁果之启蒙，然而恋爱却是两人亲自谈的，这一点比中国《红楼梦》里的金玉良缘还要进步，倒和今天的情况差不多，只不过没有那么多套性感的时装，仅有两片遮羞的树叶而已。男女恋爱恰恰和参观故宫不一样，它无须导游也不要讲解，两个千年等一回的有缘人只一会师，号称心灵之窗的四只水灵灵热乎乎的眼睛咔嚓一闪，宛如透视五腑六脏的X光，有没有问题就知道了一个八成。

翻看古今中外所有的文学名著，但凡写到爱情，无一不是两个可怜的男女主人公，自己谈得好好的爱情却被那些罪恶的导游给搞坏了菜，他们总是满怀豪情地觉得，爱情这个玩艺儿和生姜一样，还是老家伙辣，因此死活要堵住人家喜欢的这一条路，而把人家往另一条不喜欢的路上赶，结果不是鱼死就是网破，或者鸡飞的同时蛋也打了。这些千篇一律的家丑，被批判现实主义的作家写成一部又一部的小说，闹得全世界都知道。

过 客

过客——我常常想，率先说出这两个字的古人，其心是何等的明智，其情是何等的冷静。虽然时隔多少年后有一个大人物说，世界上没有绝对二字，然而这话本身就说得不怎么相对。

人是绝对要死的，这是命中注定的一件颇值得遗憾的事情。要死的人在他暂时没有死的时候，又绝对是要在他的生命线上一程一程地走着，就像都市里每日忙得屁颠颠的公共汽车一样，一直要开到收班的终点。然而无论你是帝王还是乞丐，佳人还是丑妇，名士还是笨蛋，统统都要将越来越不行了的身子无可奈何地倒下，或假装笑，或真正哭，或仰叹苍天不公，或大骂红尘无义，或对组织上说几句早就写好了的话，或给儿女留下几个破钱儿，就一溜烟儿地到阎王爷那里报到去了。

用时下老百姓的话说，这叫没商量。有情的生命之于无情的世界，是一次限时的路过，因了条件的不同，有着长途和短途的差别。不幸出生在瘟疫流行的街头，炸弹横飞的战场，或者是公元一九五九年的中国农村，其生命很可能就是真正的“譬如朝露”；而假若托体为中世纪一位用牛奶洗浴的公爵妇人，悠悠然坐在四轮马车里的旅行那就要长得多了。秦始皇和汉武帝见天下臣民无不跪拜叩首，山呼万岁，误以为自己的权力在九殿阎君之上，便派术士寻药．巫人炼丹，但寻着炼着，终究还是驾崩了。中国古代的马屁精、诈骗犯兼阴谋家们发明的“万寿无疆”，在科学社会主义的现代还不负责任地喊了整整十年，结果是把人越喊越糊涂。

明白了人生如一场生命的游行，游人们越发希望在有生之年看到几道绝妙的风景。游人想登最高的珠穆朗玛，想进最美丽的西双版纳，想去最野性的美国西部，想到最开化的欧洲南端。如果有条件的话，还幻想到月亮上面去呆个把星期，看看寡妇嫦娥和鳏夫吴刚那两个男女究竟在搞什么名堂。如此地行动过了，见识过了，确证过了，似乎便说明这辈子没虚此行，于是拍下几张照片，或者写下几页日记之类的东西，留给漫长的历史，作为生命的炫耀。然而希望归希望，幻想归幻想，也明知人一辈子就是这几十年，大山里的农村女人还是一辈子偎在烟熏火燎的灶门边，几十年围着臭气烘烘的猪圈转，与看门的家犬为伍，和下蛋的母鸡作伴，时而还挨男人一顿屁股板子，穷其终生，不知道百里开外，还有一座到了晚上一个女人可以被别个男人搂抱跳舞的小县城。

在祖国的大好河山，凡是能够写字的地方，一块石壁，一根楠竹，当然最普遍的是一面仿古的红色砖墙，游人中有的极喜欢在上面用刀刻下“××到此一游”的字样。书法固然是不怎么好，七个字中往往错了三个，但刻者此时的心情却是神圣的。他们咬紧嘴唇，屏住呼吸，一笔一划地运动着手腕，有时候小刀一滑把手割流了血，然而他们擦干血迹接着又干。刻者有着如此惊人的毅力，乃是因为想到了千秋留名或万古流芳一类的词语，想到此地有一天将会来一个美人儿，伊从这行字上得知当年有一位才子兼英雄曾经先期而至，油然会生出一股过期而无效的爱慕，于是他的身上就充满了克服错别字的信心和力量。

将某种伟大事业的顶点当做地球上的珠峰，这是有理想有抱负有志气并且有才华的攀登者的形象之喻，科学家即是最好的典例。他们仰望峰顶，奋勇攀爬，绝大多数的归宿是在山腰，遮天的挽帐是那无瑕的冰雪，凄厉的风啸是那壮丽的哀歌。文学家也是有的，后代的诗家承认，唐朝诗仙李太白就醉醺醺地摘到了“艺术皇冠顶上的明珠”。那样珍稀的珠子毕竟只有一颗，而欲摘者却是上下五千年大小八万家。世人也有把金钱和地位视为心中的珠峰者，要么就想身为富翁，要么就想位居高官。这类人所使用的原材料和李白不一样，不要湖笔也不要宣纸，前者有一肚子阴谋诡计，后者有满嘴巴欺世谎言就可以了。也不要酒，因为酒后要吐真言，害怕一喝那个东西，一江春水就付诸了东流。

一心想登上珠峰的志士，终生不得无外乎遇上了如下情况，即军事家遇上了外战结束，政治家遇上了内战开始，科学家遇上了大跃进，文学家遇上了三突出，大家一起遇上了史无前例的无产阶级文化大革命。革命的年代只能出革命家，于是唯有反潮流的小将，交白卷的英雄，头戴白羊肚手巾的副总理，身穿草绿色军装的女旗手，才能破壳而出，乱世草莽王洪文则乘坐直升飞机呜的一下就到达了顶层。

那个年代过去了，中国人又有了向自己专业发展的机会，因此在那诱人的珠峰的山腰上，四面八方都攀爬着真的猛士。天才无德的政治术士，知道历史的奇迹在一段时期内不可重现，再不敢仰望那座山顶，最为知彼知己的选择，是在山脚下守住一块局长处长的石头坐着，逢有登山者来，掏出一枚红堂堂的公章，索取几个买路钱拿来吃饭。

在主张人性自由的西方，吃这碗饭的人似乎不多。有一些也希望自己不是凡人，同时在各个方面又比凡人还凡的人，他们自知不能竞选总统，也得不了各项诺贝尔奖，但他们宁可炼出一样奇异的玩艺儿来引人注目，譬如一顿能吃多少碗面条，一气能放多少个响屁之类，当众作过表演，证明此术无弊，便申请登上吉尼斯世界纪录，而从此就作为一项世界之最，和最有本事最有成就的人一道列入史册。此术近年也开始东渐，类似吃面多放屁响的奇人，小报上时有“娱记”们津津有味的描述，从那些满面春风的脸上看来，他们是自觉已达到了一个高度，遂不枉人生一场了。

寻找良友

友字之前，何时复加一字，未及详考。窃思或如文人著述，开始统称文章，后来作者多了，鱼目混珠，妙者可令内秀女子深夜失笑，感冒者一遍诵罢，汗下顿愈，被称美文，有的则只配用于手纸万一脱销的时候。良友一词，自然是鉴于目前朋友如三伏天大雨淋过的西瓜，满街乱滚，通货很是膨胀，在一家八流的小馆子同桌吃了一碗面，擦把油嘴扯住对方的脏手不放，痛哭流涕说是交个朋友。一时间朋友如繁殖力极强的大肠杆菌，一而十，十而百，一眨眼儿就遍了天下，其中男友或女友还分得清，因为可以参考说拜拜时发音的不同，至于恶友或良友，却往往至死方明。率先说出“良友”二字的，很可能是某一回从朋友圈中死里逃生出来，疗伤三月，遂想起应当给朋友下个定义。

“有朋自远方来，不亦乐乎?”把孔夫子喜欢成了那个样子，必然是一个良友，如伯牙遇子期，焚香听琴，或管鲍约会，宏论抱负。而目前自远方来的嘉宾，则大多荷枪实弹，叫你乐乎不成，一见面他就叫你给他搞五百吨钢材、三十辆汽车，一律要出厂价儿，返回的机票可以稍缓一步明天再订。你说我不出那些东西，我只出书。他说书中自有黄金屋哇，钢材汽车就是造屋用的，亏你好坏还是一个作家，未必连国家经贸委的主任也不认识？连民航的领班也不认识？一席话把你羞愧难言得活像夹皮沟里的李勇奇，只骂自己臭屎无用。他死拉活扯，请你喝酒，喝罢了喊声小姐结账，提着裤子就去找厕所，结果是你用工资付了酒钱，只求将功补过，心里觉得怪对不起朋友。

听说你不出钢材汽车和机票，只出书，另一批朋友就来找你了。朋友有的会写，不过是由于诸多原委，无人肯买，便决定亲自来印，亲自去卖，不惜半夜三更偷老婆的存款折子，和阻挠神圣文学事业的妇女作艰苦卓绝的搏斗。有的不会写书，是请别人代笔，自己转手，旨在发了横财且有异于街头一手轰苍蝇而一手卖馄饨的，你答应可以帮忙出，但总得审读一下才对政策有个交待，朋友说，作品都在党报上发表过，人虽是电大毕业，却也入了协会，免了吧，喝酒。这一次朋友叫小姐结帐时没上厕所，居然慷慨地把钱付了，但是在上缴费用时，则笑着小声要求刨除这笔酒钱。

朋友的书根本没有经过你的编校就印了出来。为了少花一百五十块钱，或想多赚两万八千块，印得像本旧农村的老皇历，平均每页错一十七个字，封面上赫然打着你们的名号。你的脸突然红了，对朋友说你怎么能这样丢我们的人呢？朋友的脸却不红，而是翠绿如冒出地面的半截萝卜：书上印的不是你他妈的责任编辑么，若不是朋友，老子非告你！

历史上倒于朋友背后一剑的英雄何其不少，捧胸喷血，跄然回首，那人恰是昨夜举樽对酌者，一句“原来是你……”尚未说完，扑面倒下，含恨咽气。但凡那些死后眼睛还瞪得像一对牛卵子的主儿，必属此类无疑。目前时代进步了，杀友不必用剑，向新任领导打一个小报告即可，就说在某某用过的坐便器里发现了一张选票，候选人栏是他的名字。死者往往至死不悟，一对牛卵子眼里再也留不下凶手的尊容，让手拿放大镜的福尔摩斯先生无据可查。

希望朋友如魏晋名士，春秋义者，分明已属苛求。程婴公孙杵臼者流，即便于舞台之上亦已久违。论三国英雄的毛氏父子所谓的“是非成败”四字，国人已习惯于省略前者。国人还喜欢在有关场合开展罗列名人的大奖赛，争先恐后地念出一些如雷的名字来贯别个的耳，希望把别个吓趴在地。他说这个名字是自己的朋友，那个名字也是自己的朋友，虽然与这个那个人物本身目前尚未直接接触，至于在参赛前刚刚为自己精心整容的真正朋友王剃头匠儿，则矢口不提。

国人以拥有几个名之显者位之要者国籍之洋者血统关系之大人物者的朋友为殊荣，若有此物，好比在一煲狗肉火锅里撒了一层五香粉，一张抽皮皱脸上刮了二两珍珠霜，顿时异香扑鼻，光彩夺人。如此看来，其心理固然不乏物质的索求，但却也有精神的需要。

友字之前被冠以良，则非同类。夫良友者，他应是这样的朋友，你走运时，他常来走走，他喜欢来在那帮打着酒嗝的朋友走了之后。那帮朋友拍了你的肩膀又打你的屁股，说你将来要当总统，他不打你屁股，觉得不卫生，也不拿总统作比，怕你真去谋朝。他来了喜欢坐在你的书房里，翻翻新书，聊聊人生，清茶一杯，喝干自添，忽然起身说走，走到门口并不回头作险忘大事状，要你给他的妻妹联系一个发财的单位。事实上他是并不知道你究竟走了一个什么运，没想过这个运和他有什么关系。

你倒霉时，他也常来走走，这时候，那帮打着酒嗝的朋友一个一个都出了远差，屋里显得很空，也静得慌，他还是喜欢坐在你的书房里，你已经很久没有买新书了，因为钱的缘故。你甚至没有了买一两茶叶的钱，他就自己给自己倒一杯白开水喝着，给你也倒一杯，说是水比酒好，淡化万物，人生在世什么东西又不是一杯水呢？事实上他还是不知道你究竟倒了一个什么霉。这次走了，下次再来，怀里揣着一包报纸包的毛尖，约摸五两的样子，老家刚寄来的，他把它二一添作五，一人一半。

有一天，你真是觉得生命已到了尽头，你很想在临终之时和一个最好的朋友说三句话，妻子替你列了一张八十五人的名单，供你择优录取，你将头摇着，最后你说出了他。可惜的是一本电话簿记得密不透风，上面偏偏没有他的号码。而恰值此时，他带一位乡下草药先生破门而入，说是慕名去从山东蓬莱寻得，不妨一试。你的心病果愈，而且运气复至。打酒嗝的朋友纷纷出罢远差，卷土重来，举杯敬酒，大叫感情深，一口吞。坐于下席的他含笑站起，替你饮了，说是医嘱切记。

夫良友者，他还应是这样的朋友，一年无信，元旦之晨于贺卡林中一眼挑出那自制的一帧，四句吊儿郎当的打油诗，恰是你昨夜梦中所闻。十载之后，突然从美国打来长途，一声奶名，骤然唤你回到摸鱼捉蟹的光屁股童年。良友之不同于恶友以及其他，乃在于良友之交，无欲无求，朴真本性，因即是果。良友以友为终极之目的，其余皆视同狗屁。人见良友与一获释囚徒于露天小桌对饮，憾然摇首，良友曰：劝戒不力方有此灾，友之过也，如今再事劝戒，是谓补过。

噫吁，人生得此良友，千秋幸哉！

两眼泪汪汪的老乡

世人都说老乡好，何以见得？有打油诗两句为证，诗曰："老乡见老乡，两眼泪汪汪。"那是打油诗人形容老乡相见之时，激动人心的伟大场面，若是在电视里，画外的音乐就响了，还有人乘机唱一首副题歌，最近看 MTV 大奖赛，居然发现，有人为这两句打油诗谱了曲子，由一名甜喉歌女演唱，一句出口，那两眼一闪一闪，真的泪汪汪了。可能伊此时此刻想到了在座的评委中，有伊的老乡。

检验老乡的方法，如同新闻系教授讲习写作，有三个要素。一是听其说话的口音，二是看其喜欢吃什么菜，三是让其把家乡的风水人物详细地描述一番，若果然同音、同味、同记忆，那便真是老乡无疑，于是请到家中，命老婆沏家乡茶，炒家乡菜，以纯正的家乡方言痛说家乡史，抑或大骂家乡的世风人心。千万不要把假老乡带到家里，防止他南腔北调，阴阳怪气，酒过三巡就埋怨为什么没有给他上沙拉和果酱。

夫老乡者，同乡之人，老家之人也。在同乡、同事、同僚、同窗、同桌、同床、同仁、同族、同宗、同姓，以及新时代广泛称之的同志们当中，最容易拉党结派的，就是同乡，所谓乡党，亦即指此。从来没有听人说过事党、僚党、窗党、桌党、床党、仁党、族党、宗党、姓党的。自古以来，聚众谋反的，多为同乡，皆因为他们受同一恶霸欺凌，为同一灾荒所逼。他们又居住相近，教化相似，意气相投，血性相同——由于吃的是一样风格的食物，辣便辣，苦便苦，烫嘴便烫嘴。抛开天时不论，起码地利人和。一人鼓之，众皆响应，打家劫舍，攻城掠寨，若是使用暗语，敌人不懂，自己人却一个激灵就跳了起来。路线也都一样熟悉，抢了钱粮，飞也似的各就各位。历史上最骁勇善战的军队，多以同籍贯者为主体，如湘军，如桂系，浴血奋战，要死死在一块儿，英魂也要同归故里。他日得了天下，也总以老乡为心腹，拉铁杆保皇队伍，杀鸡滴血，饮酒同盟。

老乡办事，效果最佳，许多疑难问题，悬之三年不决，老乡出面，迎刃而解，如温酒斩华雄一般麻利。两军对垒，攻城不下，绑个老乡在城外喊一通话，往往可以动摇城内军心，其堡垒最容易从老乡攻破是也。与老乡打交道，最容易有信任感，看到那张被家乡的风吹皱的脸，握着那双被家乡的水洗糙的手，听着那口家乡的方言，接过那包家乡的土货，你的心不由得一下子回到了家乡，眼前站着的哪里是素昧平生的老乡呢？分明是你的舅老表，你的小姨妹。你的鼻子恨不得一酸，很快就应验了两眼泪汪汪这个说法。

不过也有老乡骗老乡，有泪肚里淌的。去岁狗年，江城有女士，姓商汤的汤，名××，欲在武胜路开家书店发财，引进京版图书，却苦无书源，想到老乡，遂辗转打听，请长江社的大善人欧阳公修书一封，面呈于我，说是老乡开店，应全力支持。我观此女面相，三分奸狡，但听开口，一口武汉话说得行云流水，抑扬顿挫，称您为“你 nia”，夸我“四儿猫得话唆的好冷罗”（是多么没有话说的好人呵），我心发软，即刻让出版部门以集装箱发书千册，到武汉金枫书屋，老乡嫌少，我又让邻社再发一千五百册，书种由老乡进库亲点。

人皆疑之，说素不相识，若是骗子又当若何？我笑曰：此老乡也，若不付钱，向我讨之。孰料汤老乡果然不付一文，频频相催，如石沉海。不知汤老乡猪年可发狗财，发财之后可记得我“你 nia 四儿猫得话唆的好冷罗”。此类老乡故事，不仅上例，尚有销书赖帐，嫁祸于人，诈骗书号，恶言反咬的老乡，多矣，甚至有的用了孙子兵法，巧使连环，以我为掩体，互相攻杀，枪弹纷落，打得我两眼泪汪汪。同是一个骗，还不如那金枫书屋的汤老乡，以女式的骗法，骗得温柔。

据物以类聚的法则，我平生喜欢这种老乡：有了喜乐，想起老乡，愿意与之分享；有了忧患，想起老乡，希望为之分担。一切都不转弯抹角，花嘴柳舌，更不巧使伎俩，毒设陷阱，或笑或愁，他都在前三句话中，把它利利索索地说出来。升官发财，易妻出国，老乡喜欢举杯，老乡自然是要举的，呼不呼两声口号也是老乡自己的选择。但若是官升不上去，财发不起来，丑妻也甩不掉，想出国又越不过那道铁丝网，忽然做起某一桩生意来时，老乡若能帮忙，老乡自然是要帮的，行善之心，路人皆有，何况老乡？

老乡若不能帮，那证明老乡的能力有限，抑或你的理想失当，千万不要，嘴里哼着世上只有老乡好，心里牢记无毒不丈夫，一边斟“白云边”酒，一边埋地雷，让老乡喝醉了一脚踩上去。和老乡交往，忌者有三，第一不要虚情假意，第二不要强人所难，第三不要有失信用，即说了话要算，签了约莫赖，拿了人家的东西要还，哪怕那破玩艺儿只值七块五毛三分钱。当然老乡若说是送给你的，便是花了七千五百三十块，那却又是另一码子事了。以上三条基本原则，老乡若能恪守，老乡情谊久矣。

猪年已至，聊兴忽发，文中之愤恼，之悔憾，尽随狗尾而去，愿老乡各居诚心爱意，如促膝听涛，心灵互动，春潮微雨，海天平和。若仍有自喜聪明如猴者，为偷掰老乡一根值不了几个钱的玉米棒子，而失了天道人心，遭一百个正派老乡的唾骂，实在是比猪还蠢。

爱人又叫什么

爱人一词，自然是引进于西方的，darling，男尊女卑的中国古代不喜欢搞这一套，人们以传宗接代为主要目的，其次是政治或经济，进行性别的搭配，家庭的组合，既然婚前陌面不识，当然也不苛求其心有爱，主张仁者爱人的孔圣人，他自己的老婆便是母亲征在生前早早替他安排好了的丌官小姐，婚后上孝孀母，下哺孔鲤，兢兢业业几十年如一日。孔子的爱人一说，原指人间的慈悲与关怀，与男女情性是无关的。

中国古人夫妻间的称谓，便是无爱的证辞，书香门第，官宦之府，女称男为老爷，男称女为贱内，农家茅舍百姓院里，一身猪屎的老两口子，相互的喊话就更无客气可言了。时间进入当代，都市的男女以日渐厚实的皮肤率先克服了脸红，情焰千丈的红歌星们在舞台上大声咨询天地万人“我的爱人你在哪里”时，偏僻得电视里的歌声都传不过去的大山中，女人还把男人叫做当家的和娃子他爹，男人还把女人叫做偎灶门的和娃子他娘，他们叫得天经地义，理所当然，这叫声贯穿着他们吃饭、种地、洗脚、睡觉以及从事性行为的人生全部内容，在这样的叫声中，一个一个的超生子女长大成人，复又开始扮演年轻时的他爹他娘。

据说很尊重人权的外国人，是很懂得爱人的，他们远比中国人叫得亲昵，阿拉伯人叫爱人是我的小黄瓜，刚果人则叫玉米，波兰叫甜饼干，法国人叫我的小卷心菜，立陶宛人叫啤酒，美国人叫蜜蜜糖，这些形形色色的美妙的比喻，初一听来足以让爱人们感动得流下一滴眼泪，然而接着再听，却发现全部都是吃的食物喝的饮料，相比之下，南斯拉夫人把爱人比作小蟋蟀，还算是一种有生命的活物，但仍没有把爱人视作是人，而是供人娱乐的小把戏。

回想起来，苏联虽然现在解体了，可是前苏联的人民还是最懂得什么是爱人的，“我的心上人站在我身旁，衷心祝福你好姑娘”，在莫斯科郊外的晚上，他们用俄语幸福地歌唱着，认为爱人不是吃的不是喝的也不是玩的，而是人，心上的人。这首优美的俄罗斯民歌迷醉了整整一代的中国青年，在中苏断交、国人断爱的伟大而史无前例的无产阶级文化大革命中，许多沉浸于爱中的白天鹅因了她而喋血死去。

把爱人唱作心上人，似乎又暗合了汉字创造者仓颉的本意，繁体的“爱”字，其间原本是有个“心”的，文化的复杂驱使着汉字的简化，商品的伪劣启发了情感的虚伪，男女相爱时就不必再用心了。简化后的“爱”字仅仅比“受”字要多一个斜斜的“十”字，意思是说，相爱的男女如果不背着一个沉重的十字架，那就要好受得多。

当代男女既要享受爱又不想背那玩意儿，因此那个十字架眼看就要倒了，这个字的结构巧妙地告诉爱人们，爱原来是应该有责任的，因此今天的爱人们一直在为摆脱那个心中的十字架而做着艰苦卓绝的努力。在这个问题上，隔壁耳朵没聋的邻居，居委会嘴巴长的老太太，以及派出所主张安定团结的婚姻调解员心里都有一本档案，只要耳光一响，爱人们平时抱着又是亲又是啃的那副嘴脸，都涕泪交加鼻血长流地在眼前浮现出来。

今日社会，爱人一般都是自己找的，两个性别不同体积相似年龄大概差不多的高级动物，在一个夜幕下的小公园里躺着小声说了一会儿话，据说就被那个长翅膀的小家伙一箭射中了，起来就去凑钱买家具，在家具城旁边的电影院里，这对小爱人还花钱买票看了一场《梁祝》，一边看一边庆幸自己没有碰上那个万恶的马员外。然而过不多久，他们路过那座曾经中箭的小公园而直奔街道办事处时，一个眼睛青乎乎的好像我们的国宝熊猫，另一个半边脸上则呈现着明显的抓痕，街道办事处的长板凳上坐满了一对一对或老或少的爱人，他们推算临到自己把婚离掉恐怕会到半夜，便决定回家继续战斗。这次担任义务捏合的是两对亲家大人，说也奇怪，四个老同志当年都是听凭父母之命媒妁之言，并没有上公园去像儿女一样躺那么一会儿。亲家大人们异口同声地吹牛说，从洞房花烛到头发花白，他们的脸上都还没有出现过这种又青又红的彩色局面。

与两对老亲家同时代的人物中，革命成功后休妻另爱的现象也是有的，每每在批判现实主义的小说或电影中，便遭到一些打抱不平的文人义愤填膺的描写。但那原是不应该怪他们的，糟糠之妻的那一双小脚的确也是太难看了，像端午节蘸红糖吃的粽子一样，嘴里又不会讲普通话，这样的异性在接见外宾或者出访西域的时候哪里带得出去呢？于是就从围在身边甜蜜蜜喊首长的年轻女孩子中信手拈来一个，那爱的滋味果然便大不相同了，文人们对此不必有什么看法，你们也不是不知道，那种没有爱的日子是多么的难过啊！

西方的爱人们当觉出对方已没有爱了之后，便商量着友好分手，另寻他爱。某一天在某一个夜总会上，他们相互发现曾经和自己抱过多年的那具熟悉的肉体，此时抱着一个陌生的女人，或者被一个陌生的男人抱着，摇啊摇的，他们还很有教养地微笑着点头，意思是问询对方怀里目前的这一个，比之当年的自己如何？感觉上若是比不上，还可以回过来鸳梦重温，就像中国作家罗贯中写的战争小说《三国演义》那样，合了还可以分，分了又可以合。

老托尔斯泰在《幸福的家庭》里写了一个老夫和他的少妻的故事，那位老夫眼看着少妻和他的爱不足了，赶快套上马车出去旅游，力图用春天的风景来进行挽救，回来以后果然爱就增了许多，两个人的四只眼里初恋似的熠熠闪光，其原理很像是给行将耗尽的电池充电。这个故事，容易使人想到活了八十多岁的托老头儿本人。

类似这样的情况在我们身边并不多见，我们的所谓爱人们一旦觉察出对方爱的不足，脑子里嗡的一下首先想到的是，这么好的东西必然是转移到哪个狗娘养的身上了，肥水不流外人田呵，于是从床上一纵而起，不是去套马车，而是去拿菜刀。在中国，昔日的爱人一般都化为今日的仇敌，自认为被抛弃的那一方，牙巴骨在黑暗中像老鼠一样咬得咯吱咯吱的响，每夜都要诅咒一遍对方和他或她的新人不会有好下场。

抱怨父母的婚姻缺乏浪漫，遗憾阿姨的爱情不够传奇，最喜欢读琼瑶、三毛、张爱玲的爱情小说，烛光下被夏洛蒂·勃朗特的《简爱》弄得眼泪扑哧扑哧往下掉的，漂亮、高洁、脱俗的北京小姐儿们，嘴里哼着“爱”是什么什么的流行歌曲，哼着哼着听得耳边有广东人说话的声音，身子一软就倒进了一位年过半百的大款怀抱，听他用生硬的粤语呼唤着她，小姐哪，可不可以交个朋友哪？她觉得这嘎嘎啦啦的音节恍如天降，伴随那散发着生猛海鲜气味的热吻一道落在嘴上，就像撒在红木餐桌上的货币。你正是我寻觅的爱人！小姐儿美妙地闭上眼睛回答，一颗心继续倾听货币落桌的声音。

美加净再加点善

世上的男人，在一切问题的认识上都可以存在着分歧，比方说在大的方面，有的想当万人之上的市长，有的却想远离人寰去做个动物学家；在小的方面，有的爱用柔软细腻的手纸，有的则觉得还是粗糙厚实些的才有耐磨性。凡此天壤之别，枚不胜举。但是在一个问题上，看法却是惊人的一致，那就是都喜欢美丽的女人。古往今来，无论外中，从来也没有哪一个男人，忍心把笑嘻嘻迎面走来的绝色女子一个耳光扇开，而特意到麻风病院去娶回一个没有眉毛的秃女为妻。美女在男人心中的地位，重要到足以和江山相匹。

把前朝君王们害得好苦的美人，如亡殷的妲己，败周的褒姒，沼吴的西施，乱唐的杨妃，以及为王公大夫君臣父子不下十人所用，殃及郑、陈、楚、晋四国的夏姬，莫不都是历史的明证。便是时代发展到了今天，小机关里的小人物们，年终分配一本挂历的时候，在江山万里图和美人酥胸照之间，大多数男人还是假装在走廊上徘徊一阵，然后卷了后面那种就走，回去挂在床的对面，一日三睹，宁可因此而引起夫妻不睦。

长得美的美人还须清洁，不然不美。倘若有时髦女子，风姿绰约，衣装亮丽，一身行头随着屁股的扭动灼灼地闪着金银二光，但对人一笑，那嘴编贝似的牙齿间却嵌了一片辣椒或者半根韭菜，便肯定会引起灵感丰富者的诸多联想，如清早不刷牙、饭后不漱口之类，继而再想到假若与她接吻，舌头将会发生的感染，身上立刻就会有一层鸡皮疙瘩浮出肉面。还有的美人时间观念很强，善于利用看报纸的闲暇，掏耳朵，剔指甲，尤其爱把指甲染得贼红的手指头翘成一朵兰花，将其中的一根派到鼻孔内部，一个回合又一个回合，进行深入的探索和挖掘，两片同样染得贼红的嘴唇儿，还配合着一张一合，好像缸水中缺氧的鱼。

若是乘坐公共汽车，或是地铁，她们往往还在下车之前，兴犹未尽地取出深入鼻孔的那根兰花指，将上面的不明物轻轻搓成小丸，站起身子，一副神态自若甚至还有点儿清高的样子，顺手就抹在车门两侧不锈钢的扶手上，屁股一扭一扭地下车走了。跟在后面的某个麻痹大意的男人，手掌自然做了抹布，将她刚刚染过的扶手抹得灿亮如新。这样的女人纵然真的漂亮，你敢跟在她的后面下车，你敢把她娶到家中，放心大胆地让她切菜做饭，招待你的朋友么?

电视的黄金时间里，曾经宣传过一种名字叫做“美加净”的药水，洗澡或者洗发用的，这个名字取得不错。它的意思是说，美人应当讲卫生。

美加净的美人还须修养，不然还是不美。假设有一个美人，她有很扎实的化妆技术，和很强的洗衣功能，脸上早晚三描，身上一日八脱，外套上不落一颗灰尘，内衣里也不长一个虱子，简直快要达到美加净的标准了，有求偶者从“今晚我们相识”栏目里得知了情报，火速前去相识，孰料一识就识出了破绽，两个人手挽着手，第一次上书店，柜里柜外地挑，最后挑了一本《麻将入门》；第二次听音乐，小提琴一响，鼾声也响了，引得四座的白眼如同信号弹一般嗖嗖地往过扫射；第三次看画展，别别扭扭地走到一幅裸体画前，突然破口大骂道，不要脸的流氓污辱我们妇女同胞呀，骂过后并且坚决要求退票。

那晚他们相识的男人，今日只好与她相别。这是一种襟怀坦白的，借用一位大人物的话说，叫做知无不言，言无不尽，言者无罪，闻者足戒。还有的要么学识渊博，知道美国有个马拉多纳，爱情小说写得最好；要么作风谦虚，谈起什么都不知道，把对方视同问八格牙鲁在哪里的日本鬼子。这样的美人，仿佛就如三伏天长着一身白毛的冬瓜，远看粉嘟嘟的，毛茸茸的，柔乎乎的，很有些诱人的模样，而每接触一次那粉似的白毛都要掉下一层，直到后来露出的只有老皮，拿指甲都休想掐得她动。

电视里还宣传过一种“美尔雅”，忘了是洗什么部位的药水。这个名字也很好，它提出美人要有文化。在国际社会的选美活动中，夺冠的的美人们还要进行演讲竞赛和机智问答，不是光看脸蛋儿，以及脸蛋儿下一根走来走去的身子。

然而美尔雅的美人还须善良，不然仍是不美。倘若一个美人，她身上的各个零件都长得基本没有问题，并且不用贼红的兰花指尖剜了鼻孔之后抹在车扶手上，也有一张大学以上的红颜色的毕业证书，但是她逢人就攻击一个比她长得更美的女人，说那女人谈了二十四次恋爱并且堕了八胎；她还向领导反映说一个夜里开车送她回家的男同事，可能想把车子开到一个黑咕隆咚的桥洞下面将她强暴；评定职称的时候，她把同年分到单位的一个同学的学术著作，用红笔打了八十多个问号，表示那些论点的不可靠性。

最后她不仅抢先得了职称，而且还当了领导，翌年春天，就把昔日的老师现任的丈夫一脚踹掉，炎热的夏天尚未过去，就和她的顶头上司兼职称评定委员会的主任以出国考察的名义，坐飞机到美国加里福尼亚州旅行结婚去了。这样的美人，古已有之，但危险的是，男人们都把她们当了书看，抽着烟喝着茶开着几句荤玩笑，并没有结合今天自己的身边。这样的美人，她就是把一身的好肉洗得白花花的，干净净的，滑溜溜的，口中滚瓜烂熟地背诵着文言文的道德经、白话文的党员守则，你敢和她在一起吗？除非是你不想活了。

在电视的广告中，目前似乎还没有名叫“美且善”的药水，不过即便将来有了，大概也不是用来抹脸的，而应该是喝进肚子里面，改造心肝肠肺的一种东西。四十往上的人们可能依稀记得，过去有种“真、善、美”的说法，认为真即是美，善即是美，三者同一，方为至上之境矣。

世上芸芸众女人中，生而美者，仅是有了美的基础，倘若发奖，那奖章只能挂在她父母双亲的脖子上，因为是父精母血，孕育而成，她自己却一点儿力气也没有出。若是在那天生的基础之上，再学会讲卫生，有文化，不害人，那便是真美，大美，至美，自己之美了。吃过亏的、有经验的、不傻冒的男人观察美人的技巧，已经学会了首先从倒数第一条看起，如果发现她是个坏心肠，便是闭月羞花之貌，沉鱼落雁之颜，倒赔十块八毛钱送给他，他也不会要，他认得那是一颗喜欢穿花衣服的定时炸弹，而自己的一条老命毕竟不情愿丢在她的手里。

不署名运动

名人自然是有名人的妙处，不然何以有那么多的人寻死觅活地要做名人，做得上好，实在做不上，和名人握个手也是好的，沾点名人的腥气，三日不洗，逢人便说此手与谁谁有过接触，余温尚存。自古不想做名人者，除两种之外，一般没有。其一种是嘴里说不想，说着说着一坨亮晶晶的哈喇子掉了下来，打在地上吧唧一响；另一种则是得过脑膜炎的抑或天生弱智，自知与名无涉，除非金枝公主抛打绣球的那一刻突然起风，那团红红的玩意儿越过万千才子，竟然叶地打在那张流鼻涕的脸上，公主大叫一声，晕倒在楼。若非这股妖风，这位当朝驸马可能一辈子卖糖葫芦。此外还有一种人不想做名人，他们是已经做过了名人，在欲求名而更名的当口不幸惹下杀身之祸，于是隐身空门，让皇帝老儿查不出来。名固然好，命尤贵之，若是脑袋被咔嚓了，又有谁来叩拜这具无头尸首。

人之好名，是好好名。古人云，人过留名，雁过留声，当然不是号召留下恶名。曹孟德说不能流芳百世，也要遗臭万年，此言曾为遭千人唾骂者引为经典，以扬其名，以掩其臭。而究其实，那无非是白脸奸雄的一个说法而已，君不见陈宫骂他汉贼，被赐一死，张松嘲其败绩，又遭乱棍，遗臭一个小时也不同意，骨子里想的仍是流芳。人之好名，不应遭责，好名乃人之天性也。我儿五岁，但逢得了幼儿园阿姨的表彰，便跳着舞蹈回家，狼吞虎咽两碗米饭之后，还要求再吃一枚鸡蛋，庆祝自己成了全班的名流。若批评他画的苹果不如别的小朋友的圆，当晚必举行绝食。回忆起来，谁也没有教他，疑是胎里所带。成人亦然，甚或年纪越大，越把名声认成是一个金包卵，曾闻某老先生因未评上正高，遂怀抱专著，含恨跳楼，留下孤愤诗一首。其对名的严肃态度，较之为避杀身而宁可剃光脑袋去当和尚的高级官员，又发展到一个新层次。

听说有个女人捶胸顿足，仰天叹曰："做人难，做女人更难，做名女人尤其难。"这是俏皮话，君不足信，可视为宠女撒娇。发此叹者，好比吃足了大鱼大虾之后当众要买一根最瘦的玉米棒子，边说凡男人的生活是多么的美满，而她昨夜已是第三次被中华鲟鱼的刺卡了喉咙。名女人不上医院，没看见凡男人手里搀着老人背上驮着幼儿，排队挂号就诊划价交款取药被大夫呛白护士嘲弄。名女人跳舞跳热了脱去银貂大衣，出厅时因风感冒，打个电话人便来了，扒开裤子就锥针。名女人更不挤乘汗屁交加的地铁公汽，以及在大街上为几毛钱侃价买菜。解除名女人尤其难的痛苦，有一个最简单的办法，那就是把伊变成一个无名女人。检验名女人不想再做名女人孰真孰假，还有一个最简单的办法，那就是你假装扇伊一个嘴巴子，保险伊一下子就露出原形，跳脚而大叫曰：好哇，你竟敢打中央××委员市委××主席！

其实名人大可不必忸怩羞答，凡人对名人未必全持怀疑的态度。名人中之大多数，皆因为自己有的某个东西与社会要的某个东西给碰上了。有的骨软如蝗，跳了一个好舞，有的喉脆如鸟，唱了一支好歌，有的手巧如猴，弹了一曲好调，还有的脑灵如鬼，写了一本好书，于是名气如闻血的红头苍蝇一般，嗡嗡而来。至于那身轻如燕，腿健如羚，体滑如鱼，力大如牛，以体内之功能而获国外之冠名者，只要没喝兴奋剂，国人不必多嘴。

太平世界，一夜成名的多为艺苑体坛之幸运儿，而军界政要，名与官与权如连体三胎儿，战祸之年一仗打出一个将军，如今夜夜摸爬滚打，日日射中靶心，熬上一个团级已算不错，正想再来个师长旅长的干干，忽一日锣鼓骤然敲响，战友们唱着歌儿来送你复员。试想一个校官如何能够名震全国？政界亦然，革命家蒯大富张铁生小黄帅生逢了革命时代，遂以革命成名，而目前的革命老干部，两眼血红厮杀正烈，忽然掐指一算，瞒去一岁也已经五十九了，讣告上最后标出一个正局级，是用浆糊贴在大门后的，报纸的第四版不予发表。一位连任三届的大学校长与一位初中毕业的通俗歌星比知名度，君不妨手持话筒采访一百个人，其结果可使你大发阮籍之概，时无英雄，使戏子成名！回家就与老婆磋商，把两个三好学生从学校撤回来，令老大半夜翻跟头，老二凌晨吊嗓子。

如此看来，名人之出名，亦非公允，有的指标硬如钢铁需要付出生命的代价，有的则轻轻倒在评委的怀中扭几扭身子即可。还有的连身子也不扭，一手交钱，一手上辞典，腰板挺得倍儿直。名人中尚有名得更潇洒的，正在街头摆摊卖西红柿，忽然来了剧组，左看右看，说像某个大人物，弄上包车就走，教做几个手势，念几句土话，不久果然上了银幕，遂成名人。文坛名人与此类相比，其名尚属来之不易，因为毕竟是在挥笔疾书，并且有一篇曾经符合了当时的要求，后虽苦似江淹，却不弃其名，蘸着当年的一碗辣椒水儿，要吃一辈子的白米干饭。当然文坛之内也未尝没有扭身获名的，评论家乃至评奖家们虽为名人，却非圣人，也非电脑机器警察，死把质量和数据关。他们誓以使无名者得名，不投靠者永世不名为己任，让一切求名之先生之女士紧紧团结在自己的周围，向日葵一般。如此常令某些名人名得莫名其妙，仗着一股浓烟，飞天正值半途，烟散而坠原地，查其事故，乃翅膀毛儿尚有几根未硬也，因之名在一时，且终被明眼人于名前加一虚字，以示历史无情。

日前酒后曾出戏言，若任杂志主编，可发起一不署名运动，劝作者隐其姓名，以号代之，文章择优发表以至评奖，善后揭晓，借此推动一下中国当代文学的健康发展。席间闻者有四，一位名作家，一位名编辑家，一位名评论家，三人异口同笑，许久不肯鼓掌，便知此运动在中国很可能是发动不起来了，因为名作家担心明珠投暗，奇货不识，名编辑家担心伯乐害眼病，退了王蒙的稿子，而名评论家则更担心一万八千字的评论文章原来评的不是那个先锋派领袖，却让认都不认识的乡巴佬王狗剩占了一个大便宜，葫芦僧错判葫芦案，连自己的名声都受到威胁。

唯有第四位是个读者，激动了一阵子过后忽而冷静下来，小声儿地问，好倒是好，只是要这样搞，做了主编不也得撤么？

一个词语的正确搭配

经常在某报某刊看到，某人某时“夺”得某奖，我的眼前立刻出现血腥的战争，明枪，暗箭，肉搏，厮杀，结果某方头破血流败下阵去，某方鼻青嘴肿得胜归来。我对我的作家朋友们说，我不大喜欢这个动词，是你的，你就得着，不是你的，夺个什么？

还有一种说法叫“摘”，动作相对优雅一些，似乎不会有伤亡事件的发生，然而我也不大喜欢。我认为这个动词的观点暧昧，是非不清，比方说被摘的是树上一颗桃，桃枝离地七尺五寸，奇怪的是高个子未必摘得到手，却有一个短小精悍的人，脚下搭只梯凳，袖子里藏把取物夹，或者与园主玩儿一回骑大马的游戏，万人丛中，一把就摘到了。就是说，摘者成功地摘到了他本没有能力摘到的可摘物。

我还是喜欢“荣获”二字，虽然传统，虽然平静而语不惊人。“荣”是光荣的“荣”，“获”是收获的“获”，《说文解字》上此字的原始写法，左手是禾，上首是草，所取之意乃为农人割谷。种瓜得瓜，种豆得豆，种了禾谷就收，不种收个狗屁，这才是天经地义的事。即便下了秧子，但若长的秕谷不如他人子实，要想获奖，恐怕也没人给。

理想中的获奖应该是个什么样呢？我想它应该符合获字的本意，各家各户，把各自栽种的谷禾挑到一个稻场，然后各回自家。不打电话，也不写信，更不要提些好吃的东西趁着朦胧的夜色来到某处接头。接下来要做的事情，是等那些眼睛与舌头都没有大的毛病，心也没有长歪的鉴定师傅发来一个公正的通知，嘉禾便是嘉禾，秕谷便是秕谷。

如此罢了。要么，干脆就把这事忘掉，不必像老范进似地整天想着，以防发生意外。

但这只是我的理想，比较幼稚，惹人见笑了。

有人吃饱之后，一时没找到合适的工作，就弄来一捆书刊报纸，试着统计一下文坛每年究竟有多少个奖。因为资料不甚健全，计算器上只出现了一万多。上至国家，下至乡镇，左至作协，右至公司，规定以某个节日，限制写某类题材，要求用某种调子，明确有某项意义，奖金从万元以上到五百以下，奖品从吃喝穿戴坐飞机到何处去溜达一趟以及男人剃须的电动刀女士抹脸的珍珠蜜，不一而足。

据以猎奇为生的小报记者新闻披露，一种史无前例的新型职业，目前已在奖风盛行的中国诞生，部分具有高中以上语文水平的年轻人，以其敏感的嗅觉，充沛的激情，灵活的头脑，快捷的速度，吃苦耐劳的熬夜精神与网上发帖的熟练技巧，已成为全国各行各业有奖征文的积极应征者，而所奋勇摘夺的奖金奖品，也足以能够养活自己与少量的家人。他们清明刚过，就创作出了端午划龙舟的美文，中秋未到，又与爹妈在月亮下分吃了一个好大好甜的月饼，披阅增删之后，精准地寄给评奖机构，正好不误中标的时机。

奖多了，真话少了。优秀的命题作文多了，天马行空的文学真性却在寂寞的文坛少之又少。而且，从文学的骗人，还生出骗人的文学，继而生出骗人的评奖。

去年春、秋二季，我的家乡未能免俗，为了发展地方经济，想不出可安天下的周郎妙计，两家企业不约而同，先后也重蹈了有奖征文的覆辙，一次请我做评委，二次请我做顾问。征文面向五湖四海，最高奖悬赏五万元，奖品另计，八月秋高风不怒号之时，隆重邀请获奖者来此领奖。所发布告如通缉飞天大盗，贴在纸媒网络凡十余家。时间一到，万众仰目，设奖者却宣布评奖时间因故推迟，最高奖项因故空缺，颁奖仪式因故取消，二等以下的奖金奖品也因故改亲自来领为包裹邮寄。

连我都因故感到难为情。所幸，一家如此，另一家则言行必果，好歹挽回了我半张死要面子的老脸。

明天是“三·一五”打假日，我不知道，除了贴有金奖商标的牛奶与火腿肠有假之外，喝假牛奶吃假火腿肠的中国文学的评奖人与评奖活动，获奖者与获奖作品以及获奖内容有没有假。如果有，打吗？

有一种人叫作家

很久以前，曾听人讲过一则笑话，说是有人问路去作协，人手一指，问者去了，手指处却是一家鞋厂，原来“作协”与“做鞋”被人搞了混淆。讲笑话的自然是一位作家，他的笑据说就是契诃夫式的那种含泪的笑，笑的同时脸上还有陀思妥耶夫斯基式的那种被侮辱与被损害的委屈感。出于气氛的渲染，我当时的义愤差一点儿就要填膺，因为我觉得，假若我们敬爱的鲁迅先生，居然被人认作是坐在一只小马扎上用一把锤子在人家的鞋底上一敲一敲的老头儿，那么中国的作家该是多么的可悲呵！这种悲哀一直顽强地盘踞在我的心头，直到近年来与许多作家有过交往之后，关于作家的悲哀依在，但却全然是别一种意义上的悲哀了。

这种不良情绪的缘起，首先来自于桌上大堆大堆的名片，那上面有两种东西出现得最多，其一种是经理，另一种就是作家，当有的经理前面赫然加了一个“总’字的时候，有的作家前面就开始加上个“一级”，以此好与横空出世的总经理们战个平手。近些年与一级作家一样雨后春笋般涌现出来的，还有一些含意朦胧的“著名作家”。有一天我在一张南方老家的小报上，发现把“著名作家”错印成了“署名作家”，一个笑还没有出口，却认出后面那位作家的名字，于是便觉得并非校对同志的错误，而恰恰是编辑先生的幽默，因为那位作家的成就，的确是只能把自己的名字签署在自己的作品上。在这样的“一级”乃至“著名”当中，不乏有我了如指掌的，大约写过一两本因为热情讴歌了某个企业，某个企业只好出印刷费的报告文学，此外还有几篇经编辑校正语法后的小说和散文，据说也在那家企业的支持下结了集。

在这样的时候，我那很久以前曾经为“作协”感到的不平，则完全转移到“做鞋”一方了，便窃以为，这样的作家不必说与美国的耐克鞋，或意大利的老头鞋老板相比，即便拉出一双刘晓庆在电视里拿爱情作喻的双星鞋的制作者来，君又比之如何？作不出好书的作家，足登做鞋者做出的好鞋，反以高人一等的讥诮相报，且不知是何样心态。倘有鞋厂的老板于厂门口悬出一榜，上云写报告文学者可以得资出书，我敢以千字百元的稿费打赌，某些一级的或著名的作家，必然会激动得一夜不眠，次日凌晨便告别爱妻，收拾笔墨屁颠而去。但凡在大著的最后一段写着“望着他渐渐远去的高大背影，我祝愿他在新的道路上大踏步地前进吧”一类深情句子的，经验告诉我那必是悬赏之作无疑。

日下的世风和不古的人心，使作家和猪肉一样可以掺水，作家协会的会员乃至理事表上，每年都要增加一些捐赠过一笔文学基金，当然也写过几篇作文的人名。至于那些为了印制新的名片而强烈要求升级的作家们，则只须举着几部自称即将付梓的新著，乘着夜色去投奔评委。在全世界的同行们中，中国当代的作家也许是特别好当的，因为在发愤写了一年还写不出几块稿费的时候，还可以理直气壮地冲进会计那里，去把工资领来，绝不会像曹雪芹似的“日落西山餐暮霞”，“举家食粥酒常赊”，也不会像巴尔扎克一样为了活命而高筑债台。中国当代作家的优越感和安全感，原是临摹了前苏联老大哥的榜样，而当老大哥在北方的天空中飘出几面独联体的国旗之后，当年的小弟弟却仍舍不得丢下手中的金属饭碗。

某些所谓的作家甚至好当得可以不受辞书的约束，《简明不列颠百科全书》里什么都有，就是没有“作家”，因为知道作家的标准不大好定，定得不好就会被人钻了空子。而《辞海》里却不怕得罪人，作解释曰，其一种是：“治家。《晋书·食货志》：‘桓帝不能作家，曾无私蓄。’”说桓帝这个老儿不会过日子，不像今天的男人一样有小金库。另一种是：“古指文学上有卓越成就的人。”

不说“卓越”，我仅理解这个“成就”，就绝不是把“子曰”变成“中国古时候有个名字叫做孔子的他老人家教育我们说”，也不是指拼命用中文字串羊肉串儿的人，那些人最擅长的文学无非是“赵钱孙李，住在哪里”之类，创罢即以严肃的态度署上一个某某某著，连夜写信告诉远方的友人，说是刚刚完成一个大部头，已有三家出版社来人抢稿，各自开价十万八千元。有卓越成就的更绝非那些十八年前发表在长江岸边芳草地上的小说，惜于当时一炮没有打响，十八年后又投进黄河通哧一下，虽然二炮仍是不响，却总算又登了一回名字，并赚得三百元钱，以此向人透露了自己江郎还没才尽，目前依然活跃在中国的文坛上。

作家是一门职业，这一点与鞋匠原则上没有多大的区别。作家是以钢笔为文具，蘸着思想和才华，而鞋匠是以铁锤为武器，佐以胶水和技术，两者相比并不应引起什么苦恼。如果要说苦恼，那应该是双方遇到了如下这类情况，即写书的吭哧吭哧写了一本书，从武汉到广州，再由北京到台湾，历时三载，转换五家，国共两党的出版社都不给出版；做鞋的叮咣叮咣做了一双鞋，本来眼巴巴地看着已经推销出去了，那人却忽然瘸着脚回来要求退货。

诗人和小说家死了以后上帝请吃糖果的寓言，鼓舞着无数想象力丰富的青年节约了剃头的钱去买稿纸，而前苏联的高尔基号召“请爱好文学吧，比这更好的事哪里会有呢”，更使文学殿堂的门前贴满了血书。滚滚的未来作家和文学梦游者中，很少有人悟出这寓言本来是出于浪漫主义作家的创作，这号召也不过是社会主义现实主义作家对于本职工作的热爱，如同空姐热爱飞机，歌星热爱舞台，教师热爱黑板，鞋匠热爱铁锤。在每一位热爱本职工作的先生女士的心目里，自己所干的正是比文学更好的事情。上帝的糖果是有限的，它们只会发给那些作品写得好的诗人和小说家，以及书教得好的教师和鞋做得好的鞋匠。而绝大多数平庸的诗人和小说家，却只有垂涎三尺的资格，他们中有的根本就别想进入天堂，至于个别人品比作品更为低下者，死后不下地狱便是万幸。

作协阵营中自从引进流氓之后，那张黑色的塑料皮就不再具有当初的魅力。少年不再举起右手，少女不再眼含秋波，他们纯真的双眸中闪烁的疑惧，令真正的作家为之心痛。至于马屁作家，那更是中国的专利，自那位以阎王爷放屁为题，而作“高耸金臀”一赋的作家开始，至今以公家的赞助歌颂私人的企业文学，出版几套诸如某位领导题写书名的精品大系的，实在是不少。当然经费还得请这类作家来想办法。

身为写书的作家应该听听鲁迅先生的话，写不出的时候不要硬写；同时也应该听听编辑先生的话，出不了版的时候不要硬出。尤其是不要把过去农村流传的那种“拉不出屎来赖茅厕”的厉害架势摆到出版社来，首先照准编辑的脑壳就是一石头。上演在今天的有些闹剧，估计半个世纪以前也有，此考证来自于鲁迅先生一九三六年九月五日，亦即生命最后时光的叹息：“倘无才能，可寻点小事情过活，万万不可去做空头文学家或美术家。”我想此言并非仅是对于海婴的遗嘱。然而当今的问题是，越无才能，越要做空头文学家或美术家，誓死也不搬出作协，去寻点做鞋之类的小事情过活。

过去有一种说法，说作家是人类灵魂的工程师，这种要求未免苛刻，获得如此殊荣的作家，应当同时标有伟大或者卓越二字。而作为一位普通作家的标准，我想能够达到如下几条便算及格：第一，能创作，而不是只能把“子曰”演变为“中国古时候有个名字叫做孔子的人他老人家教育我们说”，不是只能记载一个男人和三个女人的性交；第二，能独立地创作，而不是纠集一帮子人各尽所能，事成后挽起袖子吵着谁是老大；第三，创作出来的东西能达到发表和出版的水平，而不是所谓“四百年后才能问世的《红楼梦》”；第四，发表和出版这样的东西多少能有点儿收入，而不是在需要倒赔几个的时候，乞讨碍于面子的厂长，讹诈好心不得好报的编辑，抑或动员倒了八辈子霉的老婆，咕咕叨叨地从枕头底下拿出给儿子娶媳妇的钱。

此外，虽然不能成为人类灵魂的工程师，但至少自己的灵魂，不要让别的工程师来用扫帚打扫。

还有一种人叫编辑

论起编辑，有人就要打一个比喻，说是为他人做嫁衣裳云云，说的时候脖子里头发出一种声响，似哼似叹。这个比喻当然不是没有一点道理，没有一点道理的只是脖子里头发出的那个奇怪的声音。为他人做罢衣裳，每月得些工钱，以此谋了生路，如同服装厂里货真价实的裁缝师傅，并无委屈可言。至于作家穿了编辑做的嫁衣，去生了八个娃娃，其中三个并且还得了奖，主要功劳自然还在作家自己，因为无论怎么五彩缤纷的嫁衣也是不能生孩子的，虽然不穿衣服绝对嫁不出去。目前国家在给作家评茅盾奖的同时，也在给编辑评韬奋奖，其优秀编辑的身价，其实已经高过了不怎么优秀的作家，假若真是一个优秀的编辑，脖子里头何须怪叹？

考核编辑的简单方法是参考出版物，和作家一样，编辑也是有署名权的。在这一点上，没有受亏待的编辑尤其不能怪叹为他人做嫁，因为在这个世界上还有很多职业，有的远比编辑重要，却是不能署名的，比方说农民，哪一季不是在为他人做着嫁粮，但那雪白、柔软、喷香的米饭上面，何曾看到耕者的署名，而编辑先生或编辑女士们却一口吞下去那么多；比方说建筑工人，哪一天不是在为他人做着嫁房，但那漂亮、舒适、安全的房屋里面，出嫁的新娘和迎嫁的新郎，这一对幸福的人儿会允许他把名字写在墙上吗？人家那彩色的喷涂上面是要挂甜蜜蜜的婚纱照的。假如他学着编辑的样子一定要去争什么署名权，以便得到评委的承认然后挣一个建筑奖，谨防人家房主把他的手给打断。

编辑们一般都有一个想不通的问题，那就是一个曾经把自己喊过老师的作者，某天一举成为名作家之后，立刻反过来把他当学生看待，或者表面还哼哼叽叽地保持原来的称呼，一回到圈子里就闭着眼拿指头敲脑门子，对人说“刚才那个谁就是他把我的文章删了一段”，给人留下一个“如再这样就要起诉”的印象。于是聪明些的编辑一开始就不要找上门来的作者喊什么老师，知道在这些才学会打西服领带的小青年当中，说不定就有一个是巴尔扎克。聪明些的编辑在给作者退稿的时候，总是在信笺上写着“大作拜读，感觉尚可，送审之后，总编不大喜欢”一类的话，让作者要用手榴弹炸就炸自己的上司，虽然这堆稿纸在他本人的桌子上面堆了一个夏天，总编大人根本就没看到。只有老实巴交的编辑才给作者分析本篇思想、结构和语言的不足，以及今后要克服的八个方面。聪明些的编辑不吃作者的饭，往往像拔河似的要在门口较量半个小时，嘴里一遍又一遍他说着挣几个稿费也不容易，心里却是害怕作者说不定哪天脸一翻，把这顿饭详细地写进作品里面，说是编辑主动要求吃的。

口称为他人做嫁衣裳的编辑，没有理由不让自己出嫁。我们从来不曾看见一位裁缝师傅光着屁股在衣案前面比比划划，有名气的裁缝身上总是穿着一套合体的服装，因为他懂得模特和广告的妙用。编辑如果学会了自己也写文章，与作家交流起来自然更有说服的力量。当评论别人写的作品，这一篇也不好，那一篇也不好，心里百般痛苦脸上也万分失望的时候，不妨亲自写上一篇，就如同大骂别人臭棋篓子的看客，自己也可以上去将上一军。编辑之与作家，可能不会是技胜一筹的郎平之与屡次失利的中国新女排，但仅仅充当君于动口不动手的宋世雄，别人是不会服气的。花钱买书的读者有理由只做作家的球迷，编辑却不然，编辑理应多多少少地会玩那么几下球，而不应当视其为有弹性的西瓜。

现当代曾经做过编辑和正在做着编辑以及将要去做编辑的作家，在为人做嫁的同时，自己也一个一个要穿嫁衣嫁出去的。这样的编辑往往不比同行工作得更差，虽然他们容易引起非议，但那却是由于非议者的思维出了问题，认为一个人当两个人用的除非他是妖怪。事实上的确是有双手同时开枪的射手，而有的则手脚并用还打不死人。一个在风雨窗边伏案一生的老编辑，在他即将离开编辑桌的生命最后时刻，假若在白发覆盖的枕边有一部自己撰写的专著，上司是不忍心指责他的，因为用别人喝咖啡的时间来写文章的编辑，比起用别人写文章的时间来喝咖啡的编辑来，只有在后者出身的总编眼中，后者才会得意洋洋地占据上风。

编辑中最小的人物是助编，刚刚毕业的大学生适合担任这个角色。他们只能协助资深编辑才能进行工作，如果不然的话，据说天下就要大乱。被助理的资深编辑一边这样谆谆地教导着助理编辑，一边把一本书刊编辑得错误百出。编辑中最大的人物是主编，顾名思义，主编应当是最主要的编辑，其专业的水平应当在所有的编辑之上，然而荒唐的现实却是，在当前铺天盖地的书刊主编当中，有一部分是不怎么认识字的。他们仗着一些奇怪的条件荣任了此职，和论诗的陆游所谓的“功夫在诗外”一样，他们的功夫实在是在编外。这类主编有的十万块钱可以买到一个，也有便宜的只值千把两千，无非任期相对短些。至于一分钱不花还得倒拿几个的，那得大小是个官儿。这类主编一般很忙，不大有时间阅读他们名字印在首页的书刊，那上面就是把“主编”二字印成了“主骗”，他们暂时也没有什么意见。

出于一种来历不明的感觉，编辑在人们心中的形象，总是细纤纤的，瘦筋筋的，高度近视的眼镜后面有一双从下往上看人的眼睛，眼泡红肿皮肤苍白，透出一些熬夜过度和营养不良的迹象，而且大多患有坐骨神经或者痔疮一类的毛病，那是他们面壁长坐得下的职业病。这种感觉有一定的理论根据。但不尽然，编辑中也有长发披肩的赳赳武夫，在受人讹诈忍无可忍的时候，他们也会脸上充血骂一声揍他个王八蛋，不过骂完之后多半不会动真格的，却依然坐下看稿，一会儿又被好作品中的幽默句子逗乐了。

舍己为人的好编辑捧着刚刚出版的作家的新书，往往会用磨起茧子的手掌一遍又一遍地抚摸着，眼里闪着几星泪花，脸上露出的幸福的微笑，不亚于躺在产床上嘴里呻吟着的小母亲。他们明明知道怀里的孩子不是自己生的，但是作为一个心眼儿好手法儿也不坏的助产婆，难道不该分享母亲的喜悦吗？好编辑在作家的手稿中洒满了心血，他们戴上了断了腿的老花眼镜，搬出发了黄的汉语词典，为任务过重而功力不足的作家，心急火燎而只争朝夕的作家，才高八斗而毛病百出的作家，一处一处地修改着病句，校正着标点，缝补着漏洞。

他们在做着这些的时候，小心翼翼，默默无声，生怕被作家本人知道了。他们这样为自己保密，并不全然是要做一个无名英雄。其实他们的心里还有一点儿顾虑，会不会碰上一个不凭良心的家伙，说是自己的著作权受到了侵犯，一状告到法院，要求赔偿名誉损失外加精神损失共计一十四万元。

高　雅

高雅一词的重新出现，是在那场举国都穿军装的革命之后。这时候，曾经在阶级斗争中瞪得血红的眼珠前面，标志着文化的圆圆的玻璃片子雨后春笋一般多了起来，在温柔的灯光下闪动着学问的光辉。男人们留起了长发和短须，女士们则足登两寸多高的尖跟皮鞋，屁股高翘，踢瓜踢瓜地前进在柏油路上，此起而彼伏，走快一点就像是西班牙的斗牛舞，与农妇的大脚片子在庄稼地里踩出的声音，有着天壤之别。夫妻二人回到家里，立刻取下墙上那张亲戚送来的莲莲有鱼图，而换上一幅郑板桥的墨竹，打开音响，贝多芬的命运交响曲奏起来了，在“梆梆梆梆”的死神敲门声中，丈夫拿出法国沙拉酱，把土豆切成一小丁儿一小丁儿的，请太太做成凉拌的素食，双双只吃一个半饱，然后穿上晚礼服，去参加月光下的贴面舞会。

自《诗经》的风雅颂开始，雅与文学即不断结缘，与之不合流者则称作俗。唐诗宋词大抵是雅的，元曲明令则据说俗些。但不尽然，中唐白居易的诗刻意求俗，以种田的老妪能够听懂作为准则，宋代词圣辛弃疾甚至把打喷嚏声“啊啾喂”写入词中，开几百年后一位大人物“不须放屁”之先河，证明了唐诗宋词也有俗的成分。而元杂剧的代表作《西厢记》，一个倾国倾城的貌，一个多愁多病的身，却雅得令人叹落清泪。明末清初，小说雅俗各有，为文人们批评的才子书自然是雅的，三言二拍和公案剑侠之类则俗。才子书中的至雅公推《红楼梦》，但贾天祥黑夜里抱住蓉儿要入那话，薛霸王占诗“女儿乐”，还有被人塞了一嘴大粪的焦大和能吃一头老母猪的刘姥姥，却令人怀疑是不是愈是传世之作愈俗，不食人间烟火的神仙只能成为少儿读物。

二十世纪末，针对中国文化市场上出现的一些书供不应求，另一些书无人问津，还有一些书根本就不能问世的分化局面，有人一概地用雅与俗的理论来作解剖，并且将所谓雅者辅助以高，将所谓俗者配备以低。以杀富济贫的精神，努力让一类人的身子浮出海面，而把另一类人的脑袋使劲往水缸里按。其实真雅如中外古典名著者，恰恰构成了今日畅销的风景，唯有画凤成鸡的才面临浇汤的尴尬。

有人善于引用宋玉答楚王问的典故，以国中属而和者不过数十人的《阳春白雪》，权作国中属而和者数千人的《下里巴人》的戏谑，却忘了两曲之间尚有一种名叫《阳阿薤露》的歌，可以迎合上下，争取百众。况且《阳春白雪》也不算最高雅的，国中还有属而和者不过数人的“引商刻羽，杂以流徵”，若是有那般重要的学术著作，反而会有中国音乐家协会来拨款进行抢救了，并不必作者仰天发苍天不公之叹。

作《登徒子好色赋》的宋玉是高雅的，比他的老师屈原高雅得多。在他的故乡，两千年后有一位年过花甲的作家，他一生的创作大体分为两类，一是写报告文学，以对盈利企业的热情歌唱，换来赞助买下刊物的版面；二是写散文随笔，以对文坛名流的深情怀念，搭配有偿文章发表于那份刊物的倒数第二页。他一心希望国内文坛最好十天死去一位泰斗，那么他就可以创造一月三篇悼文的高产，至于死者是否如他文中所述，与他有过一次亲切的会面，因为死无对证，真正是只有鬼才知道。

此情日久，人常叹之，其作家愤而面壁，居然三年写出一部长篇，极隆重地四面投稿，却极轻易地遭到八方拒绝，于是一边声称此作性情节可比贾平凹，性心理不亚劳伦斯，一边自叹高雅，怨天下编者皆俗，奇货不识，为向周围的同行有个说法，暗求出版社免去稿费促其问世，只要不倒贴几个老本已是万谢，只要替他瞒住熟人便是。然而奇书刚一露面，其作家从床上一跃而起，开口就要十万元，计划着拿这笔钱回乡下老家买地盖房子，表皮的高雅一风吹了，现出内部早已准备好了的敲诈。

以上是一个恶梦中的典故，不好来人认领的。也不会来人认领，因为担心成了“王二没有偷银子”，既然敲诈不成，那就依然充雅。如此的典故在文学界尚多，常有作家在报刊杂志发表高论，表彰自己的文章乃至道德是如何的严肃，如何的高雅，如何的深刻和非凡，每一个字下面都埋着神州的四大发明，连饭后打出的嗝儿里也蕴含有一个主义。然而，世上的俗人终究太多，这是一个令世代雅士大伤雅脑的问题，他们与其花钱买无谓的教育，还不如去听一支好听的情歌，去看一场好看的足球，而且还可以忘乎所以地大声呼喊。你写很大一块文章去挽救他们，但他们连理也不怎么理，完全是一副朽木不可雕也的态度。

另有一类作家，比上述混进作家中的敲诈犯名气要大得多，他们的高雅作品在千万不要署错名字的前提下，屡屡被刊物无可奈何地发表，被出版社咬牙切齿地出版，然后就储存在低俗的仓库里，等待着老、少、边区的农村受了天灾之后，折价卖给那里的失学儿童。他们一方面竟相论述着视金钱如春天的狗屎抑或夏季的苍蝇之血，一方面在大作刊登的次日便一个电话打去，要求一个字给五分钱。他们在蜘蛛网似的国内各项评奖活动中，蜘蛛一样忙着给别人评奖同时也被别人评奖。

当有人问起中国何时能得诺贝尔文学奖时，不认识那十几个瑞典人的中国得奖大户们，只能用语言的不通，主义的不同，以及差点儿用阶级的不可调和来作遮掩，且绝口不提社会主义苏联的共产党员作家萧洛霍夫用俄文写成的《静静的顿河》，却是“由于他那部关于顿河流域农村的史诗般的杰作，以艺术的力量与正直的热忱，再现了俄罗斯民族一段具有历史意义的生活画卷”，而由瑞典国王陛下亲手颁予了他一九六五年度诺贝尔文学奖。

有人甚至高雅地撰文，他从来就无视于那个西方世界资本主义的什么奖，此态度令人一下子想起，吴妈的脚也是太大了。假若瑞典文学院坚决要把那笔奖金塞进他的怀里，是否真的有人会成为第二个保罗·萨特，“谢绝一切来自官方的荣誉”呢？大家都不愿下这个冒险的赌注，因为怀疑他的高雅一经见到黄金，就会像雪山见到太阳，哗的一下就流水了。

高雅首先需要一种条件，一种资格。公元一九五九年的中国饥民不可能像林妹妹一样掩着樱桃小口一粒一粒地喂饭，因为拿布票换了粮食的缘故，不可能不让自己身上的黑肉不雅观地露在破洞之外，当然就更没有含氟的牙膏来清除齿间的观音土。活跃在当代文坛的高雅作家，一部分作为当时的右派，其进餐和出恭的方式，原则上与农民没有多大差别；一部分身处襁褓或正在受孕之中，今日的才力不逮恰应追究于当年的营养不足；而另一部分因为出世最晚所以幸运最甚，他们在舒伯特柔美的舞曲中长大成人，然后和只会在“呛呛一呛一呛吃”中扭东北大秧歌的父亲雄辩雅与俗的精神分野。

无论是哪一部分，大家都害怕着再遇上运动，因为口哨一响，就有可能放下书本，而到臭哄哄的厕所里去掏俗人们拉出的大便，然后连洗手的消毒水也没有，就去抓杂面馒头吃，若是绝食，屁股上还得挨上一脚。

历朝历代的文人雅士，不绝传说，屡见史册，狂傲如“安能摧眉折腰事权贵”的李太白，高洁如“不为五斗米折腰”的陶渊明，飘逸如“谁见幽人独往来”的苏子瞻，怪诞如“难得糊涂”的郑板桥者流，享尽了后人们无限的景仰，然而诸位仙家的高雅，却不可失却无数供者的低俗，若是全国人民都雅得做诗，没有一个俗人种粮和喂猪，那就只好大家都学齐天大圣，上花果山摘桃子吃。当俗人喂饱了雅人的肚子之后，雅人反过来再写文章鄙视俗人，这是命里注定的事情，古往今来大都这样。

说来说去，还是那个念诗给老妪听的白居易凭良心一些，站在五月的麦田边叹曰：“今我何功德，曾不事农桑”，知道自己无非是会做几句诗，便享受国家一年三百石的利禄，念此自愧，尽日不忘，全然不像今天的一些所谓诗人和作家，虽能以作为业，却不能以文为生，担个诗人作家的虚名，一年也挣不来几十块钱稿费，只指望把国家的工资领去买鸡蛋和西红柿，心中没有半点的愧意，满脸却露十分的高雅。

李谪仙原是以向贵妃娘娘唱了几年宫廷颂诗的代价，手持皇上亲书“逢店饮酒，遇库支钱”的金牌一面，才有资本倒骑驴儿疯疯癫癫去云游四海的，如若不然，恐怕未及遇见桃花潭边的汪伦，已在某个荒郊成为饿殍。从建安七子到唐宋八大家，没有一个是脸朝黄土背朝天的农夫，雅士们不是地主，便是官僚，至少也有几代先人的书香和遗产，来供他们摇头晃脑地吟诗，吟饿了有家仆端饭，书童沏茶，甚至还有一两个长得好看的丫环站在背后为他们提供灵感。就连“举家食粥酒常赊”的曹步兵，其资格也仍是破落的贵族，大船烂了三百钉，瘦死的骆驼比马大，因而如有客来，纵然留宿僧宇，也仍是“步兵白眼把人斜”。那时候国家没有稿费，他能面壁十载，增删五次，将一部《石头记》写到前八十回，就足可证明不是一个自食其力的农民业余作者所能做到的。

陶令作《归去来辞》，“请息交以绝游，世与我而相违”，之所以不屑与俗人往来，自然还是仗着他兼官僚与地主为一身，时而入仕，时而归田，以悠然之心方可见南山之美。出身寒门的雅士也有，但做了皇上的驸马或者恩师的门徒之后，往往要经过一段痛苦的脱俗运动，仿佛江鲫脱鳞和野蛇蜕皮，还要注意不要得罪了人，不然就是陈世美的下场，被三位同窗编成戏剧，塑造一个靠纺纱织布供其读书的俗妻，连同一双俗儿俗女一道被他抛弃，让包青天铡了他那颗天理难容的脑袋不算，还遭千秋唾骂。

雅未必就高，如同高未必就雅。明太祖朱元璋位居一国之尊，却与开国大臣扪虱而谈；刘邦接见郦生，“沛公踞床，使两女子洗足”。他日做了汉高祖，又当众脱裤往郦生的帽子里撒尿，王者风度顿失。此中华王粹延及现代，蒋委员长就擅长骂娘希匹。今日流行国骂“他妈的”的各级领导，已成普及之势，却因为屁股下的一个座位，世人并不责其不雅，反笑谓唯大英雄能本色。

在这一点上，西方人似乎比较理性，他们有一句名言说道，三代才能出一个贵族，意思是无论政坛大腕，还是商业巨贾，其权钱皆不能代表气质。中国的高官和大款们却偏不信这个邪，他们请人布置书房，装饰名著，打电话要人抬来进口的钢琴，揪着小公主的屁股逼她为客人演奏《献给爱丽丝》。

通　俗

与雅相对的是俗。没有查考过《说文解字》，不知当年苍颉造此字时用心何在，以我个人的浅薄之见，俗者，左边一人，右边一谷，是谓人要吃粮食，就不能免俗。又可解为左边站一大人，连个坐的东西都没有，右边张着八人之口，越加说明一人要养活全家八人，肩上的担子如此重大，焉能不俗？

俗人说话做事，俗如其人，喝起水来不选择东坡居士当年遗下的细瓷茶碗，一边品一边用碗盖在茶水上面一刮一刮的，嘴巴渴了抄起一把葫芦锯成的瓢，在缸里舀它一瓢凉水咕咚咕咚地灌下去，几秒钟后就扛起锄头下地。过一会儿肚子饿了，不说用膳，而说呷饭；呷饱了上厕所，不说方便，而说拉屎。俗人穿衣裳不选择燕尾服和旗袍，却拿起什么就穿什么。有一天发了财，即便别别扭扭换了一套西装，却常常不打领带，因为平时大声说话把一截脖子挣得太粗，弄根东西勒着总有一种被人掐住的感觉。

俗人屋里不养君子兰和夜来香，更不摆古玩和玉器，倒是在房檐下面堆满了黄亮亮的玉米棒子和红堂堂的老南瓜，后院里似乎传来悲怨之声，但那不是古筝《汉宫秋月》，而是圈里饿极了的猪哼。俗人的名字也俗如其人，男的不叫什么书，女的也不叫什么琴，却取些狗娃子贱女子一类，粗喉咙大嗓子地喊出去让人作践。俗人给当官的提意见，不先说出八条大大的优点之后再说一条小小的不足，而开口就“你那样搞是球鸡巴不对的嘛”！只说一句，嗵的一声就坐下去，涨红着一张脸大声出气。俗人就好比菜中的萝卜，人中的李逵，又便宜又干脆，一点儿缠绵的意思也没有。

按照物以类聚的理论，俗人和雅人是很难生活在一起的。然而世上的实践往往不愿和理论相结合，雅人恰恰要与俗人为伍才能相得益彰，如君王和他的厨子，公主和她的奶妈，市长和他的司机，太太和她的保镖，一身素白抑或黑纱曳地的少妇带着穿红褂绿裤的小保姆，双休日去逛海滨公园，好色男人的眼睛往往是一左一右地对比看看。左拉的《陪衬人》由于遵循了这条举世之规，因而从法兰西译到亚细亚，令不同肤色的读者成为知音。《红楼梦》里仅有金陵十二钗还不行，还得有刘姥姥和傻大姐，仅有林潇湘的“满纸自怜题素怨，片言谁解诉秋心”也不行，还得有薛大公子的“女儿乐，一根鸡巴往里戳”。堂·吉诃德虽然其雅不足，桑丘却是俗得过分，主仆二人一个骑瘦马，一个骑毛驴，一个手持长矛，一个肩背褡裢，去黑山修炼和大战风车才会好看。

在俗字的前面增加一个通字，用于文学和艺术，这是给文学和艺术的大马路上划上一道石灰线，线的那半边据说叫做高雅。通俗的这半边马路是给老百姓们走的，他们袒胸露怀，赤脚两片，大摇大摆地直奔前方，高雅的那半边马路上，则落满了五线谱音符似的优美的脚印。通俗的文学和艺术快人快语，就如侯宝林相声中形容河南人半夜起来撒尿似的：谁？我！咋？尿！四个字就把问题解决了，绝对不像某些所谓高雅文艺作品那样，什么都要加点哲学的姜丝，美学的蒜泥，东方神秘文化的辣椒水儿，西方现代主义的胡椒面儿，号召人们闻出一种多层次全方位系统论的酸酸的涩涩的怪怪的味道，坚决不与通俗的大米饭和南瓜汤混为一锅。

文学艺术领域的通俗作品，有陕西的信天游，河南的梆子腔，东北的二人转，湖南的花鼓戏，演员一男一女在台上扭着流星大步，口喊胡大姐和刘海哥，把肚子里的爱情哎哟连天地直接往外面唱，不像最高雅的京剧里面的秀才和他妻，再穷也是相公和娘子，没有饭吃也不去打工买米，却发疟疾似的颤着手叫，啊呀呀呀我便如何是好哇？

不管是谁论起中国的通俗文学，必须要念起冯梦龙的名字，因为冯氏文学的通俗性，是真正做到了家喻户晓，妇孺皆知。然而这位墨憨斋主人最初也是不通俗的，一会儿写皇明大儒，一会儿编七乐斋稿，辛辛苦苦著出一部一百零八回的文言小说《新列国志》，却让后人大清乾隆的七都梦夫蔡元放大批大改，并仗着当时没有版权法，公然署名自己。冯著中的精品，恰是他的俗言，讽世三言乃至情笑两史，尤其那两位雅俗共赏的可爱妓女，一个面对无情的李公子怒沉了百宝箱，一个却甘愿被有义的卖油郎独占，一样红尘路，悲喜两人生，下传民间万口，上载文学史册，感动得天下万代情种，无论懂不懂文学，都为那李甲后悔，恨不得马上就去卖油。冯氏觅得俗的知音，尝到俗的甜头，一篇一篇又一篇，终著俗书千万，俗名反居同时代作家之冠，“一时名士推盟主，千古风流引后生”，当了不拿工资的全国作协主席。

如要寻根，通俗的文学之根应寻到高雅文学家所号召的文学的通俗。在中国的文学批评家中，最早以论文方式公然主张通俗的，当推东汉的王充。面对时下风行“深复典雅，指意难睹”的赋颂，王氏论曰：“夫文人文章，岂徒调墨弄笔，为美丽之观哉?”不为美丽，那为什么?“文学与言同趋，何为犹当隐闭指意?”两汉乐府，原是“纵点升平，纵情声色”的官府音乐，所幸遇上了一个喜欢通俗的皇帝，“至武帝定郊祀之礼，……乃立乐府，采诗夜诵”。历史上总是攻击人家怕死求仙，文学史上却不表扬人家半夜从龙床上爬起来哼民歌，这是不公正的，人家乃立乐府，并且以身试唱，也应视同为在全国文艺座谈会上的讲话。

皇上带头一俗，国人便不必装雅了，不如就听王充的话，文字与言同趋，发现罗敷貌若天仙，遇者呆若木鸡，便不再用闭月羞花、沉鱼落雁、倾国倾城、亡党亡君之类的深刻与典雅之词，却直接来段纪实文学：“行者见罗敷，下担捋髭须。少年见罗敷，脱帽著绡头。耕者忘其犁，锄者忘其锄。来归相怨怒，但坐观罗敷。”自美丽的民女罗敷进入汉宫乐府之后，南北朝的乐府民歌，中唐的新乐府运动，把中国早期的诗歌学会和音乐家协会，乃至整个的文联和作协，都向石灰线那一边的通俗地带狠狠地推了一把，其中最卖力者，自然是那位香山居士白乐天，《新乐府序》号召两不主义：“不求宫律高，不务文字奇。”同是写牛，大历十才子钱起诗曰：“牛羊下山小，烟火隔云深。”白居易却曰：“牛困人饥日已高，市南门外泥中歇。”

上世纪的新文学一揭开序幕，就由于政治的缘故而出现了雅俗之争。刘大白的诗白如其名，俞平伯的诗无其名之平。当然半个多世纪以后诗评家们对徐志摩的赞叹和不平，小说鉴赏家们对沈从文的怀想和遗憾，令人悟出了五位被杀的青年作家生命与文学一起为革命付出的牺牲，令人产生了文学愈是现实便愈是永恒的怀疑，盖因为革命需要民众，而民众来自四方，所以民众文学和方言文学的口号，一时间响彻了古老东方，为了寻找“普罗文学底大众化问题底理论的根据”，最深刻的作家鲁迅用最通俗的腔调发言：“倘若说，作品愈高，知音愈少，那么，推论起来，谁也不懂的东西，就是世界上的绝作了。”这个一贯讽刺别人的伟人，唯有他在古今文学史上是个例外，他的作品高而知音多，看得懂而可称绝，自言速朽其实不朽，呐喊一时声震永远。究其原因，乃在于他的对于通俗文学的观念，与有些大人物是不相同的，一位二十年代歌唱女神的伟大诗人，三十年后因歌唱男神而哑了喉咙，不是因为其音不通，其词不俗，而是因为其调太高，其情不真。

在相当长的一个历史阶段，中国的文学家们无论怎样通俗，无论怎样去写农村的农民，都挽救不了自己真正滚到农村成为农民的命运。这时候，在曾经生长过屈原和李白的神州大地上，坚守诗坛的只有一个王老九，过了一阵又增援了一个黄声笑，再过一阵整整一座小靳庄的诗人喊声震天，脱颖而出。与诗人相比，小说家就只有一条艳阳天下的金光大道可以通行了。在祖国的花园里还剩下几只鸟儿在啁啾的歌唱，一只唱“南瓜大得像地球”，另一只则唱“地球也要抖三抖”。

历史进入八十年代，当沉默了近半个世纪的艾青老人第二次展开歌喉时，那位要抽起长江当扁担的通俗诗人，充满革命浪漫主义激情的新诗就四面八方遭到退稿的命运，以至于他在诗中骂起人来：“帽子飞来算个球，一脚踢到巴拿马！”一位青年编辑手里拿着这首通俗诗，苦着脸在编辑桌前转来转去，觉得这诗也是未免太俗了点，快要接近俗不可耐了。晚年不及的通俗诗人最后逝于寂寞和孤愤，中国作家协会没有派员收藏遗作。

高雅文学对通俗文学一贯投以不屑之眼，施以不敬之辞，通俗文学开始尽量以韩信的风度，以勾践的志向，隐忍而宽容看，发愤而自强着，表面上努力搞好统一战线，愿意与高雅文学并肩前进，心里明白中国古典的四大名著都是通俗文学，同时也自信未来的天下绝对是属于自己的。后来当通俗文学的理论队伍跟了上来，他们竟也敢摆出论战的架势，公元一千九百九十五年，中国文坛上出现的几次吵闹，就是雅俗内讧的信号。

历史是什么

十五年前，竹溪县令陈永贵赠我《竹溪县志》二册，上有自清以来连他共计一十五位县官的序言，我极珍视，携了它南去江城，北上京都，笔耕之余，时在研读。卷二《沿革》篇，首句中“武王伐纣，庸首会焉”八字，令我肃然而生敬意，始知家乡还曾出过一位未为人晓的大英雄。太史公司马迁以著史名于世，却因被割了卵子，行动不便，庸国又山高路险，车马难行，不能前来采访，故被鲁迅誉为“史家之绝唱，无韵之《离骚》”的《史记》中，帝王圣贤者详，陋乡僻国者略，而对只率了五百人马追随武王东征伐纣的小小庸侯，竟无一字报道，倒是孔子毕竟是个圣人，广听博记，所编《尚书》略有载言，纵然只有一句话，却使我在三千年后有了一点重考家乡历史的根据。

关于历史二字，我的第一观点是，历史是人在白纸上写下的黑字。史官著史，从来都是挂一漏万，大处着眼，口说历史是人民创造的，而史书罕有人民之名。也怪人民是太多了，书海难载，载了也没人看，后人只喜欢看帝王和他的娘娘如何在宫中淫乐，以及混上大官的忠奸二臣怎样进行路线斗争。于是人民的专利只是流血流汗，而非载史以供后人考证。同时政权的需要，阶级的利益，社会的存在，观念的种植，当然也包括个人的安危，不可能不决定着史官的褒贬好恶，也许换个人写，秦嬴政就远比李世民要好，再换个人写，天下第一贤士就要让位给曾经骂过史官的王老五了。

因此，无论从哪一个角度，历史漏写了我的藏在大山之中的家乡庸国，以及被纣王讥辱连马也不会骑只有跨耕牛而战的乌庸首，这都是极其正常的事情。史无记载，民间也没有传说，看起来这位家乡的英雄是白死了，然而古时的人比现在淳朴，尤其是古时的山里人，也许他才真是一不图名二不图利，只因日夜为恶梦所缠，方才告别新婚娇娘，起兵伐纣。

我的第二观点是，历史即昨日。以此刻为限，但凡过去的均为历史，因此无论商周还是明清，在我的小说中一律贯通，如对人叙旧，大可不必细说昨晨几点几刻，抑或昨晚几分几秒，只要大体有这些事情就是。本篇写到的怪鸡杀人，铁锁开花，巨星陨坠，以及血雨浸地等诸多异事，据县志载，原本是分别发生于清朝道光、咸丰、同治年间。如《星异》篇："清同治元年（公元一八二六年），八月十九夜，东北有星大如月，色似炉铁，初出声则凄凄然，光芒闪烁，人不能仰视。顷之，向北一泻数丈，欲坠复止，止辄动摇，直至半空。忽如银瓶仁破，倾出万斛明珠，缤纷满天，五色俱备。离地丈许，始没。没后，犹觉余霞散彩，屋瓦皆明。"又，《杂录》篇："同治元年，邑西佛爷崖，匪踞溪时，忽地面有血。初觉鲜湿，久则粘稠，宽里许，长倍之。皆点滴圆润，每际旭日初升，烟雾霏微，红气闪烁，即雨雪时，也十数日始无遗迹。"又有《舆地》篇曰："古有妇人，其夫远戍，曾于此伫立以望，后化为石。"

我却将其稍作演绎，移到殷商，并非蓄意戏说，哗众博笑，乃是认为春秋之前，商周之际，由于思维接近原始，其实是一个准神话的时代，从明人钟山逸叟许仲琳的神魔小说《封神演义》中，我们可以看到那一时代的许多怪事奇人，神术异兆，令今天已进入高科技二十一世纪的读者讶然，故将清代的星异杂录前置于商，似觉也不无合理。只可惜这位神神魔魔的名宿，意欲与《西游》《三国》鼎立而三，乃演《封神》，写了八百诸侯会战纣王，却受司马迁的影响，对我们的小小庸首只字不提。

人家司马迁是受了宫刑，情有可原，而这位名宿的卵子还在，还能下来调查，想必那便是鄙庸甚微，不屑于笔墨了。正是因为对庸国以及首领的忽视，"故迄今未有以鼎足视之者也"（鲁迅语，《中国小说史略》）。在这部小说中，殷商覆亡之后，姜子牙登坛封神，自然是没有庸首一份的。

心怀不平，我从三千年前的历史古墓中挖掘出了这样一段已被万尸覆盖的残骨，还它血肉，让它重现为人，为他定名乌山侯，司马迁不写他传我写，姜太公不封他神我封，我封他为家乡第一英雄乌山勇神，特写此《血雨》为证。

请君入锅

我的新寓，是京西一座黄色塔楼，楼高十九层，加顶楼与地下室，共二十一。我的楼层为塔中之九，单数，应了佛经之义。于楼幽坐，可听风，听雨，飒飒淅淅，心境佳时，妙若琴筝。近日楼下陡生异声，噼噼啪啪，砰砰通通，一个道地的中国人，对此自有十分的敏感，以为莫非京城开禁，又可燃烟花爆竹了？推窗一看，却是一伙卖吃的，竟将战场轰轰烈烈地摆到了楼下，一口大生铁锅里，是糖炒栗子，另一口大生铁锅里，是砂炒瓜子，两位汗泼水流的汉子，抡两柄沙和尚降妖伏怪的大铁铲，翻手为云，覆手为雨，先轻舒猿臂，一把夺过人家的钱塞进自己的裤腰里面，再款扭狼腰，铲一秤栗子或是瓜子倒进人家敞开的塑料口袋里。旁边还有一位瘦骨伶仃的小老头儿，也狐假虎威地架起一只爆米花机，那玩意儿有几分像是定时炸弹，呼噜呼噜地转着，“砰”一锅，卖完了，“砰”又一锅，又卖完了。

炒货是好吃的，尤其是那大粒的瓜子和花生，香而且脆，捏一粒丢入口中，将牙对准，嘎吱一响，壳子碎了，里面的核心落于舌上，那条舌头是早就作好了准备的，上面已经涎水津津，立刻与牙齿开始合作。那种享受，从只知道吃的儿时直至现在，连那些困难年头，都没有怎么中断过。于是嘴里痒不能禁，有一股稠稠的液体要流出来，手里再也敲不出一个字了，关了电脑，纵身而起，从衣兜里找出几张钱，换了鞋乘电梯下楼去，直奔那两柄沙和尚的大铁铲。

如果单是去买炒瓜子，也不会生出写这段文字的念头。如果买了瓜子就走，同样也不会生出写这段文字的念头。但问题恰恰出在刚刚付罢瓜子钱，却又为另一位老头儿的叫卖声所惑。“卖报啊，卖报啊，国际大师夫人遭劫，著名作家文稿惨失啊！买报啊，快来买报啊！”老头儿手里的报纸在风中翻飞，哗哗作响，两行标题是套了红的，给人以血淋淋的感觉，极是吓人。五毛钱一份，这价钱还称不来二两瓜子，却可以让人一睹两大悲剧。提了瓜子踉跄过去，抢将一份，坎坎坷坷地一路看进电梯。未曾到家，新闻已毕，不觉咧嘴哑然，原来文中两人，我皆认得，那位国际大师，其实是一个卖狗肉火锅的，因为铺子开在使馆区一侧，外国人有时来吃一顿，出门时汗流水淋地说声“呕咳”。

那位国际大师的夫人，是一个从自己秃子男人怀中逃出来的打工女，打工打到狗肉铺里，日间做些调味的工作，夜里就兼做了这家老板的老板娘。报上说的夫人遭劫，事实上是她的本男人有一天偶尔得到信息，终于把她捉回去了。而那位著名作家，说来更是好玩儿，他是我南方老家一个教作文的中学老师，年前还与我保持联系，称我吾师，谈他在写小说，有一部面壁五宰（载）的《人间爱剧》即将脱搞（稿），出版之后要隆重送我一册。报上说的文稿惨失，是指他把那部可与巴尔扎克媲美的《人间爱剧》寄给某家出版社后，该主编居然有眼不识泰山，使其泥牛入海。

据说经过这样一炒，狗肉火锅，生意将会更好，并且不久还会有一至五个乡下的逃婚女，踊跃地竞争来做该铺子的女掌柜。而那部面壁五宰（载）方才脱搞（稿）的《人间爱剧》，就会有三至八家出版社派人乘飞机前来，住在五星级宾馆里，以很高的稿费和他签订出版合同。手握小报，未免感慨。炒歌星，炒舞星，炒影星，炒艺人，本是艺苑早年的一道名肴，这种炒术，并不真是把那些漂漂亮亮的可人儿置于炭火之上，铁锅之中，用沙和尚的大铁铲来回拨拉，它是一种比喻，叫做象征也可以的，是说以报纸为锅，记者为铲，一堆一堆的烈性语言为燃材料，一群一群忸怩作态者为瓜子儿花生抑或板栗，反一铲正一铲地炒着，左一下右一下地翻着，使其颜色变深，味道变香，口感变脆，噼里啪啦发出一片乱响，好似看台下的阵阵掌声，掌声中被炒之物快速地成熟着，一笔好价钱于是到手。

光阴荏苒，炒风蔓延，不想这噼啪声波及到文坛和狗肉铺，把一个狗肉铺主炒成国际大师，把一个作文老师炒成著名作家，实在是炒者的新术。心中又想，那两个手抡沙和尚降妖大铲的汉子，如果向那位著名作家学会一招要版权或云专利，他们是可以索取一笔费用的，因为报上所炒，本是源于一口大锅，唯有他们，才是世间万物之炒的始祖呵。

说到此处，我有一点学问想免费授给炒者，《说文解字》中云，炒字从“火”，右为一“少”，乃暗示炒者火不宜多，以温火慢焙为度。无论所炒何物，切忌性急，锅下之火倘若太猛，东西们就炒糊了，不仅其色焦黑，而且其味苦臭，让人疑为狗屎，入口而发呸呸声，吐之犹恐不及。此外还应择物而炒，有的东西可以入锅，而有的东西则只适合入垃圾桶，譬如说混入瓜子之中的石头子，那是任你怎么炒也不能把它炒出好味道的。再比如说是那位八个字中错了两个的《人间爱剧》作者，五毛钱一张的小报上一炒，果然就有人坐飞机来和他签合同么？

人到中年，与儿时习性有违，渐渐喜欢了生吃干果，爱其天然性味，如花生板栗之类，甜嫩滋润，略具弹性，置于口中，“虽不如王胡的响”，但余味悠悠，且不破坏营养成分，为炒物所不能及。当然此论已非文学，乃属养生学的范畴了。进而思之，红尘万物也应这样，尤其做人，倘达如此境界，时下炒风不消自灭。

名可名非常名

历来作代会的第一个节目，乃是先翻花名册，看看哪位朋友来了，哪位朋友没来，然后串连，继而追究，花名册上的名字，本身便是见面的谈资。比方有一个名叫鬼子，珠海那位与美国前任总统同名的李更，在晋刊上发表当代两百名作家的魔鬼小辞典，关于鬼子的词条是：进村了才知道厉害。比方还有一个名叫东西，李更伪总统说：不知道是个什么东西。

老诗人白刃，现年九十，解放军队代表，与我们中央直属队同住鸿坤国际大酒店。相坐闲聊，说他曾去三零一医院处理睾丸，挂完号在手术室外列队待命，适时，听女大夫点名："白刀，进!"众军人病夫大笑，想起昔日与敌人短兵相接，口号就是白刀子进，红刀子出！也巧，另有老诗人屠岸也来了，与我同组，血染江畔，其名正是红刀子出来以后的鲜明画面。

散文家马力小我一春，呼我莽兄，我曾撰一上联"路遥知马力"，在作家中广征下联，惜哉迄今无人对上。陕西的路遥英年早逝，北京的马力却活得雄赳赳的，文章漫天如雪，自然稿费单子也成正比。不料有一次，单上姓名出了故障，"力"字欠力，没有出头写成了"刀"，去到邮局，兜里掏出身份证件，无论如何却取不出，还挨了绿衣天使一顿奚落："你是马力，他是马刀，马力能取马刀的稿费吗?"马力说是汇款人少写了一笔，绿使反驳他说："还少写了两笔呢，要是多写两笔你就是鸟刀了!"

福建有个青年女作家，名字叫须一瓜，某老作家老眼昏花，认成了须一爪，眼睛未花的青年作家小声警告曰，当面可别这样叫，她听到必须给您一爪！北京有个狗子，当然是人，二十世纪中叶的中国农民，盖因为生存艰难，所生孩子死亡率高，多次受挫之后，诞生了一项东方式的小发明，对新生儿给予极尽所能的污辱，赐以最贱的畜生的名字。这位名叫狗子的青年作家，可能担心自己在进军文坛的途中不幸夭折，受此启发，盗其专利，遂取了这个可爱的名字。还有一个叫崽崽的，意即文学的好宝宝，想必会在创作上永葆极其的青春。

东北阿成是我好友，上世纪末读者常把他与北京阿城混淆，后来大家造出一项公式，北京有土，东北无土，好不容易区分开了。本世纪初，雨后春笋一样又出一个阿成，也没有土，在外面发表文章，稿费直往前无土阿成寄，前无土阿成急了，赶紧撰文申明。还在我们小的时候，有一个写《李双双》和《不能走那条路》的李准，当我们长大以后，他发现能够走那条路了，另起炉灶，又写了一个《大河奔流》。电影的名字是响亮了，作者的名字却被人抢走，中宣部文艺局的局长，一笔不差，也叫李准，老李准的年纪虽老，小李准的官却不小，而且是直接管文艺，管小说，管电影，理所当然也是管李准的，老李准只好学孔融让梨，在自己的“准”字下面加一个“十”，意思是十个李准才比得上人家一个。

相比之下，我的名字太大路货了，一看就知道是神农架这边的人。伪总统李更从我的作者档案中发现我的祖籍是鄂西北，于是就在他的不朽名著，当代两百个作家的魔鬼小辞典中，起草了关于我的那一条：“野莽，北京的乡下人。”

作者从小住在一家炼钢厂里，看惯了冒黑烟的大烟囱，以为那是美国的摩天大楼，所以看谁都是乡下人。朋友冯敏在从江西返京的火车上，小小心心将这消息告诉了我，孰料我一听大喜，道声哇噻，沈从文当年给张兆和写情书的时候，署的就是这个名字。

美女与作家与神六

美女和作家原本是两个词，前者系指长相抢眼的女人，后者系指会作作文的专家。上世纪末，国家诸多机关撤转合并，色鬼批评家眼珠一亮，趁机将以上二词也合并一处，创作出一个美女作家，但凡妙龄二十公岁（单算四十岁）以下，发表过一首诗歌以上，长得比歪瓜裂枣略为周正的女性写作者，皆赐以此等荣誉称号。转瞬之间美女作家如过江之鲫，浩浩荡荡，迅速粉红于当今文坛。

作代会上我每日刮目，居然相见时难，冷不丁地发现一个，晨星也似，但与同一报告大厅出席文代会者，娇嫩婀娜的歌舞演员相比，也透出一脸常年熬夜的沧桑。遂想起民间一句俗话，多年媳妇熬成婆，能够熬到参会资格，大抵也是一个黄脸婆了，因此所见者婆多媳少。继而再想，自笑荒唐，本来就不应该如此苛求，回忆今春接一青年女作家的电话，咨询出版类事，我说你的作品我读过，批评家把你归入美女作家方阵，对方知道早晚是要见面，瞒不住的，遂羞答答曰，美神马哟，要美就不写小说了！

《诗经》里说美人是“螓首”，螓者知了也，首者头也，意思是美人的额颅盖子，要像秋天树上叫个不停的知了的脑袋一样，鼓鼓囊囊，四四方方。据我所知，那样的额颅盖子好像早已不符合现代女性的审美标准了，紫红后的刘晓庆提起往事，至今还做忿忿然状，说她早年进军影坛，一位资深导演看过她的照片，就嫌她是个锛儿头，当时她十分地不服气，心想锛儿头又怎么啦？那个锛儿头就是螓首，若是听《诗经》的，中国就会错失一位影坛艳后。实践是检验真理的唯一标准，后来刘氏的风华绝代和新闻不断，足以证明锛儿头是个好东西，包括偷税漏税。

《楚辞》里又说美人要“曾颊”，曾者双也，颊者下巴颏儿也，是说美人应该是双下巴，胖乎乎的，跟中央电视台的女主持张越一个模样。易安居士李清照肯定是不合格，盖因为“人比黄花瘦”，选美大奖赛上第一关就得淘汰出局，只好次封才女。掌上跳舞的赵飞燕也不行，天上掉下的林妹妹差远了，两人的下巴都是尖溜溜的。中国民间评价美人的几项基本原则，第一条就是瓜子脸，现在我怀疑那个瓜子不是南瓜子，而很可能是西瓜子，两头一般粗。

不过话说回来，美女就是美女，作家就是作家，一个是靠相貌得宠，一个是以才华取胜，走的是两股道，跑的是两趟马，实在没有必要像神州六号导弹一样，来个捆绑式的发射。一个女人，二者得一，已经是相当幸福的了，人心不足，欲兼熊掌与鱼，苏东坡说了，此事古难全。试想假如是个美女的坯子，不涂脂抹粉去夜总会上跳舞，偏要一年到头坐在电脑前面敲敲打打，早晚弄出一脸蝴蝶斑外加腰椎肩盘突出；反之，倘若是个作家的料子，不好生读书写字，却一天到晚对着镜子扭屁股，又拼命把动物的脂肪往人脸上糊，别说是没工夫作，即便作了，那又该是神马作品！

综上所述，依得老夫蠢见，往后有人再将美女与作家捆绑如神州六号，写时不妨故意含糊一点儿，让人远看是美女作家，近看是美文作家，走拢一看，原来是美文女作家，不亦悦乎？作家名世，乃以文之美，而不以女之美也。

石头新记

几位喜欢收藏的朋友告诉我，京东的潘家园，有一个很大的旧货市场，目前已有了世界的名气，逢双休日开，很值得一看。某日我去了，印象是果然。很多的古董玩物，很多的珠宝玉器，很多的青铜陶瓷竹木金石，琳琅得有些满目。尤其古玩一类，它的那种美妙和精致，让你看了以后想伸手摸它一下，摸了以后还想带回家去，变成自己的东西慢慢把玩。

但是全部带走又是不可能的，即便挑中一件也得花很多的钱，幸亏我知道那里面假的多于真的，而且假成真时真亦假，甚至往往假的比真的更像真的，它美得惊人，通体无一微瑕。我对精美绝伦的东西向来持一种担心的态度，就像街头直着走来一个美人，她连眼睫毛都是长长翘翘的一边正好十八根，我就担心她是一个妖怪。

想不到我竟爱上石头。一尊黑青石，形状似一把残破的折扇，厚如双掌，石头的右下角和左上角各有一片浑白的色斑。买石头的人很多，他们没有发现这块石头，而抱着灵璧看个不休，看了又看南阳玉，他们恐怕是真正的行家，因为一个个把眼睛眯成一条细线，用里面挤扁了的目光探测石面的纹理，鼻子就在石头上一碰一碰的，让人怀疑是个盲人，接着蓦地睁大如牛卵，散射出几许讶叹或者一丝惊诧。

石头的主人高兴了，立刻在喉咙里准备了一个高价，等待着他们的发问。然而就在这时，牛卵大的眼睛又看着看着缩小，目光如剧场芭蕾舞跳完时的射灯，倏然转暗，终于弃石而去。我有点遗憾，我原是想借助行家的慧眼评论一番这块黑青石，但是他们临走也没有看它一眼。

黑青石在离开行家之后，两片白斑越发清晰，分明是两个人体，右下角的一个丰满肥硕，背腹宽厚，坐臀坚实，一只大乳浑圆高挺，一条长腿平伸在地。在她注目的右上角，小些的白斑是一个女孩儿，端坐凝视，独辫及股。这是一对穴居的母女，裸体的野人，洞中应还有一个力敌虎狼的雄性，也许是打猎去了，眼前有淡淡的白光闪现，打猎人将从那里归来。

我决定买下这块石头，并且为它取名《母女》，我知道这无非是一块极普通的石头，远不及那令人两眼忽而细如盲人忽而又大如牛卵的名石尊贵，它的籍地并不响亮家族也不辉煌，因而石谱上不会载下它的名字，但是它的故事感动了我，就像是我看人从来无视他的身份地位，而只重他本身的才华，我认为它是一块难得的奇石，创造它的是上天而不是人，上天只造了这样一块，而这一块却属于了我，这就是石头和古玩的差别。

我怀疑世上很多崇高美丽的东西，但是我不怀疑石头，根本不必用一颗鸡蛋在上面碰一碰。我相信石头是真的，石头不会有假，不可能有人用粉碎了的珠宝玉器来研制石头，除非疯子和科学家，可是科学家研制了石头不会来卖这样几个小钱。

我很沉着，石头的主人没有发现我有如此深刻的思想，他甚至没来得及看懂他的石头上的画面，便以不算太贵的价格卖给了我。我怕他反悔，一手交钱一手就抱起这对母女。

黑青石足有十多斤重，冰凉而又光滑，这是大冬天的一个早晨，气温在零度上下，石头的主人见我是个文人的模样，害怕我怀里的石头会掉下来砸了自己的脚，好心地递给我一张报纸，我谢绝了，肉手抱着冰凉的石头在旧货市场踉跄着前进。与我一道的朋友用略多一点的钱买下了另外的一块，他是画中国画的，买的是一块奇峭的山石，山腰有几根乌藤和数点红梅。

我们继续寻找，接着在另两家石主那里，我又买下了三块别样风格的石头，用一只结实的提包装了，总共不下于四十斤，历时一个多小时，我总算把它们背回家中，人已经是累得不成名堂。可是我还得给它们取个名字。除了那块令人玄想的《母女》，另外三块的名字分别叫做《冰河》《残林》和《拨云》，因为这些石头从骨子里长出来的，就是这样一些绝妙的画面。

给一块石头取名字也真不容易，远比给一个人取名字艰难得多，你得把它摆在那里远看近看，抱在怀里横看竖看，扭着脖子歪看斜看，必要的时候你还得再换一个比较刁钻的角度，趴在地上由下而上地看它，你得把它读懂，明白上天造它的本旨。

人的名字是很好取的，你说他叫狗娃子，他就越看越像个狗娃子，你说他叫异男儿，他就越看越像个异男儿，说他像他就像不像也像。可是石头不行，给石头取名字要符合天意，半点马虎眼也不能打的，因此至少要等我恢复了元气再说。

以后我又去过几次离我家两站地的玉泉路，这里有个花鸟虫鱼市场，也有石头和古玩。我在这里得到了一块令人叫绝的石头，它形似沉船，一抹青黛好像混凝的大地，上面是苍天褐云，几丝血色点染其间，如晚霞初照，又如雨空飞虹。

我把它搬进我的书房听风楼里，置于电脑桌侧，嵌在大书柜中，凡是到我书房的客人，见之莫不惊叹。这块石头得益于我的一位高级记者朋友，他为石头的主人拍过藏品，石头的主人见我在此石面前徘徊不走，便略作个价，连同另外两块一道卖给了我，并白赠一块小石。

这个市场与潘家园不同，这里是每日开市，卖石头的铺面都有各自的斋号，写一块横匾悬在门额，古雅而清奇。有一家石屋的主人是个女的，奇石最多，要价也最昂贵，类似的石头与潘家园比，大约要高出一倍还多，后来方知，其家先生是一个老奇石收藏家，几十年广搜天下，每得一绝石，便从同类中取一次品，交夫人变卖，得钱再去买石，是一种以石养石的战略，逢双休日也到潘家园去，买了石头过来调价，颇有一些批发转零售的性质。

知其奥秘，我便不在此斋买石，美美地看它一顿，如同参观免票的展览，然后转身走掉，女斋主送到门口，把高价卖出一块石头的梦想寄托于我下一次光临。

画画的朋友春节回妻的老家房山县，年后带回两块石头，将其中的一块赠给我。这是一块杂色斑驳的坚石，大若双拳，狰狞凹凸，白处如玉，黄处如锈，青灰处如铁，且熠熠闪着金属的毫光。

我一时尚未看出它的意思，将它装进水桶里面，浇上盐酸，浸泡十日，打捞出来放水冲洗，大约花去半吨的水，竟洗出一池泥黄，再看石头，已瘦去四分之一，好像一位减肥的少妇，体态绰约不似当日。石头的腰部闪出一条峡谷，上可通天，峡谷边三孔石洞，有无穷的野趣藏于其中。但是我也有上当的时候，就如同人生中看错了朋友。

三月的一个下午我走出地铁，回家途中看见一块漂亮的石头，它像一颗美人的头颅，乌黑的发髻，银白的发带，从脸到脖子渐细下去，变为一段爽目的青灰。我弯腰把它捡起，像乞丐捡起货币。

石头大约有二十五斤，我一手托它一手提着书包，走十米远歇一口气，然后交换一下两手再走，好几个回合之后快要走到楼口，我放下它来，在阳光下细细观赏，突然间我怀疑那段青灰色的脖子和脸，莫非是水泥和砂石的融合，这样一想，情趣顿失，原来一贯信任的石头竟也靠不住了，世上的事情真是可悲。

我没有了重新托它起来的勇气，便想明日再来看吧。但是明日来看，美人石却已无踪影。

不过我所得到的石头，我却认为它是真的，因为我从画画的朋友那里借来一只砂轮，在每一块石头的底部都打磨了一下，彩色的石粉飘飘而下，新的石层露了出来，仍显出那美丽画面的底色。这一刻我依然崇拜上天，它毕竟是老天爷呵，无论多么聪明的人，又怎么能和老无爷比呢？

玩石者说

友人曾经邀我，写过一篇《石头新记》，发表后的可喜收入，不是稿费，而仍是石头。但凡读到我这篇文章的各地朋友，无不来函来电，说是何日进京，一定亲自为我背一个石头来，古人云千里送鸿毛，礼轻仁义重，若是千里送石头，礼重岂不是仁义更重吗？家乡有一位县长，长得像个鲁智深，文化水平却远比那花和尚高，他率先送我一块石头，色似黑铁，硬似乌金，上有绰约花点，朦胧云纹，看着像是一些奇形小虫，鲁智深县长一口咬定是四亿三千万年以前的生物化石，里面的小虫早已绝迹，自然我不认识。

一日半夜时分，有人按响我家门铃，梦中惊醒的妻儿吓个小死，疑是来了被人通缉的要犯，我却披了睡衣，开门迎进，原是好友东明，呼哧直喘，站在门外不肯动脚，两眼垂视脚下，脚下是一只纸箱，我伸手去搬，重得要命，使了足劲双手挪进家里，开箱看时，乃是几个圆咕噜嘟的石头，报纸包着，比足球要小一点儿，和那种名叫伊丽莎白的甜瓜差不多。

好友乘火车将它运到北京站，又乘出租车运到我的楼下，再要乘电梯运到我家时，电梯因夜深已停，好友是在伟大的毛泽东时代当过下乡知青的英雄好汉，便用肩膀扛了它，一口气从一层爬到九层，见到我时，脸色发灰，汗流如雨，嘴里就像拉风箱似的射出一股一股乳白色的气体。我问，这是什么石？好友说，恐龙，呼哧，蛋，呼哧，化石，呼哧。

此石为国家一级文物，无价，因其珍稀，我仅留下两枚，与我收藏的众多石头一样的待遇，搬进书斋，置于书橱一层，逢有人来，必引入室炫之，人皆好奇，赞赏，慨叹，艳羡，嘴里直说，哇，哪里得来的国宝？唯有一人，竟口出惊人之语，说他有位朋友，藏有一枚比此石珍稀百倍的恐龙蛋化石，是当年地球毁灭之时，恐龙蛋里不幸的小恐龙正在出世，突然天塌地陷，遂便成了活的标本。我怀着一丝的惭愧万般的欣喜，提出何时到他朋友家中参观那小恐龙化石时，他的表态却很含糊，因此至今我仍未能一见。

广西好友海鸣先生，为古神秘文化学者，住在漓江边上，通周易，精奇门，化名行人，著有奇门遁甲三书，来京住我家中，见了我听风楼中所藏的石头，跺脚大呼，抱怨我说，爱石头为什么不告诉他，一定邀我到桂林去走一趟，说那里有个石王，曾说赠他几块奇石，我若去了，定将此石转赠于我。

春节快要到来，就在我将带着妻儿回老家的前一天，我收到他寄来的一个牛皮纸封的卷筒，长长的，硬硬的，一看便知是一幅挂历，心想我是出版社人，挂历乃我出版之物，从来都是我赠别人挂历，你不是说好要赠我石头么，为何却将什么挂历寄我？

我随手将卷筒扔在编辑桌上，春节过罢回京上班，忽然发现我的挂历都送了人，家中墙上还没有一本挂的，便把海鸣先生寄我的卷筒打开，卷筒展开到一半的时候，我不禁大吃一惊，这原来是本石头挂历，每页都是一幅奇石，其状其色，真是妙不可言，大红封面上卧着一只金色猛虎，题联为：风从虎，虎年东风万里；云涌龙，龙国红雨八方。

回家当晚我就把它悬于壁上，以后每过一月，并不撕去，却将已逝的日子小心地卷到背后，用一枚回形针将它夹住，虎年过去，我就藏起它来。

在《石头新记》中我曾说过，世上唯有石头是真的，石头不会有假，然而我很难过，这话错了，我不该为石头打下如此的包票，我没有这个资格。在潘家园我终于发现了做假的石头，而且像雨后春笋一般。这是香港即将回到祖国的一年，在那个中外游客风进云出的古玩旧货市场，上面出现“回归”两字的奇石几乎数以百计。在爱国主义的光辉旗帜之下，狡猾的石头商人借用现代的伎俩，嫁言于他的不会说话的石头。爱国很好，然而撒谎不对，当商业的阴谋侵入石头的内部，伴着尊严惨遭伤害的石头，文化的根据也受到了怀疑。不过这不是石头的品德，而是造石者的。

除了大量的“回归”，石头上还出现了一些更加神奇的字，有人将它们拼在一起，竟是一句长达十二个字的口号，全国各地的画报和杂志，满怀激情纷纷刊载。由此我想起本世纪六十年代，鸭绿江彼岸的首相特派使者敬献给邻国领袖的，一个个都长着“毛主席万岁”的可爱的红苹果。

想起近年云南形似某人的卧佛山，湖南寒冬开放的杜鹃花。想起早年鱼腹中的陈胜王，金田的天父和天兄。有感于封建和迷信为政治立下的汗马功劳，今日奸商亦将此手段施于石头。石头自然无言，然而爱石者说，香港回归本是人意，而非天意，它是东方之龙奇耻大辱的百年到了，和石头上的字没有一丝一毫的关系。

热爱石头，懂得石头的人其实不少，只是几乎大多爱之能割，懂而不得，于是便造出一个藏之于天地间的博大理论，说服自己以及别人，间或花笔数目很小的钱，看一次奇石展，聊以自慰。而在今日世界，有幸成为藏石大家的人物，大体可分四类：

一是官员，得人赠石，自古从无受贿的闲言，名声之高，风气之雅，与毛泽东的藏书，郭沫若的藏画，同是一个道理。虽是地位所得，但类别不是烟酒和金钱，反而便成了千古佳话，至于文化部长的后代将傅抱石的赠物作了几百万元的拍卖品，这事说到哪里，却已与文化部无关了。

二是财主，银子多得无数，买足房产和小老婆后还无处花销，便买成字画、古董、名著以及石头，一手砂壶，一手折扇，摇头晃脑地做些动作，世人便不再将其财主的称呼前面，加上一个“土”字。

三是有缘之人，如勘探地质的行者，镇守荒原的军士，祖居名山的土著，家在河边的乡民，所谓山川之灵秀，日月之精华，他们一文钱也不用花，轻而易举，唾手可得。

四是痴者，见石生爱，爱莫能舍，如情僧见了梦中的可人，然而又无官，无财，无缘，穷得卵子打板凳叮当响，也要省下吃饭穿衣的钱，厚着脸皮，与心硬如石的卖石头人，讨价还价，好说歹说，买回家中，在老婆不绝于耳的抱怨声中，日夜赏看。

但是四者之间的藏石人，也是有的。在北京玉泉路花鸟虫鱼市场的一家石斋，柳州石王刘鼎发操一口河南话，眉飞色舞，对我形容一位石痴，九十高龄的美学大师王朝闻，他要在丑陋的石头上面研究出它的美来，老先生在刘石王那里观赏石头，两小时零六分钟，屁股没有沾一下板凳。后来携夫人去往福州，什么也都不放在眼里，唯独捡了两块石头，上飞机时行李超了重，老先生把吃的穿的丢了，却带二石凯旋回京。

近日读书，忽想起古典名著，似乎总与石头有关，其石头又总是非妖即魔，非痴即顽。请看那“满纸荒唐言，一把辛酸泪，都云作者痴，谁解其中味”的《红楼梦》，第一回开章明义，《甄士隐梦幻识通灵，贾雨村风尘怀闺秀》：

“说那女娲氏炼石补天之时，于大荒山无稽崖炼成高十二丈见方二十四丈大的顽石三万六千五百零一块；那娲皇只用了三万六千五百块，单单剩下一块未用，弃在青埂峰下。谁知此石自经锻炼之后，灵性已通，自来自去，可大可小；因见众石俱得补天，独自己无才，不得入选，遂自怨自愧，日夜悲哀。

一日，正当嗟悼之际，俄见一僧一道，远远而来，生得骨格不凡，丰神迥异。来到这青埂峰下，席地坐谈，见着这块鲜莹明洁的石头，且又缩成扇坠一般，甚属可爱，那僧托于掌上，笑道：“形体倒也是个灵物了，只是没有实在的好处；须得再镌上几个字，使人人见了，便知你是件奇物，然后携你到那昌明隆盛之邦，诗礼簪缨之族，花柳繁华地，温柔富贵乡那里走一遭。”

《红楼梦》是不必说了，它原本是一部《石头记》，那一个衔玉而生的痴情公子，他就是一块冥顽不化的石头。那么再说《西游记》吧，仍然是开篇第一回，《灵根育孕源流出，心性修持大道生》：

“座山，正当顶上，有一块仙石。其石有三丈六尺五寸高，有二丈四尺围圆。三丈六尺五寸高，按周天三百六十五度；二丈四尺围圆，按政书二十四气。上有九窍八孔，按九宫八卦。四面更无树木遮阴，左右倒有芝兰相衬。盖自开辟以来，每受天真地秀，日精月华，感之既久，遂有灵通之意，内育仙胎。一日迸裂，产一石卵，似圆球样大。因见风，化作一个石猴，五官俱备，四肢皆全，便就学爬学走。”

不仅都是石头，而且各种数据也同样具体，一个是三万六千五百零一块，一个是三丈六尺五寸高，一个是二十四丈大，一个是二丈四尺围圆，一个是主人公的前世，一个是主猴公的出处，皆是从石而来。《水浒传》比以上二著的第一回还要第一回，它叫“楔子”，且看《张天师祈禳瘟疫，洪太尉误走妖魔》曰：

> “人等惧怕太尉权势，只得唤几个火工道人来，先把封皮揭了，将铁锤打开大锁。众人把门推开，一齐都到殿内，黑洞洞不见一物。太尉教从人取十数个火把点着，将来打一照时，四边并无一物，只中央一个石碣，约高五六尺，下面石龟趺坐，大半陷在泥里。照那石碣上时，前面都是龙章凤篆，天书符录，人皆不识；照那背后时，却有四个真字大书，凿着“遇洪而开”。
>
> ……太尉哪里肯听。只得聚集众人，先把石碣放倒，一齐并力掘那石龟，半日方才掘得起。又掘下去，只有三四尺深，见一片大青石板，方可丈围……看时，石板底下，却是一个万丈深浅地穴。只见穴内刮喇喇一声响亮，那响非同小可。响亮过后，只见半天里，空中散作百十道金光，望四面八方去了。”

那便是三十六个天罡星，七十二个地煞星，他日啸聚梁山水泊，大碗喝酒大秤分金银，以及时雨宋公明为首的一百单八位好汉了。古人把许多的理想，许多的牢骚，都安排给了石头，安排给了这个看似没有生命的，又硬又重的怪东西，纷纷说它是有灵性的，比人还人，其妙无比，不知道是个什么道理。

刚才说到的北京潘家园，以及玉泉路花鸟虫鱼市场，去冬今春以来，尤其夏秋之际，由于世界经济滑坡，人们兜里没钱，最鲜明、最典型、最实际的例证，先是工人下岗，接着长江涨水，奇石因有灵性，便都知情识趣，大幅降价，石主在店门口打出广告，上半截用的是最古代的语言，不惜带着浓厚的封建迷信的色彩，如石能避邪、镇宅、送福、赠寿，以及其他万般好处，下半截却用了最时髦的商业术语，说是八折优惠，六折酬宾，含血狂甩，挥泪斩价云云，令人想到诸葛丞相眼中的马谡，再值钱的东西也决定要打发上路了。

国难民艰之时，从来是收藏家的欢乐节日。喜爱石头的人，若不是前三类，单是靠买，目前可以降低很多成本。

风过有痕

南　山

父亲被贬南山，举家随之，是年我方四岁。两年后发蒙读书，又过四年返回故里，老院子的儿童听我念课文时发音不同，视我为异类，当面大呼南山娃，甚觉受辱，小学毕业之前，一直对此耿耿于怀。后从少年鲁班去终南山学艺的故事中，知道终南山是秦岭，神仙住的地方。继而看到陶渊明诗，“采菊东篱下，悠然见南山”，更觉得南山是个好去处了。读了《诗经·国风》，“南山崔崔，雄狐绥绥”，为之一振，再读《诗经·小雅》，“如南山之寿，不骞不崩”，又是一喜。

父亲平反之年，我们为他庆祝五十一岁大寿，贺词便引用了民间流行的“福如东海，寿比南山”。俗是俗了一点，却很实惠。果不其然，大难不死的老父很是争气，活到今年八十多岁，坐如钟，立如松，行如风，一顿尚能像廉颇似的吃一大碗鸡蛋炒油饭，想着要随心所欲，还学会了做打油诗。时而挣点子稿费去打酱油，一路与人大声说话，听着像喊船工号子。

关于南山的划分，《辞海》里说，是面对日出的东方，凡是长在右手的山峦，均为南山，反之就是北山。“陟彼北山，言采其杞。偕偕士子，朝夕从事。”是说北山上的汉子忙着采枸杞子，从早到晚都没有闲的，与在南山里采菊花的陶渊明比较起来，一点儿也不悠然，简直是辛苦多了，这越发证明了南山比北山好。至于白居易说，“卖炭翁，伐薪烧炭南山中”，那还是证明南山树木很多，用时下的话讲，森林覆盖面积大，广有植被。只是与《诗经》中的“坎坎伐檀兮，寘之河之干”一样，有点儿违犯森林保护法，不过那是古代，人民的日子又很艰难，不砍柴烧炭卖钱吃饭，你说怎么办呢?

干宝的《搜神记》中，有两篇提到南山，一篇是《干将莫邪》，楚王令干将莫邪三年铸出一双能飞起杀人的雌雄剑，夫妻二人三年铸成，干将唯恐楚王杀他，遂将雄剑埋了，只带雌剑去见楚王，临行对妻子说："汝若生子是男，大告之曰，出户望南山，松生石上，剑在其背。"楚王不见雄剑，果然把他杀了。死后妻子生下一子，取名为赤，眉间广尺，长成，母令其遵父嘱，望南去松柱石砥之上取出雄剑，为父报了大仇。后鲁迅根据这个故事，新编了短篇小说《铸剑》，写得鬼气森森。

还有一篇是《吴王小女》，吴王夫差小女名曰紫玉，爱上了在齐鲁两地学道的少年韩重，吴王不允，紫玉气结而死。三年后韩重学成回来，听说紫玉死了，备下祭品去她坟前祭吊。紫玉的魂魄从坟里出来，对他唱道："南山有乌，北山张罗。乌既高飞，罗将奈何？意欲从君，谗言孔多。悲结生疾，没命黄垆。命之不造，冤如之何！……"把它译成如今流行的通俗歌词，歌名可以叫《爱情鸟》，与林依伦唱的那首重名，但没关系，这适合女歌星唱，王菲那英都可以的。

歌意大致是说：妹是南山的一只鸟，哥是北山的一张网。爱情鸟她已经飞走了，还把网伸来为哪桩？当初妹好想跟哥走，又怕多事人来中伤。妹妹想哥想成了病，可怜一病就起不了床。这都怪妹的命不好，想起来真是太冤枉！……

干将把雄剑埋在南山的石头下面，他是认为南山可靠；紫玉把自己比成南山的鸟，她是觉得南山凄美，凄美的鸟儿消失在凄美的山中，让北山的那张罗网扑了个空，这是多么凄美的爱情故事啊。结尾的时候干宝于心不忍，让韩重进到紫玉的坟中，紫玉陪他过了三天三夜，尽了夫妻的情分，临走还送他一颗大夜明珠。

这个故事，为以后蒲松龄的《聊斋》，提供了人与鬼魂性交的参考。蒲松龄为之发扬光大，又写了一个红玉，不仅赠珠，还赠儿子。

《山海经》的神话记载广及五山四海，第一篇就是《南山经》，说是南方的头一列山系叫做鹊山，鹊山的头一座山峰叫做招摇山，它耸立在西海边上，山上有很多桂树，还有很多金属矿物和玉石。有一种草的形状像韭菜，开的花朵是青色的，名字叫做祝余，吃了它可以不饿。有一种树形状像构树，树上的纹理是黑色的，光华四射，名字叫做迷穀，佩戴着它可以不迷失道路。有一种兽形状像长尾猿，一对耳朵是白色的，能够匍匐前行，又能直立走路，名字叫做狌狌，吃了它可以走得快。丽麐水发源在这座山，往西流入大海，水中有很多名叫“育沛”的动物，佩戴着它可以使肚子里不长蛔虫。

这么多奇妙的东西都出在南山，足可见南山之神秘。书中南部诸山，我一座也没见过，若无此书，可以说是闻所未闻。然而我所见过的南方的山，却的确比北方的山长得好看。北方的山多呈金字塔型，下粗上细，好像盘膝打坐的罗汉，山大就是个大罗汉，山小就是个小罗汉，若是长得偏了，也像罗汉的大肚子侧影。南方的山则不然了，且不说桂林的山是甲天下的，黄山归来不看山，庐山归来不看云，衡山的秀色，峨嵋的佛光，张家界群峰的鬼斧神工，奇绝美绝，它的山形如柱如树，如窟如碑，有的甚至是上面大，下面小，仿佛存心要做一个改革家，把人间的规矩颠倒了过来。

道教圣地武当山，那就更值得一看了，因真武大帝在此修炼得道，世谓“非真武不足以当之”，故得其名。山上七十二峰，三十六岩，二十四涧，三潭九泉十一洞，主峰天柱山如一柱擎天，气压五岳，遂称玄岳。游遍四海名山的徐霞客叹息说：“余髫年蓄五岳志，而玄岳出五岳上。”

还有一座苍莽神秘，谜语一般的神农架，得名于炎帝神农氏率领一个部落，进山搭架建屋，“尝草别谷，以教民艺；尝草别药，以救民夭”，名气更是大得不得了的。

神农架的巴东垭号华中第一峰，又称野人之乡，据说山中有野人，政府曾悬十万重金捉拿，猎奇者无以数计，然而见过的人死了，活着的人却未见着。某夜读袁枚的《子不语》，忽见书中有对野人的描述，毛发盖面，仆然而出，口中大叫：“筑长城！筑长城！”甚喜，以为找着了古代的佐证，读至篇尾，方知还是秦始皇时代不愿响应国家号召去筑长城的民夫，逃入神农架里躲了千年，偶一露面，还怕被秦始皇派人抓去。“子不语”者，出自《论语》中“子不语怪力乱神”也，是说孔子随便不谈鬼神的事。此书还有一个版本，名字叫《新齐谐》，一语道破，是袁枚的幽默笔记小说集也。

我一直想进神家架去，并不是要捉野人，挣那十万块钱，倒是想见一个朋友，一个几十年来在深山老林挖掘民间歌谣，老婆都被人拐走了，独自一人用脸盆煮饭吃，上世纪末终于发现并整理出了一部名字叫做《黑暗传》的汉民族史诗，人称中国荷马的胡崇峻。年轻时候进的山，现在都是个老头子了。这是一个文人，迂人，蠢人，老实到顶的人，但是我把他看成是一个非常了不起的人。

南　水

我来北京的第二年，单位请来海军医院的高级医生，一人体一个检。七天后发下体检表来，一见大惊，上面写着我的尿道内部有颗晶体，名字叫做结石。从此我便有了心理作用，每小便时，总觉速度缓慢，像是堵车，又像人走在王府井的步行街上，着不得急，远不如往常在老家时酣畅淋漓，心中百思不得其解，怎么人一到了首都，连尿都学得摆臭架子了。

后来用水壶烧水，又发现一个奇观，一把茶壶，打满了水，烧开灌瓶，初时正好两瓶，接着两瓶不足，再接着一瓶半，再接着就只有一瓶了，掀开壶盖来看，竟看出壶底藏了一个烧饼，四壁也筑了一圈城墙，像担心铁制的水壶不够坚固，又来个双保险。这样的森严壁垒，容水量自然就小了，尤其是那一根壶嘴，内径日渐一日地变细，细到最后，倒水竟成了一条线。极担心继续下去，水壶将会变成一块化石，于是敲邻居门，请教扩充之术。

邻居老太太正为孙儿奶瓶注着开水，冲好一瓶，并不喂宝宝喝，却倾下老迈的身子，呼的一口，将上面一层自己吸了。惊问其故，答说上面一层都是水碱，宁可大人吃亏，也要保护好革命的后代。老太太是正宗的北京人，京腔京韵，授我祖传秘方一个，乃壶内不必加水，置之炉上，大火猛烧，烧得青烟直冒，壶底红透，突然倒入一瓢冷水，壶内水垢可以自除。

回家我就依计而行，开火烧壶，待壶上壶下呈现青红二色，一瓢凉水灌将进去，只听轰的一声巨响，如同谁丢了一枚原子弹，又像是误入了西游记里的白骨精洞，满屋浓烟，嘭嗵乱炸，三五分钟不绝，等这阵子过去，提下水壶来看，壶里尽是炸碎的石块，呈奶黄色，如钟乳石，形状不等，其硬似铁，敲之当当作金属之声，便知那就是爆破下来的水垢。整个过程，惊心动魄，类似一场武装起义。水壶洗心革面之后，轻了一半，再烧开水，一壶水复又可以灌满两瓶了。

由此及彼，想到尿道里的结石，直吓到浑身发抖，那不就相当于壶嘴里的水垢么，然而又不能用对付水壶的办法来进行爆破，任其下去，里面的水垢结满，尿一滴也放出不来，那时该当如何是好？于是为生命计，很想放弃文学，而去主攻科学，为消除水壶的积垢和尿道的结石而奋斗。

入夜难眠，又深深地怀念起了南方的家乡，心想着美不美，家乡水，家乡的水是多么的美呵，清澈，明亮，纯净，甘甜，无论是怎样地饮用，尿道和壶嘴都休想堵塞得住，什么时候走进厕所，叉腰往那里一站，大江东去，汹涌澎湃，疾如暴雨，势如破竹，随着地下管道而一泄千里，是多么的威风，多么的大丈夫啊！

一日闲翻报纸，见到一条标题，南水北调云云，心想这个主意不错，何时能把南方的好水调到北方，至使北方的水壶不再结垢，尿道不再结石，京城的老祖母不再以舍己救人的悲壮，呼的一口将宝宝奶瓶里的一层水碱吸进自己嘴里，这就是一项英明的工程，伟大的工程，积德行善造福于中国北方人民的工程。北京的宝宝们长大以后，如果做史学家，编修史书纲鉴，追认前辈功劳，除了记下为自己吸去水碱的老祖母，自然还要记下南水北调的策划者、组织者和千百万的战斗英豪。他们的丰功伟绩，断不会小于秦始皇，小于修筑世界七大奇观的万里长城。

南方的好水多有妙典，有一则是苏东坡某次出差，途经长江，王安石托其沽三坛江水煮茶，一为江头之水，二为江心之水，三为江畔之水。苏东坡一心做诗，忘了此事，记起来时船已过了江心，便一下子沽了三坛，回来交差，不幸却被王老师尝出滋味，将他奚落一番。这事疑是出自野史，有褒王贬苏的倾向，立意类似于王安石题诗“昨夜西风入园林”，苏东坡以“吹落黄花满地金”续之，最后遭了王老师的批评。但以三江之水煮茶，可分上中下三品，如此神奇而有灵性，却是为南水做了一回大大的广告。

说到诗人，南水的美丽也是有罪过的，中国两位最大的诗人，都是死于南水，屈原愤而沉汨罗江，李白酒醉去捞水中的月亮，一脚踏进河里。如果那河是大量污染的北方的河，水面哪里能照得见月亮的影子？而如果那水太浑浊，没有游鱼，屈大夫投江之后，人们自会采取其他的有效措施，绝不会只顾着包粽子往江里扔。

南水之名，不可胜数，试举有长江之滚滚雄姿，汉水之古远神秘，漓江之美，九寨沟之秀，金鞭溪之幽，洞庭湖之出才子，西湖之出佳人，湘江之多情，钱塘江之潮涌，清江之清，丹江之纯洁，三峡之惊波险浪，而又急流勇退，截断巫山云雨，高峡出平湖；还有一条能站起来的美河，闻名世界的黄果树瀑布。信手取来一水，调到北京也是生命之泉，健康之泉，美丽之泉。

所谓南国出美女，认真追查起来，功劳不能全部归于自己的娘，凭良心说，原因多半还在水里。人说一方水土养一方人，盖因为西施浣纱，用的是西湖水，昭君梳妆，照的是香溪水，如果二位姑娘生在老舍剧中的北京龙须沟，每日以污染之水，煮其茶饭，淘其蔬菜，洗其脸蛋，漂其头发，泥沙水垢糊得乌鼻子皂眼的，娘娘妃子的好事断然临不到她们的身上。台湾民歌中的“阿里山的姑娘美如水”，自然是指南方的水，《红楼梦》里，贾宝玉说女儿是水做的骨肉，自然也是指南方的水，如果用目前北京的水来做女儿的骨肉，那多的水垢，“质本洁来还洁去的”的林妹妹，骨质可就要疏松了。

新世纪之初，在北京的国际展览中心，我看见了南水北调的水源，居然就在我的家乡，武当山下，神农架边，汉水之邻的丹江。立刻想起六十年代中期，小学语文老师用一管毛笔，写了两句不知是谁作的打油诗，发给我们套在纸下，号召练写大字。那诗我记得的，是“十万英雄战丹江，汉江两岸换新装”，后面没了，因为一张纸只有十五个格。从此才知道丹江在修水库。

只是没有料到，三十年后我到北京，这水库的水也追着我的屁股要到北京了。不禁怡然，想这丹江的水，含着武当山的仙气，漂着神农架的落叶，涓涓潺潺，逶逶迤迤，穿山越岭，不远千里，毫不利己专门利人的白求恩大夫似的，坚强而又执著地终于流到北京的时候，北京的水壶容量就会加大，尿道结石就会减少，绝代佳人就会增多，若是再用望远镜看，老头老太太的皱脸也将变成苹果，纷纷呈现出酷毙和帅呆的样子。总而言之，把南方的水调到北方，这个主意最初究竟是谁想的，他应该站出来。

南 瓜

在南方老家的时候，并不以为南瓜怎样的稀奇，后来到了北京，才慢慢地琢磨起这两个字来。起先是在机关食堂吃饭，看见一盆青绿色月牙状的薄片，将铁钵子从窗口伸去说，来一个南瓜片儿，掌勺的大师傅却当地一敲盆沿，恶狠狠道，看清楚了，这是西葫芦。西葫芦就西葫芦，打进碗里一尝，不就是南瓜片儿吗，这北京人也是。老家的南瓜的确有这么一个吃法，趁它还没长熟变黄，还在年轻时就把它摘下来，喊它南瓜蛋子，皮是青的，里面也没有长籽，用刀竖着剖成几牙，再顺着它的弯形切成薄片儿，丢进锅里大火猛炒，味道脆脆甜甜，是夏季里的一道农家好菜。

我认定这北京的西葫芦，就是南方老家的青皮南瓜蛋子无疑，无非是名字不同罢了。只是总见它青绿色的薄片，却不见它老了变黄的样子，心想莫非正如这世界轻视老人，食堂里的大师傅是不喜欢老南瓜的。不料成家以后，学着市民的做法去菜场买菜，转来转去也不见有老南瓜，倒是发现一种颜色像青皮南瓜，形状却是锯了把的弹棉花锤子，整整齐齐摆了一排，好似一列练习卧倒的新兵。我问摊内的老女人，这是什么？老女人伸手就捉住一个大的，扑通一下丢在秤上，一鼓作气地说道，西葫芦，好吃得很，来一个，一斤二两五钱，一块七毛五分钱，给一块七算了！说是迟那时快就丢进袋子塞到我的手上。

我佩服这老女人的速战速决，掏钱买了，心想原来这就是食堂大师傅让我看清楚了的，原来这真不是老家的南瓜蛋子。老家的那足球似的玩意儿到了北京，怎么竟变成了弹棉花锤子，并且它永远也不能老成一只黄灯笼的模样，这个问题很深奥的，可能与气候与土壤有关，我得翻书。

书没翻到，却回忆起南瓜的许多好处，就像回忆一个老家的朋友，这朋友因故不能到北京来，要想见他，必得再回到老家去。我记得的，那时候南瓜的阶级地位很高，似乎它是一个处处打胜仗的人物，青的做菜，黄的做饭，不青不黄或者又青又黄的就做成汤，炸几片干红椒，丢几星葱花，滴几滴菜油，象征性地在上面漂着，再放点盐就行了。煮出糊嘟嘟的一铁锅，黄亮亮的分不出瓤子和水，拿小脸盆大的乌窑碗装着，双手捧住就往灶门口一蹲，嘴里呼噜哈啦一阵乱响，其间适当地挥动几下筷子，窑碗里面也就空了，于是再来一碗。这是那个年代的事，那是一个火红的年代。

那年代全国人民都唱一首歌子，有人教的：公社好比长青藤，社员就是藤上的瓜，瓜儿连着藤，藤儿牵着瓜，瓜儿越肥藤越壮，藤儿越壮瓜越大，啊啊啊啊啊啊。不用说，这个瓜就是南瓜。社员知道自己是南瓜了之后不仅没有意见，而且还有一些骄傲自满，白天在地里劳动，夜晚还挑些模样比较端正的青年男女出来演戏，一人头上戴顶草帽，脚上穿双草鞋，在土戏台上蹦啊跳的，唱到长青藤的时候就往天上比，唱到瓜的时候就往自己胸口上比，唱到啊啊啊啊的时候就把许多个脑袋凑在一起，伴着节奏一左一右地摇。摇着摇着，后来公社还是没有了。

这歌子唱得要说也不错，就好像母系社会的一个女人，那藤儿结起瓜儿来一串一串，摘了一个又长一个，吃得快它长得快，傻呵呵地往大里长着，长大了就让人摘下来吃。生存的能力数它最强，命又极贱，坡梁，洼地，沟垴，田坎，哪里都是它的阵地，路过坟院时无意中掉了几颗瓜籽，过不多久一根藤子从死人的头上爬出来了，然后就结出一个一个的大家伙来，而且越是这些不正经的地方，它越是丰乳肥臀，一不小心绊你一跤，是想引起你的重视，摘瓜时不要漏掉了它。偶尔也有个别狡猾的南瓜，它长在一片南瓜叶子的下面，蒲扇样的瓜叶把它盖了个八九不离十，它就在这样的环境里隐蔽着长大，长成了坟院里的一个瓜王。忽然有一天，南瓜的主人从路的一侧看见了它的小半个屁股，等他欣喜地走过去要摘它时，换个角度它却狐狸似的又不见了。

常有天才的放牛娃，偷了家里过年做甜酒的曲子，潜入别人的南瓜地里，创造性地用小刀在某个南瓜的身上旋一小洞，将曲子丢进里面，再把旋下的部分原缝盖上，过上几天再来，揭开了就有甜兮兮的南瓜酒喝。更还有天才且恶劣的放牛娃，旋开南瓜丢进里面的不是酒曲，而是自己的屎橛子，解开裤子坐在上面，对准小洞拉出一泡，同样盖好如初，日久天长恢复成原来的模样，待到南瓜的主人有一天把它摘回家里，一刀切开，一股奇臭扑面而出，于是捂了鼻子弃刀而逃，奔出院门，厉声大骂是谁干下这短寿的事！

夏天一过去，南瓜蛋子们就长不大了，已经抓住机会长大了的南瓜们也开始由青变黄，藤子由粗变细，秋天的南瓜地里，枯干的瓜藤已萎缩成细细的一线，形似地图上的川藏公路，瓜叶也都变黄变蔫，最后死亡在南瓜的身边，整个地里只剩下一些老南瓜，黄亮亮、红朴朴、粉嘟嘟地现出真身，磨盘形的，墩子形的，猪腰子形的，还有一形是上小下大，有如李逵等人的由字形脸，这样形状的南瓜肉是最厚的，味道最甜，最面，肚里的瓜籽也极饱满，主人若收获了这样的南瓜，那将要激动一个冬天。他们舍不得马上吃它，不摘又怕人偷，摘了又怕沤坏，于是就把它摘下来码在院子里的房檐下，让它继续晒着太阳，晒到冬天农闲的时候，拿刀将它剁开，抓几把米蒸出一顿香喷喷、黄灿灿、甜蜜蜜的南瓜饭来，饱满的瓜籽抠出来洗净晒干，等过年时炒熟了待客。

冬天的农家院子里，屋檐下码满了奇形怪状的老南瓜，大的码在下面，小的码在上面，吃的时候按照顺序，从上到下，从小到大，或者先向形状特别古怪的开刀，因为它的身材太占地方，还容易从南瓜堆上滚下来摔破，造成不必要的损失。家家户户都是这样，房檐下的老南瓜和地窖里的老红薯一起，成为农民今冬明春的主粮。全国的人民都听英明领袖毛主席的话，忙时吃干，闲时吃稀，不忙不闲半干半稀，杂以薯豆和瓜菜。

不听不行，不听人就饿死了，所以在阴历年前后这段不忙不闲的日子里，农民就用南瓜和红薯煮着稀饭，舀在小脸盆大的乌窑碗里，蹲在墙根下面呼呼地喝，一直要喝到明年的阴历五月，才会有洋芋和麦子出来为它们换岗。农民在院子里出来进去，都以爱惜和感激的眼光望上它们一眼，甚至还拿手摸上两把，屈起两根指头用骨节敲敲外壳的响声，以判断里面的肉有多厚。

除了唱“社员都是藤上的瓜”，那年代还流行一首与南瓜有关的歌子，“红米饭那个南瓜汤呀么嘿罗嘿，挖野菜那个也当粮呀么嘿罗嘿”，听说吃了南瓜汤能打胜仗，全国人民就一边大口地吃着，一边跟美帝苏修作着殊死的斗争，实在斗不过了就转而斗自己身边的地富反坏右，这一仗立刻就打胜了，为了争取美好的明天，于是回家又喝起南瓜汤来。

南瓜的功劳如此之大，南瓜的名誉却又不好，这事让人想来很不公平。某人的嗓音有失嘹亮，人们就说他是南瓜腔，让人极其地想不通，一向沉默的南瓜怎么会有腔呢？某人的相貌不大秀气，人们又说他是个南瓜相，被形容的若是个男人也就罢了，南瓜相就南瓜相，有一个好身体就行，长得像南瓜的人身体棒着呢。但若恰好是个女的，尤其目前还是一位姑娘，那可就坏了菜了，此女以后的嫁人将大成问题。谁不想要个瓜子脸的老婆呵，如果把南瓜那扁圆的外形变化成里面的瓜子，白白净净，光光溜溜，上面稍圆而下面略尖，这就是中国男人心中的美女的榜样，长这种脸型的姑娘是最划得着的，在过去那么困难的岁月也会找到一口饭吃，现在就更不用说了。

外国人似乎并不这么认为。近年来一些好色的外国人坐飞机跑到中国，用美元和绿卡搂走的中国女孩儿，他们觉得都是西施，而我看不少都是南瓜脸。

南　腔

一个时期以来，中国的某类影视片中的主人公，嘴里开始有滋有味地说起了方言土语，令观众听起来耳朵（目还依旧）一新。普通话教学委员会的语言学家们固然在暗中叫苦连天，分明预感到他们的事业行将受阻，但回家一打开电视，屏幕上那几位不肯按照他们要求讲话的人物立刻把他们镇住了，于是就再不打算提什么臭意见。

从此以后，方言土语长驱直入，势如破竹，回响在中国的每一个影院和每一个家庭，甚至直抵东京柏林和威尼斯，使得几种味道十足的小汉语在全世界把风头出够。由于毛泽东和彭德怀，首开先例的是拐弯抹角的湖南话；由于邓小平和陈毅，紧随其后的是抑扬顿挫的四川话；由于周恩来和蒋介石，同台亮嗓的还有吴侬软语的浙江话。在那一部又一部大气磅礴的史诗片中，毛主席总是要“呷红烧肉”，而他的死对头蒋委员长则直骂“娘希匹”。

无论川湘，还是吴越，版图上均属中国之南，生长于斯的人物说话自然是一口南腔。南腔本应与北调对应，听来方才有味，也比较符合公平原则，然而同类影视片中的北调却几乎罕闻。这种失衡现象令人感慨多多，不仅联想到历史上的川军的骁勇，湘军的无畏，联想到一县出两百个教授另一县出两百个将军的楚鄂，而且我敢断言，它早晚会启发一些思想活跃的哲学家、史学家乃至地理学家，写出一部诸如《从银屏角色的腔调看中国伟人的分布》之类经典之作。不过，导演且不可一听这个消息就走火入魔，乘胜前进，让孙中山先生叽里呱啦说起粤语，那么一来，广东以外的观众可就惨了。

虽然没有政策规定，但是聪明到了极点的中国人都会像善于明白一切国情一样，明白银屏上操南腔者是应有资格的，如同坐小汽车和使用秘书，并非是人人都能得到许可。唯大英雄能本腔，平江起义的勇士们几乎个个都是毛、彭的同乡，却因级别不到，直到死于敌人的枪下，也仍得朗诵课文似地念普通话。这一点又颇似京剧，帝王将相出来念韵白，丫环家人出来念京白，两者泾渭分明，不得混淆。受政治上等级差别的无形影响，艺术界线也便存焉。

南腔角色在影视中的炮炮走红，使国内迅速涌现出一批演技不怎么样，但很会叉腰说几句方言的特型演员，令怀才不遇的实力派大发阮籍之慨。成名一时的竖子借着相差不多的身长，大体相似的脸型，经点石成金的化妆师用颜料抹过之后，旋即就成为灿烂的明星，有朝一日到所扮演人物的家乡去，向他们的后代乡亲们要出场费。看在先人的面子上，当地人常常勒紧裤带，眼含热泪，让他们身穿戏装满载而归。

仅靠南腔成功的艺人，毕竟算不得是真正的。中国的影迷中喜爱费雯莉者，听到的是她的中文译音，没有谁会质疑“洋人怎么会说华语”，从这一点上判断，演员更具生命的却是神形的天才。巴黎圣母院的丑陋的打钟人加西莫多，到底说了几句话我已忘了，只记得摩登时代的卓别林一句不说，他依仗的是他变幻无穷的两眼和快速扭动的双脚。

鼠年的最后一月，几位朋友在西城相聚，要我选择一家喝酒的去处。想起从单位去邮局的途中有一家门前正摆满开张的花篮，号称毛家菜馆，我便率了一干人去。用心并不良苦，只想听听有人出来劝我们“呷红烧肉”时，乘机比较一下古月的配音者水平如何。非常不幸，挂牌毛家菜馆的老板是北京人，厨子是山东大汉，端盘子的是河南乡下小妞儿，大红缎子旗袍（应当穿湘潭妹子的绣花小袄吧）绷得两腿走路不大利索，不出几步就险乎儿一个跟头。

毛家菜隆重地端出来了，有一道被我慧眼认出是东北的猪肉炖粉条，只是漂了一层红辣椒。小姐开口说话，一个是“咱”，一个是“俺”，老板出来则转入一口油不拉叽的老北京土话：“嘿哥们儿，要么儿么儿有，吃么儿么儿香！”至此我才发觉把朋友们带给了李鬼，让两省一市的假冒伪劣人士联合起来，在毛家菜的大旗下宰了我们一斧。

由此想到，影视和饮食都容易进入一个误区，前者认为长相加方言，就是一个什么人，后者也认为副食加辣椒，就是一道什么菜。这其实是搞错了。

京城一吃

老北京人饮食简单，早上起来一碟老咸菜，一个窝窝头，一碗大米粥，讲究点的把碟里的老咸菜切成细丝，拌几颗芝麻，一只炸焦圈儿，一碗鲜豆汁儿；中午一碗炸酱面，肉丁黄瓜胡萝卜都在里面，全家一人一碗，不用桌子，端在手里呼噜呼噜几下就解决了；晚上一盘水饺，水饺的做法和南方不同，皮儿是圆的，用七寸长的小擀面杖一个一个地擀，内包猪肉大葱，不讲造型，溜着边儿捏成一个半圆，馅不露出来就行，煮熟后捞进一只大盘子里，不要汤，不要油炸葱姜辣椒水儿，一家人围着盘子，你一个我一个地往嘴里夹，吃白的，嘛儿香。

这是老北京人的上等伙食，三年自然灾害时期是吃不到的，七十年代也不能天天吃。老北京人的饮食重实惠，不重口味，更不重形式，身子吃得白白胖胖，就是原则。

到了九十年代，小北京人可不这样，这时候全国好吃的东西都涌来了，甚至全世界好吃的东西也涌来了，小北京人的钱也挣多了，想吃就邀上几个哥们儿，开一辆车，打“的”也行，到一个曾经吃过或者听人说过的馆子，要两瓶酒，点几样菜，撮他一餐。

北京人的舌头别看大，却比外地人的娇嫩，怕辣，听说辣椒这个玩意儿挺好的，男人健胃啊，女人美容啊，就赶时髦似地上菜市场去买，买来买去却只敢买几个大屁股的柿子椒，见了真正的尖椒还是咧着嘴巴就走。

现在北京人舌头练出来了，无辣不成席，想吃风味，不怎么奔生猛海鲜的粤菜馆了，说是残酷，活鱼活虾还在盘子里蹦呢，怎么下得了口？也不吃淮扬的甜菜了，觉得那是娘们儿吃的，腻嘴，特没劲儿。要撮就撮一顿辣的，辣菜好，辣菜是咱们中国的国菜，没听人家湖南妹子宋祖英唱歌：辣妹子辣，辣妹子辣，辣妹子生来不怕辣，辣妹子生来辣不怕吗？咱大老爷们儿未必还不如一个湖南妹子不成？

可是北京人未必全都懂行道，辣有几种辣法，川菜是麻辣，湘菜是香辣，鄂菜是酸辣。这三种辣菜已经风靡了一座北京城，像三国演义中的魏、蜀、吴一样要三分天下了。慕名而去的食客无不白的进去，红的出来，那是辣红了脸；干的进去，湿的出来，那是辣出了汗。电视剧《爱情麻辣烫》在火锅里添了一味伟大的爱情，使川菜火上加油，越发火爆。湘菜一急之下，把已故的毛主席给搬了出来，大街小巷，高高挑起一面面毛家菜馆的大旗，而且重点推出他老人家爱吃的回锅肉。

与随处可见的川、湘两系菜馆相比，鄂菜在京城只有两家大的菜馆，一家是“九头鸟菜馆”，一家是“湖北菜馆”，中华民谣曰：“天上九头鸟，地下湖北佬”，是说智慧的湖北人和不死的九头鸟一样，应让人相待以另眼。此民谣其实是“唯楚有才”的通俗版。

“湖北菜馆”还有一个美雅的名字，叫做“季芳轩”，位于去颐和园途中的海淀区苏州街，一侧是饥饿的曹雪芹曾经投靠姑母，在那里写作《红楼梦》的、与圆明园同期建造的、距今已有三百余年历史的礼亲王花园。红轩古风，雅如其名，是才子和美人相会的地方。当然有钱的老板也可以去，不过去了不要酒后装疯。

“季芳轩”除了真正来自家乡的武昌鱼、洪湖藕、老通城的豆皮、湖北味的酸辣鸡、昭君爱吃的糯米糍粑、屈原爱吃的酸辣青蒿，还有几道不可能在京城他处吃到的菜，如酸辣魔芋豆腐、酸辣豇豆、凉拌蕨菜。

魔芋豆腐是一种野生的山芋状的植物磨成粉后制出的豆腐，其色微紫，切为半寸宽、二寸长、三分厚的片段，加青红二椒爆炒，鲜嫩而有嚼头，其味美绝，妙不可言，传说是《白发魔女传》中的魔女指地而生，现代医学称可防癌、抗癌，为第一号绿色食品。

酸辣豇豆也传说是二十七岁的诸葛孔明未出山前，在襄阳隆中读书躬耕时的发明。蕨菜的官称叫做薇，当年的著名爱国知识分子伯夷和叔齐亡国之后，不食周粟，隐居在首阳山中，每天吃的就是这个玩意儿。铁史家说金圣叹临刑之时，没喊一句口号，却闭着眼说：“豆腐干和花生米同嚼，火腿味。”

金先生死前还贪恋着的这两样小菜此地都有，那真是叫做小菜一碟，并且是有湖北特色的熏豆腐干，金边银心，五香俱全，不见片辣椒却味在其中，与花生米同嚼味道比火腿还要好，先生在生命的最后一刻，若能到此饱吃一餐，虽死无憾。

美丽的季节

有位作者给我送来一部书稿，书名叫做什么春秋，我看完后说是这个名字不好，自《吕氏春秋》以来，名叫什么春秋的书简直太多了，何况书中悲惨的故事，恰恰发生于夏天和冬天。作者不乐意，问我看过京剧样板戏《智取威虎山》没有？里面的杨子荣唱的就是“甘洒热血写春秋”，他怎么不唱“甘洒热血写夏冬”呢？我没跟他辩论，人都喜欢美丽的词儿，也许，作者对春秋的热爱是读者培养起来的，反过去又用于培养读者，久而久之，市场上名叫什么春秋的书就多了。

四季之中的确以春秋为好，夏天太热，冬天太冷，唯有春暖秋凉，才是人间最好的日子，以春秋做年月的象征，总比严冬酷暑听来舒服。人们把昆明叫春城，一听到这个名字就感到风和日丽，鸟语花香，武汉不叫夏城而叫火炉、蒸笼，哈尔滨不叫冬城而叫冰都、雪国，听起来不是想起热腾腾的包子，就是想起寒嗖嗖的冻梨。秋城至今还不知道安给哪座城市合适，北京是很想要的，然而北京号称金色的秋天，盛夏一过就黄土四起，沙尘弥漫，而且还是个秋脖子，只有很短的一段秋日，国庆节过后不几天，行人就该穿上棉花包似的羽绒服了。

古人把阴历年叫做春节，其实那是一段最冷的日子，南方的庄稼汉围着炉子烤火，北方的乡下人坐在炕上唠嗑，城市里算是有暖器了，但是供暖公司一出故障，火力弱的人就哆哆嗦嗦地往市长家打电话。春节怎么不叫冬节呢？皆因为古人也搞平均主义，把长的剁短，短的添长，用一年的三百六十五天除以四，大年几天正赶在那部分春上，要严格讲，应该阴历二月才过春节。

春秋二字，不单是男人喜欢，女孩儿们尤其喜欢，她们不像吕不韦把春秋写进书里，不像杨子荣把春秋唱进歌中，她们却将它牢牢地安进自己的名字，就像把金耳环穿进耳垂的肉里面一样，让人天天呼叫，一辈子都忘记不了。还不说是乡女村姑，请打开最高雅的《红楼梦》，数数里面叫春叫秋的丫环和小姐有多少。李后主一句“春花秋月何时了”，便引出名叫春花和秋月的女孩儿无数。不怨别人要落俗套，只怨这春秋二字实在太美。

此风延及二十世纪末，中国的女孩儿不大喜欢这类名字了，她们开始喜欢两字连用，比如蓓蓓，婷婷，继而又模仿洋音，什么珊娜，妮娅，再继而又实行四个字，儿家子争分财产似的，父母奶姥一人出一个姓，弄得像个日本人。在都市的摇滚乐中猛地再听到一个叫秋的女子，竟觉得格外的雅致，格外的娴静。

月亮的歌

忽然想起那位唱《十五的月亮》的歌星，已很久没有听到她甜美的歌喉了，过去一到中秋节她势必出来，张开亮晶晶的红嘴巴为人唱这首歌。外面关于她的传说很多，有一些还被写进了书里，这些我都是不关心的。

我关心的只是那支歌子，我认为无论歌星的命运如何，那支歌子还是应该唱的，虽然它的词作者只挣了十六元钱，但它毕竟是一支好听的歌啊。据说有一个非常热爱祖国的行政干部对此持有不同的意见，这位干部是在城里长大的，也没有当过兵，他说十五的月亮难道只照在家乡，照在边关，难道就不能照在其他的地方吗？歌词儿应该再补充一句就全面了："十五的月亮，照在家乡照在边关，照在祖国的各个方面。"这一补充却越发的狗屁不通，十五的月亮难道只照在中国的各个方面，那么外国呢？

其他一些关于月亮的歌，同样也都是很片面的，"月亮出来亮汪汪，亮汪汪，想起我的阿哥在深山"，为什么只有阿哥没有别人？在深山而不在城市？"月亮走，我也走，我送阿哥在村口"，还是只有阿哥，还是只在村口；"月亮弯弯，康定溜溜的城哟"，为什么是弯弯的？上弦月还是下弦月？它肯定不是十五的月亮，康定城也不如北京城吧；"弯弯的月亮下面，有一座弯弯的小桥"，还是弯弯的，小桥也不如立交桥；"月儿弯弯照高楼，高楼本是穷人修"，仍然是弯弯的，而且除了高楼，山村和别墅它照不照？"半个月亮爬上来"，就更只有半个了，还有半个到哪里去了？"走哇走哇走哇走，走到九月九，家乡没有月亮……"连半个都没有了，那就成了漆黑的夜晚；"十五的月亮升上了天空哟，为什么旁边没有云彩"，终于又有了十五的月亮，它是圆的，象征着人间的团圆和美满，不过就像姑娘提出的问题那样，身边还是得有几朵云彩，有几颗星星也行。

遇上这样的行政干部，真要把写歌词的逼上绝路，人家总共只拿了十六块钱呵。

古往今来，赞美月亮的歌是最多的。然而听起来最多，想起来却没有一首是赞美月亮本身的，多半都是虚晃一枪，把月亮做个招牌，然后阿哥阿妹乘机就出来了，唉哟唉哟地去敖包里偷情约会，好比是挂羊头卖狗肉，又好比是秃子跟着月亮走。

月亮照耀了人类亿万斯年，什么时候才能真正给它写一支赞美的歌呢？

怀念儿时的月饼

中秋节的前一天来了家乡的朋友，双方在电话里约好出去吃饭，我就打辆的士到某处集合。想不到车这样多，路这样挤，十字路口的红灯这样爱亮，平时十分钟的路程，竟走了半个小时还没有到。车子一停，我就注意观察别辆车里的乘客，怀中多半抱有一只豪华的提袋，上面印着一句关于中秋团圆的话，袋里装的自然都是月饼，乘客也自然是要去送给亲朋。

的哥怕我见他这车久停不动，心急如焚，净找话题跟我摆活。他问我知道那月饼多少钱一盒吗？我说恐怕得一百多吧。他说看你像个不懂行的文人，一千多块钱一盒的月饼你没见过！我假装身子抖了一下，他又问我见过最大的月饼有多大吗？我说恐怕有电饭煲那么大吧。他说猜你是个文人还真没猜错，稻香村一个样品月饼比八人围坐的桌子还大一圈儿！

这次我的身子是真的一抖。他又问我知道目前的月饼有多少个品种吗？我就根据历史的经验，扳着指头罗数了五仁、芝麻、豆沙、枣泥、椰丝、莲茸、水果、蛋黄，然后我说，难道还能超过十种不成？

把个的哥乐得嘎嘎大笑，笑得一只手脱离了方向盘，连连地用指头捣我，你这个文人！你这个文人！

的哥告诉我，目前的月饼少说也有一百多个品种，不过他一种都不爱吃，他还爱吃小时候的那种冰糖月饼，几分钱一块，里面的馅是硬的，外面的皮也是硬的，用一张四四方方的白油纸包着，油纸的中心按着一个鲜红的印章，吃的时候要把油纸小心地打开，一只手兜住月饼，一小口一小口地往嘴里喂，另一只手把油纸接在下巴颏子底下，为什么呢？因为那冰糖月饼一咬就掉渣子，连馅带皮都纷纷地往下掉，万一掉在地上那可是巨大的损失呀！月饼渣子都掉在油纸上了，等一个月饼吃完，再仰起脖子，将油纸上的渣子扑的一下扣进嘴里，就相当于又吃了半个月饼。

这回临到我嘎嘎地笑了。但是虽然如此，的哥还坚定地认为那个时候的月饼好吃。现在的月饼是什么玩意儿啊，不就是塞了甜食的蛋糕吗？软巴巴的，黏乎乎的，甜叽叽的，盒子做得是好看，钱都花在了盒子上，那不是吃的东西，那是送礼的东西，就跟中看不中用的女子一样。要说是吃，还是小时候几分钱一块的冰糖月饼，现在开车跑遍全城都买不到那样的月饼了！不过如今不该老了，的哥悲观地叹口气说，牙不行了，真要有也咬不动了。

的哥沉醉在儿时的月饼中，牙棱骨一嚼一嚼的。这时候红灯灭了，绿灯亮了，他又把车子开动起来，送我去和家乡的朋友见面。

家乡没有圆月

过去听一首歌，其中有一句是“家乡没有月亮”，心中不以为然，觉得月亮的普照率如同太阳，天下万物都在它的清辉之下，无非太阳司日，月亮司夜，岂有“家乡没有月亮”之理？实未想到一连两年，家乡都应了这句不吉祥的歌词儿，此事令我惑然。

去年的八月十五，我与几个朋友在家乡的伏龙山上度过，原打算望月生情，赋诗留念，不料在山上吃罢瓜果，支上案子，笔黑纸砚都摆好了，那月亮就是不出来，打手机问在北京的妻子，回答说那里却有，又大又圆，她与儿子正坐在楼前花坛赏看。心中不禁诧异，又等一会儿，月亮仍不露面，一阵大风倒呼地刮了来，风后是雨，由小渐大，声音很响地落在案子上，把宣纸都打湿，诗兴大扫。于是收摊回房，用原珠笔在餐巾纸上写了一首打油诗，诗曰：曾闻伏龙月色鲜，打点笔墨望眼穿，云笼雾锁羞不出，却将秋雨洗秋山。

直到回京仍耿耿于怀，后写《伏龙山醉话》一文，记下这件憾事，乘机发了一通牢骚。

一个中秋没有月亮，这事或是出之偶然，又不料过了一年，今秋的八月十五，我打电话给家乡的亲友，得知他们月饼吃了，月亮却仍没看到，而且夜间还是小雨，心想这就奇了，莫非天上这清纯如玉的洁物，是受了人间嫌贫爱富、物欲横流的引导，从而也变得势利起来，明知照也无益，便不肯照在我那偏僻闭塞的家乡了？

抑或是知道那里有很多人家，中秋的这个夜晚是不能团圆的，于是就不愿撒谎，给人间以团圆的假象。知道这些年里，因为贫穷，因为谋生，家乡有无数的男人走出故土，年少的离开父母，年长的告别妻儿，背着被卷，揣着梦想，到北京，到深圳，到最遥远的城市去寻找最低级的工作，出卖最廉价的劳力。常常有凄惨的消息传回，在早就知道于生命十分危险的工地上，为了挣到几个养家糊口的工钱，这些心怀侥幸的人中，终于有更不幸者摔断了腰腿，甚至连命都断送，还有的被埋葬在塌方的小煤窑里，尸骨都没法刨得出来！

我忽然就明白了月亮的心事，八月十五的这天夜晚，在一轮圆月的照耀之下，万家团聚的欢笑声中，那些含冤死去的孤魂，他们可怜的父母妻儿遥望远方，心头是一种何样的滋味！与其月照残镜，让人触景生悲，还不如隐去的好！

这谜一般的宇宙间，不知究竟隐藏着多少的秘密。

但愿明年，中秋的月亮会照到我的家乡。

喷香的臭豆渣

距离春节还有大约十天的时候，我忽然收到一个包裹单，寄者的名字叫尹先鹏，是老家竹溪的一个朋友。有一门好的砌匠手艺，善于盖房子，以后又转业种鲜蘑。七十年代曾写过两部长篇小说，九十年代又写了两部，还给我寄到北京看过。稿子摞起来有尺把厚，邮票贴了几十块钱，也是用包裹寄来的。他似乎不会使用牛皮纸的信袋，要么就是乡下的邮政所未曾有过邮寄书稿的经验，故而让他把文字当腊肉寄了。这就逼得我亲自到邮局去取。那一次因故取得晚了，还挨了少量的罚款。某年春节回家，我曾面授寄稿的机宜，他点头已得要领。可惜这两部长篇，一年复一年，始终未能出版。我总担心着他会怪我，但在我本命年时，他又寄来七律一首，平平仄仄的写得情深意茂，我的心放下了，这说明他没怪我，是个君子。于是，心里更加惭愧，觉得欠他愈多。我从收发人手中接过包裹单时，心中惴惴，究竟是什么呢？难道他又写了一部长篇？

这次的包裹单上却填着食品，我去邮局取了出来，一个小型的纸箱，可容两双皮鞋，看样子东西不少。我把它拎着回家，中途换了一只手。进门交到妻子手里，正好儿子也放学回家，三人齐动手打开纸箱，箱盖呼拉一声破了，儿子率先就用手捂住鼻子，身子火速后退，脸上的神情有些紧张。妻子继而也有了类似的反应，不过，没捂鼻，却是以手为扇，一个劲儿地在鼻前挥动，嘴里说着好臭。

我心忐忑，索性一把将东西掏了出来，放在靠近窗口的地方辨认，是三十个鸭蛋大的圆坨，都已经发了霉，湿乎乎的长着黄毛。妻子说，果然坏了不是？一定是在邮局放的时间太长，又在纸箱里面捂着。我也愣住了，暂且认不出此为何物。倒是儿子眼尖，远远发现圆坨中间有一张小纸条，指着让我快些取了来看。我便取出看了，似是说明书样，上面用钢笔写着：“经反复品尝，放心食用。”

我用两根指头捻起一个，使劲儿一捏，霉团里面现出灰色的颗粒物，我顿时就想起了老家著名的臭豆渣了，料定必是此物无疑。心想还说什么经反复品尝，从小到大我品尝了多少年，还有哪里不放心的。我把它们拿到阳台上，垫张报纸，排成三排，每排十个，打开窗户让凉风进来，吹干它们身上的水分。等到做晚饭时，从阳台上一次性取下四个，北京没有老家那种铺踏壳黑白菜，又从外面提来一棵储存过冬的卷心白，撕下一些外围的叶子，教妻子按照我们老家的经典方法，烩出一锅汤来，替代平时的白菜豆腐，或者鸡蛋西红柿。

妻子是研究生化学的，说是霉变的食物含有毒素，万万不能吃。我与之辩论，说这有什么要紧，古往今来老家人都爱吃这个，越霉越好吃，跟豆腐乳是一个原理，从没见中过哪门子毒，一个一个活得健健旺旺。再说，老家的朋友几千里路寄到北京，不吃又怎么对得起人家的一片丹心？好歹哄得她同意，却只肯替我放油放盐，在锅里用铲子拨动，清洗和切片都是我的事，我退而答应。洗净剖开，丢进锅里让她操作。一锅臭豆渣汤煮好，儿子把它端放在我这一边，母子二人身子离得远远的，看我大口运动，嘴里吧叽咕咚，发出咀嚼和吞咽的各种响声，虽是臭豆渣，却吃得异香扑鼻。

二位明知我是要做榜样，专门吃给他们看的，反而不吃的决心更大，立场坚定得很，并且脸上的神情，演变成如看人吃炸弹，上半个身子直管往后仰过去。我知道大势所趋，心里暗自念着朋友的名字说：尹先鹏啊，可恨妻儿一口都不吃，这一锅臭豆渣我只好一人独自品尝啦。

四坨臭豆渣，外加半棵大白菜，煮了满满的一锅，一人一顿无论如何也吃不完，剩下的第二天再吃，已成糊状，看着更怕。为了义气，我咬紧牙关，再接再厉，居然吃了一个精光。转眼看阳台报纸上面还有三排，吃了四个，剩下二十六个，牛眼睛一样地将我瞪着，问我什么时候把它们吃完。

后来一连几天，我不敢轻易往阳台去，心里暗自盘算，是继续一人独吃，还是分赠一些给北京的亲戚朋友？但一想到妻儿上身向后仰去的姿势，后一个念头蓦然打消，害怕热爱生命的北京人往后身体出了毛病，会遗恨臭豆渣和我。不过我却照着包裹单上的地址，给三十个臭豆渣的主人回赠了一本刚出的新书，并在书中夹寄了一首打油诗，仿前人句曰：

千里送豆渣，礼轻豆腐臭。
两顿吃一锅，还觉没吃够。

假面舞会

中秋节时，老家县城几个老男人，闲得没事，冒充才女，用号码陌生的手机给我发诗过来，句子写得缠缠绵绵，也有学问，把跟月亮与故乡沾边儿的典故都用上了。因为提到南雁北飞，误导我记起当年是从武昌坐火车出的发，眼前遂浮现出一位长江岸边倚栏望月的薛涛，按照这个妩媚的形象回诗过去，想着你不署名，我也不署，两人如此黑灯瞎火，往返了几个回合。没曾想对方来了劲儿，而在我这壁厢，夫人却催命似的要我陪她去秀水街买裤子，无心恋战，只好投降，说罢“老夫怕跳假面舞，此曲唱罢应卸妆”，然后就卸妆了。

佳节过后几日，收到一个通知，是主编内刊的一位兄弟，他说大作收到，准备在下一期隆重登出。这消息令我惊异莫名，记不起何时何地给何人寄过何作。忽然间怀疑起八月十五的假面舞来，慌忙调出那个陌生号码，打将过去，手机里听出几个老男人正在喝酒吃菜，接话的是小城诗坛领袖王义才，一听是我，咯咯咯咯笑得快要断气，缓过命来之后，说是可把你的作品搞到手了！吓得我差点儿屁滚，请他赶紧把诗收回，不能刊登，那都是些神马玩意儿！

此夜我又读到一篇网文，易中天写了一本《闲话中国人》，土家野夫写了一篇《闲话易中天》，后者手持一杆土家猎枪，将试图叫板易中天的歹徒横扫了一大片。二人一个是我二十一前的老师，一个是我二十二年前的学弟，因此野夫绝妙的文章，讲的乃是珞珈山上我们共知的往事。于是后面就有人跟帖子问：“野莽吗？久仰!”帖主署名童志刚，此公也是武汉大学毕业的高才，方方女士的同窗兼同事，《今日名流》杂志被勒令停办之前，他与方方共掌此刊。武汉一文坛老无赖写了一篇攻击我的文章，想在刊上登一下子，顺便自己也成名流，为此在水果湖宴请童主编，孰料志刚兄无欲则刚，吃了人家的嘴却不软，说是这篇文章不能发表。消息传到我的耳里，遂将此人认作君子。

野夫见问，立马答曰："不是野莽，是野夫，他鄂西北，我鄂西南，他小说，我诗歌，他英俊，我丑陋。"看后独自面窗大笑，觉得这个野夫真是谦虚谨慎，戒骄戒躁，他的英俊是土家式的，若有人去商场扯一条丈把长的红布，在他的头上缠上一饼，他就是那个刘三姐生死不渝的爱人，莫老爷战不能胜的情敌阿牛哥哥。而且文章写得那样的好，文章里的旧体诗写得那样那样的好，后面没人跟帖子，才是奇了怪了。

网络与手机联袂的时代，分别上演了多少上个世纪没有的精彩剧目，人们正在做着观众，稍不留神，扑哧一下，瞬间就变成了剧中的角色，想起来，有些惊心动魄。

可惜的是今晚的月亮，圆过之后又再缺了，但它依稀能够照耀进人的心里，给人一些浅薄的感悟，天真的理想。譬如我便这样以为，自从有了社会，人类的面孔已日益变得复杂，或狰狞，或恐怖，或比狰狞与恐怖更难看的伪善，远看近瞅，使人不得开心颜。若是国家下令，节假日里，每人持身份证免费领取一张脸谱，用胶带固定在各自的头部，乘车去赴一场假面舞会，想必那张死脸虽是假的，却能换取一些真的欢乐。哪怕只有一天，也好。

伴你同行

初到京城的时候，我曾对人吹牛，如何会看手相。不想有一天真的有人找上门来，来人是本单位的一个姓高的东北大个儿，身高一米八几，体重二百多斤，张开手掌，有一本书那么大，上面纹路简单，只是血色浓重。我握住他的四根指头，且看，且想，且诌，说他有多少钱，有多少异性的朋友，老婆是怎么被他娶到手的，过去都干了一些什么坏事。

高大个儿呼吸急迫，嘴唇也直哆嗦，我又指着他手上的那条所谓的生命线说，你看，这条线如此茁壮，走到中途却咔嚓一下断了，这说明了什么？说明了你将遭遇突然的、意外的、非正常的死亡！高大个儿呼呼地喘气，简直像一条捉上岸来的鱼，沉默许久，和我握一个手走了。我说这番话时，很多同事都将信将疑地坐在一边听着，高大汉一走，同事就问我说，你知道他是司机吗？我说我不知道。同事说，你知道他在兵团时骑马摔伤过头，以后就老爱睡觉，有次开着车就睡着了吗？我说我也不知道，要是这样，他倒真是要注意了！

想不到我的胡说八道竟说对了，而且更想不到，这番戏言居然改变了一个人的职业。过了几天，同事告诉我说，高大个儿昨天找到领导，说打死他他也不开车了，领导问他是为什么，他不明说，直嚷着再开出了问题他不负责。领导上下班是坐他车的，见他哆嗦着嘴唇，神情有点儿可怕，只好同意他去改行做发行工作。我吃了一惊又吓了一跳，担心领导没车坐了，转过头来会追究我的责任。幸好没有，这件事就这样平静地过去。不过我从此吸取教训，轻易不再给人看手相了，实在有人缠住不放，我就说是开个玩笑，千万别当真。高大个儿改行从事发行工作以后，事业蒸蒸而上，后来又当了这个部门的头儿。当了头儿他仍然牢牢地记着我的话，还是坚持不开车，他买了一辆摩托，头戴红色钢盔，噗嘟噗嘟地满北京开着，因为骑摩托他不打瞌睡。

读者同志们，你们会认为我在宣传手相吗？我敢保证不会，你们会认为我笑语解人，会为那个被我救了一命，从此化险为夷、转败为胜的高大个儿庆幸。

我喜欢听孙悦演唱的那首歌，祝你平安，哦祝你平安，唱得转弯抹角，回肠荡气。我想你们可能也喜欢听。是因为喉咙里出来的声音美妙吗？是的然而不全是；还因为五线谱上的音符婉转吗？是的，但不全是；那么还因为什么呢？当然是歌词！哦，多好的歌词儿啊，善良，贤惠，细心，负责，像是日日夜夜思念着你的母亲、妻子、妹妹、好朋友对你的小声或无声的祝福。

人在旅途，有此歌伴你同行，红尘当有多少温情，人间当是多少爱意。写这首歌词的人是谁，我们请他站出来。

祝你年轻

年轻是最美丽的事情，年轻人自己往往发现不了这种美丽。年轻的时候因为精力过于充沛，激情无处喷涌，细腻而结实的皮肤上憋出一个一个的小疙瘩，红红的，硬硬的，年轻人误以为它们很丑，苦恼得通宵不能入眠，一个人躲在厕所里，举着一面小镜子要把它们除恶务尽。

年轻人误会了，其实它们不丑，它们是最美丽的，这是一种年轻的资格，像一枚一枚红色的印鉴盖在脸上，老了想有也没有了，你们苦恼个什么呢？年轻又是最骄傲的事情，骄傲得令已经不怎么年轻的人欣赏，羡慕，甚而至于妒嫉，因为年轻人偶尔骄傲得过了头，气焰十分的嚣张。

年轻人喜欢吊儿郎当，玩世不恭。上个世纪的六十年代，年轻人流行唱这么一首歌："我们年轻人，有颗火热心。"然而有些年轻人偏偏不这么好生地唱，他们个个是出口成章的幽默大师，他们唱的是"我们年老人，有些怪毛病，不是腰杆疼，就是腿子疼"。那时候他们认为年老是一个遥远的词汇，永远地坐在天边笑望着他们。不料半个世纪一晃就要过去了，这些年轻人果然都变成年老人了，他们果然有一身的怪毛病了。他们很想回过头去，重新好好地唱一遍"我们年轻人"，可惜他们一开口就跑了调，原因是他们的中气已经不足了。

年轻是多么的好，它一点也不沉重，它是轻的，轻得像一片天马行空的薄云，想飘到哪里就飘到哪里。轻得像一朵透明的蒲公英，春风一吹就悠悠地飞走了，在土地的上空任意选择落脚的地方，从从容容，不慌不忙。轻得像一个梦，只须白日里一个浪漫的念头就可以把它托起来，去寻找它的秘密的向往。如果一个梦没有做对，没关系的，第二天晚上再做一个就是。没什么可懊丧的，一切都来得及，仰仗年轻，有的是充足的白天和同样充足的夜晚。年纪一大就不行了，老胳膊老腿儿，夜里做梦插了翅膀也飞不起来，连梦都是沉甸甸的，现实主义的萝卜白菜和西红柿。

年轻也被写作年青，它是青的，不是黄的，如一株笔挺挺的竹子，新鲜极了，活泼泼，水灵灵，刚从雨后的林子里生长出来，而且还在咯咯啪啪地继续往上长着。只要它不堕落，只要它有成长的欲望和奋进的决心，谁也不知道它的将来会长得多高多粗，会长成一片何样迷人的风景，那真可以叫做前景无限。而当一些美好的季节无情地逝去，它就会渐渐褪下年青的颜色，它就成了一株黄竹，它就是竹林里的老年人了。

年轻不仅仅是生命的，同时它也是精神的，灵魂深处的年轻完全可以滋养垂垂已暮的衰体，这就是尘世中有一种人能够永葆青春的奥秘。在已经过去的某些个荒诞的年代，比方说不可扼止的武装的战争，比方说完全人为的文化的革命，有一些年轻的生命从来也未曾享有过年轻，这是时代的罪恶和人性的悲哀。

而目前的情况不是这样，当我们走进和平、善良、美好的花园，满目都是年轻的人。

教书的危险与幸运

我的第一个老师，叫傅明秀，女。因为我只有五岁半，因为我是一个右派的狗崽子，因为我就读的那个蔡坝小学的无遮挡式厕所是一座两丈多高的吊脚楼，我怕撒尿的时候被出身好的高年级同学从背后推我下去，所以就制定了一条适合自己的方针，每天早晨在家里上完厕所再去上学，下午放完了学回家再上厕所。不料有一次，上到最后一节课时出现意外，我禁不住尿湿了自己的裤子。是这个女老师把我带进她的寝室，脱下我的湿裤，洗净，烘干，给我洗一个澡，然后徒步背我回家。惊心动魄的时刻到了，我等待着她说出事情的真相，但她没有，她捍卫了我的尊严，说我下课时不小心跌进了水沟。

几十年后我把这事写成了小说，发表在杂志上，收进了集子里。在我遥远的老家，被早已经退休的傅老师看到了，傅老师对我母亲说，五岁的孩子呀，好记性！

我的第二个老师，叫李家炳，男。因为我学习好，一直当着班上的学习委员，学习委员的责任重大，每天要把全班几十个同学，包括最懒、最笨、最坏的淘学包的作业都收齐了交给老师，这样就常常要到很晚才能回家吃饭。有一天我的肚子饿极了，我把还差几本的作业放在李老师的讲桌上，李老师批评了我，我不接受他的批评，他就索性批评出一句很重很重的话来，他说，希望你不要像你爸爸一样！

几十年后我把这事也写成了小说，发表在杂志上，收进了集子里。然而在我遥远的老家，李老师已经看不到了，他得了一种奇怪的病，最初是瞎了一只眼睛，接着连人也死了。听说他的眼睛失明我还曾幸灾乐祸地想，哦，这是上天怨他不该用这只瞎掉的眼睛歧视一个六岁的儿童！但我又听到他的死讯的时候立刻就为自己的心胸狭窄而忏悔起来，我想我应该在他死之前去看他一次的，让一个右派的狗崽子年复一年地当着班干部，这是多么破例的器重！是我辜负了他的美意，以后等我的思想有了进步，我会重写一篇关于李老师的小说。

我的第三个老师，叫肖远成，男。这时我已经从天宝区的蔡坝小学转到中峰区的三合小学就读，读四年级。四年级有两个班，一个是四一班，一个是四二班，肖老师是四一班的班主任，我正好分在这个班上。班上本来有一个学习委员，但是我一去，这个学习委员就换成我了，我至今还想，近半个世纪以前，大山之中，一个小学四年级老师任命学生干部的制度，仍值得今天从中央到地方各个组织部门思考与借鉴，学习委员就得是学习好，劳动委员就得能劳动，这是一个硬道理。我的作文，先是被肖老师贴在本班教室的后墙上，接着又被别的老师贴在高年级班的后墙上，是让全班学生知耻而后勇的意思。我居然就有了骄傲的思想，上课偷偷看起小说，肖老师真是一个不凡的人，他发现了，他走过来，他轻轻一抽，探囊取物一般拿走了我手里的书。全班顿时紧张恐怖，然而他没有批评我，非但没批，下一次上课他还对全班同学讲这本小说里的故事，讲罢问我，我讲错了没有哇？下课后，他又把书还给我。

班上有一个同学，叫吴宏辉，他于是模仿我在课堂上看小说，肖老师发现了，走过去，却是重重一把夺书在手，一撕两半。吴宏辉撕心裂肺地哭，且喊，呕——呕，你不公平！你偏心！你为啥许别人看，你为啥不许我看？呕——呕！肖老师从讲桌上翻出我的作业本，啪的一声，拍在了吴宏辉的课桌上，说，何时你做出这样的作业，我也让你上课看书！

那时候有门副课叫写大字，现在应该叫书法课吧，肖老师为全班同学一人写张“影板儿”，让大家套在大字本的薄薄的单页下面，一笔一笔照猫画虎。他都写了，就不给我写，我心中狐疑，问肖老师，我的呢？肖老师说，你的让你大伯写，你大伯是我的老师，他的字比我写得好！此言一出，石破惊天，全教室都轰动了，天哪，世上还有比肖老师写字写得好的人！但是这话却吓坏了我，过去我只知道，我大伯是国民党的人，曾经做过我父亲的老师，后来我大伯成了历史反革命，我父亲也成了右派，我大伯是肖老师的老师，肖老师可别也成了右派呀！历史反革命的我大伯能够给我写大字吗？

放学回家，我把肖老师的话说给我大伯听，我大伯泪流满面，看我良久，然后用他被锄头磨成五截树根的手研墨铺纸，居然给我写了。翌日上学我把我大伯的字交给肖老师，肖老师看了又看，说，到底是彭先生的字！

几十年后我把这事也写成了小说，发表在杂志上，收进了集子里。肖老师没有等到这一天，他生前看到的我的作品，都是被他贴在教室后墙上的，印在书上的他一篇也不曾看到。有年回家，我把写有肖老师的小说集送了我的朋友肖向阳一本，肖向阳是肖老师的儿子，因为肖老师，肖向阳成了我的朋友。

上中学后，我的第一个老师叫胡家新，男，声若洪钟，且通音律，可惜他不教音乐，却教语文。他的古文甚好，对我的文言翻译白话赞赏有加，每上新课，必点名让我站起来对照注释先讲一遍，然后他再进行补充或纠正。我当然也把这件值得骄傲的事写成了小说，还把杂志与书寄给了他。胡老师激动得给我写信，又打长途电话，用他的男高音说要向我学习，不过他想搞的是音乐创作。上海世博会召开的一日，胡老师的电话又打了来，他让我点击世博会的音乐网站，说他自己作词自己作曲而且自己演唱，在世博会上对全世界的朋友纵情高唱了一首好听的歌！

与胡家新老师同时做我老师的还有一位老师，男，也叫新，陈新。二十世纪中叶，这两个字组在一起可是大事不妙，有一个革命的词叫推陈出新，那么这个陈新到底是要陈还是要新？因此他便成了右派。他教我们历史，他本人的历史却无法澄清，文革伊始，这个右派又成了黑帮。由于大肆表彰我的各科成绩，甚至爱屋及乌地连我下棋与打乒乓球也一道欣赏，在出身比学习好的红卫兵造反派贴给陈老师的大字报上，我的狗熊事迹也被写了进去："什么藤儿结什么瓜，什么阶级说什么话，右派老师当然要把右派儿子夸。"

他一百八十公分以上的身材弯成一个历史的问号，两根竹竿细腿被他的学生打断了一根，以红卫兵欢乐的饿狗吃屎的姿式栽倒在批斗台上。右派平反后的一天，天命之年方才新婚的陈新老师大醉，狂笑，吐血而死。

他的故事我也写成了小说，愿他能在天国看到。

我的小说里还有一个名叫黄常玉的漂亮的女老师，她教我们唱歌，却买文学书籍送给我看。我写她的那篇小说叫《女黄老师》，收进我的小说集《流泪的百合花》里，一个太负责任的责任编辑打电话来要我改成《女老师》，我说不行，她姓黄；责编又要我改成《黄老师》，我说不行，她是女的，学校还有一个姓黄的男老师；责编妄想一锤定音，说那就改成《姓黄的女老师》吧！我模仿一位大人物的话说，我们过去叫她女黄老师，现在叫她女黄老师，将来永远叫她女黄老师！我把电话挂了，两个月后新书送来，我首先翻开这一篇，没改，还是女黄老师！

我的好老师真是多啊！当我的大学老师陈美兰与我的妻子在北京西站像红色娘子军一样手挽着手，走向南去的列车的时候，当我的大学校长刘道玉苦苦寻找了我三天，有一件要紧的事想告诉我的时候，我的学生泪都要流出来了！

在我二十岁时我也当过老师，我姓彭，此前本校已有了一个彭老师，小我几岁的学生们就把我叫小彭老师。小彭老师当老师的故事我没好意思写成小说，只写在一篇长长的散文里，他当得不怎么样，有一个名叫尹绪松的学生担任值日期间，抹完了黑板擦完了窗户扫完了地，忘了把四脚朝天的板凳从桌子上放下来就回家了。次日上课，他在黑板上赋诗一首，题目叫《观满教室仰板凳有感》，哄堂大笑声中，他撤去了这位值日生的班长之职。

三十年后，当我回乡路过一座必经的城市，一位安全局的干部夜间来访，此人就是尹绪松。当年被撤去职务的这位班长像背唐诗一样背诵了那首诗，抑扬顿挫，平仄仄平，连同标题三十七个字，一个字都没有错。小彭老师难过地说，啊，多么危险的工作，一失语成千日恨、万日恨哪！但却又是多么的幸运，因为尹绪松没有恨我，他是一个好学生，除了记得那一首诗，还记得更多的师生情。以后每当我经过那座城市，他都会开着一辆执行任务的车，来时相迎，走时相送，比担任值日的时候认真多了。

还有他的同学，最是顽皮胆大的江基魁、甘武谋、凌受宴，风闻我因母亲逝世回家，竟从三十里外赶来劝止我的悲号，向我母亲鞠躬，深知当年我对他们的教导，原是出于我的母亲教导的我。我的恩师武大老校长得悉噩耗，他的夫人也在病中，他却急切地打电话来吊唁我的母亲慰问我的父亲，嘱我节哀。不过昔日的学生，也有在形同虚设的衙门里做了货真价实的奴才，为了省去一只花圈的经费而向主子封锁小城尽知的消息，直到获知在这位平凡但却坚贞的母亲的灵前，有一个情深义重的县委书记含泪点燃一片敬意的时候，他才恍然照见自己比其吏职更加卑微的灵魂。

即便一日为师，我也感到了另种的悲哀。

被勒索的滋味

闲读报纸，见一新闻，美国新泽西州有位名叫祖拿斯基的医生，一九九三年来到可口可乐公司，说是他在一罐可乐中喝下了“一点滑腻物体”，引致恶心并患上胃炎，令其丧失工作收入，结果得到了四千六百美金的赔偿。三年以后，这位祖拿斯基又来到麦当劳店，说是他的儿子在吃该店的炸薯条时，吃下了一条老鼠尾巴，要求赔偿五百万美金。联帮警察局为此作出调查，却发现那条老鼠尾巴是他自己带来的，因而又重新调查三年前他与可口可乐公司的同类事件，认定那次的“滑腻物体”也是他自己放进可乐里的，于是将他拘捕。

这条新闻被编者刊在“珍奇趣闻”一栏，想必是觉得它又珍稀又奇怪又有趣。然而我读之后，却无此伤感，因为我近年也遭到一次勒索，这位“祖拿斯基”不是医生，而是作家，一个听说某位文坛名家死了就写散文称他是那位名家的生前朋友，平时央求企业出钱买版面给他发表文章，基本上没挣过什么稿费的专业老作家。几年前他给我寄来一部稿子，先是提出自己筹资出版，后来因为久无钱缴，又进而要求免去稿费由出版社投资。

由于稿子的品格不高，我社不愿做这赔本且又赔名的蠢事，而我又禁不住他的哀求和致谢，便利用个人的关系将其转给兄弟公司，并且替他找了一位投资印发的书局。不料打版样书刚一寄去，这位斯基觉得金钩被咬，立刻以没有正式委托书为名，向出版公司索取巨额稿酬，以致引起一场长达三年的官司。

他的原意并非害我，实话说他对我仍然心存感激之念，因为那堆周游列国先后被四家完璧归赵的稿纸终于变成了一本书。他想的只是让拥有千万之资的国家的出版公司吃个小小的哑巴亏，于人家无非是九牛一毛，而于他则是一个翻身大仗，便写信要我不必多言。可是我怎么能不多言？他的稿子是我给他转人出版的，也是我给他找人投的资，我是这个世界上唯一的知情人，我不多言就意味着出版和发行两个单位面对勒索而无一人作证，我不多言就意味着我将被两方面的朋友认定是他精心勒索的当然同谋，于是我毫不动摇地站在了被勒索者一边，因此我也就成了第二被告。

当我收到法院发来的出庭通知书时，心有万感，口无一语，愤而作下打油诗二首。

其一曰：

中南有异人，蔷薇花开绝。
欲得满城香，蒙面写厚黑。

其二曰：

自古捣鬼易，从来成事难。
奇闻终作丑，坐厕一笑谈。

前首摘句李卓吾的《厚黑学》，后首引了鲁迅的《捣鬼心传》。我把两首打油诗附在答辩书的后面，一同寄给了法院。不过油是打了，诗是寄了，气是出了，庭还得出，律师还得请，电脑里正写得来劲儿的小说自然也写不下去了。此间这位“祖拿斯基”抓紧时间，利用当地新闻媒介歪曲真相，大作文章。这场官司从狗年打到鼠年，直到牛年之春方才结案。

这是永生难忘的一天，我在这一天的日记里这样写着：

一九九七年三月十日，星期一，好晴天

上午处理琐事，中饭后看电影《离开雷锋的日子》。前半部分极为感人，后半部分则有些小品化，乔安山救人反被讹诈一节，乔妻（走红演员宋春丽饰演）的一番慷慨陈词完全是席勒式的话剧独白。然而虽则如此，影片却仍令人激动，剧终灯亮满场泪光一片。

看罢电影，突然接到北京市第一中级人民法院的电话，通知去取判决书。略一愣怔，旋即断定必是书稿勒索一案，遂乘车前去，一路心中作好各样准备。到法院会客室打一电话，坐等判决，俄倾一法官至，问过姓名，验明正身，让签字收存文本二份。当即站看三遍，原来因我与出版公司两被告出示铁证，言之凿凿，勒索者被迫于诉状驳回之际选择了撤诉，诉讼费一百五十元由原告担负。

手握此判，仰天无言，回家静坐一刻，挥笔又作打油诗二首。

其一：

尝闻周郎妙计多，不期大意陷网罗。
三年狗血今可拭，从此世上无东郭。

其二曰：

狗年江城兴奇波，自编自导自鸣锣。
人不开言天开眼，大笑三声泪滂沱。

写罢自赏，末句简直有点泪飞顿作倾盆雨的味道，险乎儿发出真笑。古人云愤怒出诗人，那自然主要是指当年《离骚》的作者，而我这被人勒索的打油诗人不知算不算数，又不知美国那可口可乐公司和麦当劳店的老板会做中国的打油诗否？

这位中国的祖拿斯基一分未得，反而赔了一百五十元，若以稿费相补，还得耐心等到文坛又死去一位名家之后，由他再冒充生前好友写上五千个字。

遭遇女户警

我这人向来都糊涂得很，三十岁以前，一直都以为凡是戴大盖帽的都是公安警察。后来才弄清楚，大盖帽分好几种，颜色有黄的、蓝的、灰的、黑的，五色不等。除了警察，工商、税务、交通等部门的人也戴大盖帽，这其实无形中把大盖帽的尊严分散了很大一部分。到银行去取钱，还有一位手持电棍的大盖帽保卫着广大储户的存折。同是戴大盖帽的警察，又分武警、刑警、民警、交警、户警，只有便衣警察执行任务的时候不戴大盖帽，因为一戴就被坏人认了出来，不能圆满地完成侦破任务了。公安警察的大盖帽和制服是橄榄绿的，宽皮带上还佩有手枪，和陆军军官相似，集合站队，一片绿色，于是和保家卫国的前线将士一样，也被称作绿色长城。

我和警察第一次打交道，是十多年前的一个九月上旬，在湖北省十堰市柳林路派出所。那一年我考上了大学，我所在的文联正值用人之际，留我甚切，又要让我入党，给我买套房子，把我的干部履历表上填个大学毕业，还说这个文联的主席早晚都是我的，死活也不肯发放我的户口。我只好决定丢下公职，不辞而别，拿着入学通知书，偷偷地跑到管我户口的派出所。接待我的是一位年轻的女民警，她接过我的通知书慎重地看了一遍，又看了一遍，一连看了三遍之后，方才抬起头来，满脸羡慕，说了几句传统的捧场话，什么天之骄子之类。但是接着却告诉我说，市里要枪毙一个人，所有的户口全部冻结，三天以后才能营业，你得等三天再来。

我一听就发了急，因为等到三天以后，单位必然会察觉我的行踪，给派出所打个电话我就完了，于是就和女户警发生争吵，说那个要枪毙的人既不是我，也和我没有任何瓜葛，为什么因为要枪毙他而不转我的户口呢？女户警对我解释了又解释，在逻辑上还是解释不通，又不能让我看出她理屈词穷，就一笔勾销了对我的好感，生起气来，撅着个红嘴巴，当即给我的单位打电话，问那里有没有我这么个不讲道理的人。

这一下事情闹坏了，等于不打自招，单位一听就知道了我的目的，在电话里对派出所说，千万要把我的户口卡住，不见到盖有单位红色公章的介绍信不能放行。女户警放下电话，一脸幸灾乐祸的表情，对我怪笑着说，哼，想跑还这么厉害！

后来还是女户警的那个“跑”字提醒了我，我心想你说得对，跑就跑，就索性不要户口了，也不要档案了，粮油（那时吃粮要粮票，吃油要油票，国家干部粮食每月二十八斤，大学生每月三十三斤，油若干两）工资都不要了，先到学校住下来再说，横竖我又不是那个要枪毙的人。此后直到大学毕业，我的户口和档案才从十堰转到武汉，再从武汉转到北京，而这几年的粮油和工资，都被单位做了机动使用。有过这样一场闹剧，我对户警的印象挺深的，但是也并不坏，包括那位和我吵过一架的女户警。那次逃跑受阻我并不怎么怪她，怪只怪那个要挨枪的。

现在回想起来那件事情，我还觉得很有意思。女户警的认真和负责也许并没有错，中国这么大个国家，十多亿人，不管好户口怎么行呢？谁想转户口就给他转，想哪天转就哪天给他转，枪毙人的时候也给他转，如果把那个枪毙了的人的户口转给他了，过后发现他居然还活着，怀疑他是从刑场逃走的，要再枪毙他一次怎么办？

喝酒砸瓶夺杯

茅台酒是贵州一宝，《山花》主编何锐也是贵州一宝。何锐每次到北京公干，手提箱里必然塞有一瓶茅台酒，安营扎寨以后，就会等不及地找个好去处约我们喝上一顿。上世纪末，我去贵州看黄果树瀑布的同时，也看过茅台酒厂，得知了茅台酒厂每年的产酒量是多少，埋过一年以上的酒又是多少，回来便对全中国各大宾馆饭店商场超市陈列的数量惊人的茅台酒表示怀疑，无从得知它们来自哪里，那些贴着茅台商标的瓶子里装的究竟是什么货色，既不敢轻易买，更不敢随便喝。

但是，对何锐从茅台之乡贵州带来的茅台酒，我却没有理由不相信，因为他跟茅台酒厂的历届厂主都是铁哥们儿，他的西装下面永远也不隆起的腹内，不知道有多少茅台酒曾经从那里穿肠而过。

此次他来北京，找好了一个东北人开的酒馆，然后打电话让我们赶去喝酒。由于路上堵车，我去得晚了一些，赶到之时他召集的一干人马已经基本到齐，年龄最小的是上海二十八岁的女评论家，年龄最大的是北京八十二岁的林斤澜。何锐拿出一瓶茅台酒来往桌上一墩，白玉瓶，黄金盖，红丝绸，盒子里还有一只金色的仿青铜酒杯，那叫金樽，唐诗三百首中李白仰脸举着邀明月的那种。何锐说这是真正的茅台陈酿，市面上不可能买到的，在土里埋过数年，味道比刚出厂的茅台酒当然要醇，跟如今满世界假冒伪劣的茅台酒当然就更不能同日而语了。

一瓶茅台酒喝完，我招手对旗袍小姐喊道，拿一只锤子来！小姐有些困惑地望着我问，先生你要锤子做什么？我说我要把这只酒瓶砸了！满桌人的眼睛立刻看一看我，又看一看那只无限诱人的茅台酒瓶，眼里的神情与小姐乃似。我说你们听我说吧，刚才我从家里出门的时候，还看见一个蹬三轮车的嘴里喊着收茅台酒瓶，六十块钱一个，你们知道他为什么要收这个东西吗？这六十块钱至少是他三天收破烂的纯利润的总和！黄浦江上的青年女评论家率先猜道，插花？我对她说，你去北京瓷器批发市场转转，六十块钱可以买六个花瓶，每一个都比这个白酒瓶子好看得多，而且还送你一朵绢花！何锐睁大了一双近视眼问，收藏？我说，我给你们讲个故事，你们就知道我为什么要砸酒瓶，特别是为什么要砸茅台酒的酒瓶了！

不是在很早很早从前，也不是在一个很远很远的地方，有一个奶粉质检科的科长，有一天收到一家客户送他的一箱茅台酒。科长一瓶都舍不得喝，把它送给自己的上司处长，处长也一瓶都舍不得喝，把它送给自己的上司局长，局长正在想着是不是送给自己的上司部长的时候，他的老婆告诉他说，明天是她父亲的八十大寿，局长说，好吧，我要到部里开会我就不能去了，我让司机给老人家送一箱茅台酒去！局长老丈人高兴极了，第二天为了显摆女婿的孝心，就搬出茅台酒来请客人喝。酒瓶打开，一股浓郁的气体冲了出来，客人齐说好酒，但是斟进杯里一尝，味道十分特殊。局长老丈人发现客人们的脸色不对，自己咂了一口，立刻觉出是什么了。老寿星忍气吞尿，寿宴毕了让人把喝剩的酒还给女婿，局长打开酒瓶往鼻子下面一杵，破口大骂道，操他妈的，玩儿到老子头上来啦！然后局长追处长，处长追科长，科长追客户，才知道客户又想自己奶粉过关，又恨他们趁机索贿，就用回收的茅台酒瓶灌了尿来送礼。

我说，所以，为了中华国酒茅台的尊严，为了中国乃至世界人民的身体健康，喝空了茅台酒瓶该不该砸？以何锐为首的全席作家异口同声地回答，该！说时迟，那时快，只见小说家荆永鸣根本不等旗袍小姐拿铁锤子来，顺手抓起一样武器往酒瓶上拦腰一挥，哗啦一声脆响，一个酒瓶就变成好几个，宁为玉碎地散在地上了。荆永鸣打碎酒瓶以后，意犹未尽，一双眼睛继续在周边寻找，这时候八十二岁的林斤澜慌了，起身抢过那只金光四射的茅台酒盒，从盒子里一把抓出那只酒杯，双手抱在怀里说，这个酒杯我要了！

我的书房有一条龙

我最初的书房，名字叫神虫窟，因为我的生肖是蛇，住的又是一层，就转弯抹角地叫它蛇洞。后来乔迁，新居是塔楼的九层，入住时正值春节前夕，是夜朔风怒号，声音之凄厉，俨然如电视剧《聊斋》里的鬼狐即将出现，举家大惊。天明采访本楼邻居，邻居四处视察一番，指出问题乃在于我的居室装修，因为物业不许打掉原有的钢窗框架，我让装修公司在里层又加了一道铝合金窗，想的是既美观，又严实。孰料夜风袭进第一道钢窗防线之后，却不能突破第二道铝合金窗防线，陷入夹层没有出路，于是就在里面呼啸呜咽。然而此窗既然装了，我总不能因此拆除，最好的办法是学会适应，动员自己一听到鬼狐之声就去想蒲松龄，以此促进写作，并且故作幽默，为自己新的书房取名听风楼。

在听风楼住了十年，有楼下的女邻居登门按铃，反映我家洗手间漏水，很客气地领我去她家现场参观访问。去了一看，其卧室的楼顶真有大片不明水迹，状似地图上的鄱阳湖，于心很是不安，遂向女主人许诺，索性把居室重装一遍，以绝水患。我把二次装修的时间定在九月，先找好了装修队，根据他们的完工期限，在本楼的第二十层租了一套闲房，租期两月，每月付金一千二百元。邻居提醒我千万不要找河南人装修，我就问那个姓张的包工头儿是何方人氏，张包头儿说是安徽，唱黄梅戏的那个地方，我便放下心来。当即验明正身，签了合同，要他这次打掉原本进风的钢窗，换成密封性能极好的塑钢窗户，把鬼狐的声音挡在第一道防线以外，里面再做一层中式格窗，作为装饰。又嘱咐他，重中之重是我的书房，左右墙壁做成两面顶天立地的书柜，电脑网络等一应线路，全都隐形在书柜的后板壁中。张包头儿把一扇瘦胸拍得屁屁的响，说他们是专家组织，这个项目小菜一碟。

腾空房子的时候，张包头儿见我书房地上都堆满了书，问我是干什么的，我如实地告诉了他，他就对我刮目相看。我在租住的房子里给人写电视剧，有时他来找口水喝，问我写那东西人家给多少钱，我也如实地告诉了他，他就对我更加刮目相看，嘴里并且委屈地嘀咕着，坐在家里写字还挣那多，我们累死累活还挣这少！一边嘀咕一边撤离，下次再看见我，眼睛里多了一些转动和闪烁。

房子装到第四十天，还差五天就要竣工，张包头儿突然找到我，搓着两只脏手很不自然地笑："野先生，上次签合同时我把你书房的柜子给算掉了，那玩意儿八千块钱都拿不下来，我们也算是朋友了，这样吧，你再给我加八千块钱！"我听了一愣，旋即就明白了，望着他说："我要不给你加呢？"张包头儿说："野先生开玩笑！你不加钱我们就走，你租的房子快到期限，房主又收了下一户的租金，物业下月通知试暖，你家暖气卸了还没装上，眼看快要过年，今年你打算在哪儿过年呀？"我一笑说："我不能另找人干？"张包头儿也一笑说："我丢下的这活儿，你找别人至少要你一万，给我八千算你赚了两千！"我说："一万我也认了，我怕你关键时候又来一下，你们走吧！"这一次是他听了一愣，我催他们把工具提走，然后一道乘电梯下楼。

我的脑子非常意识流，此时思考起了两个问题，不是装修方面的，而是写作方面的。一个是几年前我写了一篇获奖小说，名叫《找打》，帮助进城务工的农民愤怒控诉了万恶的城里人。曾经一度我很自豪，觉得自己早在温家宝讲话之前，就已经开始关心弱势群体了；另一个是鲁迅在七十年前说的那八个字：哀其不幸，怒其不争。我忽然发现，七十年后我的思想水平还停留在前四个字上，难怪写了几十年还成不了鲁迅啊。还号称当代作家，还有脸装修听风楼，这样的猪脑子还想写作，只配在猪圈里写。

张包头儿说得神极了，新找的老板看了我家扔下的工程，果不其然开口就是一万。我已没有了时间讨价还价，也开口就说可以，但要完工后再付款，然后对他说了刚刚被人敲诈的事。老板答应了我，我问他的籍贯是哪里，他想了想说是山东，我看他个子黑瘦矮小，倒像是河南人，不过见识了安徽籍的包工头儿后，我转而觉得河南人不至于比他更加可怕，加上我现在是贫不择妻，他便是犹太人我也会把扫尾工程承包给他。这位老板雷厉风行，即日下午就派来二人，一个劲儿地往我家墙上抹多乐士，我问他们的口音怎么又像山东又像河南，二人吭哧着说，他们住在山东跟河南交界的那个地方。

十天以后，我家的装修工程胜利结束，重返旧居的当天晚上，我急不可待地开始插试电源。恐怖的事件到底出现了，除了电灯能亮，电视和电脑能开，电冰箱能够启动，其他如电话、电铃、微波炉等各条线路都没有电，宽带网线就更不用说，墙上的漂亮插座百分之五十都是假的。我估计只要我交了张包头儿八千元钱，他瞬间就能把墙内所有的线路全都接通。这样一来，可怜我的书房听风楼，只好从门外拖来一条明线，插进电脑才能上网。

这条白色的网线躺在栗色的地板上，像是误饮了雄黄酒的白蛇小娘子，退而一想我觉得也挺美的，古人说书中自有颜似玉，还有金屋藏娇之类，而我每天都能享受许相公的待遇。弊端则是从此每有客来，观赏我家新装的书房，唯恐一脚被地上的白娘子绊倒，我必一马当先，在前面担任导游的角色。我家共计三人，各自一台电脑，白天只我一人守家，多情的白娘子可以一直伴陪着我，晚上妻儿相继回来，它就一会儿被拖到卧室，一会儿被拖到小房，三台电脑轮着番地把它拖进拖出，它就只好在三间房的地板上辗转逶迤，一根长长的玉体备受拖累。

邻居怂恿我去派出所报一个案，我极难为情地试着去了，派出所说是经济纠纷，应归法院受理。遵嘱去往法院，法官问我打算索赔多少，我说只想把一万要回来，法官说一万太少，加上各项其他赔偿至少应该五万，我说多了他拿不出，就一万吧。法官遂不再动员，要我按照比例，先交了六百元的立案费，然后才接过装修合同，一查公司的名字是假的，公章是假的，张包头儿的名字是假的，身份证是假的，手机号是真的，不过却关了机。法官说这我们就无能为力了，最好你去把他抓来交给我们。我说那你能不能把六百元钱退给我，法官说全退是不可能的，马上撤诉可退一半，有限期一过就不退了。

我赶快撤诉，一举避免了三百元钱的经济损失，从中拨出十元打车回家，一路佩服自己英明，居然没听法官赔偿五万的建议，不然还得交三千元。接着又劝自己忘了此事，躲进小楼成一统，暖气来了好过冬，向阿Q同志学习，妈妈的，只当儿子骗了老子，赶紧写点子文章，把那大小两笔赤字给补回来。不过再要写到弱势群体的时候，我会像那个总不讨人喜欢的鲁迅一样，想想除了给他们一个铜板，我们还应该做些什么。

十三岁带人远行

一九六六年的六月，我才十二岁半，在一所大山里的中学上初一。我至今仍然感到惊讶的是，这里和首都北京远隔万水千山，文化大革命的熊熊烈火怎么呼噜一下子说燃烧就燃烧过来了。文革最初的表现形式是批邓拓、吴晗、廖沫沙，学校里的青年教师和高年级学生学着毛主席的样子写大字报，满学校的墙上贴得都是，从食堂贴到厕所，说是要把三家村砸个稀巴烂。

为了验证这些作法是不是符合北京的标准，接着学校派出了第一批根正苗红的学生代表，到首都北京去接受伟大领袖毛主席的检阅，同时求取革命的真经。一个月后这批人回来了，做红战旗、红袖章，红语录袋，绿军帽，绿军衣，绿军裤，随着商店里红布和草绿色布的迅速脱销，满校都出现了雄赳赳气昂昂全副行头的红卫兵小将。

学校开始还挣扎着上几堂课，后来就不能上了，写大字报，开斗争会，游行示威呼喊口号。我记得首先揪出来的是两个人，一个是学校里那位身材奇高相貌奇丑的语文老师，是个右派，名叫陈新；一个是右脸长着一块黑疤的姓方的区长。

到北京去让毛主席接见的学生代表里没有我，这是我的父亲早在一九五七年就决定了的。不仅如此，我的名字还出现在贴给陈新老师的大字报上，其中有一张的题目叫做《什么藤儿结什么瓜，什么阶级说什么话》，内容大约是只有右派老师才鼓吹右派儿子是天才。其实说陈新老师鼓吹我是天才纯粹是个冤枉，他无非是经常在课堂上当着全班同学夸我聪明。

直到红卫兵全国大串连时，我们十几个没有当上学生代表的低年级同学才组成了一支小分队，各自背着被包和饭碗开始行动。大家推举我当头儿，说我是从县城第一中学转学去的，比从小在山里读书的孩子多些见识，学校开的串连证明和路上吃饭的钱和粮票让我带着。交通工具是与其他分队合挤的一辆敞篷大卡车，军绿色解放牌的，车头飘扬着一面红旗，细条条的男女同学插笋似的插满车箱，大卡车在蜿蜒盘旋的山区公路上颠簸前进，像是一条不要命的醉汉，同学们齐声高唱毛主席语录歌，下定决心，不怕牺牲，唱着唱着就有人哇的一声吐了，脏水被迎面而来的强劲东风均匀地吹洒在后面同学的脸上，雄壮的歌声却继续响着。

司机一路不停车，好像见毛主席的心情也很迫切。一路都是同学紧急地喊着停车小便，喊声被歌声盖住，司机听不到，靠在车箱边的尿涨急了的同学就不顾一切地打开裤子，从车栏缝里递出去向外撒着，那尿随着车的颠簸上下飞舞，偶尔路边的柳树枝条抽中了某位同学撒尿的地方，疼得尖叫哎哟。车上的女同学们不看不笑也不抗议，继续唱语录歌。那年代的青年都很纯洁，满脑子想的都是伟大领袖毛主席。女同学的忍耐力强得惊人，他们直到司机决定停车的时候，才飞身而下疯狂地寻找厕所。

我带的队伍里有一个叫尿床包的同学，因为在去北京的路上他每夜都把自己的被子尿湿圆圆的一块，次日起来怕我们看见，打被包时用一个白绿两色的洋瓷碗扣在上面，洋瓷碗的大小面积正好和尿迹相等，那个地方就被圆满地盖住了。他是担心到了北京让毛主席看见不好，他要注意自己的形象。

还有一个同学我实在忘不了，他叫靳国清，比我大一岁，是我读初一时最要好的朋友，那次长征未遂回校不久就得了一场怪病，据说是受热后喝凉水引起的，不久就死在家中。临死时我们去看他，他还对我说他想要一个红袖章。因为他的父亲或者哥哥和国民党有点什么关系，他没有当上红卫兵。我们流着泪设法给他弄了一个红袖章戴在臂上，他是笑着离开的世界。

串连回来我就转回我原本考中的县城第一中学，进校不久就听说校长宋秀琳挨斗不过，跳楼自杀，但是因为那楼只有一层高而没有摔死，一条腿却从此瘸了，许多天后我们再见到他行走在校园里时，矮粗的身子一起一伏的，酷似大风大浪中一条随时可能葬身大海的破船。宋校长跳楼的第二天，学校又贴出新大字报了，题目是《走资派跳楼自杀，为何脑袋不朝下?》作者似乎学了一点古典诗词，想把它弄成两句七律。

那一夜我差点儿牺牲

我做知青的时候喜欢修水库，不喜欢种庄稼，喜欢拉车，不喜欢挑土。我总共在三座水库上拉过车，一座叫龙坝水库，一座叫东方红水库，一座叫大沟水库。在第三座水库上拉车的那年冬天，有天晚上挑灯夜战，我差点儿牺牲在了那条名叫大沟的沟里。

修建水库的目的和意义不用说了，程序是这样的：在两山之间选择一个狭口，用石块砌成基脚，再用黄土筑成堤坝，再用石块镶嵌在堤坝的内外两面，以防库水和风雨的侵袭。石块和黄土都是从两山开采，经过临时挖出的两条又窄又陡的土路，车手用板车和箱车从山上运到山下，填平夯实。随着土坝的一层层升高，土路也由陡峭渐趋平缓，忽然有一天，有人背着手在堤坝上转上几个圈子，又跺上几脚，说声行球了，这道堤坝就不再往高处筑了。剩下来的工作是从略低于坝顶的位置，用洋炮在山上炸开一个缺口，安个闸门，这叫溢洪道，防备山洪暴发对堤坝形成威胁，届时派人上去把闸门一抽，让洪水从那个缺口溢掉一批，这座堤坝就可以保住了。

凡是修过水库的知青，经我这么一说就能回忆起来，没当过知青的，没修过水库的，一小时活儿都没干过的，吃麦当劳和肯德基长大的八零后们，我儿子他们这一代走运的骄子，再写这长一段文字他们也看不明白。而且，他们根本就懒得看，那我也就不写了吧。

那天晚上是个月黑头，月黑头是月亮被黑夜裹在里头，天地一片黑暗的意思，现在想来那种夜色正好是我们知青时代的象征。出事的前几天，水库工程指挥部接到上面一个通知，某月某日，这道堤坝必须胜利峻工，时间紧迫，任务艰巨，因此大家白天干了，晚上还要接着干，月黑头也不例外。可是四周漆黑一片，对面看不见人怎么干呢？指挥部想了一个办法，派人买来几十盏防风马灯，顺着那条窄陡的土路，隔几丈远放上一盏，从山上的土场一直通到山下的堤坝，让马灯的微弱光辉照耀着工地，广大的水库建设者们该做什么，就做什么，一切还跟白天一样。

指挥部分给我的工种，是用一辆箱子车拉土填坝，从山下把空车拉到山上，用洋镐挖下黄土，用箢篚装进车箱，踩着灯光下的土路拉到山下的坝基。那时候堤坝还处于初级阶段，上山取土的路不仅窄陡，而且遥远，一天只能拉二十车。我拉车的方法与别的车手有所不同，现在想来恰好是这个不同救了我，别人都用一根绳子套在肩上，像是给牛套上轭头，上坡时好低了头全身使力，我嫌这样套着麻烦，就把绳子掀在一边，两手握住车把，用胳膊使力把车子拉到土场。装满了土，运下坝时也是这样，自以为很潇洒的。

那晚的挑灯夜战是头一回，很多车手看着几丈远一盏的马灯心生恐惧，看着有马灯的路段光线暗淡，没有马灯的路段更加昏黑。土路一边是几十丈高的悬岩，往上竖着，一边是几十丈高的绝壁，往下竖着，路的宽度却只容两车相错，空车上去，重车下来，一步没有走好，撞着那边的悬岩大不了破皮流血，掉下这边的绝壁可就得粉身粹骨了。大家都说自己眼睛不管用，要求改行去挖土抬石，或者打夯也行，指挥长大发脾气，说是你不拉车他不拉车，谁来填土谁来筑坝？我料定自己一个右派的儿子更别想推脱了，就硬着头皮，说是我来拉吧。

拉头两车还没有问题，因为诚惶诚恐，步步为营，先后都安全地到达了目的地。拉到第三车时我的胆子渐渐大了起来，竟敢加快速度，眼睛也不左顾右盼了。不料刚把一车土拉到一个灯光照不到的路段，突然觉得左边的车把往下一降，接着后边的车身往左一倾，我就知道大事不好，车子要翻。说时迟那时快，我飞快地撒开车把，一缩左脚，再一低头，简直就在我做这三个连续动作的同时，这辆土车的右边一根车把呼噜一下卷过我的头顶，然后装满黄土的整个车子霎时消失在茫茫夜色中了。我傻站在土路当中不敢动步，单等着想象中的那个声音出现，半分钟后，果然从脚下远远地传来哗啦一声，好似来自地狱深处，跟我想象中的那个声音一模一样，是一辆土车摔碎在了几十丈高的绝壁下的声音。

当晚的夜战立刻宣布结束。这是大沟水库的第一个夜战，以后夜战虽然还在继行进行，可是指挥部取消了从山上往山下拉车的这个危险项目，改用扁担竹筐挑土。这样效率要低一些，却不会发生车毁人亡的惨案。马灯也增添了几十盏，中途还给大家加了一顿夜饭，防止有人饿昏了头，挑着挑着一头栽倒在土路上。

第二天我专门跑下山脚，找到了我的那辆运土的箱车，它已经不再是车的形状，而变成了几块残破的木板，横七竖八散得满处都是。车轴上只剩下一只砸瘪的车轮，另一只怎么也见不着了。我有些担心指挥部会找我算账，扣除我相当长一个时期拉车挣来的工分，作为对这辆土车的赔偿。还好没有，这样一来我更是心怀愧意，觉得对不起党和国家以及人民。我从车库又领来一辆新的土车，从此我时时小心，处处谨慎，直到那座水库修成，再也没有发生过类似那晚的事故了。

回想起来，当时我并没有感到多么害怕，倒是事情过去之后，很多的水库建设者为了炫耀自己是亲目所击，纷纷对那场事故进行大惊小怪的描述，我这才觉得自己居然是一个九死一生的人。我的眼前甚至出现了以我命名的追悼会现场，那年头有一条最高指示，中国人民个个会背，说是村里人死了，开一个追悼会，以此寄托我们的哀思。水库指挥部当时订了一条政策，修水库的人在工程中死了，算是因公牺牲，除了开追悼会，寄托哀思，还补助死者家属五十块钱，死者的尸体愿意运回去就运回去，不运回去就埋在水库堤坝的旁边。这时候我有点后怕了起来，耳边不由得响起一部电影中的女革命者之歌：娘啊娘，儿死后，你要把儿埋在那大路旁，将儿的坟墓向东方……

那年我才十七岁多，我娘在几百里外的一个供销社里工作，不在东方，而在南方，此时正在给人卖货。我爹是一个很多年后才能平反的右派，此时也正在农村劳动改造。补助我的五十块钱，有可能会拨给我的右派老爹，他也有可能会把它领去买成劣质旱烟，以此冲淡中年丧子的悲伤。

修完这座水库之后，我又跟随队伍转移到新的战场，在全国农业学大寨中修了几座梯田，修了一座山顶平原。在山顶平原上我受到一个名叫薛立君的小公社书记的恩典，去一个名叫东方红的学校做了民办教师。接着又被知青办集中到一个名叫龙王垭的茶场。再接着那个伟大的人死了，他身边的那四个人也粉了碎了。另一个人出来管事了，所有的事都变得好起来了。文革结束了，知青时代跟着结束了。老爹平反昭雪恢复工作了，我也跟着进城参加工作了。当了十年知青，像做了一个噩梦。

大约三十年后，我带着北京的妻子和儿子，去参观了我曾经修过的那三座水库。在第三座大沟水库上我们逗留了很久的时间，我指着那条已经长满青草的土路，语重心长地对我的儿子说，看到没有，就在那里，那天晚上要不是你爹眼尖腰快，心灵脚巧，这个精彩的世界上就没你的什么事啦！

儿子茫然地凝视着那条土路，这位八〇后的酷毙少年，不知道他到底在想些什么。

我的生日

要说托祖国的福，可能我托的比别人都多，连生日也让祖国给免了费，除吃好的，穿好的，还能净拣好的玩儿。从小到大，没有专为生日花过一分钱。

其实我自己心中有数，我的生日并不是很确凿的。在小事上精明的母亲，有时却大事上犯了糊涂，比方我出生的日子。也许是建国初期，百废待兴，各行各业的工作都太忙了，或者便是过于信任全权掌管家事的保姆，母亲竟连时间也不亲自记住。保姆一口咬定，是阴历的八月初四，说我满岁时依据的就是这个日子，那一天好像又是阳历的十月一日，不仅全家欢乐，而且举国还同庆呢。

事情就从那时开始搞混淆了。保姆以后离开我们，而小孩的生日过完第一个，再过第二个就以此类推，阴历的日子不大好记，那就按阳历吧，于是一锤定音在了那个国庆节。母亲对此似乎还产生过怀疑，她曾经自言自语，到底是不是那一天呢？父亲从来是个怕麻烦的人，他赶紧狠狠地点头，十分有魄力地回答，是这一天！是这一天！这一天我在人民广场上讲完了话，兴冲冲地跑回来，看见床上多了个人！

二十世纪五十年代，我国人民过生日，一般都论阴历，即便现在也多是如此。我们是月亮历的国家，种庄稼按太阳历五谷不生，元宵端午，中秋大年，这可都是阴历的节，春节永远比元旦庄严，肥猪的脑袋统统要掉在腊月二十七八。在那时候，我家的父母能开风气之先，将儿子的生日定在阳历，自然与他们是革命干部有关。但是也不能排除这种可能，他们看中的是国庆节这天全国放假，又好记，又有时间，还免得专门为我操办宴席。不然的话，他们自己的生日，为什么还是一如既往地按阴历？

但无论怎样说，我的生日便这样和祖国捆绑在了一起，秃子跟着月亮走，几十年沾光如一日。

不料四年前，我在汉口的一个小书摊上，偶然看到一本极难看到的万年历，忽发奇想，将它买在手里，要查对一下一九五三年癸巳年的国庆节，可曾真是阴历的八月初四？不查则已，一查不禁大吃一惊，当年阳历的十月一日，竟是阴历的八月二十四，霜降！而阴历的八月初四，则是阳历的九月十一，距寒露尚差四天！

回想已经过罢的三十几个生日，竟有非常之大的可能性，是让那两个阴差阳错的日子为我造了一个笑话。我是没有能力知道我确凿的生日了，如果阳历的十月一日是对的，那么满岁为什么是在阴历的八月初四？如果阴历的八月初四是对的，那么又为什么父亲从广场上讲话回来床上多了一人？二者必错其一，时过境迁，问题是一个极其重要的证人，我的保姆又在二十二年前辞世，这真叫做死无对证。

幸亏不是大人物，诞生的日子有了分歧，不会在活着的生日宴会和死后的纪念周年上引起学者的辩论和斗争。一个小老百姓，别说是记错了生日，即便连错的也没有一个也毫无关系。这个道理我非常之明白，因此当不幸查出万年历我的生日阴阳不符之后，我的想法是，与祖国一起过生日实在是太好了，一到国庆节之夜，电视里必须派一个女歌星出来，用一张亮晶晶的红嘴巴对着我唱，今天是你的生日。

不过遗憾也不可能一点儿没有。近年常有麻衣算命者，瞎了双眼或者两只都光明灿烂的，能根据人的生辰八字，道过去之祸福，云未来之吉凶。朋友中不少已在那里消费了几张票子，有的说是比较灵验，极力怂恿我也去试一试，只当是作家体验生活。我便心旌摇动，某一日果然去了，先生是一个戴墨镜的，不知那两片黑家伙内有没有眼睛，开口便要我出生的年月日时辰，要阴历的，不要阳历，因为算命是中国的科学。

我那已伸进衣兜暗暗开始掏钱的手，立刻就缩回来了一半，报八月初四么？分明不是国庆节；报国庆节么？又分明不是八月初四。何况就是依了保姆的说法，也不知道是什么时辰，我试问随便报一个行不行？墨镜极负责任地将手摇动着说，那不行的，子丑寅卯，辰巳午未，申酉戌亥，十二甲子，变化多端，神出鬼没，半个都错不得的，同年同月同日者，不是同时，便有皇帝与罪犯之别，驸马与乞丐之差。为了神算的声誉，他竟不肯贪我几块钱的便宜。

因此，我至今也不明确我将来的凶吉祸福。

不明确也好，免得骄傲得睡不着觉，也免得悲观得吃不下饭，该活的反而活不好，该死的却提前死了。再说我自己的命，算命先生未必有我自己会算，当不了官，因为一张臭嘴巴，发不了财，因为一颗笨脑袋，皇帝和驸马是做不成的，因为天下已定，妻也娶了，罪犯和乞丐也是不会当的，因为没有杀人放火以及贪污盗窃的爱好，除非有人无罪硬要给我定一个罪，没有沿街叫化口叫叔叔阿姨的厚脸，一支秃笔，好歹还能写几斤米来糊口。

塞翁失生日，焉知亦非福也。

去年的十月一日真是巧极，即便在我从小摊买来的那本万年历中，此例也当鲜见。不仅是祖国的生日，我的生日，而且被我从老家接来京城的、让我过阳历生日而他自己却过阴历生日的、已度过六十二个春秋的父亲，在六十三岁的阴历生日上，居然也和阳历十月一日不谋而合。于是三个生日便一起过了，赋予三重的意义并倾以三倍的庆祝。

当夜我便以举罢高脚酒杯的通红且发颤的右手，在节日的灯下给家乡的妹妹写信："今日乃千载难逢，三生齐贺之日也，我的生日，爸爸的生日，妈妈的生日——祖国是母亲，母亲是妈妈，所以国庆节即妈妈节，所以今天我们一家人都过生日……"

生日过罢，妹妹的回信寄来了："哥哥别出心裁的生日一说，把我们逗得肚子都笑疼了。"

信的喜剧

年少读书，记得在中国的古典小说中，若写才子佳人，那传递情书的业务基本上是靠丫环，此外据说还有鸟类，那是多少带一点神话色彩的，即所谓的鸿雁传书。若写战争，边关向朝廷发送军机战情，却非快马莫属，一件一送，因万里迢遥一日不达，途中还设有驿站，成本之高，是今日几角钱的邮票所不能解决的。

外国小说中的情况也大抵相似，有两本书对于送信的描写，给我的印象至今难忘。一本是匈牙利人写的《奇婚记》，大学生杨诺士爱上了邻居的女儿比洛西卡，写了五年的情书，都是放在一只纸扎的小船上，让花园的小溪把它漂过去。而在比洛西卡的那一头，复信也放在这只小纸船上，将下游的水堵住，小船便原样地漂回去。多么浪漫，但可惜那些热情洋溢的复信，全都是狡滑的老霍瓦特搞的鬼。

另一本是福楼拜的《包法利夫人》，爱玛与罗尔道弗的婚外恋，由一只装了梨子的竹筐，充当着罗尔道弗挂号的信封，情书埋于梨下，上面再盖几片葡萄叶，让仆人送给爱玛。可怜的乡下医生查理，绿帽子一直戴到爱妻死后，才从满满一匣子的情书中发现眼皮底下的秘密。

大清政府设立邮务，是公元一千八百六十六年，距离没收了通信自由的文化大革命，正好是一个世纪。此邮务办事处隶属于海关总税务司，大约与税务有关，这便是今天门口立个绿色信筒的邮政局的前身。自从有了这个机构，通信的成本大大降低，热恋中的男女夜里不再梦见鸿雁，一见有邮递员来，就等于看到了自己的心上人。纸船梨筐之类的玩艺儿，现在想起来是实在可笑。

在邮政的寄信中，有时也会有可笑的事情发生，仅在我的身上，先后就出现过这样的几件。十多年前，我与故乡的一位女友谈着恋爱，因为暂时的别离，我们就用书信互相诉说现在想来完全是昏话的衷肠。岂料越谈离爱越远，有一天收读她的信后，我就痛下了一个宣布断交的决心。信一丢进邮筒，又觉得这样做未免太伤了她的芳心，极希望刚才的生气全是源于一场误会，想把这封断交信取回来，撕了重写。便又奔到那只邮筒旁边，坐等邮递员来开箱取信。大约过了一个小时之久，邮递员果然骑车而来，他用钥匙打开信筒，好像傍晚的渔翁从网里收鱼，双手把筒里的信件一把一把往怀里揽。

我就站在他的身后，亲眼看到了我丢进去的这封信，我对他说那封信是我丢的，现在我想把它取回来。邮递员回头用可疑的眼光，盯了我至少十秒种，是你丢的？是你丢的为什么你又要取回来？谁又能证明是你丢的？你有没有证明你是丢信人的证件？他一鼓作气地疑问下去，然后慎重地锁上邮筒，翩然而去。

我的那位女友，后来终于成了别人的妻子，不过我却能够认为，邮递员是对的，同时我也没错，只不过没有养成随身携带证件的习惯而已。这件事情，别看我现在写起来还很幽默，但在当时却是很难过的。

我还收到过一封举世无双的奇信，是我老家的妹妹寄来的，信口未封，上面也没贴邮票，接在掌中如有重物，用手去探里面的信页，却哗啦哗啦掉出三枚钢崩儿，一枚五分，一枚两分，最后的一枚一分，加起来恰好八分，十年前标准平信的邮资。我惑然，半月不解其谜，回信质询妹妹，两下相猜，方将此案破了，原来是她写罢此信，交给她的小保姆送往邮局，附八分钱，嘱其买了邮票贴好，并以胶水封口。

小保姆到邮局时，已近关门，值班的女人害怕家中失火，抑或丈夫被人偷了，慌忙急焦，让把信钱均放台上，由她善后处理。小保姆遂圆满地完成任务，放心地回家交差。这封信辗转月余，居然能到我手，虽说皱皱巴巴，软软塌塌，脏脏兮兮，但一点未破，信上的话也一句都没有丢，还白白送我三枚硬币，添两分钱就可以买根冰棍，消消心头火气，真算是做了好人好事。那位家中失火或丈夫被偷的慌张女人，我想不好怎样去报答她的恩情。

移居京城以后，我的来自五湖四海的信件，一般都取于单位的收发室，只有老家的亲友，还习惯把信件寄到住宅。我所居住的塔楼，第一层有一个居委会，居委会有一个老大娘，她老人家立了一个经济条约，凡有人将自行车存在她所看管的车库，每月缴她两元钱的保管费，从她手里取走信件，每封缴她一毛钱的送取费，倘若有人忘了，她一定会笑嘻嘻地提醒，并且找上门去。因为有单位的班车朝接暮送，我的凤凰牌自行车便在车库一存两年，忽一日，想骑车兜一兜风，顺便买袋大米回来，遂去取车，却已没了，心想这事很可能发生在半年以前，而在这段被盗后的日子里，一月两元的存车费，老大娘仍然笑嘻嘻地向我收着。

大约有一年多的时间，我将我的父母接来我家，我父亲喜欢散步，兼管购物，从小区居委会把本楼住户报纸和信件带过来的工作，老大娘就委托给了他。我父亲从小区取回信件，交给老大娘，发现其中有我家的，又从老大娘手中拿过来，老大娘同样会笑嘻嘻地提出缴一毛钱。我父亲就缴她一毛，次日再到小区去替她取。

我的身后坐着一位同仁，是个诗人，有一次他收到一封信，信封上的字迹非常熟悉，拆开一看，却是他写给别人的，大惊失色，莫非人家读了信后，决定要退给他，以示彼此以后不再有什么往来？跌坐长想，忽然就想起来了，原来是自己写错了信封，把收信人名字写成了自己，可不就绕了一圈儿之后，又寄到自己手里来了？这件事曾被我写进一篇文章里，后来诗人端碗上食堂吃饭，被人团团围住，纷纷背诵文章中的句子。不料事过不久，我也出了类似的故障，把写给两个朋友的信，安装时正好交换了信封，直到其中一位发现差错，一个电话打过来，我才向另一位也补信致歉。幸好都是男人，又都是谈他们的作品，不然的话，问题有可能要复杂一点。

近来几年，亲友间的书信日渐稀少，因为绝大部分的感情都转移到电话里，又快当又简便，还有音响效果，无非是每月多缴一些电话费。只有书报刊物和稿件，以及某些慎重的文字，还按照过去的方法运行。这样一来，关于信的故事，以及信的本身就少了许多，估计到下个世纪的文人，再出版什么全集的时候，书信那一卷就不会有那么厚了。

真情的定价

老家县城的姐姐，昨天又给我寄来包裹，是五斤被风吹去一些水分的栗子，老家叫做蔫板栗的。我上邮局去领取时，认出包裹单上的邮费是九元二角，这价钱也可在北京买两斤板栗。县城的姐姐纵然一生居住在弹丸之地，但她一定能够想到目前中国的市场经济已被小平同志搞活了，我家对面就是一个农贸超市，京城没有的东西，自有聪明的商人将它们运来，包括这种犹如涂过国漆的，深棕色的美丽的硬壳果实。她却不听我的表白，仍要如此执著，如此顽强地给我寄来。

我趁着步行去往邮局，一路想她寄这包裹的全过程，如何地将板栗购回家去，在阳台上风得半干，一粒粒地精选了，再买一块结实的白布，用针线缝上三方，装入板栗以后，另一方姑且留着，经邮局查验过其中的确没有炸药，再把第四方也缝上，用牙齿咬断线头，在白布的正面一笔一笔地描写上四五十个汉字和阿拉伯字母，然后填单缴钱，保存好挂号条子，十天之内警惕着我国邮政大有可能会发生的丢失。所幸县城的邮局和北京不同，不必加入长城一般徐徐前进的队伍。

但是全部事情也只算进行了一半，在收取包裹的一方，还要填写单上的四个节目，带上工作证，上邮局排队认领，若是超过了七天，还得缴纳占用他们库存的罚金。县城的姐姐想到过这些曲折的环节吗？想到过的，但她还是决定要寄，因为秋天来了，总得给远离家乡的弟弟寄点东西才好，不然心里是万万过不去的。那么寄什么呢，寄一个健身器吗？这东西却明明是从北京运到的县城，不妥，看来就唯有板栗，尤其是蔫板栗，才可视同为经选举而产生的劳模代表，是值得隆重送进首都的了。

儿子少不更事，见我提了姑姑寄来的板栗回家，满脸困惑地发问道，这玩艺儿比北京的大吗？我回答说，不见得大，却好吃些，你得细细地嚼，慢慢地咽，不要一口就是一个，吃了最好过一夜再去大便。这时候，我忽然鬼使神差地想起文革中我们的林副统帅好像说过的一句名言，叫做把什么溶化在血液中，竟差点用这句话来教育我的儿子如何溶化姑姑寄来的板栗了。

又想起八年前，我带了妻子回家，在一位德高望重的老县长家吃了一顿家乡风味的板栗炖鸡，美得我那生长在祖国北方的妻子永生不忘，大约是情不自禁，告别时有所流露，回京后的当年，老县长居然给我寄来一包板栗。那简直不能算是一包，而几乎是一大口袋，只可惜一粒一粒全都霉了，一定是预备太久，密封太严的缘故。但我心中的感动，较之板栗未霉一丝不少。岂但不少，还多出一腔对霉栗的怨恨，你这不通人性的小东西，你知道你辜负了老县长让我吃你的一片希望吗？

倘是春天，我会陆续收到亲友们寄来的大量的新茶，他们想着对我而言，这也许是世上最好的礼物，在景德镇烧制的雪白的细瓷杯里沏上一杯，满眼碧绿，一鼻清香，呷一口，杯中浮起亲友的面容，又呷一口，眼前出现可爱的家乡。在茶商的眼里，我的家乡的未名茶叶是比不上西湖龙井的，然而这看法并未取得我的同意。今夏我去杭州，曾被导游带到一家经销正宗西湖龙井的公司，亲口品罢三杯，确证不是假冒伪劣以后，我以百元一两的重金购得一筒，带回京城来喝，其味不过如此，若是沏给客人，必得率先说出品牌，就像我们的一些官员，不自己亮出是什么长来，大有可能被认成是好吃懒做的闲汉二流子。

当然我的家乡若在西湖，又有一位亲友亲任茶农，感觉可能又不同了。人的眼睛原是生于家乡的，舌头鼻子以及其他器官同样如是，将家乡亲友寄来之茶定为茶中的极品，这实在是合情而又合理的事情。每年清明过后，在相当长的一段日子里我不敢外出，包括可与文友见面的笔会，因为我会有很多包裹源源而至，一斤二斤不等，里面自然是春茶无疑。我以收到的时间为序，将它们编上号，放在书柜的顶层，按照顺序一一享用。我从来也不向赠者问起这些茶叶的定价，我懂得它们是无价的。

一位家乡的大学生，在大学的图书馆里看到我写的书，很是喜欢，寒假回家过年，开学返京时特意给我带来一瓶腐乳。我记得在我小的时候，家乡流传着一个脍炙人口的笑话，说是有个劳模到北京开会，每顿大鱼大肉他都吃不过瘾，简直快要病了，就用百分之三十的普通话对人发牢骚说，北京这么大个城市啥子都有，就是没有豆腐乳儿！意思是很为北京感到遗憾。我想小老乡必然是根据这个笑话，方才产生送我腐乳的动机。这瓶腐乳是他自己家里做的，外面有很多的辣椒，里面很硬，有一定的嚼头，和此地的副食品商场里能够买到的桂林腐乳、广东腐乳，以及北京著名的王致和臭豆腐味道都不一样。

此地的腐乳的定价大约二到三元，而这瓶老家的腐乳随同主人，用汽车运出小城，又用火车运出中城，来到北京这座大城市，从车站到学府，再从学府到我家，辗转奔波，成本已高得不能计算了。我让妻子设宴款待我的小老乡，无以为谢，只将他送来的腐乳大口来吃，吃得鼻涕眼泪混在大汗一起澎湃而出，让他亲眼看到了我的痛快。

我还收到老家另一位长得很像鲁智深的年轻县长送我的石头，他从我的老家把它背来，讲解说那是一块化石，里面有多少万年以前的古生物，希望对我的写作有所帮助。虽然我至今也没认出石头里到底是些什么史前昆虫，但是这份情意已足以让我永记心中。这块古生物化石从此长卧在我的一只书柜的第一层，看见它我就看见了鲁智深县长，就看见了他做梦都想我的家乡会出现奇迹的乐观的神情。

还有一位湖南的诗人朋友，瘦伶仃的形同饿夫，是一位典型的苦吟诗人，他从我的一篇文章中得知我在收藏石头，便以文人的推测，断定我也收藏珠宝玉器，文物陶瓷，今秋来京，给我带来一只据说是雍正年间的青花瓷盘，打开皮箱双手托出。不料我请识货的朋友当场看过之后，却被鉴定为民国的仿品，苦吟诗人那黑而瘦的脸上顿时就显出一派红色，慌忙包起青花瓷盘，说是仿品就不好意思赠我作藏品了。我送他出门去时，很怕他难过得被汽车撞倒，直说是他的情意我已领了，只当是收下了他一只雍正皇帝用过的御盘吧。

十八年前，我和我的处女作的责任编辑刘耀仑君结为好友，后来他做了这家杂志的副社长。听说我在京结婚的消息，他竟从武汉背了一只玻璃匾来，那匾一尺多高，三尺多宽，他用绳子捆成一个井字背在背上，乘坐38次列车来到北京。当他一头大汗，突然站在我的办公室里，我看见的分明是一个身背担架的红军战士，那一刻我的眼泪都快要流出来了。这样的匾在北京是买得着的，可是耀仑君他怕万一买不到，宁可大老远的从武汉买了背来。此匾我将好生珍藏，即便是遇上了文化大革命那样运动，我也得设法保存着它，不让它落入不懂感情的人手。耀仑君在一篇谈友情的散文里写到了我，但他没有写到这件事情，这件事情是应当载入史册的。

父母在京住了一段日子回去，对弟弟妹妹形容我长得如何胖了，说是我过去的裤子都不能穿，全都支援了安徽的灾民，新买的一条拉练又拉坏了。这其实是说的一句笑话，变相地夸奖现在的政策。孰料妹妹竟当了真，过年时给我寄来一条西装裤子，很重很滑的布料，很大很肥的裤裆，我乘车从邮局取回来，套着几层裤子，吱溜一下就穿上了腰部。儿子正看体育频道的相扑比赛，说我就像里面那个略瘦一点的，我去对镜打量，一不小心，它吱溜一下又掉在地上。

我叹息自己还没有胖到那样的程度，是亲人们把我想变了形，或许在老家我还比较富态，在北京我却算是苗条的。这条肥裤不知花了多大的成本，但我敢说加上保价邮费，比北京的同类产品要贵许多。妹妹她不惜代价地把它寄来，并非藐视首都的服装业，也并非怀疑嫂子的责任感，而是要表达她的一番情意。

商场里的贺岁卡几元钱一张，便宜的只须几毛，儿子却要我买台彩色喷墨打印机，淘汰了黑白针打的一台，为的是自己给爷爷奶奶制作贺岁卡。除去几千元的机器不算，彩色墨盒也是几百元一盒，一盒只可印一百张，奶奶的生日前夕，儿子用进口的铜版纸一鼓作气打印了十多张生日贺卡，从中挑出一张寿桃最红的给奶奶寄去。

自制的未必比买来的好看，又劳民伤财，若是统计价格，两者恐怕有着十倍的悬殊，奶奶收到了却快乐非凡。儿子给爷爷写信，前脚发走，后脚就打程控电话，把信上的内容向爷爷详细地报告一遍，平生节俭的爷爷听了呵呵地笑，并不批评孙子以电话覆盖了邮票。而此时邮递员正在路上火速走着，全然不知邮车里载着一条浪费了五毛钱的过期消息。

风雨同窗

古人称同学为同窗，取其同在一孔窗下同师受教之意。如此说来，二次大战中藏在地下室里读书的孩子们，以及在地道里学习《论持久战》的抗日军民，均可称同学而不可称同窗。在墙曰牖，在屋曰窗。除了地牢，凡是屋子大抵都会有窗。凿窗启牖，以助户明也。窗的意义是为了把天光和空气引渡进来，供应给室内的饮食男女，当然还有可爱的花草和金鱼。

读书没有光是不行的，古有学子凿壁偷光，是因为自家经济条件有限，买不起蜡烛，故使自己成为邻居的非法同窗，他日点了头名状元，不思致歉和答谢，却写进典故让后人效法。受教于一孔窗下的同学，名额不等，王公贵族可以是两名，一名主读，一名陪读，皇帝老儿的小崽子就更不用说了，那要太师太傅一对一地侍候，肥水不流外人田，学问独灌寡人子。而平民百姓则只能是一群，被老师的一条教鞭赶出赶进，形同牧羊。各种身份两样性别的青少年终于可以同窗共读，那是很多年以后的事情，自然归功于反封建，这么一来，同窗之间就有了讲不完的动人故事。

我这一生，已记不清究竟有多少个同窗。小学读了两个学校，初中读了两个学校，高中一个没读，大学又读了一个学校，此间还有一些学习班、进修班、讲习所之类，不算在万人大会堂里听人作报告，仅就同在一间教室里读书作业的，少说也有几百人。几十年或者十几年后，叫得出姓名的同窗不下几十个，还有一些只要经人提起，也能依稀地浮出记忆的海面，包括在初中读书的时候，班上那个因骗过几乎全班同学的钱和饭票，后来被大家团结起来打了一顿的贼，如今回忆起来也备觉亲切。

我在中小学时的多次调换学校，当然不是因为开除。那时候我的父母分居两地，他们一会儿觉得我在这儿读书合适，一会儿又觉得我在那儿读书合适，其实只要是在中国，我在哪里读书都不合适，因为哪里都讲成分论。不过当时的事情又有些古怪，一方面是右派的狗崽子，一方面又是学习委员，校长和老师不予重视，却并不影响同学的选举，全班哪个学习最好，学习委员就是哪一个的。这一点又有别于加入某个集团，也有别于担任班长。

我的发蒙是在蔡坝小学。与我同年入学的有一个男孩，我记得他的名字叫刘良金，大我一岁，少年老成，上学第一天老师就发现他是个班长的料子，而我则在多次优秀地完成作业之后，学习委员才非我莫属。在此后的四个年级里，班上的这两个大干部一直是我俩当着，其余的无非是些分管唱歌、做操和打扫卫生的委员。四年级时，我由蔡坝小学转入三合小学，从三合小学考入竹溪一中，又由竹溪一中转入竹溪三中。非常的巧，转战了四所学校之后，我和刘班长又成了同班同学，而且他又是本班的班长，我也又是本班的学习委员。后来他上大学读理工科，做了一家汽车制造厂的高级工程师。

我转读的三合小学，四年级有两个班，我很快替代了四一班原来的学习委员。那时候全校正掀起一个学习竞争的高潮，双方的班主任老师好比是两军的主帅，双方的学习委员就成了两军交战的先锋，交战的结果是我们大获全胜，四一班的总成绩高出四二班一大截子。而由于留级和退学，那个班的减员也远远地多于我们，毕业以前，两班合一势在必然。

在我们的眼里，四一班的主帅肖远成老师讲课有方，普通话说得好，又会唱歌和弹风琴，尤其是大胜了四二班，统率合并后的五年级新班重任非他莫属。然而事实恰恰相反，合班的那一天，四二班的朱世耀老师意气风发地走进我们的教室，无视我被两班公认的成绩，居然封了原来他班那个名叫陈武阳的学习委员为学习委员。我们原班的同学都心里明白，朱老师是把对交战对手肖老师的敌意，迁移到了我的头上。

名叫陈武阳的同学是一个贫下中农的儿子，在这一点上他比我强，不过这与学习无关。朱老师成功地把他树为全班学习的榜样，把我则当成排挤的对象，临近毕业，他在班上对全体同学发出了一个预言，他说武阳一定能考得取，而我则未必，如果结果不是这样，他就在手板心里给我们煎一条鱼吃。当时连我自己也相信了这句可怕的话，中考前根本就没有好生复习，夜里睡在县一中的教室里，把本地刚刚引进的西红柿当做手榴弹，练习着与人作远距离的战斗。

意外的是一个月后，我收到了竹溪一中的通知书，而武阳没有。他从此失学了，很快娶了一个老婆，以在校学得的一手流利的珠算当上了小队会计，老婆在家给他做饭喂猪生儿育女，小日子过得井井有条。我们的朱老师从此不再提起他了，当然，我也没有吃到朱老师在手板心里煎的鱼。后来我理解了他说这话的动机，原本是为了鼓舞武阳的士气，就像红枪大刀会的领袖，号称自己的肚皮枪打不进，目的是为了把他的对手，把他对手门下的勇士吓得当场趴下，其实他的肚皮和手板心都很普通，哪有什么煎鱼的功能呢？

然而我却险一乎儿，吃了他的一个大亏！

我从一中转到三中，纯粹是为了每月节省两块钱的生活费。在三中我除了是学习委员，还是语文课代表，俄语课小组长，班级墙报漫画主编，短跑、跳远和乒乓球选手，只是数学成绩平平。这就又有麻烦了，我们班的数学老师马正成和语文老师胡家鑫，关系如同三合小学的朱世耀和肖远成，马老师怪我喜欢听胡老师的语文课，不喜欢听他的数学课，就激将我，他说一中有个同学，老师讲第一课，他能根据书上的公式，把第二课的数学题做出来，你语文好算个什么？数学好才叫有本事！

那年我十二岁，可谓少年气盛，我决心在马老师面前露一手，真就像他说的那样，他在后边讲，我根据公式往前推进，居然超前做完了五十多页的数学题，再超就到高一年级的课程了。不料正在这个时候，无产阶级文化大革命开始了，大字报大辩论大串连，语文和数学都不上了，革命成了唯一的主课，胡老师和马老师也由争夺学生，发展成了争夺捍卫毛主席，分别加入了两个观点不同的红卫兵司令部。

其实最欣赏我的还不是胡老师，而是一位名叫陈新的历史课老师。陈新老师的身子奇细奇高，名牌大学毕业，曾经做过县里的马列主义文化教员，反右派时组织上让他对干部们从理论上阐述什么是右派，阐述完了以后组织上告诉他说，你就是个右派。他是头上戴着右派帽子教我们历史课的，他的课讲得非常精彩，非常幽默。史无前例的运动一来，戴上红卫兵袖章的同学首先就向他开火了，给他的大字报上写着，什么藤儿结什么瓜，什么阶级说什么话，只有右派才把右派儿子夸。

这个右派的儿子指的是我，下面明明明白白写着我的名字。大字报是我们班一个姓李的留级生主笔写的，他一连留了两级，年龄已经大出我们一截。陈新老师对我的态度激起了他的深仇大恨，在一次升级的批斗会中，陈新老师又细又长的双腿终于被他们用劈柴打断。这位一直独身的右派后来跟他一个学生的母亲结了婚，平反以后大笑而死。

出身好的同学急着和我划清界线，出身不好的同学也急着和我划清界线。有一个高我两级的姓佘的同学，他的父亲曾是国民党部队的随军医生，按照当时的阶级划分属于历史反革命，在文化大革命中他却比所有的革命子女都更革命，口口声声喊我是反革命的儿子，好像溺死鬼急于要抓住一个替身。这个佘同学后来一直没有找到工作，有一段时间中国实行子顶父职，可惜他又不会看病，气得他把他的军医父亲打了一顿，花钱买了一台旧照相机，到风景点上给人照相。听人说他为了节省成本，收了人家钱后常常用没有胶卷的空相机对人家咔嚓一下，让人家回家后等他寄照片来，结果他寄个狗屁。

在三中我有一个玩儿得最好的同窗，名字叫靳国清，也大我一岁，好像他家某个成员是国民党的一个什么人物，我俩好完全是因为同病相怜，或者叫做臭肉同味。文革开始时他因此而没有入红卫兵，不久他喝凉水呛了肺，就那样死了。死前一直念着要一只红卫兵的袖章，我和另两位同学不知从哪里给他弄了一只，让他抱着它离开了世界。我忘了我是怎么戴上红卫兵袖章的，也许是后来的革命形势发展到全国人民都是红卫兵了。

几十年过去了，现在我还会偶尔想起靳国清来，永远是躺在那里闭着眼睛要红袖章的一副可怜样子，每想起来我总忍不住感到心酸。那一年他不到十四岁，我们都正处在金色的华年。

还有一位我将一生记住的同学，他高我一级，名叫李家义，他曾在水中救了我一命。那是一九六七年的七月，他当时大约是十五六岁，而我只有十三岁。三中放了暑假，我随一队男生回我母亲工作的地方，走到离家不过十多里的地方，我们看见了一条河，河水根据它的浪花和深浅，颜色由白而清，又由清而绿。我们走得又热又累，一见河水就忍不住了，脱了衣裳裤子扑通一声扑了下去。

我不像别的同学一样懂得水性，他们是跳进白水和清水，而我却一脚踹进了绿水。那是一个锅底滩，刚下去的时候水还不深，但是走一步就深了五寸，再到前面水就由绿变黑，看不见底。我害怕起来，想站住却站不住了，脚底的沙子迅速向下陷落，人很快就彻底掉了进去。我大扑大叫，每扑一下脑袋往上一冒，每叫一次就喝一口水，我在挣扎中看见在白水清水中洗澡的同学，有的听到喊声扭头向我这里张望，可能以为我故意吓他们好玩儿，便继续洗他们的，只有李家义几步扑了过来，揪着我的头发把我拉上了岸。后来我才听说，每年夏天，这个锅底滩都会死几个人，其中多半是下河洗澡的学生。

好像就是那年暑假，我和弟弟一起钓鱼时才无意中学会了游泳，不过那段故事更加惊心动魄，什么时候想起来都免不了佩服自己洪福齐天。那年暑假我受李家义的邀请，到他家里去玩儿过一次，还吃了一顿饭。他家住在农村，农村很苦我是知道的，我还知道他救了我，我没有拿东西去感谢他，反而还要吃他家的饭，实在是太不应该，忽然想起驻队干部在农民家里吃饭的结算方法，吃完饭我就掏出半斤粮票，一毛五分钱，趁他和他父亲不注意时倒扣在一只窑碗里，然后跟他匆匆打了一个招呼，就做贼一样地逃走了。

由于下学期的转学，我从此再也没有见过李家义，几十年过去，我不知道李家义那天送走我后，回头发没发现那只倒扣着的窑碗。他要是发现了，他会感到生气，感到委屈吗？到我真正懂事以后我才明白，我的心虽善良，情义也真，那种作法却是错误的，我是他的同学，不是驻队干部。

从三中转回我本来考取的一中，大约一年就毕业了。这里的老师和同学都没有给我留下太深的记忆，因为一天课程也没上过，一次考试也没有过。文化大革命已进行得如火如荼，班上的同学大都全副武装，戴着各种造反兵团的袖章上街游行，批斗老师和抢班夺权。我在学习上的唯一优势实在无从展示，我几乎成了一个多余的学生，后一学期索性躲回家里去看小说，直到毕业下乡。

我在乡下呆了十年，其间在修建一座名叫龙坝水库的工程中，我偶然遇到了一位名叫皮永学的同学。他似乎从我的脸上看出我的粮草不足，一定要送给我几十斤粮票。粮票是那个时代最珍贵的东西，我接受了，因为我缺。在这漫长的时间里，我的同学陆续分解为两个阶级，一个是通过参军，上工农兵大学和各类低层次的招工，离开了农村这个广阔天地，另一个就是在广阔天地扎下根本。前者应具的条件是好成分、好身体和好社会关系，与学习成绩毫不沾边，而我却只能属于后者。那些靠好成分当上的工农兵大学生，靠好身体当上的士兵和基层军官，以及靠好关系当上的地方干部和工人，作为同学中的佼佼者，相互门当户对地保持着联系，余下的就在他们记忆或者谈论中渐渐消失。

极左时代结束以后，一名年轻的女干部奉她上司之命，把我招到了县人民银行。有一次这名女干部从部队探亲回来，忽然对我说，我刚刚知道你和我们小颜是同学呢。我笑了笑，她于是又说，我们小颜下月就回来了，到时你来玩儿吧。她们小颜下月果然从部队回来，我端了一碗饭去看他，可是他当着他爱人的面对我说，我怎么想不起你了呢？

这件尴尬的事至今对我仍是个谜，我想他如果是真的忘了我，那么他的爱人怎么会从他的部队一回来就说我和他们小颜是同学呢？他如果是假的忘了我，那么他为什么不索性对他的爱人也否认我们是同学呢？难道他是因为他的爱人是我的领导而存心羞辱我吗？

这位小颜同学生着两只红红的小眯眼，迎风流泪，乡下叫做烂眼沿，据说是从小在大山里烤柴火熏坏的。他验兵的时候我有点儿杞人忧天，想到当兵要打枪，打枪要瞄准，瞄准至少要有一只好眼睛，可他那两只烂眼沿怎么办呢？于是我为他捏了一把汗，不想他竟侥幸地过了那一关。毕业前我们有八个要好的同学合了一张影，前面四个坐着，后面四个站着，他比我大一岁，却比我矮一点，因此站在我们的最边上。

一九九六年的秋天，一位分别二十八年的军人同学出差来京，他也是这张黑白照片上的八人之一，我们再度相见，重新相识，他到家来看望我的妻儿，我赠了他几本我写的书，在他请吃的一餐饭中，有一位在大单位做事儿的老乡喝了酒后，跟我开玩笑说，别看你搞一包子劲，人家蛮想才把你想起来。大单位的老乡说的肯定是一句实话，何况因为有颜同学的故事打了基础，我并没感到难为情。

我又不怪这位同学，二十八年，一万多个日日夜夜，我的好几个同学一辈子都还没活到二十八年，我们相别天涯，杳无音信，分手时是个孩子，重逢时已是父亲。在这二十八年里，我们的国家发生了多少重大的事情，毛主席不在了，四人帮粉碎了，文化大革命结束了，右派平反了，右派的儿子平等了，所有的人都可以凭本事选择他喜爱的职业了，除了当兵，还可以当作家，除了给上级做事儿，还可以给自己做文章，世界的确是不一样了啊。

同学离散的二十八年，就像是一场生命的大逃亡，侥幸脱险的留下标记，葬身污淖的成为无名。我想假若我当年成为全班只有一个的工农兵大学生，谁又能不记住我呢？如今突然从死尸堆里爬出一个人来，怎么不叫“人家蛮想才把你想起来”！我不怪他，他和那位蓄谋在他爱人面前羞辱我的小颜同学不一样，当把人世的道理都想透之后，同学之间会变得更加诚实而又自然。

八人的黑白照片上，还有一位名叫熊顺余的同学，当年与颜同学一道参军，后来成了他的首长。听说那件事后，熊同学也不认颜同学了，以首长的身份把颜同学当做下级训了一顿。

我和熊顺余的重逢，是在毕业分别后的第十二年，当时全国文艺界正批资产阶级自由化，我在县文化馆任创作员，写过一篇有争议的小说，朋友悄悄向我透露有人要抓我的典型。有一天我正在斗室里徘徊，突然门被推开，一名全副武装的军官身后带着一人，黑着脸膛朝我走来，嘴里说了一声不许动，我立刻把这个人和资产阶级自由化联系在了一起，想被捕的时刻终于来到了！却听得军官哈哈大笑，并且从嘴里叫出我的名字，我这才认出他来，两人随即大叫相抱。

跟在他身后的军人叫了一声熊政委，我方知他已转业做了武装部的政委。那张我们八位同学合影的黑白照片，其他七张都不在了，唯有他那一张还保存至今。1988 年冬，我带了北京的妻子回到老家，熊顺余为我备酒接风，席间专门请了两位和我是朋友的文人官员作陪，他的旁边空着一个位子，他小声微妙地问我要不要把他叫来？他指的他是他下面的科长颜同学。我怕颜同学来了会花很多时间解释和道歉，糊里糊涂的妻子又在身边，听了会发生误会，认为我和这两位军人之间曾经发生过一件什么要案，为了简单起见，我对他说，算了吧。

我还有一位最好的同学名叫凌受举，小学同班，中学同级，若说同窗，以每间教室平均四个窗户计算，几度升班换室，我们至少同过十多个窗。初中毕业后我们交往甚密，那时他和另一个名叫李才根的同学先后都做了民办教师，唯有我仍在水库拉车劳动。他们一有时间就聚到我家来读书聊天，常常从黄昏快活地玩到深夜，然后三个人脱光衣服睡进一床被子里。

由于我父亲的政治原因，某年某月，他们两人报考工农兵大学，因此都被拒之门外，从此在极短的一段时间内，我和他们断绝了往来，主要是我不想再连累他们，我父亲有愧于我，我有愧于我的同学。但是很快，我们又不顾一切地和好如初了。凌受举是一直等到粉碎四人帮后才重新上的大学。而当我三十多岁才上大学的时候，他已经大学毕业，在我参加考试的那一天，他专程从几十里外赶来，赠我吉言，壮我行色。那一天他那闪亮的目光我一生都不可能忘记，它在多少年前注进我的心中，还将在以后的多少年中还将随我同行。

他送我的一条薄毯，距今已经二十二年，我从县城带到省城，又从省城带到京城，说也奇怪，因为浸透了纯真的友谊，春秋的季节我一直盖着，自己买的被子换过好几条了，它却总不能破。如今我的儿子也快上大学了，冬天的夜晚，天气太冷，室内暖气又不足时，我就把它盖在儿子的被上。

现在我们天各一方，再不能像当年那样睡在一床被子里，几年中匆匆一面已是天赐难得。他是一位中学教师，不搞创作，也不搞评论，但他关注着我的所有，默默地，从不写信，电话也少，只在紧要三关的时候打一个来，多半是讲我想念中的老家父母，或者提醒我一些应当注意的事。一切都包容在十多年前他那永恒的一眼里，不必多说，终生够了。

在形式上保持着更多联系的，自然是大学的同窗，这一批人不同程度地都已发迹，有的成了官员，有的成了财主，有的成了海外的侨胞，有的成了各类的名家。男同学的腹部正在崛起，女同学的脸上也正富态。大家都在想着相聚的办法，大规模的是去母校，小批量的是靠出差，只有一个年龄大于全班的同窗，他在另一条道上越走越远。

这真是一个聪明人，当年他用科学技术伪造了大量的作品，抱着它进入我们那个特别的班级，毕业分配就在眼前，他又用军事手段取走了自己的档案，试图改变历史对他的记载。然而东窗事发，遂遭开除。当时全班都以他为耻，唯有我缘于哲学的思考，认为他的悲剧乃是以荒诞的行为纠正着荒诞的历史，施以同情，嘱其振作，以后又替他创造编剧的机会，实指望他重新站起，完成一段人生的佳话。不料他仗着到手的材料敲诈导演，此后又抄袭多位译者的作品去发盗版之财，被我斥责，与我反目，呜呼，从此他便失去了最后的同窗。

好的同窗是静静地埋藏在心灵深处的一块瑰宝，有了他你记忆的田野不会荒芜，精神的家园不会贫寒，无论你今生今世走到哪里，也无论你此时彼时位居尊卑，他都会泼给你温暖的阳光和清纯的月色，还会有小风微雨伴你长思。热闹的时候不打扰你，受伤的日子却来为你拭去血迹，于是你对世界的怀疑和绝望倏然消失，面对世事感慨万千。

人过不惑之年，我始而懂得了古人割头换颈的秘密，并且庆幸自己，在回忆中居然拥有这么多，这么好，这么值得一写的同窗。

两张老照片

这是我从家里搜寻出来的最早的两张照片，相纸早已发黄，所幸上面的人物还很清晰。

一张是我的母亲、保姆和我们姐弟俩，一张是我的父亲。有我的一张是我的满月照，父亲的一张大约也是那年照的。照片上的我坐在我保姆的右膝上，穿花布制作的破裆裤，扎在里面的上衣也是花布做的。保姆似乎说过那是进口的苏联大花布，风靡于刚刚解放的全中国，革命干部家庭的成员要带头穿的，直到赫鲁晓夫上台才不兴穿了。

我的保姆此时三十刚过，头上蓄两条从中分线的大辫子，面目慈善，其心尤甚，对我的疼爱胜过了对她自己的亲生之子，对我家人的感情深如自家。

当时我家保姆的工资是一个月十五元，在我父亲被划为极右，免去党内外一切职务下放劳改农场以后，我母亲每月三十七元五角的工资，就成了她和我们姐弟四人的生命的保证。许多人劝我保姆与我家划清阶级界线，可是我那爱听京剧的保姆大哭一场，说我的父亲是被奸贼所害，她不能落井下石，坚决要把忠臣的后代抚养成人，不仅声明不再要我母亲一分保姆费，反而还把她丈夫每月寄她的十五元钱拿出来和我们一块使用，给我们买衣服、皮鞋和学习用具。

我的保姆后来贫病交加，逝于公元一九六八年的文化大革命中，年龄刚到五十。那时我也刚初中毕业下乡，自身衣食难保，对她没有尽到一丝的孝心，仅保留下了这张照片。这张照片寄托着我对一位平凡而又伟大的中国母亲的无限尊敬、感激和哀思，无论何时看它一眼，泪水都会一涌而出。

在双手抱我的保姆左边，是单手搂我姐姐的我的母亲。是年她二十四岁，头戴八角帽，身穿双排扣的列宁服，左胸兜上挂着一支钢笔。据说钢笔在当时是极珍贵的学习和工作用品，几乎相当于今天的一台笔记本式电脑。坐在她左膝上的姐姐，从头到腿也穿的是一身苏联大花布，活像一个棉花包。从服装上看明明冬天已经到来，可是我们的背后却桃花灿烂，春光旖旎。

那不是自然风景，那是照相馆里的布景。

另一张照片上的我的父亲，他比我母亲年长一岁。是年二十有五，头戴一顶呢子遮檐帽，身披一件布领长大衣，坐在一把竹椅上，跷着二郎腿。左胸兜上挂了两支钢笔，比我母亲多一支，证明文化水平是她的两倍。两道眉毛斜竖在额上，可能那就是所谓的剑眉吧，看起来有几分英武之气，脾气一定还有点儿大。

别看他这时很威风的，很快他就要倒大霉了。由于直言犯上，头上那顶呢子帽不久便被人家掀掉，换上一顶右派帽子，虽然只戴了三年，但真正摘去却要一直等到二十年后。十一届三中全会胜利召开，那年春天他才得以平反昭雪，恢复工作。

然而他的那道剑眉不知何时已经在额上放平了下来，眉毛也掉得没剩下几根，看上去完全是另外一个人了。

致父母金婚贺电

父母的金婚之年，这事大不该我给忘了。直到老家的妹妹有一天打电话来，说是家里拥来好多的亲戚和朋友，把两间屋子都坐了个水泄不通，要喝父亲和母亲的喜酒，这时候我才算起自己的年龄。买礼物已经来不及了，老家不落飞机，而且便是能落火箭也不中用，我火速率领妻儿赶往鼓楼电报局。正好北京刚和全国的中小城市开通礼仪电报的业务，我让妻儿各在电报纸上写下一句贺词，我则站在门口的大风中，即兴作了一首打油诗。

全诗现在我已忘了，只记得开头一句是：风雨同行五十春。

真是不好意思，这话太落俗套，不过我情愿落这个俗套，因为我的父母这半个世纪的的确确是从风雨中走过来的，的的确确不是从霓虹下走过来的。不仅风雨交加，而且还是腥风苦雨，而且还有飞沙走石。打右派的那个年代就好险把我父亲一石头打死了，从此他在污水里爬了漫漫二十年，母亲带着我们在污水里与他同行。我宁愿落俗套，宁愿第一万次再说“风雨同行”，也不愿像有的作家那样，写出“金光大道”一类狗吃良心的创新之语。

在四人帮还没粉碎的时候，父亲曾悄悄对我讲过一个毛骨悚然的故事。一个和他同在一座农场劳改的人，有天夜晚把他叫到门后的一块野地上，掏出两支纸烟，问他说你想不想死？父亲想了想，摇了摇头。

这是一个伟大的动作，这个动作决定了四十年后一个伟大的仪式，他的心里想到了母亲和我们。那人就独自点燃一支，抽了一口默然走了开去。几秒钟后一声爆炸惊动了整座农场，那个熬不过折磨的人灵魂和肉体一道超脱，熬受着更大折磨的父亲却继续留在他对面黑暗的炼狱。

那些岁月里活不下去的人噩耗频传，但是父亲没有。

过了多少年，多少与他一道被伤害的人都死了，包括一些可怜的小人物和一些同样可怜的大人物。又过了多少年，多少伤害他们的人也死了，也包括一些卑鄙的大人物和一些更加卑鄙的小人物。我的父亲他还活着，他和他当年的老朋友高声谈笑，出门迎客健步如飞。

我的母亲还陪他活着，一双眼里永远像玻璃一样，闪亮着善有善报的宿命之光。

伤害父亲的人大都没有过上金婚，有的连纸婚也没过上。他们喜欢以商业和政治的嘴脸对待婚爱，喜欢在富贵中易妻，喜欢在运动中换夫，他们极其便宜的婚爱和生命，都随着商业和政治的变化早早地就完蛋了，他们不可能，也不配有金色的婚礼。

金婚是美丽的，它美如金子一般夕阳之下的合影，两头白发如霜，两张笑脸如菊，当半个世纪的年轮回照在金婚者的眼前，他们看到了两颗坚强和善良的心。

享有金婚的人是天底下真正幸福的人，我的大难不死的父亲和苦尽甘来的母亲，他们是天下幸福人中的两位。

三个小时以后，父亲给我们打来电话，他说北京的贺电刚刚收到，宴会还没结束，他让会表演的弟弟当众作了声情并茂的朗读。全家人以及所有的亲朋联合起来，在我的打油诗后又加了一句：儿孙个个度金婚。

此句含有向老一代学习的意味，思想甚佳，只是把一首四言打油变成了赶五句。

寻魂记

奥运会前二十二天，有一些人从各地出发，并不是提前去看鸟巢和水立方，而是坐完飞机，又坐火车，坐完火车，又坐汽车，一路颠簸跳跃，傍晚时落脚在一座名叫竹溪的弹丸山城。觉得这个如诗如画的名字，也如谜，蛊惑着大家一意想来探个究竟。当天夜里，洗去风尘，率先看到一个陌生的剧种，已经濒临绝迹的山二黄，听人说它是汉剧的祖先，一时就肃然地生出敬意。翌日天晓，上楚长城，登烽火台，啊呀一声，才知道这里的如诗如画，诗原来是一首古诗，画也原来是一帧古画。虽是残卷断轴，昔日风韵犹存，历罢了三千年飘摇的风雨，因为春秋战国为秦楚频频相争，遂留下来一个著名的典故：朝秦暮楚。

又去龙王垭，梅子垭，饮苍茫云雾与清纯地泉孕生的香茗，再往南山里走，看望那个据说是红尘外的桃园，仙境中的向坝。白天在满目青翠中听空山鸟鸣，穿游一条能够通到重庆巫溪的十八里长峡，夜宿在被森林和雾气所包围的乡政府里。乡政府的对面山坡有一所学校，操场的看台上长着两棵传奇的古树，一百年前因为一座山的滑坡，它们从山顶移居山底，走下神坛，反倒成全了二位此后的人间风流。山民在古树下燃起篝火，迎接轻易不来的远方客人，一些快活的男女稍事打扮，略含着几分娇羞，待开场锣鼓响过三通，就开始登台咿儿呀儿喂地唱将起来，唱的是他们年轻时恋爱与调情唱过的歌。

来的这一行人，差不多一人当着一个主席。不是文联，便是作协，不是正的，便是副的。韩少功是从天涯海角，聂鑫森是从湘江之畔，阿成是从白山黑水间夏日的冰城，从长江岸边走来的是方方正正的方方和多多益善的刘益善。还有我们竹溪自己的书平兄弟，以及年方二十四岁雄心暗起的小帅哥李彬。荆州摄影家董玉清来给我们摄影，京城出版家李阳来给我们出版，他出版过我的小说集《人活一世》，散文集《墨客》，还将出版我五卷本的方志小说《庸国》。这一行人，差不多又一人负有一个责任。

贾平凹五月就已说好要来，六月西安继四川之后余震不绝，临到七月，实在割舍不下无人捍卫的幼女娇妻。万般歉疚，这个担心得罪朋友的好人，从古都莲湖巷寄竹溪县宣传部，转给我一封乞求宽谅的信：“明年如有什么活动我去，即便没有活动，咱两人也争取去去。竹溪与陕西并不远，那里的人文风光，都是我向往的。”

梁晓声遇上了与奥运相关的不可抗拒的大事，也从他的雪城往竹溪寄来蓝色快递：“野莽贤弟，我在哈尔滨给你写此信，我承诺，总是要去的，总是要用笔宣传竹溪的。这是我们文化人为地方发展、图强应尽的义务。”他一直不是专业作家，所在的电影制片厂被兼并之后，他成了北京语言大学的一名教授，每年一个暑假，奥运开幕前他得抢先回一次老家，看望亲人。

半个月前，聂老夫子第二次为四川灾区作画捐款，行至险路两车相撞，一根瘦长的身子嗖然射出窗外。佛心善举让他逢凶化吉，浑身居然纤毫未伤。医院里住完一周，脑中淤血奇迹一般消散殆尽，在白色病床上赋诗一首，让老妻从网上给我传来。《车祸后呈野莽兄兼答诸友》：“未了才情鬼不收，人伤车毁此头留。竹溪已许茗壶约，朋侣堪期海宇游。偶与死神谋一面，更知生境少千愁。京华吉语传湘楚，凉雨润风浸小楼。”

为赴朋侣茗壶之约，与死神谋过一面的老夫子才出院门，又登车门。此行他还有一个夙愿，要到我的深山老家，见一见与他鱼雁经年的老诗翁。当然，老诗翁也早已预备好了一摞诗稿要跟他切磋。进得山去，那一件亡羊补牢的大红汗衫，给整个队伍带来威风和吉祥，犹如一杆半卷的红旗，穿行于竹溪的碧水绿岭和蓝天白雾之间。他还想去拜谒曾经在此隐居的老子，跃跃然，将这杆红旗插在比武当山只矮三尺三寸的偏头山上。看罢吾乡山水城林，诗情复发，又作《初访竹溪》：“山重水复路回旋，酷夏风凉透两肩。谒楚长城烽火杳，听歌向坝月儿圆。云生草甸牛蹄静，雾拥茶园叶茎鲜。日暮休闲人尽出，城中林下小河边。”

城中林下的这条小河，阿成差点儿都没来了。因为飞机晚点，他不幸没能登上预订的火车，搁浅在北京的西客站，给我打来疲倦的电话，是夜要去朋友家中投宿。我已卧进了火车的软卧，发信给奥组委的女警官阿敏，让她采取侦破片里的做法将阿哥押上下一列火车，以保证他次日中午必须赶到十堰。女警官没有持枪押他，而是把他隆重地交给一位乘警，靠在走廊上，阿成婉转地给乘警讲起了小说，他说在那遥远的地方，有一座美丽的山城名叫竹溪，我就是赶往那里的路上掉的队……乘警问，你想怎么的吧？阿成说，我不行了，我想睡个卧铺！

后半夜时居然他就睡上了卧铺，次日中午十堰相逢，这一条已经两年不见的东北壮汉，大白脸上还残留着若干熬夜的痕迹。又乘一天汽车，当晚听戏，他打着盹，还能从竹溪的山二黄里听出它不仅不山，它还有东北二人转中没有的阳春白雪。

少功原定于屈原投江处，也是他隐居的汨罗江上车，到株洲与聂夫子会合共赴十堰，因海南省委召他回岛开会，给他文联主席的帽子上又摞一顶书记，转而再来的路线改从了武汉，于是又意外地有了方方。那天我在天意商城正为老母请一尊观音菩萨，乱纷纷中接到方方打来的电话，自从上世纪末她曾到我京西家中坐了一个小时，我已十年未见她的芳容，此行能陪少功前往，实在是好。然而刚一见面，听我夸少功年轻的时候是个帅哥，她便对我竖眉立目，责问为何要加个年轻的时候，我慌忙改口说是如今老了，也是个老帅哥喔。

这个快嘴李翠莲投胎转世的女人，为此行增添了一道阳刚壮丽的风景，我欣赏她的刀子嘴，虽然她的心也有一半是刀子，另一半却是稀软的豆腐。同时她还往往喜欢把嘴里的刀子取下来，插在自己小巧的两肋。在竹溪行完一周，她又率湖北的作家去四川的震区帮助灾民，顺手还带走一粒竹溪的文学种子，接着再从贵州给我发回短信。这些地方，哪有她门口的东湖好玩儿。

她的生命中不能承受之劝酒的热情，少功能够承受，他的办法是每见人影移动，便迅速地抓牢酒杯，将一个劲儿地摇头作为不胜酒力的温柔哑语。益善善饮，他听曹操的话，对酒当歌，能来几何，回去要把竹溪的苞谷酒兑进向坝的民歌，洒进文章，让世上更多的人，闻讯而来竹溪听歌饮酒。

际会的日子选在七月中旬，是因为阿成说他除赴长春几日之外整个七月听我召唤，少功也说选好时间你下令吧，我背后的墙上正好悬着一本友人相赠的香港挂历，与四十年前破过四旧的中国大陆不同，港历上的公历七月十五不仅有古历六月十三相对，而且还用繁体的红字标示着这一天适宜祭祀和捕捉。捕捉二字吸引了我，这话也许本来是对猎人和捕头而言，但又何尝不能针对我们，用心中的猎枪和朴刀去捕捉可以写作的素材，不亦宜乎？七月十五的日子就这么定下来了，当天下午，这一群捕捉者来到了竹溪。

此前，这个两千六百多年前为一场战争所消灭的古庸国的遗地，这个五百二十多年前才诞生在大山深处的竹溪，无论它有多么美丽和诗意，然而在中国的作家中，除了唐朝的时候来过一个李白，写过一首名叫《春陪商州裴使君游石娥溪》的二十八行的五言诗，就是改革开放的时候来过一个碧野，写过一篇名叫《竹溪行》的三千字的散文。从那以后，再也没有留下一行异地文人的足迹，遑论手迹，一些娇生惯养的作家坐车坐到十堰，就叫唤说屁股破了，赶紧要打回头。

西周末年，《诗经》最早的编辑兼作者之一，烽火一笑亡了江山的周幽王的老师尹吉甫，食邑在离竹溪三百里的房陵，他歌咏过汉水，“江汉浮浮，武夫滔滔”，却没有赞美过竹溪，“溪水涓涓，学子莘莘”；战国时期，贬官逐郢的屈原披发跣足来到了六百里外的汉水，他叹息过“有鸟自南兮，来集汉北”，却也没有让那只痛哭流涕的鸟儿再往前飞，飞落在竹溪河，而不是汨罗江；唐朝的吕洞宾倒是来了，并且用佩剑在白云岩上刻下“古木丛林号白云”，但他只能算是一路爱好文学的神仙；清朝有一个名叫廖希夔的也写了一首“采采皇木，入此幽谷”，请工匠斧凿在慈孝沟的摩崖上，他也只是作为邻邑的知县本籍的乡贤，真正的诗人仍未莅临。

现在来了。七天，《旧约全书》里说，上帝创造世界连同放假也只用了七天。这七天里，竹溪以外的人看到的是竹溪人创造的另一个世界。这个世界是绿色的，山峦，溪流，空气和感觉。他们从来不舍得给自己放一天假，又觉得自己天天都游行在一个好看的度假公园。天气预报每晚都说，首都，就是中国最大最好和最重要的第一都城，空气里有多少个颗粒物。想必亚都以及三都以下各座城市，有害健康的颗粒也不会少。竹溪没有，竹溪的空气是天上的云，山间的雾，被温煦而有力气的阳光所蒸腾的地泉之水，清晨落在草叶花瓣上它立刻会变成纯净的露珠。闭上双目，深吸一口进人的肺腑，沉入丹田，再吐出一些另外的东西，杂念顿消。

所以竹溪是清洁的，城里，乡下，城乡结合部的集镇，男人与女人，老人与孩子，一群群都长得灵醒，穿得干净。尤其一盘盘笑脸洋溢出的巨大热情，在当代冷漠社会几乎罕见，让山外心灵被铜锈腐蚀的人初时会生出些许的怀疑，继续交往，却奇怪他们绝无一星半点的功利，敬重与礼貌似乎与生俱来。献罢了茶，敬完了酒，人又各就各位地坐下，矢口不提修一个飞机场的事。他们嘴上不说心中有数，文化人很适合给经济老板搭一搭台，如同向坝民歌的歌手，用情和爱，用春天的歌声，鼓舞着壮汉们去种下秋天的苞谷。

十八里长峡边，竹溪最偏远的向坝境内，上学或放学的少年每见有汽车开往自己的家乡，必然驻足。随即会举起右手，并拢五指，敬一个标准的少先队员的礼，目送着一缕烟尘杳然逝去。这时候，除了车中相见却不曾相识的来客，身边没有另外的人。

美酒，腊肉，香茶，是世袭古风的竹溪人对远足者千年不变的接风和饯行。是惋惜他们此一去或许永远不会再来，甚至很快就会忘记自己方才的笑脸。唯其这样，临行之际，更得遵循祖先传下的仪式，请客人留下以后能长相忆的诗句。虽然我也一道远行，但我不能算做客人，只是因为我招引来了这些才郎才女，引郎入室的人也得跟着留下三语二言。不过我倒真是高兴，趁着这个机会，好不容易跟老家人说句把话，当然，要说就得说心里的话。

三十年前我曾种过茶树的龙王垭，多少熟识的老工友已乘黄鹤西去，但人虽走，茶仍不凉，新的茶场主人真情迎我依旧。我没有说今非昔比，也没有说旧貌新颜，我为郭承君提笔写下："三十年后回此山，绿涛已接白云天，日饮九杯碧色水，愿做茶客懒做仙。"我认为至少在饮茶的这一刻，自我笔下而出的是句真话，做神仙连龙王垭的地气也沾不着，连龙王垭的茶香也闻不到，我为什么要做那个没有实惠的神仙？

在梅子垭我偷懒了，将同样三十年前流行中国的一首红色歌谣摇身一变，写在了垭主叶艳红色的留言簿上："戴花要戴大红花，骑马要骑千里马，唱歌要唱向坝歌，喝茶要喝梅子茶。"梅子垭的茶是唐朝的贡品，救过被贬房州的卢陵王李显的命，卢陵王将此茶进贡给他的则天母后，倘若没有益寿回春的妙处，他岂不是找死？

竹溪的茶当用竹溪的泉水泡开以后，一袭薄雾飘过，清香散处，比雀舌更细的茶芽是纷纷竖起来的，像花样游泳的小女子在碧水中玩耍足尖向上的游戏，轻轻一晃，风姿绝世。暂且将玲珑饱满的小腹藏在水下，让天地灵气日月精华含蓄绽放，切忌一次性的泄尽天机。它是在告诉轻浮的世人，认识它的神奇与美妙须得三遍以上，如结交一位今生值得的知己，懂高山流水，辨绕舌余馨，徐徐离去，难忘终生。

酒是竹溪地里的苞谷酿制的，若担心它醇如山人，未饮先醉，那就还有竹溪山上的猕猴桃，鲜摘煮酒，胜似青梅。下酒的好菜居然也是竹溪的竹，竹子的婴儿，尚未挣开两片笋壳的襁褓，经过一冬的怀孕于翌年第一场小雨过后诞生的春笋。扳取于竹丛，风干于屋檐，储藏于密室，等候于客来。这一天，它将光荣地当选为沸水滚油中辅佐猪头腊肉的首席大臣。此外，群臣中还有天麻，洋芋，一青二白的长葱和晒干的红辣椒。读过诗书的客人蓦然明白，自己吃下的是一个雨后春笋的成语，同时还是尚未成年的山竹之子，多愁善感的心可能会生出一丝残忍。然而再想，为了同族兄弟的成长为材，当壮烈的牺牲猝然来到自己面前，它又怎么能够拒绝？

腊肉的秘密原来是出在山猪的身上，它不像都市的同类那样饱食精饲，安卧暖阁，如旧体制下无功受禄的高官和小吏，在贪婪与满足中本打算度过幸福的一生，时而却在隔壁的杀鸡声中心惊肉跳。竹溪的腊肉们，当它们还是山猪的时候，则可以像羊一样在山上吃草，像牛一样在河边饮水，像欢乐的单身汉一样在屋后哼哼唧唧地晒太阳，谈恋爱，散步，打滚，睡觉和擦痒痒，自由而非人工地与情侣性交。它们的一生是快活的，它们把一生的快活长进了身上的肉里，因此它们一身好肉就好比一篇好的文章，结构紧凑，筋肌密实，瘦而不肥，耐人咀嚼，有一种大路货的猪肉远远不及的好味道，食者的心中体内，自然就会滋生出被它传染的快活。

上世纪末，我写过一篇文章名叫《小城考》，对竹溪的诸般生态小有考证。此次阿成去到小城一息尚存的山二黄剧团采访，提及这一剧种的源流，此剧的坚守者们仍能记起这篇文章。文章中我以儿童和青年时代的记忆，对曾经给过我文化滋养和精神快乐的剧团的老艺人们进行了怀念，虽然他们有的已经故去，有的也已离开了这里，那些如雷贯耳的名字和千姿百态的戏妆却被我带到京城多年，而今又带回故乡。真是令人欣喜不已，回故乡的当天晚上，这个幸存的剧团中的幸存者又为我们表演了两折幸存的剧目。卸妆之后，我对演老生的周毓成和演丑角的后起之秀杨建平，得意地背诵起了我尚记得的人，老旦熊素敏，青衣杨东华，花旦李焕珍，沙嗓子的名丑灰德超，反串风流俊秀小生的梅礼屏。

想起《三国演义》片尾曲中的那一句，“眼前飞扬着一个个鲜活的面容”，小时候我最崇拜的一个面容又飞扬在了我的眼前，我问还有一个演孙悟空的会翻跟头的孙老师呢？身边闻声跑来一个袖珍老汉，他说我就是啊！我心狂喜，这个往年的节日之夜在竹溪县城的大礼堂里，手举一根金箍棒把木板搭的戏台蹦得震天响的齐天大圣，他没有翻跟头让我验明正身，我估计他如今是翻不动了。

接过最后一本留言簿，这是全世界最会宣传的宣传部长，七·一五行动的总策划，因大力发展茶叶事业而被当地乡民称作夏蛮子的夏良胜的。他让我想起去冬的京城初见，今夏的竹溪重逢，心情愉悦，将他的名字留进了一句言里：“夏日良风不胜凉爽之至。”风是良风，言自然也是良言，如沐春风是古人做客礼仪之家的温暖感受，七月的盛夏，竹溪把绿色和凉爽送给了远方的佳宾。

此行的名字叫竹溪行，许多含义的其中之一，是纪念二十七年前的春天来到竹溪并且写过《竹溪行》的，刚刚在武汉去世的受人尊敬的老作家碧野。沿着碧野高吊裤下结实的脚印走进竹溪的一片碧野，二十七年后的这个夏天，天南地北的更多作家行得更远。

竹溪的青年作家喻泉源，写了一本关于家乡的书，其中有一篇叫《寻访一个古国的幽灵》，不是书名，却是书魂。这一次行行访访，寻寻觅觅，竹溪行的另一个名字，其实也可以叫做寻访一个古国幽灵的竹溪之行，还可以叫寻魂记。

怀念紫阳路215号

二十九年前，《长江文艺》一九八〇年十二月号上发表了我的短篇小说处女作《这车好炭》。至今想起，那仍是一个温暖的冬天，炭火烧在心里，太阳照在头上。《长江文艺》编辑部的旧址就在武昌紫阳路，我曾经想，紫阳，这是一个多好听的名字。

小说发表以前，我先收到一封信，多少年后我才知道，那封信是吴芸真老师写给我的，第一行写着我的名字，第二行说我寄去的作品收到了，“全体传阅，甚为欣喜”，下面几行说了一些祝贺和勉励的话，最后落款是编辑部。看完我就明白，小说要发表了。

过一阵子从省城来了一个编辑，住在县城宾馆，通知我去见面。那年我在县人民银行工作，负责给人发放信用贷款，听说省里来人找我，高兴得不等下班就跑了去。编辑很年轻，叫刘耀仑，他是分管我们这一片作者的。那个时候《长江文艺》的编辑分片，武汉地区一片，荆州地区一片，黄冈地区一片，郧阳地区在鄂西北大山里，作者队伍很弱，就跟襄阳地区合在一起，由老作家吉学沛的夫人张忠慧和刘耀仑分管。

刘耀仑从武汉坐火车到十堰，再从十堰坐汽车到竹溪，二十九年前火车没有提速，公路质量也差，路上两天一夜，见到我时元气还没有恢复过来。他说编辑部对我的《这车好炭》评价很高，要他专门来看我，嘱咐我以后要好好地写。我看刘耀仑嘴上无毛，问他哪年生的，原来他跟我同年，又问他哪个月的，原来只比我大七天，我就跟他紧紧地握手，亲切地叫他耀仑。

后来我们成了很好的朋友，一九八八年他在北大读作家班，我在中国文学出版社工作，有一次我们喝完了酒，夜里睡在一张床上，他向我透露了一个秘密。他说那次见面觉得我这个家伙很狂，因为他每次下去作者都叫他老师，只有我叫他耀仑。我告诉了他为什么，但是现在想来，那种想法是不对的，就凭他大老远的跑来看我，指导我的写作，哪怕比我小七天叫他老师也是应该。

不过我认为那不是狂，而是不懂事。我对《长江文艺》编辑部的人在称呼上分成两个部分，年长的王淑耘、刘岱、欣秋、蔡明川、吴耀崚、吴芸真、张忠慧，我叫老师；年轻的李传锋、刘益善、刘耀仑、张正平、周昉，我直呼其名。他们都是好编辑，只要作品写得好，喊名字也发表，写得不好，喊师爷都不行。

蔡明川老师是副主编，同时是老作家，笔名苏群，写过长篇小说《风雨编辑窗》。我叫他蔡老师的时候，他说了一句意味深长的话，他说别叫老师，免得以后不好改口。后来我听年轻一代作家叫我老师，我也用这话来劝他们。不过直到他去世，我对他都没有改过口。蔡明川老师是个严肃的人，对作品的态度也是如此，他好像不大喜欢我那些能够引起笑声的小说，我看见过他作为终审写在我的小说稿签上的话，大意是说诙谐的语言用得多了不好。类似这样的批评，一九九三年汪曾祺先生在给我的小说集序《野人的执著》中也有，他说："篇篇如此，只恐流于游戏了。"

刘岱老师也是副主编，他威武雄壮的身材和往后倒梳的头发，使我们都把他叫毛主席。《这车好炭》发表以后，《长江文艺》又同期发表了我两篇小说，一位名叫孟起的评论家写了一篇评论附在后面，称我为"有才华的新作者"。后来一次创作会上我正好跟刘岱老师坐在一桌吃饭，我向他打听谁是孟起，他用两只环眼把我瞪着，刘耀仑说，毛主席啊。我才明白是刘岱老师亲自化名为我开路，心中甚为感动。孟起是《三国演义》中蜀国五虎上将马超的字，我一直忘了问他这个笔名的由来。刘耀仑神秘地告诉我，刘岱老师是个异人，他的心脏长在右胸。

张忠慧老师是襄阳和郧阳片作者的负责人，她像一个贤妻良母，笑的样子令人难忘。有一次创作会上联欢，我们起哄要她唱歌，她上台背对着我们唱了一首《橄榄树》，"不要问我从哪里来，我的故乡在远方，为什么流浪"，唱到最后一句才猛地转过身来，做了一个亮相的动作，然后贤妻良母一样地笑着回到自己的座位。

吴芸真老师是分管荆州片的，不知道她为什么要破例管我这个郧阳片的，而张忠慧老师和刘耀仑对她的越位居然没有意见。除了给我写那封“全体传阅，甚为欣喜”的信，她还从我的作品中发现我喜欢契诃夫，因此要我一定要读风格截然相反的罗曼罗兰，读得我再写短篇小说怎么也收不了尾。她请荆州片的作者到她家吃饭，捎带着把我也叫去，回家她让丈夫系着围裙在厨房做菜，自己则跷着腿坐在客厅里，优雅地抽着女士香烟，跟我们谈小说里的细节处理。她跟《人民文学》编辑部的向前是同学，特意把我介绍给了向前，我发表在《人民文学》上的第一篇小说，就是寄给向前的。

她是一个特别易动感情的女人，在沙市召开的一次创作会上，她的哭声把我们都吓住了。当时她在发言，讲到她分管的荆州片有一个作者当了官，再也不给她寄稿子的时候，她突然泣不成声。我记得她哽哽咽咽的原话是：“怎、么、会、是、这、样、的、呢……?”

吴耀崚老师是评论组的组长，说话速度很快，她不仅关心我的写作，还关心我有没有女朋友，速度很快地对我夸奖着她所喜欢的女作者，教给我什么样的可以做妻子，什么样的不可以做。她跟省群艺馆的王春桂老师是好朋友，吃了晚饭出去散步，两人老叫上我。那时候我的工作单位在小县城，我知道武汉的姑娘好，可我觉得自己鞭长莫及。吴耀崚老师认为我不听话，后期对我不怎么关心了。还有一位是李文老师，她没有编过我的小说，打交道不多，但她看起来干脆利落。

刘益善是诗歌散文组的组长，自己也写诗歌，他以笔名易山发表的组诗《我忆念的山村》，获了全国的新诗奖。虽然我们之间跨着品种，但是我每一次到编辑部去，都能够享受诗人和散文家的待遇，临行之际他一定要送君送到大门口，用手在我的肩膀上面搭一下子。他的一头卷卷的长发和两只弯弯的笑眼，在我的脑子里印象很深。

他的顶头上司是分管诗歌的副主编欣秋老师。欣秋老师非常的儒雅，如果戴上礼帽穿上长衫再搭上一条长长的围巾，活脱就是二十世纪三十年代的《莽原》杂志的副主编。可惜的是因为分工不同，欣秋老师从来没有谈过我的小说。

李传锋是小说组的组长，自己也写小说，他写了一篇小说《烟姐儿》，《小说月报》转载了。接着沈虹光写了一篇小说《美人儿》，《小说月报》也转载了。再接着我写的《这车好炭》，《小说月报》又转载了。接下去《小说月报》继续转载了方方写的《大篷车上》。那时候《小说选刊》还没有问世，《小说月报》是国内唯一的小说选刊，每选一篇小说，对于作者和原发刊物都是一个很大的鼓舞。

忘了张正平是分管哪一片的，反正不是襄阳和郧阳。奇怪的是1980年12期的《长江文艺》上，头条《这车好炭》的后面配了一篇读后感，是他写的，署名正平，标题叫《喜读〈这车好炭〉》。过了两年我才见到他，小个子，大胡子，我们立刻成了朋友。又过两年他调到长江文艺出版社创办的大型刊物《当代作家》，在那里又发表了我的中篇小说。

刘耀仑最吊儿郎当，有时还恶作剧，有一次他忘了作协刘家驹的“驹”字怎么写的，就对刘家驹说：“写刘家狗算了吧。”因为他在编辑部里年龄最小，中国民间有句话叫“变畜要变猫，变儿要变幺”，根据这个原则，刘家驹也没把这个幺兄弟怎么的。

但他重情重义，一九八八年的冬天我在京结婚，他从武汉带了一块匾来，用绳子把匾打成一个井字背在背上，活像红军长征时的炊事班长背行军锅，下了火车又上汽车，直奔我所在的西城百万庄大街。那是一块玻璃匾，一尺多高，四尺多宽，里面是用贝壳镶嵌而成的黄鹤楼。见面的时候他故作夸张，大幅度地弯着腰还呼呼喘气，把我给逗笑了。我想起当年他也是下了火车又上汽车，直奔我的老家竹溪找我，那块匾就成了我家的一件文物，二十多年还保存完好。

上世纪末，我在《长江文艺》杂志的扉页上，看到刘益善是副主编，刘耀仑是副社长，可是又过一阵，副社长的名字换了。我吃一惊，以为他犯错误被撤职查办，打电话一问，还是到省安全厅去当官去了。当时我的心里一阵难过，马上想起沙市创作会，想起泣不成声的吴芸真老师，想起那句哽哽咽咽的话：“怎么会是这样的呢……？”

一九八一年的春天，《长江文艺》在省军招举办一次小说创作学习班，给我发来入会通知，我们银行的行长没有同意。我写了一篇小说寄去，附信说让它代我报一个到。寄去以后没人给我回信，我以为他们看不中，就又寄去一篇，还是没人给我回信。我正纳闷儿，有一天回信来了，是刘耀仑写的，说是两篇小说都收到了，都好，都要发表，而且要同时发表在第十期，头条二条，后面还附一篇评论。

我真是不懂事，不知道那叫重点推出一个作者，回信对刘耀仑说，要是分两期发表多好，这样我的名字每期都能出现在刊物上，跟《这车好炭》一样，连着几期就成名了。这事过去不久，我有一个喜欢写诗的弟弟由于视力的原因高考失利，离家出走，鬼使神差地跑到湖南的怀化。得知消息我去找他，出发时我存心选择了从武汉到长沙的路线，目的是想顺便到省军招的创作学习班上看看。

参加学习班的作者每人有一张《长江文艺》编辑部的通知书，我带着这张通知书找到省军招，刘家驹以为我来报到，抱怨我怎么这晚才来，学习班都快结束了。刘耀仑解释说我是路过这里，他带我去跟学习班上的作者每人见一个面，然后找来两辆自行车，又带我到编辑部去见各位老师。一九八一年的春天武汉的交通管理还比较混乱，他骑一辆自行车在前面带路，我骑一辆自行车在后面跟着，要拐弯时他伸出一只手，像打旗语，意思是引起后面横着过来的行人和车辆注意。我也学他的样子伸出一只手，那是我第一次在武汉骑自行车，过去在小县城里不是这样。小县城里骑车可以横冲直撞，铃铛一摇，行人就迅速地闪到两边。省会武汉是个闹市，不吃这一套，行人和车辆都看前面骑车人的手势。

翩翩两骑来到武昌紫阳路215号，接见我的是蔡明川老师。谈完我的几篇小说，他拉开抽屉，拿出一本稿纸来送给我，看我的样子有点嫌少，接着他又给我补了一本。那时候稿纸对我来说是最好的奖励，以后的每次创作会和学习班，我一律都会得到几本稿纸。尤其是学习班上，写初稿时到刘家驹那里领一本，改稿抄正时又领一本，领的次数多了他可能会产生怀疑，但他从来不把怀疑表示出来，只是用武汉话抑扬顿挫地赞扬我说，你还死（是）个高惨（产）作家啊！

同年冬天，我从银行调到文化馆，第二年春天就能参加《长江文艺》的活动了。那次活动是在曹家花园的武汉军区招待所，事先我做了充分的准备，当时国内文化界由胡耀邦带头，刚刚实行穿西装，我的一套西装是米白色的，曾经穿着它照了张相，登在《长江文艺》发表我新作《无声的对白》那一期的封二。我打算还穿着这套西装去开会，老家朋友刘书平的媳妇儿傅新华自告奋勇，要拿回家帮我再熨一下，没想到这一下把领子给熨糊了。两口子吓得要扯布给我另做一件，可是我第二天就要出发，根本就来不及，最后我只好遗憾地穿着中山服踏上征途。

那次活动我跟江汉油田的叶明山住一个房间，他穿着一件沉重的棉袄，样子像电影里的铁人王进喜。过去我俩的名字经常出现在一起，我的《这车好炭》在《长江文艺》发头条的那一期，叶明山的《倒掉了的石牌坊》发的二条，我在《长江文艺》上头条二条又发表两篇小说的那一期，叶明山的另一篇小说发的三条。

我们每说到一篇作品，都要站起来握一次手，一连握了三次，有点儿惺惺相惜，相见恨晚的意思。他夸我的《这车好炭》写得好，我说我拉过三年车，不过不是拉煤，而是在水库上拉土填坝。叶明山深有感触地说，写小说到底要有生活呀！我又夸他的《倒掉了的石牌坊》写得好，他说他的邻居就是一个寡妇，经常夜里有男人去她家里，文革中红卫兵说她是破鞋要斗她，到他家来调查取证，他保护她说从来没有男人来过。我也深有感触地说，写小说到底要有生活呀！

后来我也写了一篇关于寡妇的小说，因为没有生活，写得远不如他。我写的是一个名叫朱武龙的光棍智取一个带着孩子的寡妇的好笑故事，也给了《长江文艺》。发表的时候我正在一次创作会上，刊物印出来后，刘岱老师突然发现发错了，瞪着眼睛追究责任说，不是不发那一篇吗，怎么又给发了？没人回答他的话，我至今也不知道是怎么回事。

一九八三年，在武昌阅马场省委二招的文讲所里，叶明山成了我最好的同学。他继续跟我交心，说一九八一年我没能参加的那次学习班上，他跟王成启争着上头条，最后王成启从编辑部带回来一个消息，说头条不是你的，也不是我的，是一个郧阳娃子的。叶明山说，那二条该是我的吧？王成启说，二条也是那个郧阳娃子的，而且二条后面还有一篇评论，也是评那个郧阳娃子的！

王成启是二十世纪七十年代末湖北省最好的作者之一，《长江文艺》一九七九年的某一期上，发表过他一篇名叫《贱民》的小说。那年我父亲刚刚平反，我也刚刚参加工作，小说里的那个贱民让我对号入座，直读得我泪流满面，手里的杂志也打湿了。作者王成启因此成了中国文学讲习所的第一届学员，同学中有古华、张抗抗、王安忆等，当他从《长江文艺》编辑部得到消息，那一期的头条二条都被一个郧阳娃子占了的时候，心里肯定想不通。尤其他们的小说是在学习班上写的，而我学习班因故没有来成，两篇小说都是在老家写的。

另一次创作会是在襄樊，参观古隆中诸葛亮故居的时候，写过《蛇仙》

的张祖慰对摄影师说，给这四个男孩儿照张相吧！摄影师就给我们照了张相。“这四个男孩儿”是我，张法德，李叔德，叶明山，其中我和张法德二十多岁，李叔德三十多岁，叶明山快四十岁了。照完了相，叶明山用安徽话小声地嘀咕说，他祖慰跟我差不多大，敢把我也叫男孩儿！

写到这里，我又怀念起了那个岁月，怀念起了《长江文艺》当年的那批作者，“眼前浮现着一个个鲜活的面容”：王成启，黄大荣，映泉，楚良，叶明山，熊召政，董宏猷，董宏量，李叔德，王伟举，张祖成，黄学农，姜锋青，周元镐，张法德……他们都是《长江文艺》优秀的儿子。还有几个优秀的女儿：沈虹光，方方，池莉，叶梅……两年以后，有的与我在武昌阅马场省委二招相遇，成了首届文讲所的同学；四年以后，有的又与我在珞珈山武汉大学相遇，成了首届作家插班生班的同学。

《长江文艺》编辑部后来随同省作协，从紫阳路搬到了东湖，一九八五年到一九八七年，我在武汉大学上学的两年时间，跟同班的陈应松又兼做作协文学院的首届合同制作家。每月我都骑着一辆凤凰牌的自行车，从珞珈山骑到东湖去领当月的工资，有时领完工资又到秘书处去，复印害怕寄丢的新作。负责这项工作的是热情又漂亮的钱道波，复印完了，再到娘家《长江文艺》编辑部去坐上一会儿，这就骑车返回珞珈山。那段日子，回忆起来真是美好。

一九八七年的夏天我到北京，只给了《长江文艺》一篇很短的小说，此后二十多年都没再给。没给的原因是几乎没写，没写的原因一是改行做了编辑，而且是外文刊物的编辑。编辑有编辑的业务指标，自己写一本书不算，给别人编一本书才算。自己写一篇作品也不算，给别人写一篇评论和访谈才算。指标完成得越好积分越高，积分越高资格越硬，也越有利于提升职务、职称、工资、奖金，最重要的是有利于做梦都想的分房。所以在相当长的一个历史阶段，我基本上忘掉了自己曾经也是一个作者。

但是我对《长江文艺》的作者是格外关注的，觉得凡是长江的人，都比黄河以及其他河流的人写得好。总是为人民服务，为什么不多为老家的人民服务呢？有些老家作者感谢我把他们的作品推向了世界，我却同时也感谢他们帮我挣了工分，我用这些工分分到了一套三室一厅的房子，从此才得以安营扎寨。在这之前刘益善到北京参加全国小说评奖，他跟我在文学院时的上司、身高一点九米的李建纲院长来过我的单位，两人亲自参观了我白天在编辑部里上班，夜晚在编辑部里睡觉的现场。巨人李建纲说，这就是你阁下的寝宫啊？

老家有的作者推出去了，有的作者没推出去，作品要走向世界得靠大家起哄，报纸，刊物，评论家，文坛泰斗，加上作品本身的确也有那么一点儿意思，天气又好，大家七手八脚才能把事情做成。光靠一个小老乡孤掌难鸣，在屁股后面使劲儿地搡，不但不能奏效，掉下来还把自己砸了。我的同事挖苦过我，出版社四十周年大庆，要邀请一批在京的作家，我负责草拟名单，同事故意问我，湖北还有几个你怎么不请来呀？

没写的另一个原因，是在特定的环境里与外国的汉学家，外国的翻译家和出版家的接触，让我惊讶地发现了中国现当代文学与西方的距离之大。那些人略感兴趣的除了中国现当代极个别的作家之外，对于其他一些在国内很响的名字，要么说得一无是处，要么简直一无所知。在这种尴尬境遇下的中国作家有的不甘，于是发奋；有的认账，于是退缩。我承认，我属于意志薄弱的后者。

当然，这可能是我在为自己开脱，更本质的原因还是才力不逮。

对《长江文艺》我却深怀报恩之心。编辑部派约稿编辑小周莉来京找我，我给她打车到汪曾祺先生家，拿着我写给汪老的信去约稿，又打电话让红得发紫的毕淑敏也给她写一篇。武汉大学师妹何子英来京找他的老乡阎连科，阎连科是我的好朋友，我就把他从几十里外清河的二炮叫过来，由我做东，当场落实小说的事。除了《长江文艺》，还有《都市小说》，甚至还有《今古传奇》，只要是湖北的刊物，我都替他们联系走红叫座的作家。许多人情，都欠在我个人的身上，有的至今也还不了，比方说答应把人家的作品推向世界。

刘益善当了一肩挑的社长总编，打电话来提醒我，《长江文艺》是我的母刊，别忘了给她写稿。我也对他说了知心的话儿，我说母亲身边有那么多的优秀儿女，一个个都是壮劳力，比我能干，没必要我再背着一把破锄头回去。多年没干活儿了，要是活儿干得不好，你还不好意思直说，何苦呢？需要我做别的什么事儿，直接吩咐便是。

他在母亲的怀抱中生活了三十多年，对《长江文艺》的感情比我更深。去年七月，我的老家竹溪县请一批作家前去采风，他是受邀而去，我是被召而回。新一代的作者老是提起我的《这车好炭》，我怀疑他们并没读过这篇小说，因为有的说成了《一车煤炭》，有的说成了《一车好煤》，有的说成了《一个车夫》，还有的把发表的刊物都说错了。近三十年来，中国文学与时俱进，我担心他们会把那篇现在读来已觉幼稚的小说作为榜样，以至于走回头路，那可是误人前程的事。我就在会上说，不要再提我的《这车好炭》，也不要再提方方的《大篷车上》。

我的意思是要读就读最好的作品，最新的作品，比方说读方方的《万箭穿心》，早期作品和一般作品可以忽略不读。说这话之前韩少功在会上讲，第一是动笔，第二是动笔，第三是动笔。我觉得这三条适合大学的学者，而不适合基层的作者，就纠正说，第一是读书，第二是读书，第三是动笔。我想为家乡文化底子不够扎实，而又急于求成的作者说一句负责的话。

刘益善是个低调的人，采风归去，他写了一篇《秦巴山里民歌乡》。文章里说，这次活动“打出的牌子是‘中国著名作家竹溪行’，我忝列其中，不敢称著名”。关于这个，我比他的感想还多，还专门写过一篇文章。地方政府为了强化宣传，产生效应，傻子才会说是‘本地普通作者’如何如何，“忝列其中”是地主的需要，嘉宾既没有必要举手说“我也是”，也没有必要摇手说“我不是”，有意见可以私下交流，给人面子，让人下台。前年我在云南和贵州，邀请方还把我上个世纪的职务打了出来，最后我求他们了，千万别上网登报。

二十世纪八十年代，我正式被人称为作家的那一天相当激动，此前我只是一个“有才华的新作者”。当晚我抱出《辞海》，查阅作家的首条释义，不觉心虚，上面明明写着“古指文学上有卓越成就的人”。我脸红了，作家都不够格，遑论著名。本世纪初，特别是中国普及电脑以后，作家这个名词就像电脑配置一样升级很快，目前最高级别已经到了大师。但这是真的吗？前年大江健三郎到北京来，他的翻译许金龙请我去社科院参加座谈，大江对中国当代作家只知道一个莫言。今年他再次来京，许金龙又请我去我没好意思，这次是中国作协接待，他才又知道了一个铁凝。

最著名的鲁迅从来没人这么称呼，所以，刘益善的谨慎是英明的，也是聪明的。至少，我应该向他好好学习，这样才能天天向上。

他是在本分、朴素、内敛的《长江文艺》养成的这个卫生习惯，想起他我就想起《长江文艺》，继而想起一九八一年的紫阳路215号。

今年是母刊的六十大寿，儿行千里，没有忘记。我始终认为记忆是一种能力，更是一种品质，有人会忘记儿时双亲的无数溺爱而逢人便说与某位大人物的一次偶然握手，我却还能忆起这么多这么琐碎的如烟往事，并且将此视为光荣与幸福的资源。

大年三十，鞭炮声中，我在千里之外祝福《长江文艺》无病无灾，再活百年。如一首流行歌曲所唱，用她甘甜的乳汁，哺育更多同饮江水的孩子。

十年一回

最初我发表作品的时候，脑子里经常有很多奇怪的想法，比方说想学鲁迅，每发表一篇作品更换一个笔名，后来觉得这样不利于在文坛立足，鲁迅那时是不得已，而我又没人禁发文章，于是就把笔名固定下来。接着又想把写好的小说藏在床底下，写够一百篇同时寄出去，等待几个月后，全国所有的刊物全都印上我的名字，可惜耐不住寂寞，到底还是写一篇寄一篇，发表一篇。再接着又想把全国各个省市的刊物全部占领，至少每一种上发表一篇小说，这个想法后来我基本上实现了，双月刊《收获》《十月》，单月刊《人民文学》《上海文学》，新崛起的刊物《大家》《山花》，除西藏、内蒙、新疆等几个少数民族边远省份之外，国内主要省市的刊物我都攻占过了，包括《小说选刊》和《小说月报》。

二十年前我还在湖北，因此我的攻占计划是由近而远，先从武汉本地开始，再是周边一带的成都、西安、郑州、长沙，再是遥远一些的北京、上海、广州、南京。成都我最先发表作品的刊物是《青年作家》，在那里还得了一个奖，继而才是《现代作家》，就是过去的《四川文学》，也是现在的《四川文学》《红岩》在后。二十年前我在《现代作家》发表的小说，名字叫做《说清》，那实际上是一件很难说清的事，在男主人公的心里埋藏了六十年，当他自觉生命将要结束的时候，有一天他下了一个决心，乘坐火车去对千里之外的女主人公诉说清楚，然而双方见面，他却只说了一些无关的废话，回到家就离开了人世。很多朋友读到我的那篇小说，都认为我是用心良苦，呼唤人类灵魂的沟通。那篇小说的责任编辑是何同心，我感觉是一位老先生，几年后我从刊物上发现，他已经退休了，不过似乎还给刊物做些校对的工作。

汪曾祺先生去世的前三年，给我的小说集作了篇序，题目叫做《野人的执着》，文章在《文艺报》上快要发表了，老人家忽然给我写来一信，说他在《四川文学》上发表了一篇文章，其中谈到主旋律，引起国内文坛颇大争议，给我写的序里他再次提到那个观点，他怕《执着》一文发在《文艺报》上对我不利，要我替他取回来，寄给东北的《小说林》，正好该刊的阿成向他约稿。我按他说的做了，并且找到《四川文学》，把他的那篇文章细细读了一遍，当即产生两个佩服，第一是对汪老，第二是对《四川文学》，于是重又勾起我对《四川文学》的一腔旧情。

《说清》发表以后，大约过了十年，我又给了《四川文学》两篇小说，一篇名叫《突围》，一篇名叫《大火》，前者讲的是一支陷入死谷的军队如何继承已故头领的遗志，新的头领终于悟出，转过方向的前进并非背叛，从而率领残部走出绝境的故事；后者是写由于人性的嫉妒和邪恶，一个小镇焚毁于一场熊熊大火。两篇小说同期发表以后，都被选入《中国当代精品文库》五卷本的历史小说卷中，我自认为这是我最好的两篇小说。这两篇小说的责任编辑是刘继安，我感觉他应该是何同心的晚辈，但只过了几年，他的名字突然在刊物上神秘消失，我想他不会是退休，而可能转业做作家了。我记得国内有三个名字相似的人都写小说，一个叫刘继安，一个叫刘继明，一个叫陈继明。

从此我一直享受着《四川文学》的赠刊，一个长条形的牛皮纸信封，把刊物从中一折，塞入其中，信封上粘贴着打印的地址和人名，每到月初，它就像信鸽一样飞过遥远的蜀道，亲切地来到我所在的出版社。这时候我早已离开湖北，定居北京，有一段日子写得很少，有一段日子简直没写，有一段日子决定自此不再写了，《四川文学》却异常执著，一如既往，如期给我寄来文坛的信息，它成了持续十年以上向我赠刊的十几位国内铁杆朋友之一，实在让我心生愧疚。直到新的世纪，新的写作欲望才相伴而来，这里的原因很多，我在《文学界》上月发表的访谈文章中谈到了一些。

大约又是十年，我忽然想写一部浩大的著作，写一个两千六百年前被楚国所灭的古庸国的文化史，那里是我真正的生命与心灵的故乡，为此我回了一趟老家，在一位女县长的陪同下重返了那个我曾做过知青的，名字叫做龙王垭的茶场。场子里当年的老茶工大多死了，活下来的几个也老得不行，不过他们还记得我，我跟一位姓向的老人紧紧拥抱，他问我说，听说你住在北京写了几十本书，你怎么不写我们的茶呀，你不也采过茶吗？我说，我会写的。那天茶场的场长在场部设宴招待了我，我没有喝醉，但我哭了，我借着酒性想了很多，其中包括茶，茶是重情重义的君子，是世间最清高纯洁富有灵性的圣物，缘此我就想到那位失去红颜知己之后誓不再娶的陆羽，我羞于没有说茶的资格，我要让茶圣代我说茶。

回京以后我就写了一篇《龙王垭》，同时还写了一篇《梅子垭》，依照小说主人公来此饮茶的时间，《梅子垭》中的庐陵王比《龙王垭》中的陆羽早一百年，我便把后篇置于前面，联名叫做《茶山二题》。因为在家专事写作，各地朋友寄到单位的邮件，由一位姓魏的老同志及时送到我的家中，写完二题的那一天，恰好老魏又给我送来一封信函和一本《四川文学》，我想我已经十年没给《四川文学》写一个字了，翻开刊物，过去的责编何同心和刘继安早已杳然，我看到了一个似曾相识的名字，就是高虹，此前我读过高虹的散文，文后没有作者介绍。上个世纪三十年代鲁迅的弟子之一，后来却因争夺许广平而与恩师反目的高长虹，给了我视觉上的极大误导，我想当然地认为高虹是个男人，因为不是“高红”，威武高大，气贯长虹，只是比高长虹略矮一点，道理是名字中少个“长”字，我就决定把稿子寄给高虹。只过了一周，我接到一个成都的电话，是高虹打来的，我大吃一惊，高虹原来是个女的，她没有追求过许广平，她本身就是一个许广平。

这个二题以最快的速度发表了出来，而且位列篇首。要目中摘引的一段文字，使我再一次对《四川文学》的编辑心生佩服，如果不是慧眼细读，编者很容易以二题中的头题为重，然而他们没有，他们看中了第二题中龙山婆祖借茶品而谈人品的妙语，那恰好正是我的特别用心之处。我还高兴地看到封二上的高虹，她是一位清纯安静的女性，留着不卷不烫的秀美长发，面前放着一只茶杯，到底她是懂得茶的。

从《说清》算起，又过了二十年，从《突围·大火》算起，又过了十年，我与《四川文学》十年一个轮回，三结良缘，想起来真是一件值得纪念的事啊。

小城美医

大医院里，当然是有好医生的，但是要想找到他们，相当的难。首先得天不亮起来，挤公交，乘地铁，倒几号线，出来复转公交，辗转奔数十公里，闻汽车尾气，听汽车喇叭，躲汽车轮胎，受三十多个惊吓，等红绿灯，过斑马线，穿斜对面，左弯，右拐，直插，经二十多次折腾，万苦千辛，总算到了，老远一看，唉哟喂，直后悔昨夜没读《增广贤文》。原来贤人文曰，“莫道君行早，还有早行人”，一条长龙的脑袋在窗口，身子在门外，尾巴在大街边的人行道上，一辆摩托车妄想横穿而过，被队伍里的老头老太太及时发现，团结起来组成一道血肉长城，摩托车无空可钻，对持良久，吱溜一声扭头走了。

后来者喘着气，抓紧狗尾续貂，一寸一寸地向着那个的窗口挪近。由于要照 B 超，清早下床不仅得憋尿，还得变本加厉灌一肚子凉开水，这一路急行军，眼看着前面只剩下十八个同志了，不料关键时刻坚持不住，进一趟洗手间，哗，照 B 超的水流失了，前功尽弃。回头再来归队，刚才让出来的那个缺口早已被人挤拢，心里直骂自己怎么这样缺乏革命的意志！只好重新从队尾排起，又一寸一寸地逼近窗口，然而，万里长征也才走完了第二步，更为严重的事件还在后面，眼看着又要到达了，啪，一个免战牌从窗口挂将出来，上面写着，当日的专家门诊已经挂完。

即便挂到号了，还得等着叫号，好在这一次的长龙队伍改站为坐，是卧地龙。

也有的带病开车去看医生，但在汽油价三天一涨，停车费两天一加的目前这样一个历史阶段，医院门口的停车场即便可踢足球，也是不够用的。小汽车没处停放，临时往路边一靠，预计吃一顿饭的工夫就出来，前脚刚走，背后吧唧一声，前玻璃上被贴上一张罚款单，二百五。人家要维持交通秩序，才不管你病不病呢。听说吃一回亏，能捡一回见识，下次去改打出租，却没想出租车难道就不怕罚款吗，于是，司机老远就请病客下来，因为这一亲自步行，时间又给耽误了。

一个新兴的为人民服务的行业应运而生，它的名字叫号贩子，工作程序是这样的，通过露宿、熬夜、挨饿、排队、垫付小数额的资金，以及用分成的方法与窗内人士合作，将所得的挂号单涨价十至数十倍不等，倒卖给时间、精力、生命比金钱更加重要的人。虽然说国家鼓励下岗再就业，并且希望行行能出状元，然而对于这一行，国家却持打击的态度，因此，在被政要、权贵、明星们基本统占的电视荧屏上，偶尔还会出现一些狼狈不堪的人，他们的双手被一件金属器材固定在自己的小腹前面，画外音说，又一伙号贩子被抓住了！

只抓号贩子，不抓号贩子脚下赖以生长的根，结果是号贩子这个小巫，如我国广袤大地上野草般生命顽强的大巫一样，火烧不尽，风吹又生。

近期得悉，我们首都北京的智囊团，发明出了几个缓解车辆拥堵的软件，还环保省油，一是地铁口设自行车联网点，这个出站口借，那个进站口还；二是单位出动班车，沿线接送上班族，每日早晚绕职工住宅二周；三是号召组团骑车上班，去时像游行示威，归来如自行车马拉松比赛。只不知这些有利于人体健康的运动，适合不健康或暂时不健康的人否？而且智囊们忘了，自行车也需要停车场，它们总不能像腊肉一样被挂起来。同时，病人可否骑车尚待探讨，且不说重症患者，据专家告知，得了前列腺炎的壮男雄夫，人体与车体的某个部位发生磨擦和顶撞之后，是很容易搞坏菜的。

不过，只要能找到好医生，红军不怕远征难，万水千山也只等闲，怕就怕难完之后，正等闲着，等来的一个医生身上也是白褂子，头上也是白帽子，嘴上也是白口罩子，浑身上下都是白的，唯有一根肠子是相反的颜色。拿个冰凉的铁器这里一探，那里一按，指挥说到何处去抽一管子血，到何处去照一张相，弄齐全了拿来一认，随手在病历与药笺上写些王羲之的书法，号召买药。把身上的钱都买了个精打光，回到家胆囊炎一点儿都不见好，老伴儿唠叨说这是怎么回事嗫，细看药瓶，忽然发现这药是治肺气肿的。

后来真的，把胆囊不愈者的肺又气肿了。

这是大医院的坏医生干的坏事。谁个碰上该谁倒霉，轻者蚀财，重者降灾，更重者一命呜呼。秦可卿吃了王太医开的当归、熟地，命丧天香楼，有新红学家考证说是接到上级的密电码，奉命自杀，这么说，还乡者若是不幸途中染恙，可万万不能吃这两味药。

小医院的坏医生干的坏事就更坏了，较之大医院的坏医生仗着城市大，来头大，名气大，往往是本着姜太公钓鱼愿者上钩的原则，守株待兔，坐收渔利，一般情况下并不主动出猎。而小医院的坏医生则相对积极得多，最为得力的措施是花钱买一块让人放心的牌子，黄颜色的，拿四口铁钉子钉在院内最醒目的一方墙上，太阳出来闪金光，照得病人眼发花，这一来本来悬着的那颗心立刻就放下来了。进去一手交钱，一手交命，会治的治，不会治的也治，胳膊一挽，喊叫拿王麻子剪刀来，此时的病人像林教头进了白虎堂，抽身想走已来不及了。

前年我从北京回家，润波哥哥跑来看我，带着他的夫人我的陈嫂子。兄弟见面坐了半个时辰仍不见他发言，耐不住了我先开口，他竟然以手势作答，我惊问为何失语，陈嫂子摇头说是羞于门牙脱落。当日我带润波哥去县城小医院安牙，连安带补，共十三颗。陈嫂子见丈夫嘴里鸟枪换炮，自告奋勇说自己也有两颗板牙掉了，我又请医生为她一并补上。此次兄弟嫂叔重逢小城，皆大欢喜，临别之时，依依不舍，回京我乘兴写了一组笔记小说，题为《故乡·故人·故事》，其中一篇《润波哥》，将此事作了如实记载。

翌年还乡，又遇兄嫂，我见润波哥的门牙比初安之时似乎更加美观，向他道喜，陈嫂子望着我欲言又止，后来止不住还是言了，说这是今年安的，去年安的一个月就掉了；我又问陈嫂子安的板牙可在，她继去年之后又一次摇头，说我花钱给她安的两颗掉了不说，还带掉了她自己长的两颗，而且依序而上第三第四颗也活摇活松了。我不由得大惊失色，追问事情原委，方知那位医生是用细铁丝把假牙拴在旁边的真牙上，好比是新房客本人立足未稳，还拖累了街坊邻居。又如明成祖朱棣被方孝儒骂得心中不爽，诛其十族。我却想起城门失火殃及池鱼的典故，悲上心来，为我被骗的兄嫂，也为骗人的医生。

这件事是真的，润波哥是我保姆的儿子，原名兴泽，幼时五行缺水，伯父唯恐“泽”尤不足，又取了个双保险的字叫“润波”，都是三点水的。现住小城西关高桥，因门牙反复安装拆卸，发音略微受点影响，但接受记者采访没有问题；陈嫂子名圣燕，娘家在小十字，旧铺门板房，老电影院斜对面。

有民谚说：牙齿疼，不是病；疼起来，要人命。疼死人是形容人之极端痛苦的程度，真正牙齿把人疼个急死的还未听说。而害怕牙齿疼会疼死人于是去医院拔牙，牙齿掉了，人的命也掉了的事，我却风闻了好几次。

文化大革命时，小城有一个惊心动魄的拔牙故事，说是一红卫兵医生——红色卫生战斗兵团医生——正用一柄老虎钳子为人拔牙，忽听窗外锣鼓喧天，口号震地，原来伟大领袖毛主席又发表了最新最高指示，遂命拔牙者仰面朝天，以一个秤砣拴在其牙根上，等自己参加游行毕了接着再拔。从东门游到南门，从西关游到北坡，游完回来一看，地上一个秤砣，一颗牙齿，一滩鲜血，老虎凳上的人已经断气了。

这家医院的动人事迹尚多。为一年轻女士输液，输至一半，病人仰面惊呼，吊瓶上的名字是一七十多岁老人。女士胞妹名徐凤鸣，丹青妙手，擅工笔花鸟，近日将出版个人画集，约我赠言。以上乃对我口述，我如实录下，凤鸣之姐，叫徐建华。

又一商场女工，患风湿性关节炎，去此院打封闭，突然大叫而死。逝者丈夫名谭顺成，三十年前我在银行工作时的同事，憨厚，敬业，擅我所不会的五指点钞法。医院许诺赔其一笔“巨款”，谭同事以五指点之，一次五张，百元红钞点了六次，泪洒钞面，泣然曰：媳妇儿，这三千块钱我都给丈母娘，她生你养你一场不容易！顺成之妻，也叫华，刘诗华。

还有我冤逝的恩母，惨不忍诉……

今春清明节前我又回家，去我母亲墓前祭祀，然后把从此孤身一人的老父接到京城。在家的时候难得有些空闲，我想利用了去修一修日益松弛的牙，因为一回北京我就会忙起来，加之我平素对首都那些全国规模最大的医院心存恐惧，一颗牙齿会害我花三天工夫，累计行程千里，一生中少读一本妙书，实不舍得。在老家小城，我父母所住的人民路 10 号，出门往右，过马路向前，穿高跟鞋的女士行三百步，是一家中医院，本县蒋堰镇河口村中医世家、黄骥、黄骏、黄驯三兄弟之长兄所创并任首届院长。骥死，名医贺茂华继之，自建院始造福一方，活人多多。

老父离休在家二十载，治病看牙都步行至此，口碑佳于润波哥夫妇安牙的所在以及二华罹难处，这样我就选择了它。固然我也知道，我最敬爱的鲁迅与孙中山先生对中医所持的偏见，但或许是因我年幼的时候，保姆常常对着我的耳朵念诵古谚：“良药苦口利于病，衷言逆耳利于行”，又听说华佗与扁鹊的故事多了，对中华杏林依然有着不变的迷恋。

此院没有专设牙科，牙属五官，五官科在院内大楼二层，大夫熊吉美，其实是一位中国基层目前最需要的全科医生。他的眼睛为我看牙，口中说的全是牙齿以外的人体器官，一问果然是有双料的资质！他的助手名叫刘茜，被我从胸牌上错念成了刘歉，奇怪的是这位姑娘并不生气，也没打算在我口腔里暗做文章，反而极其细心地用蒸溜水为我清除牙垢，将我已遭破坏的珐琅质抛光修复。戴上大口罩，套上胶皮手套之后，我就只能看见她一双漂亮的、两排长睫毛一眨也不眨的眼睛。

小刘茜一次又一次让我漱口吐水，中途换了两条打湿的棉毛巾。我不顾一切地笑了，我在想我的下嘴唇若是长于上嘴唇，即人们通称的“地包天”，那么只要稍加努力，至少是能兜住半杯水的，从而减少吐水的次数，客观上为她节省一些无谓的等待。只可惜我的嘴唇长得甚是合理，上也不包下，下也不包上，谁也不想把谁兜住。

无影灯下，熊吉美医生的漂亮是在眼睛之外，更有一对两层的眼皮。他的眼皮上线与下线间有一韭叶的宽度，我仔细地研究过了，他的双眼皮是纯天然的，比那些女明星请人用刀割的疤瘌眼要耐看得多，这样的眼睛若是去演都市言情剧中的美男子，是不需要挨刀的。然而我想，什么职业都比不上当一个好医生，逢场做戏的事让别人去做吧，医生要干全人类最最高尚、最最重要的事，包括拔牙。我只感觉着他的手在我嘴里忙碌地工作着，期间从叮当声中判断，好像换过几次工具。后来他让我嗽一个口，我说拔了再嗽吧，他说，噢，已经拔了。

他给我讲刷牙的方法，刷牙的时间，牙刷与牙膏的选择，叩齿的作用、速度与力量，牙齿与胃与人的寿命，为什么把船坚炮利的军队形容成武装到了牙齿。我大睁双眼，有一些是我在北京闻所未闻的。

我的牙齿修复一新，对镜自赏，发现如果无耻的话，也可以为某种品牌的牙膏做一个伪广告，挣一笔昧良心的零花钱。我送了熊医生一本书，书中有一篇发生在医院里的小说，叫《流泪的百合花》，我让它做了这本书的名字。小说是十年前母亲住在太和医院，有家杂志约稿，我向该院党办主任彭新民讨来一沓病历，趴在母亲的病床上写的。书在去年八月出版，十月送到我手，那时我的母亲还在。我没有及时寄给她看，是因为母亲从去年秋天推到今年开春，终于答应了让我接到北京来住，我只想着到时再给。万万不料她没有等到这一天，两个月后她就走了，如今想来我真后悔，以至终生！

在这里我认识了一位年龄与我相仿的人，我两次来，他两次都坐在一只小方凳上，一声不响地望着熊医生。我问他也是来看病的吗？他摇头，我问他是照护病人来看病的吗？他仍摇头。我不好再问，将调查转为研究，独立地思考着，他却自己对我说了，他说，我请他看过的，看好了，我们成了朋友，有时想他就来这里坐坐。

走出医院大门，我回眸再看一眼，太阳光下，很朴素的门头上没有挂着“全国百姓放心示范医院”的牌子，但我依然是放心的。我并且想，这个世上任何一面金色的招牌，其实都不必在水泥墙上打什么主意，牌子是铁匠打的，墙是砌匠筑的，做这些的都是人，那么，何不把这句话挂在人的心里呢？心不要，谁个也挂不上去；挂上了，谁个也摘不下来。

去年腊月，快过年了，县城另一家医院的金色招牌被摘了下来，露出一块阳光不曾照到的黑色水泥墙。人家是有了喜事请人揭幕，它是出了丑事让人揭开遮羞布，把一个年都过得抬不起头来。

明日回京，天气本来已经晴了，今天突然又下起了小雨，这是天意，知道我走之前会再去看望一次母亲，它就刻意为我复制一遍雨中清明的境象。我举着伞去，跪在墓前的泥地上，把回家看牙的事告诉了母亲。我让妈妈放心，儿这一次吸取她的教训，把医院选对了。

七岁男孩儿的梦

在我儿子就读的小学，李建华校长送给我一盘录像带，请我务必打开看看，看了务必写篇文章，纪念里面的这个七岁的男孩儿。

儿童节刚刚过去的第二十天，一个七岁的男孩儿离开了他喜欢的这个世界。男孩儿的名字叫做崔震，一个十足男子汉的名字，未来英雄的名字，然而这个名字却似乎已暗含着，孩子将注定有一个催人泪下、震人心魄的故事。

孩子得下了不治之症，但他天真年幼得不可能懂得，他的宁可幻想世上出现奇迹的年轻父母也不相信。他想读书，跟别的同龄孩子一样，他每天都盼望着自已快些长大，长呀长他好不容易长到六岁，报名的那一天，他生怕学校不会收他，不许妈妈对老师说他有病，他使劲地伸直个头，朗声说话，让老师看他是个正常的孩子。

名报上了，要开学了，上学的第一天，他的小小心儿激动得不行，昨天夜里一夜都没睡好，一会儿醒了，一会儿又醒了，他怕误过上学的时间。天到底亮了，他一蹦就下地了，让爸爸把书包挎上他的双肩，让妈妈拉着他的手，出门跟在一群孩子的后边，一蹦一跳地走上了通往学校的路。那条路又白又宽又直溜，他曾经闹着要妈妈指给他看，牵扯着他的小手在上边走一走。

妈妈想着孩子有病，要他早上多睡一会儿，路上走慢一点儿，但是他不，他要和小同学们到得一样早，做早操，进教室，认真地听讲，大声地念书。有时候念着念着，突然他趴在桌上不动了，他的一年级一班的班主任，一位细心的小女老师发现了他身上的秘密，放下课本向他走来，小崔震，今天你的精神有点儿不好，是不是又病啦？

是的，孩子一直都在病着，病魔紧紧地纠缠着他稚嫩的躯体，死神时刻要降临在他的头上。他不知道，他要读书，他的小小心里，整天想着的都是这一件事。

六个星期以后，孩子作为少先队的一名预备队员，第一批戴上了黄领巾。

金黄金黄的黄领巾，像一只迎春花扎成的花环，柔软地挂在蓝色的衣领下，多么漂亮！可是孩子不满意，这位不满七岁的小英雄暗下决心，黄领巾没有红领巾鲜艳，红领巾像从天上撕下的一片朝霞，是全世界最美丽的颜色，他一定要戴上鲜红鲜红的红领巾！在六月一日那一天，他一定要爸爸给他买一件雪白雪白的衬衫，让红领巾戴在胸前，就像美丽的朝霞挂在天空！

放学回家，完成了老师布置的作业，晚上他缠着军人爸爸，要他讲吴运铎爷爷的故事，缠着法官妈妈，要她讲张海迪阿姨的故事。人为什么要生病，人为什么还要死，怎样才能不死呀？他仰脸望着爸爸和妈妈，两只又大又亮的眼睛里闪动着天真烂漫的光。人要是不死多好，你们能不能让人不死呀？

孩子太小，军人和法官都回答不了孩子的问题。

你们为什么不回答？为什么？爸爸你不是有枪吗？你怎么不把那些害人的坏蛋打死？妈妈你不是法官吗？你为什么不把他们抓起来呀？

可是病魔是打不死的，死神也是抓不住的。它们无恶不作，惨无人道。我们的人类太伟大，我们的人类也太渺小了。

这对年轻的父母，因为救不了自己怀中可怜的孩子，泪水从他们的眼里默默地流了出来。

好震震，听爸爸妈妈的话，向吴爷爷和张阿姨学习，勇敢地和病魔作斗争！

震震一定向他们学习，长大也要当作家，写好多好厚的书！

他没有斗过病魔，他斗不过。他才七岁，他太孱弱，他像一株未曾出世就被毒菌侵入身心的无辜的幼苗，无论他有多么坚强，也无论他有多大决心，在病魔的狂风暴雨之下，孩子倒下了。

从学校回到家里，从家里送往医院，孩子听不到了老师琅琅讲课的声音，听不到了校园后铁路桥上火车前进的声音。看不见了他所喜欢的同学，看不见了学校操场上那每天清早都要升起的有五颗星星的国旗。他是多么孤独呵，一切都离他远去了，一切只留在他的梦中。梦中的少先队旗还是和国旗一样鲜红，红领巾还是红旗的一角，忽然他从梦中喊出声来，他要戴红领巾！

刚才他又梦见了教他读书的王老师，梦见了教他唱歌的赵老师，梦见了健康快乐的同学们，梦见了坐在他旁边的那个调皮的小伙伴，将一只大公鸡橡皮悄悄塞进他的脖子里……

他再也不能上学，再也见不到他们了，再也戴不上鲜艳的红领巾啦。从梦中一下醒来的可怜的孩子，想到这里他伤心地哭了。

不会是这样的。在北京西部的一条火车道边，有一所名叫石景山师范附小的，美丽而又温馨的小学，孩子曾匆匆向它走来，又匆匆离它而去的小学，那里的四百多个师生没有忘记他。校长李建华拉响了校铃，班主任王建华登上了领操台，两位有着一样的名字，共同建设中华教育的好老师满脸泪痕，语不成声他讲述了一个七岁男孩做梦都要戴红领巾的故事。

六月，孩子的节日，这一天天气真好，他们决定要实现孩子的梦想了。初夏的操场上站满了整齐的师生，副校长李幼真，这位生来就要和幼小天真的孩子在一起的，母亲一般慈爱的女老师，双手托起一条崭新的红领巾，像捧出一颗自己的心。大队辅导员杨燕登台主持入队仪式，八名大队委员庄严出列，四个哥哥，四个姐姐，为一年级的小弟弟纯洁美丽的梦想而感动，他们要代表少先大队去看望他，把他梦中念叨的红领巾戴上他的脖子……

红领巾在洁净的课桌上铺了开来，微风轻轻掀起它的一角，好像一只挥动的小手。六月的朝阳下，红领巾鲜艳如四百名师生滚烫滚烫的血。

红领巾上写下了一句句吉祥的祝愿，一个个亲切的名字：

> 崔震同学你好！
> 我们祝你早日康复！
> 相信你一定回到我们的身边！
> ……

写满蓝字的红领巾像一片嵌满星光的彩霞，照进医院的病房，像一个神奇的童话，映红了白色的墙壁，温暖了冰冷的铁床。

孩子为一件日夜盼望的事情，想得已经睡去，此时他正在做一个梦，他梦见自己站在一排新队员的队尾，身穿崭新的队服，雪白的衬衣，天蓝的短裤，好大好圆的太阳照在头上，风儿微微地吹着，红色队旗的一角像只小手，在他的脸上摸来摸去，凉凉的，痒痒的。因为年小，因为病着，他是新队员中个子最小的一个，他拼命地举起右手，也没有别人举得那么高，但他紧闭着嘴唇，一动也不动地坚决地举着。红领巾在他胸前飘呀飘，飘呀飘，那美丽的颜色和清晨的太阳一样，和天边的朝霞一样……

他醒来了，睁开眼睛，觉得自己进入了一个童话。他看见李校长和王老师，还有他一年级一班的小同学，大家都围在他的床边，一条梦中的红领巾已经系在了他的脖子上，小同学们为他唱歌，跳舞，陪他度过欢乐的时刻。

孩子已不再是上学时的模样，他病得不能站立，也不能睡倒，他就半卧半躺在白色的病床上，鼻孔里插着输氧的胶管，睁大眼睛看着他的老师、同学，努力地笑着。今天他真是太高兴啦，居然和大家一起唱起歌来，唱起那支他最喜欢的歌：

“采蘑菇的小姑娘，
背着一个大竹筐，
清早光着小脚丫，
走遍树林和山岗。
她采的蘑菇最多，
多得像那星星数不清，
她采的蘑菇最大，
大得像那小伞装满筐。
……”

他唱累了，下面的故事唱不完了，采蘑菇的小姑娘舍不得尝她亲手采来的蘑菇，她盼着赶集的那一天，卖了蘑菇买把小镰刀，再买几块棒棒糖，和她的小伙伴一起来分享幸福。孩子闭上了疲惫的眼睛，眼前的小姑娘忽然变成了他，正在学校的操场上和他的小伙伴一起玩儿着，闹着……

孩子又回到了他的梦中，他的双手按着胸前的红领巾，忽然脸上露出一个微笑。

梦中的孩子渐渐离开了这个世界，在早晨的太阳刚刚升起，朝霞正在染红天空的时候。

在他小小身体的周围，腿上，手边，怀里，同学们放满了他最喜爱的课本、文具盒、彩色笔。他想画下太阳、朝霞和红领巾，画下学校、老师和同学，画下他所有美好的梦想，画下这整个美丽世界的彩色笔。

七岁的小朋友，祝你在另一个世界里，画出你藏在小小心中的那幅图画好吗？

流着泪的小伙伴们还在他的耳边轻轻唱着，唱着……

红蜻蜓

红蜻蜓羡慕盘旋的苍鹰，羡慕南飞的大雁，羡慕一切寄身长空舞蹈云间的勇敢的生灵，于是展开精致轻薄透明如丝的双翼，红蜻蜓开始飞翔。

它们比不上苍鹰的雄劲和猛烈，大雁的刚健和森严，它们明白了。它们明白了但它们仍要飞翔。红蜻蜓轻盈曼妙的群舞，给淡蓝如烟的低空染上一道闪烁的霓虹。

红蜻蜓飞翔于金黄的禾野之上，飞翔于碧绿的田域之上，如丝的双翅掠过禾梢和树叶，添一抹美丽在微风中，镀一粒精彩在阳光里。

这是一群大山里的红蜻蜓。它们想飞过山去，飞过山去看看山外的世界。山外的世界是一个梦，在苍鹰和大雁飞过的地方，曾经是它们梦中的追踪。

然而灾难常常无端地降临在它们的身上。一张蛛丝与竹篾合谋织成的网，在暗中一直阴险地等待着它们，跟踪着它们，天真单纯的红蜻蜓误投了罗网，不，是被那罗网一网撒中。蛛丝粘住了它透明的翅膀，捕捉了它朝阳般红亮的纤体，红蜻蜓无辜被害。在小小阴谋家的肮脏的掌中，它的翅膀被剪断一半。

它摇晃着，无声地落在尘埃。

它的灾难原是因为它的美丽，它的轻灵，它的为理想而奋飞的靓姿倩影。红蜻蜓没有罪过，有罪的是那只魔掌。

被剪断双翅的红蜻蜓呻吟着，仰望不肯远去的蜻群。

红蜻蜓悲愤的泪水在一个清晨溶入了朝露，它的纤体上的蛛丝被晶莹洗去，它忽然清爽，剔透，鲜艳如初。它的断翼忽然翕动，红蜻蜓在一瞬间想起了昨天的故事。

艳如霓虹的蜻群发一声欢呼，奔飞而来，纷落在它的身边。红蜻蜓颤抖着仅存的断翼，竖立成一杆小小的红旗，然后它重新起飞了。

它飞得很慢，很低，清晨的空气为断翅的振动而发出的哨声中，含着红蜻蜓轻轻的然而坚强的喘息。

红蜻蜓分明看见，它和它的蜻群一道飞出了大山，飞上了高空，溶进了那抹天际的红云。

附记：

由于编书编刊，我差不多有两年没有写作。昨日忽然收到家乡一位少年的信，邀我为他写篇文章而且限期半月。少年的父亲是一位当年被人民选为县长现已退休的清廉的老人。十多年前他的大儿子因车祸身亡，小儿子几乎同时被诊为白血病。老人为了治愈他不幸的爱子，四面借贷，八方求医，现已家贫如洗。

患病的少年却仍乐观地生活着，学习着。他天资聪慧，酷爱文学，读书之中，且写札记。他在给我的信中写道："我们初中毕业时搞过一次聚会，时隔五年，还应再搞一次。我想，好同学聚会一次不容易，也很有意义，对我尤其重要。我想请你写一篇一千字左右的、通俗易懂的精美的散文作为邀请辞。请一定写，虽然没有稿酬，想你也理解我的这种心情。最好在半月内完成。我还想把这五年一次的聚会延续下去。"

他还请我帮他买两本早夭作家路遥的文集。可是他不应寄我书款，他哪里有钱呢？

读完他的信我久久默然。当夜我不能入睡，含泪写了这段文字。我把本文同时给了朋友主办的、一直在向我邀稿的《幸福》杂志，希望这吉祥的刊名是一个象征，保佑着这只负伤的红蜻蜓勇敢、坚强、乐观地飞翔，一直飞到它想飞去的地方。

文上一百，有种有色（后记）

临到尚振山先生要出版一套作家的随笔集，告诉其中有我一个的时候，我按照他的要求打开麻袋，翻了七天，才把这些有点像是随笔的东西翻了出来。几多年前，《北方文学》的李琦和孙仕侠为我开辟的“野莽笑谈”，《文化时报》的姜贻斌为我开辟的“灯下漫笔”，《艺术明星》的叶梅为我开辟的“野莽新语”，《十堰晚报》的金虹为我开辟的“名家随笔”，《东方新报》的邓小红为我开辟的“野莽说书”，《中国书刊报博览》的徐文欣为我开辟的如今我已忘了名字的栏目，还有一些零星报刊的散碎约稿，约去的就是这些东西。

这些文字，有的被国内发行量很大的《读者文摘》作为随笔转载，《四川文学》有一次还把某一篇的全文印在了封面上，说它是随笔。倒也是随着笔写，写到哪里算哪里，但有时过于随意收不住了，竟然使全文长达了好几千字；也有的却被锋芒毕露的《杂文选刊》、《特别关注》等当作杂文，转载以后还得了原发报刊的杂文奖。

我总觉得有些四不像，所幸我从不会为了像什么才去写，心里打定主意，任人说是什么就是什么，态度如阿Q，不配姓赵，是虫豸，好么？但是自己私下认为，它的思想含量比小说要高，一部几十万字的长篇小说，评论家几百个字就给概括了，而我在这些文章里所概括的社会与人生，甚至比小说评论家还短。

许多年来，我一直在编辑之余写着小说，小说之余写着随笔，给人发表在报刊上，占据着不大的版面。这些随着笔写的文字显然与写小说不同，有一种跑步累了变成散步，在门前院后随便走走的感觉，或者对读者讲完一个故事，坐下喝一口茶，转而又与老朋友聊一会儿天。小说是人物和故事的虚构，随笔却是思想和感情的真实；小说是借人物和故事演绎一个道理，随笔却是抱住一个道理什么人物故事都不要，只带着自己的思想和感情上去硬写，时时假设着空中有一个不明是非的人，对他述说，与他辩驳，把他说服，让他承认你说得是。因此看似轻松，其实一点儿也不，特别需要本身的理由充足，倘若有半分理亏，文章也就没人看了，人家还会骂你是一张讨厌的白嘴。

我数了数，收入这本随笔集的大抵有一百多篇，但这只是我近年所写小说以外大量文字中的一小部分。俗话说人上一百，种种色色，文章其实也如人一样，有人脸上艳若桃花，一打听原来是个人尽可夫的妓女，而有人说话面带怒容，识货的却因它的凛然正气而视为美观，正所谓真正有种的作家才会写出真正出色的文字。在作文上，我认为我很丑，而且也不温柔，不过从写第一个字开始我就坚决地追求后者，宁不以此养命，亦不为此卖身。

尚振山先生是个正经且干大事的人，刚刚出版了百位作家的百部选集，声震文坛，在一直处于低迷的国内图书市场显示了人所不及的气魄和魅力。这次他不仅严格要求文章的形式和质量，而且连字数、开本、页码都规定了，决意制造出几块能够抵御风化的大砖头子，试着去砸一砸那些让人吃完油汪汪的小笼包子把嘴一抹，从此一走再不回头的廉价的快餐店。

本书名叫《竹影听风》，实在取不出更好的才取这个，简直算是偷懒。这是我在北京两个住宅的名字，新宅叫竹影居，旧宅叫听风楼，书中的文章基本上是住在这两处写的。住在听风楼时写得多些，住在竹影居时写得少些，更早的时候我还有个故居叫神虫窟，书中有极个别的篇章写于那个狭窄的地方，因为寡不敌众，只好在书名上做了五入四舍。

书名取好了，振山又让把全书分成几个类别，各取一名，并且说其他几位朋友都是这么做的，我就只好又依了他。先把一个西瓜切为四块再说，还想偷懒，试着取名春、夏、秋、冬，不行，我的文章不分季节；又取东、南、西、北，也不行，我的文章没有方向；又取红、黄、蓝、黑，还是不行，我的文章从无颜色，有人喜欢把文学和艺术染得血糊糊的，我害怕。最后我想了一个上策，将书名拆成四字，各赋一说，曰“竹林观局”，曰“网事如影”，曰“红尘听聊”，曰“风过有痕”，这么一来，问题不就解决了么？

2011 年 7 月 10 日写于竹影居